Noah Coleman ist seit dem Aus seiner Ehe zu einem mürrischen Workaholic geworden, der jeder Art von Beziehung aus dem Weg geht. Brianna Esposito ist fest entschlossen, sich als Architektin zu beweisen und den Wiederaufbau des Admiral Butler Inns schnell abzuschließen. So kann sie ihr gebrochenes Herz am besten ignorieren. Wenn da nicht der verdammt attraktive Leiter der Baufirma wäre, mit dem sie ständig in Streit gerät ... Können die beiden trotz ihrer Differenzen zueinander finden?

Die ›Lost in Love – Die Green-Mountain-Serie‹:

Band 1: *Alles, was du suchst*
Band 2: *Kein Tag ohne dich*
Band 3: *Mein Herz gehört dir*
Band 4: *Schenk mir deine Träume*
Band 5: *Sehnsucht nach dir*
Band 6: *Öffne mir dein Herz*
Band 7: *Jede Minute mit dir*
Band 8: *Ein Traum für uns*
Band 9: *Meine Hand in deiner*
Band 10: *Mein Glück mit dir*
Band 11: *Nur Augen für dich*
Band 12: *Jeder Schritt zu dir*
Band 13: *Ganz nah bei dir*

Als Marie Force Urlaub in Vermont, USA, machte, spürte sie sofort, dass diese wunderschöne, unberührte Landschaft die perfekte Kulisse für unwiderstehlichen Lesestoff bietet. Auf der Suche nach Souvenirs entdeckte sie in einer idyllischen Kleinstadt den Green Mountain Country Store und lernte dessen Besitzer kennen: eine moderne und sympathische Familie, die mit großer Freude heimische Produkte verkauft. Und schon sah Marie Force das Setting für die Romane vor sich. Fehlt nur noch die Liebe ... aber die findet sich in Butler, dem fiktiven Städtchen in dieser Serie, zum Glück an jeder Ecke.
Marie Force lebt mit ihrer Familie in Rhode Island, USA, sie ist New-York-Times- sowie SPIEGEL-Bestsellerautorin, und allein in den USA verkauften sich ihre Bücher über 4 Millionen Mal.

Lena Kraus, geboren 1991, studierte Anglistik und Skandinavistik und übersetzt Literatur aus dem Englischen und Norwegischen.

Weitere Informationen finden Sie auf www.fischerverlage.de

Marie Force

GANZ NAH BEI DIR

Lost in Love
Die Green-Mountain-Serie 13

Aus dem amerikanischen Englisch
von Lena Kraus

FISCHER Taschenbuch

Aus Verantwortung für die Umwelt hat sich der S. Fischer Verlag zu einer nachhaltigen Buchproduktion verpflichtet. Der bewusste Umgang mit unseren Ressourcen, der Schutz unseres Klimas und der Natur gehören zu unseren obersten Unternehmenszielen.

Gemeinsam mit unseren Partnern und Lieferanten setzen wir uns für eine klimaneutrale Buchproduktion ein, die den Erwerb von Klimazertifikaten zur Kompensation des CO_2-Ausstoßes einschließt.

Weitere Informationen finden Sie unter: www.klimaneutralerverlag.de

MIX
Papier aus verantwortungsvollen Quellen
FSC® C014496

2. Auflage: Juni 2022

Erschienen bei FISCHER Taschenbuch
Frankfurt am Main, Juni 2022

Die Originalausgabe erschien unter dem Titel >Come Together<.

Satz: Pinkuin Satz und Datentechnik, Berlin
Druck und Bindung: GGP Media GmbH, Pößneck
Printed in Germany
ISBN 978-3-596-70661-7

1

»Große Liebe verursacht auch große Schmerzen.«
Sarah McLachlan

Noah Coleman wurde um fünf Uhr morgens vom Klingeln seines Weckers aus dem Schlaf gerissen – so wie an jedem Werktag, ohne Ausnahme. Mit geschlossenen Augen streckte er die Hand aus und brachte den Wecker zum Schweigen, holte tief Luft und atmete langsam wieder aus. Er war gerade wieder eingenickt, als fünf Minuten später der zweite Wecker klingelte. Dieser erfüllte meistens seinen Zweck, weil Noah aufstehen und ans andere Ende des Zimmers gehen musste, um ihn auszuschalten.

Die morgendliche Kälte ließ ihn zittern, also lief er als Erstes hinunter zum Ofen und legte Holz nach. Bald darauf breitete sich eine wohlige Wärme im Haus aus. Noah hatte bereits sein Bett gemacht und war gerade dabei, unter die Dusche zu steigen – der zweite Teil seines Aufwachrituals. Er stellte das Wasser erst warm, als er sicher war, dass er wirklich wach war. Wenn er auf die kalte Dusche am Anfang verzichtete, würde er vermutlich gleich in der Dusche wieder einschlafen.

Noah war bekannt dafür, dass er jederzeit und überall unter allen möglichen Bedingungen einschlafen konnte. Seine größte Herausforderung als selbständiger Bauunternehmer war es, morgens aus dem Bett zu kommen. Daher auch die beiden Wecker und die Rituale. Und in letzter Zeit kam noch etwas erschwerend hinzu. Tag für Tag musste er sich auf der Baustelle mit der unglaublich nervigen Architektin aus Boston herumärgern, die sein aktuelles Projekt leitete.

Aber jetzt hatte er noch eine ganze Stunde vor sich, in der sie ihn nicht belästigen konnte – ja, er nicht einmal an sie denken musste. Und er hatte vor, diese Stunde in vollen Zügen zu genießen. Sobald er auf der Baustelle ankam, würde sie nämlich unweigerlich dafür sorgen, dass sein Tag zur reinsten Tortur wurde.

Jeden Morgen hielt er sich an den gleichen Ablauf, mit einigen wenigen Ausnahmen. Um diese Jahreszeit verzichtete er meistens auf die Rasur, weil der Bart im kalten Winter von Vermont sein Gesicht wärmte. Die Wahl seiner Kleidung folgte dem Zwiebelprinzip – Lagen über Lagen an Thermounterwäsche, dann ein rot kariertes Flanellhemd, das er in seine gefütterten Jeans steckte. All seine Kleidungsstücke hatte er im Green Mountain Country Store, dem Geschäft seiner Familie, gekauft.

Er schnappte sich das Mittagessen, das er am Vorabend zubereitet hatte, und die drei Flaschen mit roter Gatorade, damit er über den Tag genug trank, zog seine Carhartt-Arbeitsjacke an und verließ exakt zwanzig Minuten nach dem zweiten Weckerklingeln das Haus – nur um im nächsten Augenblick überrascht innezuhalten, als er seine Mutter neben dem Truck draußen stehen sah. Sie trug Stiefel und einen dicken Parka über ihrem Flanellschlafanzug. In der Hand hielt sie einen Thermobecher, den sie ihm nun reichte.

»Was ist das denn?«

»Kaffee.«

»Danke.«

»Gerne.«

Er trank einen Schluck. Seine Mutter hatte ihn genau so zubereitet, wie er ihn am liebsten mochte: mit Sahne und ein wenig Zucker. »Was ist denn los?«

»Gar nichts. Ich habe dich nur schon seit fast zwei Wochen nicht mehr gesehen, also dachte ich, ich fange dich auf dem Weg zur Arbeit ab.«

»Tut mir leid, dass ich so lange nicht da war. Es gibt viel zu tun mit dem Hotel.« Nachdem das Hotel im Vorjahr abgebrannt war, hatte Mrs. Hendricks seine Firma angestellt, um den Admiral Butler Inn wieder aufzubauen.

»Ich weiß. Es sieht sehr gut aus. Alle sagen das.«

»Das freut mich.«

»Wir haben dich an Weihnachten vermisst.«

»Tut mir leid, es gab etwas, um das ich mich kümmern musste.«

»Was denn?«

»Nichts Wichtiges.« Er hatte sich in Stowe in ein Hotel zurückgezogen, um Ski zu fahren. Weihnachten war mittlerweile nur ein weiterer Tag, den es zu überstehen galt, und er fand es leichter, das alleine zu tun als mit seiner Familie. Er war sich bewusst, wie sehr das seine Mutter verletzte, doch ihm war einfach nicht nach Feiern zumute. Um das Thema zu wechseln, fragte er: »Also, wem gehört denn der Truck in deiner Einfahrt?«

Sie warf einen Blick nach hinten in Richtung ihres Hauses, dass nur ein paar Nummern weiter lag. »Ray.«

»Was macht er denn um fünf Uhr morgens in deiner Einfahrt?«

»Das würdest du wohl gerne wissen.«

»Genau. Deswegen frage ich ja. Er steht in letzter Zeit oft da.«

»Wir, na ja, wir verbringen Zeit miteinander.«

»Nachts?«

Sie warf ihm einen vernichtenden Blick zu. »Nein, er lässt seinen Truck bei mir stehen und fährt mit dem Taxi nach Hause.«

Ihre Reaktion brachte ihn zum Lachen. Er wusste, wem der Truck gehörte und wie viele Nächte er in der Einfahrt seiner Mutter gestanden hatte, nicht dass er mitzählen würde oder so. Ray war ein guter Kerl, und wenn seine Mutter mit ihm glücklich war, war Noah der Letzte, der ihr das nicht gönnen würde. Als Noah vierzehn gewesen war, hatte sein Vater sie mit acht Kindern sitzengelassen. Wenn irgendjemand eine zweite Chance in der Liebe verdient hatte, dann war das seine Mutter. Außer vielleicht Noah selbst. Aber er war gut darin, anderen eine zweite Chance zu gönnen, auch wenn er für sich selbst entschieden hatte, sich von so engen Beziehungen, wie seine Mutter sie gerade zu Ray aufbaute, fernzuhalten.

»Ich würde dich ja darum bitten, deinen Geschwistern nichts zu sagen, aber da du ohnehin nie mit ihnen redest, habe ich in der Hinsicht ja nichts zu befürchten.«

»Ich rede schon mit ihnen.«

»Und wann bitte tust du das?«

»Gray ist letztens auf der Baustelle vorbeigekommen. Ich habe ihm alles gezeigt, dabei haben wir geredet. Izzy war auch da und hat mit ihrer Kamera die Fortschritte dokumentiert, für ein Buch, dass Mrs. Hendricks über die Geschichte des Hotels herausbringen will. Ich habe mit ihr gesprochen, während ich ihr alles gezeigt habe. Vanessa hat mich letzte Woche angerufen, als ihre Toilettenspülung nicht mehr funktioniert hat, und ich habe ihr am Telefon erklärt, wie sie den Schwimmhahn reparieren kann. Ich rede mit ihnen.«

»Das freut mich. Sie bewundern dich.«

»Tun sie nicht. Sie bewundern Gray.« Sein Bruder Grayson war der Älteste der Colemans.

»Sie bewundern euch beide, und Izzy. Sie wissen, wie ihr drei euch um unsere Familie gekümmert habt, als es nötig war.«

Sie meinte die Zeit, nachdem sein Vater gegangen war, aber das musste sie nicht näher erklären. Er verstand es auch so.

»Wir haben getan, was alle getan hätten.«

»Ihr habt viel mehr getan, als es je hätte nötig sein sollen, und ich werde euch das nie vergessen.«

»Danke. Aber gibt es einen Grund dafür, dass wir uns

hier um fünf Uhr morgens über die Vergangenheit unterhalten? Es ist kalt und dunkel.«

»Ich wollte dich einfach sehen.«

»Jetzt hast du mich ja gesehen.« Er gab ihr spontan einen Kuss auf die Stirn. Als er sah, dass sie das überraschte, hatte er ein schlechtes Gewissen. Er würde sich in Zukunft mehr Mühe geben. »Danke für den Kaffee.«

»Du erinnerst mich an mich selbst, weißt du?«

Das überraschte ihn.

»Wie das denn?«

»Wenn es nicht gut läuft, ziehst du dich in dein Schneckenhaus zurück.«

Noah hatte keine Ahnung, was er dazu sagen sollte.

»Ich weiß ja nicht, was mit Melinda passiert ist, aber was es auch war, du bist seitdem einfach nicht mehr derselbe, und ich vermisse dich. Ich vermisse den Noah, der du warst, als du mit ihr zusammen warst.«

Er hätte sie am liebsten angeschrien, ihr gesagt, dass sie diesen Namen ihm gegenüber nie wieder erwähnen sollte, aber weil sie seine Mom war, die er liebte, ließ er es bleiben. Der Noah, der er mit ihr gewesen war, war ein naiver Dummkopf gewesen. Er würde nie wieder so sein.

»So sehr ich mich auch freue, dich zu sehen, Mom, ich muss jetzt zur Arbeit.«

»Hab einen schönen Tag. Und lass dich mal blicken.«

»Wünsch ich dir auch, Mom.«

Noah stieg in den Truck und machte den Motor an, damit er warm wurde. Er wartete, bis seine Mom sicher im Haus war, dann setzte er zurück und fuhr zum Diner. Megan bereitete ihm dort jeden Morgen sein Frühstück zum Mitnehmen vor.

Die Routine, die er sich erarbeitet hatte, spendete ihm Trost, seit seine Ehe auf so tragische Weise in die Brüche gegangen war. Sie erlaubte es ihm, sich in der Arbeit zu vergraben, und die Wut und den Schmerz, die immer noch seine täglichen Begleiter waren, so weit zurückzudrängen, dass sie ihn nicht in jeder Minute des Tages beeinträchtigten. So wie am Anfang. An den Wochenenden fuhr er in die Berge, entweder zum Wandern oder zum Skifahren, so dass er abends so erschöpft war, dass er wie ein Toter ins Bett fiel und schlief. Er tat, was auch immer nötig war, um den Tag ohne die Geister der Vergangenheit zu überstehen.

Und doch genügte es, dass seine Mutter ihren Namen ein einziges Mal erwähnte, um all die harte Arbeit der vergangenen Monate zunichtezumachen.

Verdammte Melinda.

Sie hatte ihn kaputtgemacht, und zwar auf jede erdenkliche Weise. Als wäre ein gebrochenes Herz nicht genug, konnte er von nun an nie wieder jemandem vertrauen.

Na ja, das stimmte nicht ganz. Noah vertraute seinen Geschwistern und den zehn Abbotts, seinen Cousins und Cousinen. Sie alle würden für ihn durchs Feuer gehen, genauso wie er auch für sie. Er sah sie zwar nicht jeden Tag, aber er wusste, dass sie immer für ihn da waren, genau wie seine Mutter, sein Großvater, seine Tante Molly und sein Onkel Linc.

Aber sonst jemand? Keine Chance. Er konnte sich keine Situation vorstellen, in der er jemandem vertrauen könnte, der nicht mit ihm verwandt war. Und das nur wegen Melinda.

Er hielt das Lenkrad ein bisschen fester als sonst. Sein ganzer Körper vibrierte unter der Anspannung, die ihn jedes Mal erfasste, wenn er zuließ, dass seine Gedanken sich in ihre Richtung bewegten. Deshalb ließ er normalerweise auch nie zu, dass das passierte. Warum hatte seine Mom sie nur erwähnen müssen und damit diesen ganzen Mist wieder aufgewirbelt, der in einer der hintersten Ecken seines Kopfes so viel besser aufgehoben war?

So wenig Beachtung, wie er ihr in letzter Zeit schenkte, hätte sie genauso gut nie existiert haben können. Bis jemand ihren Namen sagte und alles zurückkam und es sich plötzlich so anfühlte, als sei es erst gestern passiert und nicht vor drei Jahren.

Noah schlug fest mit der Hand aufs Lenkrad, womit er nichts weiter erreichte, als dass ihm die Hand weh tat. Gegen den Schmerz in seiner Brust, der ihn jedes Mal traf, wenn die Gedanken an sie unter dem Felsblock, unter dem er sie sonst versteckte, hervorgekrochen kamen, half es kein bisschen. Er würde alles geben, was er hatte, um nie wieder an sie denken zu müssen.

Aber leider ließ es das Gehirn nicht zu, Erinnerungen, die man lieber für immer vergessen würde, einfach zu löschen. Nein, es gab die guten, die schlechten und die furchtbaren Erinnerungen. Was hatten die Menschen doch für ein Glück, diese glibberige Masse in ihrem Kopf herumzutragen, die einem plötzlich, wenn gerade alles gut lief, ein ätzendes Erlebnis aus der Vergangenheit hervorkramen konnte?

So ein verdammtes Glück.

Irgendwann würde er etwas gegen die Tatsache unternehmen müssen, dass er per Gesetz nach wie vor mit ihr verheiratet war. Er hatte sich gegen alles gewehrt, wodurch er wieder Kontakt zu ihr hätte haben müssen, sogar vor Gericht. Irgendwann würde er sich darum kümmern, aber nicht heute.

Noah hielt vor dem Diner und ließ den Motor laufen, während er hineinging, um den Kaffee und das Sandwich abzuholen, das Megan an fünf Tagen der Woche für ihn vorbereitete. Die Frau seines Cousins Hunter war ein liebevoller, herzlicher Mensch. Sie begrüßte ihn jeden Tag mit einem fröhlichen Lächeln und ein paar lieben Worten. Megan war ein Lichtblick in der derzeitigen Dunkelheit seines Lebens, und er freute sich jeden Tag darauf, sie zu sehen. Sie stand ebenfalls auf der kurzen Liste an Menschen, denen er noch vertrauen konnte, auch wenn er nie mehr mit ihr teilte als sein *Guten Morgen* und *Wie geht es dir heute?*

Er betrat den Diner und stellte überrascht fest, dass sein Onkel Linc und sein Großvater Elmer an der Theke saßen.

»Ihr Jungs seid ja früh dran heute«, sagte Noah, als er die Sandwichtüte und den Kaffeebecher in Empfang nahm. »Danke.«

Megan hatte seine Kreditkarte gespeichert, und er bestand darauf, dass sie jedes Mal zwanzig Prozent Trinkgeld mit abzog, wenn sie den Preis seines Frühstücks abbuchte.

Elmer Stillman wirbelte auf seinem Barhocker herum, um Noah mit einem breiten Lächeln zu begrüßen. Elmer war der beste Mann, den Noah kannte, dicht gefolgt von Linc. Die beiden waren auf jede nur erdenkliche Weise für Noah und seine Geschwister da gewesen, als ihr Vater das Weite gesucht hatte, und er liebte sie beide.

»Wie geht's denn so, Junge?«, fragte Elmer.

»Nicht übel, danke.«

»Wir haben gerade über Lincs Vater gesprochen. Er ist letzte Nacht gestorben.« Linc hatte seinen Vater gerade zum ersten Mal seit vierzig Jahren wiedergesehen, nachdem ein furchtbarer Streit einen Keil zwischen die beiden getrieben hatte.

»Das tut mir leid«, sagte Noah zu Linc. »Geht es dir gut?«

»Ja, aber danke, dass du fragst. Wir wussten ja, dass das passieren würde.«

»Trotzdem …«, sagte Noah.

»Ja.« Linc verzog das Gesicht. »Trotzdem.«

»Der Segen daran ist, dass Linc wieder Kontakt zu seinen drei Geschwistern hat«, sagte Elmer.

»Das ist wahr.« Noah fühlte mit seinem Onkel. Familienangelegenheiten konnten so schmerzhaft sein, vor allem, wenn man keine Kontrolle darüber hatte. Wie dann, wenn ein Vater seinen Kindern den Rücken zukehrte. Bis Linc vor kurzem von seinem abwesenden Vater gehört hatte, war Noah nicht bewusst gewesen, dass die Coleman-Geschwister das mit ihrem Onkel gemeinsam hatten. Noahs Vater, Mike Coleman war ebenfalls vor etwas mehr als einem Jahr wieder aufgetaucht, nach über zwanzig Jahren Funkstille. Er hatte eine Knochenmarkspende gebraucht, von den Kindern, die er Jahre zuvor im Stich gelassen hatte.

Gray hatte ihm schließlich das Knochenmark gespendet, wenn auch widerwillig. Keines der Geschwister war besonders scharf darauf, dass Mike wieder Teil ihres Lebens war. Sein Vater war auch so ein Thema, an das Noah lieber nicht denken wollte. »Ich muss zur Arbeit. Mein Beileid, Linc.«

»Danke, mein Sohn.«

Noah mochte es, wenn sein Onkel ihn so nannte.

»Ich würde mir die Tage gerne mal die Fortschritte auf der Baustelle ansehen«, sagte Elmer.

»Jederzeit, Gramps. Komm einfach vorbei.«

»Mache ich.«

»Habt einen schönen Tag.« Noah winkte, lächelte Megan zu und machte sich auf den Weg zur Tür.

Damit hatte er heute um sechs Uhr morgens bereits mehr Worte mit anderen Menschen gewechselt, als er das sonst den ganzen Tag über tat. Er stieg wieder in seinen Truck und fuhr die zehn Sekunden zur Baustelle, wo er in seinem warmen Auto sitzen blieb, das Sandwich mit Ei und Bacon aß und dazu den Kaffee trank, den Megan genau so zubereitet hatte, wie er ihn am liebsten mochte.

Es brachte Vorteile mit sich, in einer Kleinstadt zu leben, wo einen alle kannten. Aber es hatte natürlich auch Nachteile.

Noah hatte durchaus mit dem Gedanken gespielt, irgendwo hinzuziehen, wo ihn niemand kannte, so dass er nicht Gefahr lief, dass jemand einfach plötzlich ihren Namen erwähnte, so wie seine Mutter heute Morgen. Seine Mom wusste nicht genau, was mit seiner Ehe passiert war. Denn sonst hätte sie Melinda garantiert nicht erwähnt. Noah machte seiner Mutter keine Vorwürfe, weil sie Fragen stellte. Natürlich hatte sie Fragen. Gerade eben war er noch glücklich verheiratet gewesen, und dann hatte sich von einem Tag auf den anderen alles verändert. Diesen Albtraum noch einmal zu durchleben war so ziemlich das Letzte, was er wollte. Und weil er sich weigerte, darüber zu sprechen, was passiert war, musste er wohl oder übel ab und zu mit ein paar Fragen rechnen, selbst nach all der Zeit. Deswegen musste ihm das allerdings noch lange nicht gefallen. Wer setzte sich schon gerne mit solch schlechten Erinnerungen auseinander?

Er war jetzt so gut es nur ging auf einen weiteren eiskalten Tag auf der Baustelle vorbereitet, stieg aus seinem Truck und stapfte auf die mit Gerüsten verkleideten Umrisse des Gebäudes zu. Im Morgennebel konnte er sie erst dann so richtig erkennen, als er direkt davor stand.

Im nächsten Moment entdeckte er auch schon die Architektin, Brianna Esposito, und blieb wie angewurzelt stehen. Der weiße Helm, der sie als Projektleiterin zu erkennen gab, bedeckte ihr langes, lockiges Haar. Sie stand an der Hintertür, die Hände in die Hüften gestemmt, und musterte ihn mit finsterem Blick.

Was war denn nun schon wieder?

Sie überwachte wirklich jeden noch so kleinen Schritt, den er tat, zumindest versuchte sie es, was ihn jedes Mal zur Weißglut brachte. Leider fuhr ihm auch immer, wenn sie ihn mit diesem Funkeln in ihren dunkelbraunen Augen anschaute, ein Prickeln durch den gesamten Körper. Das lag sicherlich auch daran, dass er kaum noch Sex hatte. Dass es etwas anderes bedeuten könnte, darüber wollte er nicht einmal nachdenken.

Denn es durfte auf keinen Fall sein, dass er für diese nervige, besserwisserische unausstehliche Architektin aus Boston, die ihm das Leben zur Hölle machte, eine Schwäche hatte.

Auf gar keinen Fall.

2

»In Wahrheit ist es doch so: Jeder Mensch wird dich verletzen. Du musst nur diejenigen finden, für die sich das lohnt.«
Unbekannt, manchmal Bob Marley zugeschrieben

In neunzig Prozent der Fälle hätte Brianna ihm am liebsten das unerträgliche Grinsen aus dem Gesicht geschlagen. Unglücklicherweise würde sie es ihm in der restlichen Zeit nur zu gerne von den Lippen küssen. Und das, obwohl er unentwegt seine schlechte Laune an ihr ausließ. Natürlich wusste sie nach sieben Jahren in einer hauptsächlich von Männern dominierten Branche, wie die meisten auf eine Frau reagierten, die über ein funktionsfähiges Gehirn verfügte und sich auch nicht scheute, es zu benutzen.

»Guten Morgen, Brianna. Wie geht es dir an diesem herrlichen Vermonter Wintertag?«

Sie wusste ganz genau, dass es ihn überhaupt nicht interessierte, wie sie sich fühlte, also ignorierte sie die Frage. »Versuch nicht abzulenken, Coleman. Was habe ich dir zum Thema Lieferungen gesagt?«

»Ich glaube, du hast mir gesagt, ich soll keine Lieferungen annehmen.«

»Und trotzdem hast du gestern Nachmittag eine Holzlieferung angenommen, als ich wegen eines Meetings nicht hier war.« Sie hatte ihm gesagt, dass sie für das Meeting nach Hause fahren musste, wo sie ein Festnetztelefon hatte. In Butler gab es keinen Handyempfang.

»Ja, ich habe die Holzlieferung angenommen.«

»Und warum, bitte schön? Immerhin habe ich dich doch gebeten, genau das nicht zu tun.«

»Weil ich davon ausgegangen bin, dass es in deinem Sinne ist, wenn der Dachstuhl wie geplant fertig wird. Ohne das Holz würde mein Team jetzt Däumchen drehen. Wir hätten den ganzen Tag nicht arbeiten können, und morgen wahrscheinlich auch nicht, wenn wir auf den zweiten Zustellversuch gewartet hätten. Und das Holz befand sich zu diesem Zeitpunkt direkt vor meiner Nase. Ich habe für die Lieferung unterschrieben, und das würde ich in der gleichen Situation auch wieder tun.«

Sie hätte ihm am liebsten eine gescheuert. Aber weil sie spürte, dass er sich darüber wahrscheinlich noch amüsieren würde, hielt sie sich lieber zurück. »Dann hast du sicher die Mengenangaben des Lieferanten mit der Bestellung abgeglichen?«

»Nein. Das ist dein Job. Ich bin nur der dumme Bauarbeiter, der die ganze Arbeit macht.«

»Du hast also für eine Lieferung unterschrieben und hattest keine Ahnung, was du da gerade unterschreibst?«

»Stimmt nicht. Ich habe für das unterschrieben, was wir brauchen, damit es hier weitergeht. Ist es nicht unser Ziel, das Dach so schnell wie möglich zuzumachen, damit wir Heizlüfter für die Innenarbeiten aufstellen können?«

»Ja, das ist das Ziel, aber …«

»Kein Aber. Wenn wir diese Lieferung gestern nicht bekommen hätten, würden wir noch weiter zurückfallen. Also, noch mal: Ich bereue es kein bisschen.«

Brianna stieß ein entnervtes Knurren aus und wirbelte herum, bevor sie noch etwas Dummes tun konnte. Sie rutschte auf einer zugefrorenen Pfütze aus und wäre fast hingefallen.

Noah griff nach ihrem Arm und bewahrte sie vor einem bösen Sturz. »Vorsicht«, sagte er. Seine Stimme klang so belustigt, dass ihre Wut nur noch mehr aufloderte.

Sie riss sich los. »Halt die Klappe!«

Er fing an zu lachen.

Tja, ein neuer Tag im Paradies.

Brianna hasste diesen Auftrag so sehr. Sie hasste es, dass ihre Chefs sie hier ans Ende der Welt geschickt hatten, um den Wiederaufbau des Hotels von irgendeiner Cousine dritten Grades zu beaufsichtigen. Auch wenn sie durchaus ihre Gründe hatte, froh darüber zu sein, kurzzeitig aus Boston herauszukommen. Sie hasste es, dass ihr ständig so verdammt kalt war. Ihr taten schon die Zähne weh, weil sie ununterbrochen klapperten. Aber mehr als alles andere hasste sie diesen Bauunternehmer, mit dem sie Tag für Tag stundenlang zusammenarbeiten musste. Und zu allem Überfluss hasste sie es, dass sie ihn hasste.

Sie war nicht dazu erzogen worden, irgendwen zu hassen.

Noah Coleman war die Ausnahme zu jeder Regel. Er war unhöflich, arrogant, schweigsam, schwierig, unglaublich nervig und jedes andere Adjektiv aus der langen Liste zur Beschreibung von Schwachköpfen, die ihr in den Sinn kamen. Schlimm genug, dass er immer so mürrisch war. Nein, gleichzeitig war er auch noch unglaublich gutaussehend und unverschämt sexy. Wenn sie sich nicht gegenseitig die Köpfe einschlugen, bevor sie hier fertig waren, grenzte das an ein Wunder. Er machte sie völlig verrückt, wenn er sie so von oben herab musterte. Entweder arbeitete Noah nicht gerne mit Architekten zusammen oder er arbeitete nicht gerne mit Frauen. Jede dieser beiden Möglichkeiten machte ihn noch unerträglicher, als er es ohnehin schon war.

Nachdem sie sich in der ersten Woche mit ihm herumgeschlagen hatte, hatte sie ein bisschen in der Stadt herumgefragt, um besser zu verstehen, wen sie da vor sich hatte. Er war das zweite von acht Kindern, die von ihrem Vater im Stich gelassen worden waren, als er noch ein Teenager war. Er war ein Cousin der Abbots, denen der zauberhafte Country Store neben dem Inn gehörte. Außerdem, und das war am interessantesten, hatte er sich vor drei Jahren aus mysteriösen Gründen von seiner Frau getrennt. Sie waren damals gerade zwei Jahre lang verheiratet gewesen, und er hatte niemandem erzählt, was vorgefallen war.

Allerdings machte es sie fast noch wütender, dass sie sich überhaupt damit beschäftigte. Sie hatte so oder so mehr als genug zu tun. Warum, zum Teufel, hatte sie sich überhaupt die Mühe gemacht, Mrs. Hendricks nach ihm zu fragen? Himmel, was, wenn diese neugierige Tratschtante, der das Hotel gehörte, die tolle Idee gehabt hatte, Noah zu sagen, dass sie nach ihm gefragt hatte? Alleine der Gedanke sorgte dafür, dass Brianna das Gesicht verzog. Das Letzte, was Brianna wollte, war, dass er dachte, sie würde sich auch nur im Geringsten für ihn interessieren.

Trotzdem hatte ihr das, was Mrs. Hendricks erzählt hatte, geholfen zu verstehen, warum er so war, wie er war. Vielleicht war er einfach verbittert, weil sein Vater abgehauen war, und Gott weiß was seine Frau ihm angetan hatte. Sie wusste nur zu gut, wie es sich anfühlte, wenn eine Ehe völlig unerwartet in sich zusammenstürzte. Ihr Mann hatte ihr das Leben zur Hölle gemacht, so dass sie mit allen, die ebenfalls eine Scheidung durchlebt hatten, durchaus mitfühlen konnte.

Aber auch das gab niemandem das Recht, sich wie ein absoluter Idiot aufzuführen.

Nicht genug damit, dass er die Lieferung angenommen hatte, obwohl sie es ihm in aller Deutlichkeit gesagt hatte, dass er das nicht tun sollte. Sie würde ihm auch noch sagen müssen, dass seine Leute den Kamin gestern an der falschen Stelle eingezeichnet hatten. Davor graute es ihr. Es graute ihr überhaupt vor jeder Sekunde, die sie sich mit diesem verdammten Auftrag herumärgern musste, bei dem sie sich acht Stunden am Tag den Hintern abfror und sich zu allem Überfluss mit dieser Nervensäge herumschlagen musste.

Nach sechs Wochen war sie mittlerweile drauf und dran, den Job hinzuschmeißen und sich einen anderen Beruf zu suchen. Nichts an ihrer Arbeit machte ihr auch nur annähernd so viel Spaß, wie sie erwartet hatte, als sie sich mit achtzehn Jahren entschlossen hatte, Architektin zu werden. Damals hatte sie unter großem Druck gestanden, sich für eine Berufslaufbahn entscheiden zu müssen.

Wenn nur nicht so viel davon abhängen würde, dass sie dieses Projekt rechtzeitig fertigstellte, würde sie einfach gehen. Aber dann stünde sie ohne die Erfahrung da, die sie so dringend brauchte, um eine neue Stelle zu finden. Das nie enden wollende Drama mit ihrer Ehe machte die Suche nach potenziellen neuen Arbeitgebern ohnehin schon schwierig. Diesen Auftrag hier in Vermont hinzuschmeißen, bevor sie fertig wurden, war keine Option. Und es kam auch nicht in Frage, einen Bauarbeitermord zu begehen, aber daran denken konnte man ja zumindest.

Das Butler Inn war das einzige Hotel, in dem Reisende in Butler unterkommen konnten. Die Stadt brauchte das Hotel, und Mrs. Hendricks musste ihr Geschäft wieder aufnehmen. Brianna würde sich darum kümmern, aber sobald der letzte Nagel eingeschlagen war, würde sie aus Butler verschwinden.

Bis dahin musste sie eben mit Noah Coleman fertigwerden. Sie stellte sich auf ein weiteres Streitgespräch ein – es hatte schon so viele gegeben, dass sie nicht mehr mitzählte – und machte sich auf die Suche nach ihm. Die vordere Hälfte des Gebäudes hatten sie retten können, also bauten sie die hintere Hälfte auf und versahen die vordere mit dem vorgeschriebenen Sprinklersystem und einigen anderen Neuerungen.

Eine Sprinkleranlage hätte das Feuer schnell löschen können, aber bei älteren Gebäuden waren sie nicht vorgeschrieben. Das neue Hotel würde sehr viel sicherer sein als sein Vorgänger. Das war Mrs. Hendricks besonders wichtig, es hatte sogar in der Ausschreibung gestanden.

Brianna war auf der Baustelle die ganze Zeit so kalt, dass sie nicht klar denken konnte. Das Einzige, was dafür sorgte, dass ihr heiß wurde, waren die Streitereien mit Noah. Sie wärmten sie für ein paar wundervolle Minuten auf, in denen ihr Puls anstieg und ihr Herz ihr Blut schneller durch die Adern pumpte.

Im Inneren des Rohbaus lärmten die Hämmer auf dem Dach mit dem Kreischen einer Kreissäge um die Wette. Es war laut genug, dass ihr die Zähne klapperten.

Sie fand Noah in der Küche, die vor einer Woche vorbereitet worden war. Er war in die Hocke gegangen, um irgendetwas abzumessen.

»Können wir bitte über den Kamin bei der Rezeption sprechen?«, fragte sie, ihre Stimme so ruhig wie nur irgend möglich.

»Klar.«

»Der muss neu gemacht werden.«

Er schaute über seine Schulter zu ihr auf und zog die Augenbrauen hoch. »Warum das?«

»Ist fünfzehn Zentimeter zu weit links.«

»Ist er nicht.«

»Ist er doch.«

»Nein. Ist er nicht.«

Brianna nahm all ihre Kräfte zusammen. Das war auch nötig, um beim Anblick der anziehendsten grauen Augen, die ihr je begegnet waren, mit keiner Wimper zu zucken. »Machen wir jetzt den ganzen Tag lang so weiter, oder hörst du mir zu?«

»Ich höre dir nicht zu, wenn du mir sagst, dass der Kamin fünfzehn Zentimeter zu weit links ist, weil das nicht stimmt.«

»Dann musst du wohl mit mir mitkommen, damit ich es dir zeigen kann.«

Er ließ sich alle Zeit der Welt, um sich zu seiner vollen Größe aufzurichten. Weil er ihr den Rücken zukehrte, konnte Brianna in aller Ruhe die Rückseite seiner Levi's bewundern, und das war nicht unbedingt der schlechteste Anblick. Nicht, dass sie hingeschaut hätte.

Nicht sehr.

Er drehte sich blitzschnell um und erwischte sie dabei, wie sie ihm auf den Hintern starrte.

Na toll.

Als sie zu ihm aufschaute, breitete sich ein selbstgefälliges Grinsen auf seinem Gesicht aus. »Was gesehen, das dir gefällt, Schätzchen?«

»Ja, den angenehmsten Teil von dir.« Brianna war ziemlich zufrieden mit dieser Antwort. Normalerweise war sie nicht besonders schlagfertig, und die passende Erwiderung fiel ihr erst ein, wenn es längst zu spät war.

»Mir wurde schon oft gesagt, dass ich einen ganz außergewöhnlichen Arsch habe. Freut mich, dass du das auch so siehst.«

Sie tat so, als hätte sie ihn nicht richtig verstanden. »Was sagst du? Die Leute sagen, du bist ein außergewöhnlicher Arsch? Das sehe ich allerdings auch so.«

Sein Lachen folgte ihr aus der Küche, als sie sich auf den Weg in Richtung Rezeption machte. Hoffentlich würde er auch bald dort auftauchen, damit sie über den Kamin streiten konnten, der fünfzehn Zentimeter zu weit links eingezeichnet worden war. Sie bauten den Kamin komplett neu, eigentlich wäre es also kein Problem. Aber wenn er dort gebaut wurde, wo er zurzeit eingezeichnet war, würde der Fluchtweg auf der anderen Seite nicht mehr den Vorschriften entsprechen. Er musste verschoben werden.

Sie waren gerade weit in einen Bereich vorgedrungen, der unprofessionell und außerdem völlig unangebracht war. O Gott, musste sie darüber jetzt etwa auch noch mit ihm diskutieren?

Wahrscheinlich schon. Na super.

Sie fand es interessant, dass er nie die Stimme erhob, wenn er es mit den Männern, die für ihn arbeiteten, zu tun hatte. Sie nahmen ihre Aufträge von ihm an und schienen ihn als Chef und auch als Freund zu respektieren. Nein, er stritt immer nur mit ihr, so wirkte es jedenfalls.

Als er in die Lobby kam, hatte Brianna schon die Pläne auf dem provisorischen Tisch aus Sägeblöcken und einer Sperrholzplatte ausgerollt. Sie war kampfbereit.

Noah blieb an der Stelle stehen, an der die Türschwelle zum Flur des Erdgeschosses sein würde, und schaute sich an, wie weit seine Leute am Vortag gekommen waren. Natürlich gab es immer etwas zu verbessern, aber im Großen und Ganzen war er zufrieden.

»Wenn du herkommst und dir die Pläne anschaust, zeige ich dir, dass der Kamin den Fluchtweg behindert. Ich brauche unbedingt diese fünfzehn Zentimeter.«

»Dazu könnte ich jetzt so einiges sagen.«

Flirtete er gerade mit ihr? Auf keinen Fall. Er konnte sie nicht ausstehen. Und sie konnte ihn nicht ausstehen. Er flirtete definitiv nicht. Sie ignorierte seinen zweideutigen Kommentar und konzentrierte sich auf die Pläne. Die mittlerweile nur allzu vorhersagbare Wärme stieg in ihr auf, als er näher kam, um sehen zu können, worauf sie zeigte. Der Kerl musste natürlich auch noch gut riechen. Das Leben war einfach nicht fair.

»Du hast recht«, sagte er. »Das ist falsch. Wir machen es neu.«

Brianna war so schockiert, dass sie keinen Ton herausbrachte. Und jede Person, die sie auch nur ein kleines bisschen kannte, würde wissen, dass das sehr, sehr selten vorkam. »Würdest du das noch mal wiederholen? Ich glaube, ich hab da was falsch verstanden.«

»Ich habe gesagt, du hast recht. Es ist falsch eingezeichnet, und wir machen es neu.«

»Wow, ich muss diesen Sieg unbedingt noch einen Moment lang auskosten.«

Wieder einmal bedachte er sie mit diesem Grinsen, das die unglaublichsten Dinge mit seinem sonst so mürrischen Gesicht anstellte. »Tu dir keinen Zwang an.«

»Das solltest du öfter machen.«

»Was denn? Dir sagen, dass du recht hast?«

»Auf jeden Fall. Und lächeln. Das steht dir.«

»Ich hab nicht gelächelt.«

»Doch, hast du. Heute sogar schon zum zweiten Mal.«

»Das ist nicht wahr. Denk dir doch keine Geschichten aus.«

Kein Wunder, dass sie ihm in neunzig Prozent der Fälle am liebsten eine schallende Ohrfeige verpassen würde. »Sollen wir uns jetzt wirklich darüber streiten, ob du gelächelt hast oder nicht?«

»Ja, wirklich. Ich lächele nämlich grundsätzlich nicht.«

»Das ist das Bescheuertste, was ich je gehört habe. Wer hat denn bitte eine Regel zum Thema Lächeln?«

»Ich.«

»Kein Wunder, dass du immer so mies drauf bist. Wer eine Regel gegen Lächeln hat, dem ist wirklich nicht mehr zu helfen.«

»Hast du denn Grund zu lächeln? Du wirkst ziemlich angespannt.«

»Ich bin angespannt, weil ich mich mit dir herumärgern muss.«

»Herr im Himmel«, rief eine dritte Stimme von der Türschwelle.

Brianna und Noah wirbelten herum und sahen

Mrs. Hendricks, die in der Tür stand und sie missmutig beobachtete. Über der Kapuze ihres bodenlangen Parkas trug sie den roten Bauhelm, den Noah ihr gegeben hatte, damit sie die Baustelle besuchen und sich die Fortschritte anschauen konnte.

»Ich kann es nicht ertragen, euch beide so miteinander streiten zu sehen.« Sie wirkte, als sei sie den Tränen nahe. Mit dem roten Helm, der gefährlich auf ihrer Kapuze schwankte, erinnerte sie ein wenig an einen seltsamen Pilz.

»Wir streiten nicht«, sagte Noah. »Wir *kommunizieren.*«

»Werde bloß nicht frech, Noah Coleman. Ich erkenne einen Streit, wenn ich ihn sehe. Und das war definitiv einer.«

»Wir sind uns eben in manchen Dingen nicht einig, aber das regeln wir schon«, sagte er. »Stimmt doch, oder, Brianna?«

Brianna wusste, dass sie ihm zustimmen sollte, damit sie ihre Kundin glücklich nach Hause schicken konnte, aber sie schaffte es einfach nicht, ihr ins Gesicht zu lügen. »Wir streiten ununterbrochen.«

Noah starrte sie fassungslos an.

»So geht das nicht«, sagte Mrs. Hendricks. »Ich möchte, dass ihr heute Abend zusammen essen geht und das regelt.«

Brianna schüttelte den Kopf, bevor die Frau ihren Satz zu Ende gebracht hatte. Sie würde auf keinen Fall mit Noah Coleman essen gehen.

»Wo wir gerade dabei sind.« Mrs. Hendricks kramte in

ihrer riesigen Handtasche herum. »Ich habe diesen Gutschein vom Gasthaus zum Schweinebauch zugeschickt bekommen.« Sie drückte Noah den Gutschein in die Hand.

»Danke«, sagte er. »Aber …«

Doch Mrs. Hendricks ging über seine Einwände hinweg: »Esst mal schön zusammen und redet darüber. Ihr jungen Leute müsst noch lernen, wie man richtig kommuniziert. Ständig klebt ihr an diesen dummen Handys und habt darüber vergessen, wie man miteinander spricht.«

Brianna hätte sie gerne daran erinnert, dass Butler, Vermont, das reinste Niemandsland für Handys war und dass hier garantiert niemand an irgendeinem Bildschirm klebte. *Wo Handys ihre Ruhe haben* wäre ein passendes Motto für diese Stadt.

»Morgen komme ich wieder und frage euch, wie es gelaufen ist. Ich hoffe, ihr könnt diesen Schwachsinn hinter euch lassen und zu etwas mehr Harmonie finden. Das Leben ist zu kurz für Streitereien.«

»Sind Sie deswegen hergekommen?« Noahs Kiefer war angespannt, er biss die Zähne zusammen. Zweifellos war der Gedanke, außerhalb der Arbeit Zeit mit ihr zu verbringen, für ihn genauso unerträglich wie für sie.

»Ich habe gehört, dass es hier Querelen geben soll, und das wollte ich im Keim ersticken.«

Brianna versuchte, das Lachen zurückzuhalten. Mrs. Hendricks' Ausdrucksweise war wirklich zu komisch.

Noah räusperte sich, als versuche auch er, die Fassung zu bewahren.

»Na dann, bis morgen, ihr beiden. Habt ein schönes Abendessen und begrabt euren Zwist ein für alle Mal.« Sie drehte sich um und ging, bevor einer von ihnen noch etwas erwidern konnte.

Als sie weg war, standen sie eine volle Minute lang schweigend da.

Dann brach Noah das Schweigen. »Na, das hast du ja toll hinbekommen.«

3

»Wenn uns etwas weh tut, lernen wir.«
Steve Maraboli

Warum hatte sie ihm nicht einfach zugestimmt? Dann müsste er sich jetzt nicht rasieren, um noch einmal rauszugehen. Er könnte noch einen Scheit Holz aufs Feuer legen und einen Winterabend lang in aller Ruhe sein Buch lesen. Stattdessen musste er sich nun auf zehn weitere Runden mit dem Architektur-Äquivalent von Muhammad Ali einstellen. Sie machte ihn so müde.

Und sie machte ihn an.

Das war doch wirklich unfassbar. Es gefiel ihm gar nicht, nach drei langen Jahren wieder so etwas wie Verlangen zu spüren, und dann auch noch bei einer Frau, die ihn komplett in den Wahnsinn trieb.

Sie war nicht mal sein Typ, verdammt nochmal. Normalerweise interessierten ihn die kühlen Blonden, aber Brianna hatte dunkle Locken, Kurven über Kurven und scharfe braune Augen, denen rein gar nichts entging. Selbst in Arbeitskleidung und Bauhelm sah sie gut aus, und er war nicht der Einzige, dem das aufgefallen war. Einer seiner Jungs hatte sie eine Rauch-Show genannt.

Noah hatte gefragt, was er damit meinte.

»Na ja, so heiß, dass es raucht«, hatte der junge Mann gesagt und Noah angeschaut, als sei er steinalt.

Es war kaum möglich, weiter vom Weltgeschehen entfernt zu sein als Noah. Kein Handy, keine Social Media, ein Fernseher, den er nur selten einschaltete, ein Computer, den er nur für Rechnungen und andere Dinge, die mit seiner Arbeit zu tun hatten, brauchte, und wenig bis kein Kontakt zu Menschen, mit denen er nicht zusammenarbeitete. Seine Mitarbeiter hielt er ebenfalls auf Abstand. Das war eine Sache, die er auf die harte Tour gelernt hatte. Freunde dich nicht mit deinen Angestellten an!

Nachdem Mrs. Hendricks sie mit dem Gutschein überrumpelt hatte, musste Noah sich den Rest des Tages um den Kamin kümmern. Sein Vorarbeiter, Carlo, hatte sich tausendmal dafür entschuldigt, dass er die Pläne falsch gelesen hatte.

Noah hatte ihm gesagt, er solle sich keine Sorgen machen. So etwas passierte eben. Aber er wünschte sich trotzdem Miguel zurück, der jahrelang an seiner Seite gearbeitet hatte, bevor zwischen ihnen alles auf spektakuläre Weise in die Brüche gegangen war. Vor diesem furchtbaren Tag war Miguel Noahs zweite Hirnhälfte gewesen. Sie hatten nicht nur zusammengearbeitet, sie waren auch beste Freunde gewesen. Noah hatte Miguel nie bei der Arbeit beaufsichtigen oder ihm sagen müssen, was er tun sollte. Er hatte es immer einfach gewusst.

Letztendlich hatte Noah einen hohen Preis dafür gezahlt, dass er seinem Vorarbeiter so sehr vertraut hatte, aber über diesen Albtraum wollte er jetzt nicht weiter nachdenken. Er würde jedes Gramm Durchhaltevermögen brauchen, das er aufbringen konnte, um mit dem gegenwärtigen Albtraum zurechtzukommen.

Ein Abendessen mit Brianna Esposito entsprach seiner Vorstellung der Hölle. Worüber sollten sie nur reden? Mrs. Hendriks war mal die Leiterin seiner Pfadfindergruppe gewesen, als er und ihr Sohn Jud noch klein waren. Als Noahs Vater verschwunden war, hatte Mrs. Hendricks ihn zu allen Aktivitäten gefahren, die Jud und er zusammen machten – Football, Baseball, Basketball und Pfadfinder. Sie hatte auch oft eine Mahlzeit vorbeigebracht und behauptet, sie hätte viel zu viel gekocht, komischerweise immer gerade genug für neun zusätzliche hungrige Mäuler.

Noah war damals alt genug, um zu verstehen, wie schlecht es ihnen finanziell ging, und die Freundlichkeit von Menschen wie Mrs. H, wie er sie damals nannte, hatte ihm viel bedeutet. Das würde er nie vergessen. Und genau das war auch der Grund, warum er mit Brianna zum Abendessen ins Gasthaus zum Schweinebauch fahren würde, wenn Mrs. H sagte, er solle mit Brianna zum Abendessen dorthin fahren.

Selbst wenn er das nicht wollte.

Er wollte es so was von überhaupt nicht.

Viel lieber hätte er den Spionagethriller weitergelesen, der ihn am Vorabend so lange wach gehalten hatte. Den ganzen Tag hatte er über die Geschichte nachgedacht und wollte wissen, was als Nächstes passierte. Aber das konnte er vorerst vergessen.

Er kramte einen dunkelblauen Pullover hervor, den seine Schwester Izzy ihm zu Weihnachten geschenkt hatte, und zog ihn über sein Thermooberteil und die abgetragenen Jeans, die für ihn seine »guten« Jeans waren, weil er sie noch nie zur Arbeit angehabt hatte. Außerdem waren sie sauber. In den letzten drei Jahren hatte er sich nicht mehr so viel Mühe mit seinem Erscheinungsbild gegeben. Was spielte es schon für eine Rolle, was er trug oder wie er aussah? Wen kümmerte das? Ihn jedenfalls nicht. Ihn kümmerte in letzter Zeit herzlich wenig, abgesehen von seiner Familie und seinem Job. Das waren auch die einzigen Dinge in seinem Leben, für die er Zeit und Energie aufbringen konnte. So lief er auch nicht Gefahr, ernsthaft verletzt zu werden.

Noah hatte gelernt, Menschen und Situationen zu vermeiden, die ihn traurig stimmen könnten. Davon hatte er genug.

Kurz bevor er losfuhr, startete er seinen Truck mit der Fernbedienung, damit er schon mal warm wurde. Er packte sich gut ein und trat hinaus in den frostigen Abend. Dann stieg er in die immer noch eiskalte Kabine seines Trucks.

Nach der Arbeit hatte er zehn Minuten damit verbracht, die alten Kaffeebecher und den anderen Müll, der sich auf der Mitfahrseite angesammelt hatte, zu entsorgen. Es fuhr nie jemand in seinem Truck mit, außer ab und zu die Hunde seiner Tante und seines Onkels, wenn er auf sie aufpasste.

Sein Leben war eintönig und langweilig, und das war

auch gut so. Er hatte am eigenen Leib erfahren, was passieren konnte, wenn man zu viel erwartete. Es war besser, wenn er einfach in seiner Spur blieb und nichts von dem riskierte, was er nicht verlieren durfte: sein Herz, seinen Verstand, und seine Fähigkeit, jemand anderem als den Mitgliedern seiner Familie zu vertrauen.

Und ja, er war reflektiert genug, um zu wissen, dass seine Verbitterung der Grund dafür war, dass er einen Großteil seiner Verbindungen zur Außenwelt abgebrochen hatte. Aber die Verbitterung war mittlerweile so sehr Teil von ihm, dass er sich selbst ohne sie kaum noch wiedererkannte. Zum ersten Mal hatte er sie gespürt, als sein Vater sich einfach davongemacht hatte. Und seitdem waren immer wieder Dinge passiert, die ihn noch tiefer in diesen Strudel hineingezogen hatten.

Auf dem Weg zu dem Haus, das Brianna in der Nähe seines Cousins Will gemietet hatte, versuchte Noah, sich zurechtzulegen, worüber er während des Essens mit ihr reden könnte. Es wäre sicher gut für sie beide, wenn sie das Thema, das sie beide in diese Situation gebracht hatte, so gut es ging mieden.

Es interessierte die Leute immer, wie es war, als eines von acht Geschwistern und zehn Cousins und Cousinen, die ebenfalls wie Geschwister für ihn waren, aufzuwachsen. Das war ein unverfängliches Gesprächsthema. Er konnte ihr von den Jahren erzählen, die er in Kalifornien verbracht hatte, am USC mit einem Stipendium für sein Studium in Maschinenbauingenieurwesen. Während er dort war, hatte er ein heftiges Erdbeben überlebt. Das war doch eine gute Geschichte. Für die Vorspeise sollte das genügen.

Noah konnte kaum sagen, wie sehr ihm vor dieser Unternehmung graute.

Er bog in ihre Einfahrt ein und dachte an seinen Schulfreund Kent Barclay, der in dem Haus gewohnt hatte, als sie klein gewesen waren. Kents Dad war ein Jahr nach Noahs Dad gegangen, das war also etwas, das sie verband. Kent hatte mal einen Witz darüber gemacht, dass sich sein Vater Noahs Vater zum Vorbild genommen hatte. Noah fragte sich, wo Kent wohl gerade war und ob das Haus immer noch seiner Familie gehörte.

An der Haustür brannte Licht. Sollte das heißen, dass Noah klingeln sollte, um sie abzuholen?

Nein, das sähe zu sehr nach einem Date aus. Und das hier war kein Date.

Noah hatte keine Dates. Er traf sich ab und zu mit einer Freundin aus der Highschool, die ebenfalls eine unangenehme Scheidung durchgemacht hatte – waren nicht alle Scheidungen unangenehm? – und jetzt drei Kinder alleine großziehen musste.

Glenda war wirklich nett, und sie hatten alle paar Monate ein bisschen Spaß zusammen, aber das war auch schon alles. Mehr wollten sie beide nicht.

Er wollte gerade auf die Hupe drücken, damit Brianna wusste, dass er da war, als die Tür aufging und sie auf die Schwelle trat, eingerahmt vom goldenen Licht der Außenlampe.

Sie hielt einen Finger hoch – noch eine Minute – und verschwand wieder im Haus.

Neben ihrem Fußweg war der Schnee von vier verschiedenen Schneestürmen aufgehäuft. Um diese Jahreszeit war das eben so, mit jedem Sturm wuchsen die Schneemauern neben den Straßen und Wegen. Er fragte sich, ob sie selbst Schnee schaufelte oder jemanden dafür bezahlte.

Menschen, die nicht in Vermont aufgewachsen waren, waren meistens überfordert von der schieren Menge an Schnee. Die Verlobte seines Bruders, Emma, und ihre Schwester Lucy, die mit Noahs Cousin Colton verheiratet war, waren in New York City aufgewachsen. Er hatte Emma einmal sagen hören, dass sie nicht gedacht hätte, dass es überhaupt möglich wäre, dass es so viel schneite, wie das in Vermont der Fall war. Sie sagte, sie würde nachts davon träumen, unter einer riesigen Ladung Schnee vergraben zu sein und verzweifelt nach dem Weg nach draußen zu suchen.

»Ich würde schon nach dir suchen«, hatte Grayson mit dem unbeschwerten Lächeln gesagt, das sich so oft auf sein Gesicht schlich, jetzt, da Emma und ihre Tochter Simone in sein Leben getreten waren.

Noah war froh, dass Gray so glücklich war. Als ihr Dad abgehauen war, hatte sein Bruder die Hauptlast tragen müssen, und er hatte es nun wirklich mehr als verdient, jemanden an seiner Seite zu haben, der ihn unentwegt zum Lächeln brachte.

Noah allerdings würde diesen Weg nie wieder einschlagen. Er war alleine besser dran, und das war auch gut so.

Brianna kam aus der Tür und schloss zweimal ab.

Bevor ihr wunderbar sauberer Staat zum Zentrum für Heroin, Oxycodon und andere Drogen geworden war, hatten alle ihre Türen meistens offen gelassen. Jetzt verließ niemand mehr das Haus, ohne abzuschließen, und er war froh, dass Brianna das auch tat. Vermutlich hatte sie sich das schon in Boston angewöhnt. Er mochte sie zwar nicht besonders, aber er wollte trotzdem nicht, dass ihr etwas passierte.

Langsam und sehr vorsichtig kam sie nun auf dem Gehweg auf ihn zu.

Steig aus und mach ihr die Tür auf!

Die Stimme seines Großvaters war so tief in seinem Unterbewusstsein verankert, dass Noah beinahe nicht anders konnte, als Elmers Anweisung zu folgen.

Ich werde ihr nicht die Tür öffnen, das ist Schwachsinn. Schließlich ist das hier kein Date.

Um seinem Großvater zumindest einen Kompromiss zuzugestehen, lehnte sich Noah zur anderen Seite und machte die Tür von innen für sie auf. Als er sah, dass sie fast zu klein war, um den Tritt zu erreichen und einzusteigen, hielt er ihr eine Hand hin, die sie dankbar annahm.

Sobald ihre Hand die seine berührte, strömte eine Energie seinen Arm hinauf. Er begriff sofort, dass es ein großer Fehler gewesen war, sie zu berühren, und ließ ihre Hand los, sobald sie sicher im Truck saß.

Es dauerte ungefähr drei Sekunden, dann erfüllte ein faszinierender, weiblicher Geruch die Kabine.

Na super.

Wenn es nur nicht so verdammt eiskalt wäre, könnte er wenigstens die Fenster öffnen. Aber weil das keine Option war, musste er wohl mit dem Geruch und der verdammten Erektion, die Briannas Nähe bei ihm ausgelöst hatte, leben.

»Danke, dass du mich mitnimmst. Ich bin kein großer Fan davon, nachts hier herumzufahren. Da gibt es doch diesen Elch, der sich einem ständig in den Weg stellt, und dazu noch die vielen lebensbedrohlichen Schluchten.«

»Dann hast du also schon von dem Elch gehört?«

»Äh, ja, so ziemlich am ersten Tag. War es nicht die Frau von deinem Cousin, die ihn angefahren hat?«

»Ja. Cameron ist Fred etwa eine Meile nach dem Ortsschild begegnet. Will hat sie bis zu den Knien im Matsch gefunden. Ihr Gesicht war genauso verbeult wie ihr Auto. Der Rest ist, wie man so schön sagt, Geschichte.«

»Ich kann nicht fassen, dass sie danach trotzdem hiergeblieben ist.«

»Ich glaube, das liegt an meinem Cousin, aber am besten fragst du sie selbst.«

»Mich wird jedenfalls nichts zum Bleiben bewegen können, sobald meine Arbeit hier getan ist.«

»Dann kann ich also annehmen, dass es dir hier nicht besonders gut gefällt?«

»Überhaupt nicht. Es gibt geradezu lächerlich viel Schnee, dazu Elche auf den Straßen. Jeder Kilometer, den man hier fährt, ist wie ein Videospiel, weil man dauernd mit irgendetwas zusammenstoßen könnte, es ist nichts los, und die Leute sind schlecht gelaunt.«

»Alle Leute oder einer ganz speziell?«

»Einer ganz speziell. Und das ist leider auch noch der, mit dem ich die meiste Zeit verbringen muss.«

Noah verzog das Gesicht, auch wenn er sich insgeheim das Lachen verkniff. Es war mutig von ihr, das so geradeheraus zuzugeben, das musste er ihr lassen. »Na ja, abgesehen von den schlecht gelaunten Menschen ist Butler wirklich eine tolle kleine Stadt, vor allem um diese Jahreszeit. Die Leute kommen aus der ganzen Welt hierher, um auf Butler Mountain Ski zu fahren.«

Aus dem Augenwinkel sah er, wie sie die Nase rümpfte. »Ich habe noch nie verstanden, was so toll daran sein soll, stundenlang draußen in der Kälte zu sein, um im Stehen irgendwelche Berge runterzurutschen.«

»Hast du es schon mal probiert?«

»Nein, weil ich es *hasse*, wenn mir kalt ist.«

»Wenn du dich richtig anziehst, wird dir auch nicht kalt.«

»Doch, mir wird kalt. Mir ist immer kalt, das ist ein weiterer Grund, warum ich mich nie mit Butler anfreunden werde.«

»Was hast du denn drunter?«

»Wie bitte?«

Noah musste über ihren entsetzten Tonfall lachen. Und ja, ihm war bewusst, dass er schon zweimal gelacht hatte, seit sie bei ihm eingestiegen war. Er hatte nicht erwartet, dass irgendetwas an diesem Abend lustig werden würde. »Ich meine die lange Unterwäsche. Was für eine hast du?«

»Ganz normale Thermounterwäsche. Nicht, dass dich das was angeht.«

»Na ja, okay, aber im Country Store gibt es welche aus Seide, die ist tausendmal besser als die normale Thermounterwäsche. Ich besorg dir welche.« Die Worte waren aus seinem Mund, bevor er sich darüber Gedanken machen konnte, was es bedeutete, ihr angeboten zu haben, Unterwäsche für sie zu kaufen.

Du magst sie nicht, weißt du noch?

Glaub mir, das weiß ich nur zu gut, aber das bedeutet noch lange nicht, dass ich will, dass sie die ganze Zeit friert.

Halt die Klappe.

Halt du die Klappe.

Nein, du.

Na toll, jetzt stritt er wegen ihr mit sich selbst. Er war sich ziemlich sicher, dass ihr das gefallen würde, wenn sie es wüsste. Nicht, dass er es ihr erzählen würde. Er hatte in den ersten zehn Minuten schon mehr als genug gesagt.

»Das musst du nicht. Ich kann mir selbst welche kaufen.«

»Ja, klar, wie du willst, aber du wirst dann jedenfalls nicht mehr so frieren.«

»Danke für den Tipp.«

»Eine lange Jacke und bessere Stiefel wären die Investition auch wert.«

»Was stimmt mit meiner Jacke und meinen Stiefeln nicht?«

»Deine Jacke ist zu kurz, und deine Stiefel sehen schön aus, taugen aber nichts. Der Winter ist hier wirklich eine ernste Sache. Im Store können sie dir alles geben, was du brauchst. Nicht, dass ich Schleichwerbung fürs Familienunternehmen machen will. Ganz ehrlich, ich habe keine Anteile.«

»Haben es nicht deine Großeltern gegründet?«

»Ja, stimmt.«

»Und du hast trotzdem keine Anteile?«

»Nein. Als mein Onkel Lincoln Geschäftsführer wurde, haben er und meine Tante Molly, die Schwester meiner Mutter, angeboten, mich, meine Geschwister und meine Mom auszuzahlen. Weil niemand von uns Interesse am Geschäft hatte, hat meine Mutter das Angebot angenommen. Linc, Molly, die zehn Kinder und mein Großvater haben alle den gleichen Anteil. Wenn mein Großvater stirbt, geht sein Anteil an die zwölf.«

Warum redete er so viel? Und dann auch noch ausgerechnet mit ihr? Er redete nie mit irgendjemandem, wenn es sich vermeiden ließ.

»Das ist wirklich interessant. Ich finde es faszinierend, wie Familienunternehmen funktionieren. Meine Firma gehört drei Brüdern. Zwei von ihnen reden nicht miteinander, ein Albtraum für den dritten.«

»Warum reden sie nicht miteinander?« *Und warum interessiert dich das? Halt die Klappe!*

»Ich glaube, der eine hat mit der Frau des anderen geschlafen.«

»Ja, das ist Grund genug.«

Sie lachte – laut –, und Noah konnte nicht anders als zu lächeln. Ihr Lachen füllte den kleinen Raum genauso aus wie ihr Geruch.

»Der Ehemann hat sie mit seinem Bruder im Bett erwischt, und es gab ein Riesentheater. Aber weil sie so ein erfolgreiches Unternehmen haben, müssen sie weiterhin zusammenarbeiten, obwohl alle wissen, warum sie nicht miteinander reden.«

»Unangenehm.« Noah tat es in der Seele weh, was der eine der Brüder durchgemacht hatte. Er wusste nur zu gut, wie das war. Es blieb ihm nichts anderes übrig, als dankbar zu sein, dass er seine Frau nicht mit einem seiner Brüder erwischt hatte.

»Ja, wirklich.«

»Ist die Ehefrau jetzt mit dem anderen Bruder zusammen?«

»Nein. Das macht es meiner Meinung nach nur noch schlimmer. Wenn man dem eigenen Bruder so was antut, dann muss es wenigstens echte Liebe sein.«

»Also, erstens würde ich so etwas niemals einem meiner Brüder antun – oder sonst irgendwem, wenn wir schon dabei sind.« Wenn der eigene Vater die Familie im Stich gelassen hatte, verlor man jedes Interesse daran, sich mit einer verheirateten Frau einzulassen. Es war ein Wunder, dass Noah überhaupt den Mut aufgebracht hatte zu heiraten.

Melinda hatte gewusst, was er durchgemacht hatte, und trotzdem hatte sie sein Vertrauen missbraucht. Seitdem war

Noah davon ausgegangen, dass er sich zumindest auf seine eigene Familie verlassen konnte. Zu hören, was mit Briannas Chefs passiert war, ließ ihn allerdings aufhorchen. Doch er schob diesen Gedanken rasch beiseite, bevor er sich verselbständigen konnte. Er hatte keinen Zweifel daran, dass sowohl seine Geschwister als auch seine Cousins und Cousinen für ihn durchs Feuer gehen würden – genau wie er das umgekehrt auch für sie tun würde. Niemals würden sie eine solche Grenze überschreiten. Da war er sich vollkommen sicher.

»Wo fahren wir überhaupt hin?«, fragte Brianna. Sie schaute aus dem Fenster und verfolgte, wie Noah sie durch die schmalen, kurvigen Straßen navigierte, die in die sogenannte Innenstadt von Butler führten. So bezeichneten die Einwohner die Ansammlung von Gebäuden in der Elm Street, wo sich der Green Mountain Store, der Diner, das Hotel, eine Bank, die Post, die obligatorische weiß getäfelte Kirche, die in so gut wie allen Städten in New England zum Inventar gehörte, eine Kunstgalerie, eine Pizzeria und ein paar kleinere Läden befanden. Es war nicht viel, aber es war sein Zuhause.

»Ein paar Orte weiter.«

»Was ist das für ein Laden, wo Mrs. Hendricks uns hingeschickt hat? Zum Schweinebauch? Heißt das wirklich so?«

»Ja, wirklich. Und dem Namen zum Trotz ist das Essen unglaublich gut. Das beste Grillfleisch, das ich je gegessen habe.«

»Ich nehme an, du warst schon raus aus Vermont?«

Er wollte sie nicht lustig finden, aber er konnte nichts dagegen tun. »Das war ich tatsächlich. Ich habe sechs Jahre lang in Südkalifornien gelebt und bin für meine Arbeit viel gereist.«

»Was hast du gemacht?«

»Ich habe nach dem College ein paar Jahre lang für ein Ingenieursbüro gearbeitet, bevor ich vor acht Jahren wieder nach Hause gekommen bin und meine eigene Firma gegründet habe.«

»Du bist Ingenieur?«

»Ja genau. DI.« Er nahm an, dass sie wusste, dass das für Diplom-Ingenieur stand.

»Hm.«

»Was?«

»Das überrascht mich.«

Er wollte nicht fragen. Das wollte er wirklich nicht. Es war viel besser, wenn er sie unausstehlich fand. »Warum?«

»Ich hätte einfach nicht gedacht, dass du ein Diplom hast.«

»Was hast du denn gedacht?«

»Soll ich diese Frage jetzt wirklich beantworten?« Sie klang hocherfreut über diese Gelegenheit.

»Ja, du hast recht, das überlassen wir wohl besser meiner Vorstellungskraft.« Nach einer langen Pause sagte er: »Es tut mir leid, dass ich so abweisend zu dir war. Das ist eigentlich nicht meine Art.«

Es dauerte eine ganze Weile, bis sie antwortete: »Und

mir tut es leid, dass ich so streng war. Mein Boss nervt mich die ganze Zeit damit, dass ich den Auftrag rechtzeitig und unter Budget fertig kriegen soll, und, wie schon gesagt, ich hasse es, wenn mir kalt ist. In Butler ist es ziemlich kalt, und das sorgt bei mir nicht gerade für gute Laune.«

»Wenn wir es schaffen, dass dir warm wird, änderst du vielleicht deine Meinung zu Butler.«

Sie wusste hoffentlich, dass er die Kleidung meinte, die er empfohlen hatte. Für alle anderen Arten des Aufwärmens war er nicht zu haben. Jedenfalls nicht mit ihr. Schweigend saßen sie nun nebeneinander, aber es war ein angenehmes Schweigen, viel besser als alles, was er von diesem Abend erwartet hatte.

Er gab es ja nicht gerne zu, aber vielleicht hatte Mrs. Hendricks recht. Vielleicht würden sie sich besser verstehen, wenn sie außerhalb der Arbeit etwas Zeit miteinander verbrachten, und vielleicht würden sie dann besser zusammenarbeiten können.

Aber *mögen* würde er sie deswegen nicht.

4

»Herzen werden niemals praktisch sein,
es sei denn, man könnte sie unzerbrechlich machen.«
Der Blechmann in ›Der Zauberer von Oz‹

Wer war dieser Mann, und was hatte er mit Noah Coleman gemacht? Mit dem schlecht gelaunten, missmutigen, unerträglichen Noah konnte Brianna umgehen. Diese fast schon charmante, selbstironische Version von ihm sorgte dafür, dass sie sich verloren und unsicher fühlte. War es möglich, dass sie ihn fast schon mochte? Nein. Auf keinen Fall.

»Kann ich dich was fragen?«, bat sie.

»Denke schon.«

Er klang misstrauisch, und aufgrund ihrer Vorgeschichte konnte sie ihm das nicht verübeln. »Liegt es an mir? Oder magst du Frauen oder Architekten generell nicht?«

Er seufzte tief. »Nichts von alledem. Ich habe vier Schwestern, drei Cousinen, die mir sehr nahestehen, und ich wurde von einer alleinstehenden Mutter großgezogen, mit Hilfe ihrer Schwester. Ich habe nichts gegen Frauen, das kann ich dir versprechen.«

»Dann liegt es an mir? Du hast mich einfach von Anfang an nicht gemocht?«

»Nein, das ist es nicht.«

»Dann geht es wohl ums Architekturwesen.«

»Na ja, ich bin kein großer Fan davon, das muss ich zugeben.«

»Aha! Erwischt. Was genau stört dich denn?«

»Es ist nicht so, dass ich Architektinnen oder Architekten nicht mag. Es geht eher darum, dass ihr einfach immer glaubt, alles besser zu wissen. Besser als die Person, die die ganze Arbeit macht.«

»Oft wissen wir es besser.«

Er prustete los. »Das war ja klar.«

»Na ja, es stimmt. Wir sind schließlich diejenigen, die die Pläne zeichnen. Kann es da nicht sein, dass wir das Projekt ein kleines bisschen besser kennen als die Bauarbeiter?«

»Nicht unbedingt. Was glaubst du, was ich als Erstes tue, wenn ich einen neuen Auftrag bekomme?«

»Keine Ahnung.«

»Ich lerne diese Pläne in- und auswendig. Ich tauche nicht einfach auf und fange an, Nägel irgendwo reinzuhämmern.«

Sie lachte, was für sie selbst sehr unerwartet kam. »Nicht?«

»Nein. Du hast doch gehört, dass ich Diplom-Ingenieur bin, oder? Ich weiß, wie man Baupläne liest. Deine sind übrigens richtig gut.«

»Wirklich?«

Er nickte. »Mir gefällt es, wie du die historischen Teile des Hotels mit dem Neubau verbunden hast, und dann auch noch alles nach den aktuellen Vorschriften.«

»Das war mein Ziel. Freut mich, dass es dir gefällt.«

»Als Mrs. Hendricks mir gesagt hat, dass sie mit einer Architektin aus Boston arbeiten möchte, hatte ich Sorge, dass das neue Hotel nicht zu Butler passen könnte.«

»Bevor ich auch nur einen Strich gezeichnet habe, habe ich alles über die Stadt gelesen, über das Hotel, über seine Vergangenheit. Ich kenne sogar die Geschichte von Admiral Butler und dem Geschäft deiner Familie. Ich bin hergefahren und habe Fotos gemacht, habe mir jeden Winkel der Stadt und die Gegend genau angeschaut. Ich mache meine Hausaufgaben.«

»Ich bin beeindruckt.«

»Kaum zu fassen, dass du dachtest, die Architektin aus Boston würde einen solchen Auftrag einfach übers Telefon erledigen.«

»Das habe ich ja gar nicht. Nicht direkt.«

»Klar.« Es war dunkel im Auto, also konnte er nicht sehen, wie sie die Augen verdrehte. »Na ja, jetzt weißt du es. Und übrigens: Der Kamin war tatsächlich fünfzehn Zentimeter zu weit links.«

»Ja, ich weiß. Das habe ich doch schon zugegeben.«

»Und bei der Lieferung von der Sägemühle haben zehn Prozent gefehlt.«

Er warf einen Blick zu ihr hinüber. »Wirklich?«

»Ja. Glücklicherweise hatten wir die Bestellung noch nicht ausgepackt, so konnte ich dem Unternehmen beweisen, dass sie nicht vollständig bei uns angekommen ist.«

»Oh. Das tut mir leid.«

»Ich habe nicht darum gebeten, dass du keine Lieferungen annimmst, weil ich dir nicht vertraue. Ich habe das getan, weil ich allein für das Budget verantwortlich bin, und genau deshalb muss ich auch immer genau wissen, was geliefert wird, damit ich sichergehen kann, dass es zu meiner Bestellung passt.«

»Ich nehme die Zurechtweisung an.«

»Wenn Butler nicht so eine Handywüste wäre, wäre das nicht passiert. Du hättest mich anrufen können, ich hätte dir gesagt, was wir bestellt haben, und du hättest sicherstellen können, dass alles stimmt, bevor du unterschreibst. Aber so ist das hier in Butler leider nun mal nicht.«

»Man gewöhnt sich dran.«

»Ich werde mich nie daran gewöhnen, mein Handy den ganzen Tag nicht benutzen zu können.«

»Im Schweinebauch gibt es einen Internetanschluss.«

»Immerhin etwas. Ich komme mir immer noch vor, als wäre ich aus dem 21. Jahrhundert direkt in die Steinzeit gereist.«

»Das ist nicht fair! Wir haben zwar kein Handynetz, aber deshalb ist das hier noch lange nicht die Steinzeit.«

»Doch, ist es. Du hast ja keine Ahnung, wie der Rest der Welt funktioniert.«

»Das weiß ich sehr wohl. Ob du es glaubst oder nicht, ich verlasse ab und zu diesen Berg und wage mich in die Zivilisation vor. Ich besitze sogar ein Handy.«

»O Gott«, sagte sie mit gespieltem Entsetzen. »Das ist doch nicht wahr!«

»Doch, ist es. Ich habe es letztes Jahr gekauft, als ich in Rutland gearbeitet habe und ständig hin und her fahren musste. Ich dachte, ich sollte in der Lage sein, Hilfe zu rufen, falls ich Probleme mit meinem Truck bekomme.«

»Und was machst du mit diesem Handy?«

»Zeug.«

Sie prustete los. »In dieser gottverlassenen Stadt kannst du rein gar nichts damit anfangen.«

»Ich weiß, das überrascht dich jetzt, aber ich verbringe nicht mein gesamtes Leben in dieser Stadt. Das Butler Inn ist mein erstes Projekt innerhalb der Stadtgrenze in den letzten zwei Jahren. Ich arbeite überall im Northeast Kingdom, und manchmal auch in anderen Regionen von Vermont.«

»Wow, du bist ja wirklich ein Mann von Welt.«

»Ja, bin ich. Du hast mitbekommen, dass ich sechs Jahre lang in Südkalifornien gelebt habe, oder? Da bin ich der reinste Technik-Nerd geworden.«

»Jetzt bin ich beeindruckt.«

»Na danke auch. Dich zu beeindrucken war heute Abend mein einziges Ziel.«

Sie drehte sich zu ihm um, damit sie ihn besser sehen konnte. »Du hast dir für heute Abend Ziele gesetzt? Welche denn noch?«

Sein leises Lachen fühlte sich wie ein Sieg an. Brianna hatte herausgefunden, dass er nicht besonders oft lachte oder lächelte. »Da bin ich wirklich so was von in die Falle getappt, oder?«

»Allerdings. Also, was sind die anderen Ziele?«

»Vor allem hatte ich gehofft, das Essen zu überstehen und so schnell wie möglich wieder nach Hause zu kommen.« Er schaltete den Scheibenwischer ein, weil es plötzlich angefangen hatte zu schneien. »Aber offensichtlich bist du doch nicht so unerträglich, wie ich dachte.«

»Wahnsinn. Das ist das schönste Kompliment, das ich je bekommen habe. Hast du das aus einem Buch? *Wie beeindrucke ich schwierige Frauen?* Oder so was?«

»Mir war nicht bewusst, dass ich versuche, dich zu beeindrucken.«

»Ja, stimmt, das gehört nicht gerade zu deinen Talenten.«

»Dir sind also meine anderen Talente aufgefallen? Um welche handelt es sich denn?«

»Hm, lass mich nachdenken. Du kannst wirklich ausnehmend gut mit der Nagelpistole umgehen und dich hervorragend in deine schlechte Laune hineinsteigern. Mal sehen …« Sie tippte sich nachdenklich ans Kinn. »Was noch?«

»Das ist schon mehr als genug, vielen Dank.«

»Warum bist du so schlecht gelaunt? Warst du schon immer so?«

Seine Hände schlossen sich ein wenig fester ums Lenkrad, kaum merklich, aber sie bemerkte es trotzdem. »Nicht immer.«

»Was ist passiert?«

»Das Leben ist passiert.«

»Ah, ja. Das gute alte Leben. Kann ganz schön fies sein, wenn es will, oder?«

»Ja.«

»Willst du drüber reden?«

»Nein.«

»Nicht mit mir, oder überhaupt nicht?«

»Überhaupt nicht. Welchen Sinn hätte es, über den Mist zu sprechen, der vor Jahren passiert ist?«

»Gar keinen. Außer, er beeinflusst deine Gegenwart. Das habe ich in der Therapie gelernt.«

Er nahm seine Augen eine Sekunde lang von der kurvigen Straße und warf einen Blick auf sie. »Was hast du denn noch in der Therapie gelernt?«

»Dass die Gegenwart immer das reinste Durcheinander sein wird, solange man sich nicht um die Vergangenheit kümmert.«

»Ist deine Gegenwart ein Durcheinander?«

»Schon. Ich arbeite daran, das wieder hinzukriegen, aber diese Dinge brauchen Zeit. Das ist das einzig Gute daran, hier zu sein. Nichts mit dem ganzen Mist zu tun zu haben.«

»Ich will ja überhaupt nicht neugierig sein, aber leider …«

»Aha!«, lachte sie. »Du kannst nicht anders, richtig?«

»Immer mit der Ruhe. Ich habe neugierig gesagt. Von fasziniert oder begeistert ist das himmelweit entfernt.«

»Nur zur Info: Fasziniert und begeistert bedeuten im Grunde dasselbe. Genau wie neugierig und interessiert dasselbe bedeuten.«

»Ich bin nicht interessiert.«

»Aber du bist neugierig. Interessant.«

»Du fängst wieder an, mich zu nerven.«

»Ich wusste gar nicht, dass ich zwischenzeitlich aufgehört hatte, dich zu nerven.«

»Hast du auch nicht, aber immerhin war ich ein bisschen *weniger* genervt.«

Sie lachte wieder, überrascht, dass das Ganze so viel mehr Spaß machte, als sie erwartet hatte. Und sie waren bisher nicht mal angekommen. »Wo ist dieses Restaurant denn überhaupt?«

»Noch etwa zwei Kilometer.«

Es schneite jetzt viel heftiger als vor zehn Minuten.

»Müssen wir uns wegen des Schnees Sorgen machen?«

»Nein. Ist keine große Sache.«

»Für dich vielleicht nicht.«

»Wenn man damit aufwächst, gewöhnt man sich schnell daran.«

»An diese Schneemassen würde ich mich niemals gewöhnen. Auf dem Fußweg vor meinem Haus geht er mir bis an die Brüste!«

Noah prustete los. »Ist das eine offizielle Maßeinheit?«

»In diesem Fall, ja.«

»Na ja, du bist nicht gerade … Wie soll ich es am besten ausdrücken …?«

»Ach, halt die Klappe. Ich weiß, dass ich klein bin. Darauf brauchst du mich nicht extra hinzuweisen.«

»Ich habe nie gesagt, dass du klein bist. Ich meinte, du bist nicht gerade groß.«

Sie hoffte, ihr vernichtender Blick ließ ihn wissen, was sie von dieser Aussage hielt. Aber er sah es gar nicht, weil er sich so darauf konzentrieren musste, den Truck auf der verschneiten Straße zu halten. »Vielleicht sollten wir umkehren.«

»Und Mrs. H sagen, dass wir uns gedrückt haben? Auf gar keinen Fall.«

»Wir drücken uns doch nicht, wenn wir umdrehen, weil es gefährlich ist.«

»Kein Vermonter mit auch nur ein bisschen Selbstachtung hätte Angst, bei dem Schnee Auto zu fahren.«

»Ihr seid doch alle verrückt.«

»Das hören wir oft.«

Sie krochen dahin, bis ein Neonschild in Schweineform aus der Dunkelheit auftauchte. Das Gasthaus zum Schweinebauch. Es hieß wirklich so. Unfassbar.

Brianna atmete erleichtert auf. »Wenn der Schnee jetzt schon so schlimm ist, wie wird es dann erst nach dem Abendessen?«

»Keine Sorge. Wir werden schon nicht in eine Schlucht stürzen.«

»Danke. Jetzt fühle ich mich besser.«

Noah parkte und machte den Motor aus. »Warte, ich komme rüber und helfe dir, ich will nicht, dass du fällst.«

Brianna hätte gerne gesagt, dass sie keine Hilfe brauchte, aber sie war sich nicht sicher, ob das stimmte. Also wartete sie, bis er die Tür für sie öffnete. Als er ihr die Hand hinhielt, nahm sie sie widerwillig, damit sie nicht kopfüber in eine Schneewehe fiel. »Bist du sicher, dass wir nicht lieber wieder nach Hause fahren sollten, bevor es noch schlimmer wird?«

»Ganz sicher. Halt dich an mir fest, damit du nicht ausrutschst.«

Sie wollte sich nicht an ihm festklammern, als hinge ihr Leben davon ab, aber sie hatte auch keine Lust hinzufallen. Also stapfte sie neben ihm durch den knietiefen Schnee bis zur Eingangstür, die Noah ihr aufhielt.

Der Mann hatte Manieren, das musste sie ihm lassen. Nachdem sie sich den Schnee von den Stiefeln gestampft hatten, gingen sie hinein, wo sie von einer goldenen Schweinestatue begrüßt wurden. Im Restaurant war es sehr voll und sehr laut. Und außerdem ziemlich stickig. Live-Musik dröhnte aus dem hinteren Teil, und es roch so gut nach gegrilltem Fleisch, dass ihr das Wasser im Mund zusammenlief und ihr der Magen knurrte.

»Einen Tisch für zwei, bitte«, sagte Noah der Kellnerin.

Wenn sie die Menschenmenge so betrachtete, schien sie die Einzige zu sein, die sich Sorgen wegen des Schneesturms machte, der draußen tobte. Also war es womöglich tatsächlich gar nicht so schlimm. Noah war in den Bergen aufgewachsen und wusste, wann die verschneiten Straßen gefährlich werden konnten. Sie sollte Ruhe bewahren und sich entspannen.

Die Kellnerin reichte ihnen zwei Speisekarten und die Liste mit den Tagesgerichten.

»Was möchtet ihr trinken?«

Noah fragte, was es vom Fass gab, und entschied sich für ein Sam Adams Winter.

Brianna bestellte einen Grey Goose mit Soda und Limette. Wodka war der einzige Alkohol, den sie gerne trank, weil er keinen Eigengeschmack hatte. Sie mochte die meisten alkoholischen Getränke überhaupt nicht und trank nur ganz selten, wenn sie auf Partys ging. Und wenn ihre Nerven blank lagen, weil sie während eines Schneesturms mit einem mürrischen Bauarbeiter zu Abend essen musste.

Auf der Speisekarte standen jede erdenkliche Art von Schweinefleisch, Rippchen, Schweinefüße und sogar Haxen Hier wurde jedenfalls kein Teil des Schweins verschwendet. »Was bestellst du hier normalerweise?«

»Am liebsten mag ich das Jambalaya, aber alles ist gut. Mein Cousin Hunter hatte sein Probeessen hier, und da habe ich die Rippchen bestellt. Die waren richtig lecker.«

»Er hatte sein Probeessen hier?«

Noah musste lachen, weil sie so ungläubig das Gesicht verzog. »Hier war sein erstes Date mit seiner Frau Megan.«

»Die Megan aus dem Diner?«

»Genau die.«

»Sie ist supernett. Und schwanger.«

»Ja, stimmt, das ist sie beides. Sie hat meinen Cousin sehr glücklich gemacht.«

»Wann ist der Termin?«

»Bald. Ich weiß es nicht genau.«

»Meine ich das nur oder bist du mit so ziemlich allen in Butler verwandt?«

»Nicht gerade mit allen, aber wenn man einer von achtzehn Cousins und Cousinen ist, von denen die meisten in der Stadt leben, bleibt es nicht aus, dass man mit einem Großteil der Bevölkerung verwandt ist.«

»Das muss wirklich lustig gewesen sein, als ihr alle klein wart.«

»Wir hatten richtig viel Spaß, haben jede Menge Ärger gemacht, aber nur die gute Art von Ärger, und wir haben unglaublich viel gelacht.«

»Das war sicher schön.«

»Hast du auch Geschwister?«

»Einen viel älteren Bruder, der zum College gegangen ist, als ich sieben war, und danach nie wieder zu Hause gewohnt hat. Ich glaube, ich war ein Ausrutscher, nicht, dass meine Eltern das je zugegeben haben.«

»Keine Cousins oder Cousinen?«

»Eine, mit der verstehe ich mich richtig gut. Dominique ist meine Kleincousine. Wie sind zusammen zur Schule gegangen und waren schon immer beste Freundinnen. Ihre Mutter und meine Mutter sind Cousinen.«

»Ist sie dann nicht deine Großcousine?«

»Nein, ihre Mutter ist meine Großcousine.«

»Jetzt muss ich einen Moment nachdenken, um das zu verstehen.«

Brianna lachte. »Das ist ganz einfach. Ihre Mom ist meine Großcousine, also ist Dom meine Kleincousine.«

»Wenn du es sagst.«

»Du hattest wirklich Glück, in einem Rudel aufzuwachsen.«

»Das weiß ich, auch wenn es manchmal ganz schön eng und laut werden konnte. Manchmal haben meine Geschwister mich wirklich verrückt gemacht, aber alles in allem habe ich es genossen, dass immer Leben im Haus war. Ich sollte aber auch erwähnen, dass vieles passiert ist, das nicht ganz so toll war. Mein Dad ist abgehauen, als wir noch klein waren.«

»Kann sein, dass ich das irgendwo in der Stadt mal aufgeschnappt habe.«

Er kniff die Lippen zusammen. »Die Leute können immer noch nicht fassen, wie ein Mann seine Frau mit acht Kindern im Stich lassen konnte.«

»Das muss sehr schwer für euch gewesen sein.«

»Ja.«

»Wie alt warst du?«

»Vierzehn. Ich bin der Zweitälteste, also mussten mein großer Bruder Grayson und ich viel Verantwortung übernehmen.«

»Es tut mir leid, dass dir das passiert ist.«

Er zuckte mit den Achseln. »Das ist jetzt über zwanzig Jahre her.«

»Manche Dinge werden auch mit der Zeit nicht besser.« Das wusste sie nur zu gut.

Die Kellnerin trat an den Tisch. »Sorry, dass ihr warten musstet. Was kann ich euch bringen?«

Noah gab Brianna einen Wink, dass sie zuerst bestellen sollte.

»Ich nehme ein paar Beilagen – Baked Beans, Coleslaw und Cornbread.«

»Ist das alles?«, fragte die Kellnerin.

»Das ist alles.«

»Und für Sie, Sir?«

»Die große Portion Rippchen mit Fritten und Coleslaw.«

»Kommt sofort.«

Als die Kellnerin wieder weg war, fragte Noah: »Für dich kein Schwein?«

Brianna grinste verlegen. »Ich bin Vegetarierin.«

Er starrte sie schockiert an. »Warum hast du denn nichts gesagt?«

»Mrs. Hs Anweisungen waren eindeutig. Ich wollte nicht, dass wir noch mehr Ärger bekommen.«

»Wir hätten doch woanders hingehen können, Brianna.«

»Und das hier verpassen?« Sie warf einen Blick auf das ausgelassene Chaos, das sie umgab. »Im Leben nicht.«

Er schaute sie an, als sei sein Respekt für sie gerade gewachsen, aber sie wollte keine voreiligen Schlüsse ziehen.

»Du hast schon so viel über mich erfahren, aber ich weiß nichts über dich außer, dass du eine Architektin aus Boston bist und einen älteren Bruder hast.«

»Das ist auch eigentlich schon alles.«

»Kann nicht sein.« Er stürzte sich auf den Brotkorb,

als hätte er seit Jahren nichts gegessen. »Ein bisschen mehr muss es schon geben. Warst du mal verheiratet?«

»Leider ja.«

»Siehst du? Ich wusste doch, dass es da was zu erzählen gibt. Was ist passiert?«

»Es wäre einfacher, dir zu erzählen, was *nicht* passiert ist.«

»Jetzt bin ich gespannt.«

Brianna wollte eigentlich nicht darüber reden, aber er hatte recht. Sie wusste mittlerweile so viel über ihn und seine Familie, hatte aber selbst noch kaum etwas über sich erzählt. »Weißt du, was ein Soziopath ist?«

»Ich stelle mir einen Serienmörder vor, wenn ich das Wort höre.«

»Das dachte ich auch immer, bis ich selbst einem begegnet bin. Sie lügen, betrügen und klauen, ohne Rücksicht auf die Gefühle anderer, geben sich dabei aber unglaublich charmant. Ich hatte das Glück, mit so jemandem verheiratet zu sein. Ich bin sogar immer noch verheiratet, weil er sich weigert, sich scheiden zu lassen, nachdem er mich auf jede erdenkliche Art fertiggemacht hat. Da hast du's. Das ist mein Leben.«

»Tut mir leid.«

Das Verständnis von jemandem, den sie bisher noch kaum kannte, fühlte sich besser an, als sie erwartet hätte. »Es ist, wie es ist. Ich musste über zwanzigtausend Dollar für eine Psychotherapie ausgeben, damit ich es jetzt als etwas sehen kann, worüber ich keine Kontrolle hatte. Er hat eine dissoziale Persönlichkeitsstörung, und es gibt nichts, was ich hätte sagen oder tun oder verändern können, damit es nicht passiert. Ich wünschte nur, ich hätte auf mein Bauchgefühl gehört, bevor ich jemanden geheiratet habe, der zu gut schien, um wahr zu sein.«

Sie hatte ihm mehr gesagt, als sie bisher irgendwem außer ihrer Therapeutin erzählt hatte, seit letzte Weihnachten alles in die Brüche gegangen war. Es fühlte sich gut an, mit jemandem zu reden, der weder Rem noch sie beide als Paar kannte. Aus irgendeinem Grund wollte sie ihm jetzt die ganze Geschichte erzählen.

»Viele Menschen in meinem Leben haben nicht geglaubt, dass er die Dinge tun könnte, die er getan hat, weil sie ihn so gemocht haben. Das ist der ultimative Widerspruch: Soziopathen sind oft extrem liebenswürdige Menschen, die andere umgarnen, bis sie sie komplett unter Kontrolle haben. Wenn man endlich erkennt, was da los ist, steckt man schon so tief drin, dass man sich gar nicht vorstellen kann, je wieder freizukommen.«

Noah reagierte nicht mit irgendwelchen platten Sprüchen wie viele andere. Er hörte einfach zu und ließ sie reden, das wusste sie zu schätzen.

»Wie hast du herausgefunden, dass er nicht das war, wofür er sich ausgab?«

»Eine meiner Freundinnen hat gesehen, wie er mit einer anderen Frau zu Mittag gegessen hat. Er hat meine Freundin nicht bemerkt, also hat sie ihn beobachtet, bis sie sicher sein konnte, dass sie etwas miteinander haben. Stell dir vor, wie eingebildet man sein muss, um mit jemand anderem in der Öffentlichkeit essen zu gehen, wenn man verheiratet ist, als wäre nichts dabei! Meine Freundin hat mich angerufen und mir erzählt, was sie gesehen hat. Zuerst habe ich ihr nicht geglaubt. Ich dachte, sie wäre vielleicht eifersüchtig auf unsere Ehe oder so etwas, aber dann habe ich angefangen nachzuforschen. Es war nicht schwer, ihm auf die Schliche zu kommen, weil er sich keine Mühe gegeben hat, etwas zu verbergen. Kreditkartenausgaben überall in Boston, in Hotels, Restaurants ... Bevor wir verheiratet waren und danach.«

»Verdammt, Brianna, das muss dir so weh getan haben.«

»Es war furchtbar. Ich dachte, ich sei glücklich verheiratet, und innerhalb von ein paar Stunden habe ich herausgefunden, dass das alles nur eine einzige, fette Lüge war. Ich konnte über einen Monat lang weder essen noch schlafen noch arbeiten. Und trotz all der Beweise, die ich gesammelt habe, wollte Rem einfach nicht ausziehen. Ich bin dann zu meinen Eltern, nur, um von ihm wegzukommen. Und selbst jetzt, Monate später, weigert er sich, die Scheidungsunterlagen zu unterschreiben. Er sagt, was ihn betrifft, sei die Ehe noch nicht zu Ende.«

»Ich wünschte, ich könnte etwas anderes dazu sagen, als dass es mir leidtut. Das wird dem überhaupt nicht gerecht.«

»Danke.«

Noah trank einen großen Schluck Bier. »Ich habe meine Frau mit meinem Vorarbeiter im Bett erwischt.«

»Was?« Sie hatte unwillkürlich schnell Luft geholt und atmete mit der Frage wieder aus. »Gott, Noah.«

»Ja, es war echt ätzend. Miguel hatte seit mehr als fünf Jahren für mich gearbeitet, und ich habe mich in so ziemlich allem komplett auf ihn verlassen. Er war einer meiner engsten Freunde. Und meine Frau … Wir waren seit zwei Jahren verheiratet, und ich bin davon ausgegangen, wir wären wunschlos glücklich. Da war ich also in einer ähnlichen Situation wie du: Ich habe ganz plötzlich herausgefunden, dass das nicht stimmte.«

Sie schüttelte entsetzt den Kopf. »Wie können Menschen ausgerechnet denjenigen so weh tun, die sie am meisten lieben?«

»Das werde ich nie verstehen. Ich habe sie beide gut behandelt. Miguel war wie ein Familienmitglied für mich. Ich habe ihm komplett vertraut, mit allem, und sie wusste genau, dass sie für mich das Allerwichtigste in meinem Leben war. Ich dachte, wir drei wären die besten Freunde. Ich hatte ja keine Ahnung, was die beiden hinter meinem Rücken getan haben.«

»Wie du schon gesagt hast, ein ›Tut-mir-Leid‹ reicht da gar nicht aus.«

»Und willst du noch was wissen?«

»Nur, wenn du Lust hast, es mir zu erzählen.«

»Nicht mal meine Mutter weiß, warum meine Ehe in die Brüche gegangen ist.«

5

»Man hat keinen Einfluss darauf,
ob man auf dieser Welt verletzt wird. Aber man hat
ein wenig Einfluss darauf, wer einem weh tut.«
John Green

Warum vertraute er sich ihr an? Wenn jemand Noah gestern noch gefragt hätte, ob er Brianna von Melinda erzählen würde, hätte er die entsprechende Person wohl für verrückt erklärt. Er sprach nie über dieses Thema, mit niemandem. Warum also ausgerechnet mit ihr?

Aber als er gehört hatte, was ihr passiert war, hatte er einfach das Bedürfnis gehabt, ihr zu sagen, dass er sie verstand. Komischerweise ging es ihm auch ein bisschen besser, jetzt, da er wusste, dass solche Dinge nicht nur ihm passierten. Auch wenn es ihm natürlich leidtat, wie sehr sie gelitten hatte. Es war unfassbar, dass es solche Menschen wie ihren Exmann überhaupt gab, und dass sie so oft mit ihrem Verhalten durchkamen.

Brianna hatte ihn auf mehr als nur eine Weise überrascht. Abseits der Arbeit gab es nichts, was er an ihr nicht mögen könnte. Sie war wirklich lustig, und sie war sehr, sehr hübsch. Das war ihm natürlich schon vorher aufgefallen. Wenn er ehrlich zu sich selbst war, dann musste er wohl zugeben, dass er sie vom ersten Tag an anziehend gefunden hatte. Vielleicht war genau das der Grund, warum sie ihn so auf die Palme hatte bringen können.

»Warum willst du eigentlich unbedingt für dich behalten, was dir passiert ist?«, fragte sie und nippte an ihrem Drink.

»Es ist peinlich.«

»Wem denn?«

»Mir. Meine Frau hat mit meinem Angestellten geschlafen.«

»Ist es nicht viel schlimmer, dass er dein Freund war statt nur dein Angestellter?«

Noah zuckte die Achseln. Er hasste es, sich an diese Zeit zurückzuerinnern, und erst recht, darüber zu sprechen. »Es war einfach alles Mist.«

»Das verstehe ich. Aber wenn du es für dich behältst, gibst du der Sache Macht über dich, noch lange, nachdem sie nur noch eine unangenehme Erinnerung sein sollte.«

Sein Respekt vor ihr wuchs. »Hat deine Therapeutin dir das gesagt?«

»Unter anderem. Sie hat mir geholfen zu erkennen, dass das, was Rem getan hat, nichts mit mir zu tun hatte. Sein Verhalten zeigt einzig und allein, wer er ist. Ich war lediglich das Opfer seiner Grausamkeit. Du bist das Opfer von ihrer.«

»Ich hasse dieses Wort. *Opfer.*«

»Ja, ich auch, weil die Leute immer denken, dass Opfer schwach sind. Aber in Wirklichkeit sind wir die Starken, weil wir etwas überstanden haben, das uns hätte zerstören können. Was ich dir über meinen Mann erzählt habe, ist so ungefähr ein Zehntausendstel der Geschichte. Bei deiner gibt es sicher auch noch mehr, Sachen, die sonst nie jemand erfahren wird, die du selbst aber nie vergessen kannst. Es ist rein gar nichts schwach daran, zum Opfer der Grausamkeit eines anderen zu werden.«

Das war die beste Erklärung zu dem, was ihm passiert war, die Noah je gehört hatte, seit sein Leben komplett in sich zusammengefallen war, und es war unglaublich befreiend, dass jemand ihn so gut verstand. »Du bist echt klug.«

»Nein, bin ich überhaupt nicht, sonst hätte ich ihn viel früher durchschaut. Mein Dad hat es geahnt. Er hat mir gesagt, wenn es so aussieht, dass jemand zu gut ist, um wahr zu sein, dann ist das wahrscheinlich auch so. Aber das wollte ich nicht hören. Ich war verliebt, und ich wollte alles mit ihm teilen. Wenn ich doch nur auf meinen Dad gehört hätte. Er ist der klügste Mensch, den ich kenne, und ich hätte mir so viel Kummer ersparen können, vom Finanziellen ganz zu schweigen.«

»Hat er dich auch noch um dein Geld betrogen?«

Sie nickte. »Ich war so blöd, ihm unsere Finanzen anzuvertrauen, und als ich erkannte, was er getan hat, waren wir schon so gut wie bankrott. Er hatte all unsere Konten leergeräumt, alle Kreditkarten überzogen und er hatte aufgehört, mein Studiendarlehen abzubezahlen. Ich konnte es mir nicht einmal leisten, einen Scheidungsanwalt zu engagieren oder in eine eigene Wohnung zu ziehen, als ich ihn verlassen habe. Ich musste mir Geld von meinen Eltern leihen, das ich immer noch nicht ganz zurückgezahlt habe, und der Mann meiner Cousine kümmert sich pro bono um meine Scheidung.«

»Was für ein Arschloch.«

»Er hat mich auf jede nur erdenkliche Weise manipuliert und meine Liebe zu ihm ausgenutzt. Er war richtig schockiert, als ich gegangen bin. Das hätte er nie im Leben erwartet. Er dachte, ich liebe ihn so sehr, dass ich es nicht wagen würde zu gehen.«

»Ich bin so froh, dass du dich von ihm befreien konntest.«

»Ich bin noch nicht komplett frei, aber ich arbeite daran. Wie gesagt, er weigert sich, die Scheidungsunterlagen zu unterschreiben, aber in ein paar Wochen habe ich einen Gerichtstermin, der vielleicht dafür sorgen wird, dass ich die Scheidung ohne seine Zustimmung erwirken kann. Ich habe stichhaltige Beweise für alles, was er getan hat. Mein Anwalt sagt, das wird vor Gericht eine Rolle spielen. Wir hatten das Glück, eine Richterin zu bekommen, die überhaupt keine Geduld mit Männern hat, die Frauen ausnutzen.«

»Hoffentlich macht sie ihn fertig.«

»Das hoffe ich auch. Ich freue mich so darauf, endlich frei zu sein, aber es wird Jahre dauern, bis ich finanziell wieder an dem Punkt bin, wo ich einmal war.«

»Du solltest ihn verklagen.«

»Der Meinung ist mein Anwalt auch, aber das würde

nur noch mehr kosten und den ganzen Prozess unnötig verlängern. Der reinste Albtraum.«

»Ich verstehe wirklich, dass du das nicht willst, aber warum solltest du auf seinen Schulden sitzenbleiben?«

»Bei dem Gedanken, dass sich das Ganze noch länger hinziehen könnte, wird mir ganz schlecht.«

»Ist der Gedanke, seine Schulden abzubezahlen, nicht noch schlimmer?«

»Du klingst wie mein Dad. Er würde dich mögen.«

Bevor Noah Zeit hatte zu antworten, kam die Kellnerin mit ihren Beilagen und seinen Rippchen zurück.

Sie nahm eine Gabel voll Bohnen und stieß ein begeistertes Stöhnen aus, das wie ein Pfeil direkt zwischen seine Beine schoss. Er war froh, dass die Tischplatte ihn vor möglichen Blicken abschirmte. Verdammt, jetzt konnte er sich nicht einmal im Restaurant zusammenreißen! Bevor er sie zu Beginn des Auftrags kennengelernt hatte, hatte er allen Grund gehabt anzuzweifeln, ob er je wieder Gefühle für eine Frau hegen könnte. Doch seit Brianna in der Stadt war, hatte sein Körper diese Frage mehr als nur einmal ganz ausdrücklich beantwortet.

Es war sein bislang wichtigster Auftrag, um den sich momentan alles in seinem Leben drehte. Für alle Beteiligten hing viel davon ab. Er musste dafür sorgen, dass diese Beziehung rein professionell blieb, was auch passierte. Das Letzte, was er bei seinem bisher wichtigsten Job gebrauchen konnte, waren irgendwelche romantischen Verwicklungen mit der verantwortlichen Architektin.

Sag das mal deinem Schwanz, Blödmann.

Mein Schwanz soll sich verdammt nochmal beruhigen und aufhören, sie zu beachten.

Und jetzt redete er schon mit sich selbst über seinen Schwanz.

Er verschlang seine Rippchen und versuchte zu ignorieren, dass alles, was sie tat, sexy war.

Die Kellnerin kam wieder und schenkte ihnen aus einem großen Krug Wasser nach. »Alles in Ordnung bei euch?«

»Sehr gut, wie immer«, sagte Noah.

»Phantastisch«, sagte Brianna.

»Kommt ihr aus Butler?«

»Ja, genau«, antwortete Noah.

»Wir haben gehört, dass es ungefähr vier Meilen südlich von hier einen schlimmen Unfall gegeben hat. Ein Auto ist von der Straße abgekommen – sie bleibt wahrscheinlich für den Rest der Nacht gesperrt. Weil es so stark schneit und ihr um den ganzen Berg herumfahren müsstet, bieten wir euch an, hier kostenlos zu übernachten. Ein Zimmer pro Gruppe. Soll ich eins für euch reservieren?«

Noahs Kopf war wie leergefegt, und er starrte Brianna über den Tisch hinweg an.

»Ja, bitte, das wäre toll«, sagte Brianna der Kellnerin.

»Kein Problem. Ich bringe euch einen Schlüssel. Gleich wieder da.«

Noah hätte am liebsten gesagt, dass er auf gar keinen Fall die Nacht mit ihr in einem Zimmer verbringen würde. Das war das Schlimmste, was passieren konnte, jetzt, da er so wenig Kontrolle über seinen eigenen Körper hatte. Aber mehr als eine Stunde in einem Schneesturm um den Berg herum zu fahren, kam ebenfalls nicht in Frage.

Mist.

»Ich weiß, dass es alles andere als ideal ist, aber ich hatte schon Angst vor der Rückfahrt, bevor ich wusste, dass ein Auto von der Straße abgekommen ist. Wenn sie sagt ›von der Straße‹, meint sie dann eigentlich, dass es in einen Abgrund gestürzt ist?«

»Wahrscheinlich eher in eine Böschung.«

»Das ist zwar nicht ganz so schlimm, aber immer noch so schlimm, dass ich lieber hierbleiben möchte.«

»Meine Cousins sind bei der Feuerwehr, sie sind bestimmt vor Ort.«

»Ich hoffe, es geht allen gut!«

»Ich auch. Es tut mir wirklich leid.«

»Muss es nicht«, sagte sie. »So haben wir zumindest eine tolle Geschichte für Mrs. H.«

»Sie wird sich ins Fäustchen lachen, wenn sie hört, dass wir hier übernachtet haben. Ich schätze mal, es war sowieso ein Verkupplungsversuch.«

»Meinst du?«

»Aber so was von. Mein Großvater und mein Onkel haben ihr wahrscheinlich diesen Floh ins Ohr gesetzt. Ich würde mich nicht mal wundern, wenn sie den Unfall provoziert haben, damit wir hierbleiben müssen.«

»Echt jetzt?«

»Na ja, nein, das mit dem Unfall war ein bisschen übertrieben, aber ich wäre wirklich nicht überrascht, wenn es ihre Idee war, uns hierherzulocken. Sie haben sich vorgenommen, alle meine Cousins, Cousinen und Geschwister unter die Haube zu bringen, und bisher ist ihre Trefferquote überraschend gut.«

»Inwiefern?«

»Ich könnte dir jetzt zahlreiche Beispiele nennen, aber die beste Geschichte ist meiner Meinung nach die von meiner Cousine Hannah. Ihr erster Mann ist vor Jahren im Irak gefallen.«

»Wie traurig.«

»Es war furchtbar. Wir sind mit Caleb aufgewachsen, und der Verlust hat uns alle schwer getroffen. Er war ein toller Mann. Sie waren seit der Schulzeit zusammen.«

»Das tut mir so leid für sie.«

»Es war wirklich hart für sie. Während der letzten paar Jahre haben wir dann festgestellt, dass ein anderer Kindheitsfreund, Nolan Roberts, etwas für Hannah empfindet. Er war sehr eng mit Caleb befreundet, es war also nicht gerade einfach für sie?«

»Das kann ich mir vorstellen. Was haben dein Onkel und dein Großvater gemacht?«

»Nolan ist der Automechaniker in Butler. Seine Werkstatt liegt ein paar Straßen weiter vom Diner.«

»Ich kenne ihn. Vor ein paar Wochen war ich zum Ölwechsel da. Er und sein Kollege Skeeter haben sich toll um mich gekümmert.«

»Skeeter ist wirklich ein Fall für sich. Na ja, Hannah

ging regelmäßig mit ihren Freundinnen aus, sie freute sich immer schon die ganze Woche auf den Abend. Mein Großvater und mein Onkel haben gewartet, bis in einer Woche niemand aus der Familie Zeit hatte, dann haben sie irgendwas mit Hannahs Auto angestellt, so dass es nicht angesprungen ist. Sie hatte keine Wahl, als Nolan anzurufen, und als er bei ihr war, hat er sich endlich getraut, sie zu fragen, ob sie mit ihm ausgeht. Jetzt sind sie verheiratet und haben ein bezauberndes kleines Mädchen, das Caleb heißt. Sie rufen sie Callie, und sie erwarten ihr zweites Kind.«

»Das ist wirklich die süßeste Geschichte, die ich je gehört habe.«

»Sie sind beide wirklich tolle Menschen. Sie haben es verdient, glücklich zu sein.«

»Wir sind auch beide tolle Menschen, die es verdient haben, glücklich zu sein«, sagte Brianna.

Noah fragte sich, worauf sie hinauswollte. »Meinst du?«

»Klar. Wir haben das wirklich verdient, nach allem, was wir durchgemacht haben.«

»Meine Definition von Glück hat sich verändert, als es passiert ist. Glück ist ein Leben ohne Dramen.«

»Das verstehe ich gut. Die Art von Dramen, die wir erlebt haben, wünsche ich wirklich niemandem. Aber wir haben uns das beide nicht ausgesucht. Wir konnten nichts dafür und dürfen nicht zulassen, dass es unser Leben auf Dauer beeinträchtigt.«

»Wie kannst du irgendwem vertrauen, nach dem, was er dir angetan hat?«

»Es ist nicht so einfach, aber ich habe mich entschieden, nicht zuzulassen, dass das Verhalten einer Person meinen Blick auf alles andere trübt.«

»Dann bist du eindeutig stärker als ich, denn ich kann mir kaum vorstellen, jemals wieder jemandem so zu vertrauen, wie ich ihr und Miguel vertraut habe.« Noah aß das letzte von seinen Rippchen und trank einen Schluck Bier. »Dieser Fehler mit dem Kamin wäre Miguel nie passiert. Er hatte ein unglaubliches Auge fürs Detail. Carlo ist super, aber er übersieht ständig irgendwas und macht Fehler, die Miguel nicht mal in den Sinn gekommen wären.«

»So jemand ist schwer zu ersetzen.«

»Er fehlt wirklich, deshalb trifft mich das, was er getan hat, noch härter. Ich habe ihn in mein Leben gelassen und er hat mir alles genommen.«

»Sind sie noch zusammen?«

»Ich weiß es nicht und ich rede mir ein, dass es mir egal ist.«

»Du könntest es leicht herausfinden.«

»Was würde das schon für einen Unterschied machen?«

»Vielleicht würdest du dich besser fühlen, wenn sie sich wirklich lieben?«

»Nein, würde ich nicht. Sie mussten mich betrügen, um ›sich zu lieben‹. Warum sollte ich das wissen wollen?«

»Wenn ich du wäre, wäre es mir lieber, wenn sie nicht nur so aus Spaß gevögelt hätten.«

»Ach, mir ist das egal. Es ist passiert. Es war scheiße. Aber jetzt ist es vorbei. Ich bin drüber hinweg.«

»Bist du dir da sicher?«

Brianna konnte nicht fassen, dass sie so mit ihm redete, und auch noch über die schlimmste Zeit in ihrem Leben. Aber es tat gut, jemanden getroffen zu haben, der wirklich verstand, was es mit einem Menschen machte, so betrogen zu werden. Es zerstörte alles, was bis zum betreffenden Zeitpunkt das Leben ausgemacht hatte, und ließ nichts zurück als Tausende von Scherben. Selbst jetzt, über ein Jahr nach ihrer furchtbaren Entdeckung, war sie immer noch damit beschäftigt, die Bruchstücke zusammenzusetzen.

Wenn es etwas Gutes hatte, dass sie in Vermont war, dann war das, so weit weg von all dem Mitleid zu sein, das ihr ihre Freunde und ihre Familie entgegenbrachten. Mitleid war das Letzte, was sie jetzt brauchte. Die Menschen um sie herum hatten unbedingt etwas tun wollen, um ihr zu helfen – anfangs jedenfalls. Aber was konnten sie schon ausrichten? Sie hatte einem Monster ihr Herz geschenkt, und es war darauf herumgetrampelt. Also hatten sie nach einer Weile aufgehört, ihre Hilfe anzubieten. Sie war dann mit ihrem gebrochenen Herzen einsamer gewesen als je zuvor. Ihre Cousine, Dom, war die einzige Ausnahme. Sie war von Anfang an für sie da gewesen und hatte sie die ganze Zeit unterstützt. Dafür würde Brianna ihr ewig dankbar sein.

»Ich glaube schon«, beantwortete Noah ihre Frage. »Also, dass ich darüber hinweg bin. Es ist jetzt drei Jahre her.«

»Hast du Dates?«

»Nicht wirklich. Ich hab so ein ›Freundschaft-plus‹-Ding mit einer Frau, die ich von der Highschool kenne, am Laufen. Wir würden beide niemals mehr wollen, deshalb funktioniert es ganz gut.«

»Und das soll alles sein? Eine Freundschaft mit gelegentlichem Sex für den Rest deines Lebens?«

»Keine Ahnung. Zurzeit reicht mir das.«

»Das verstehe ich. Wieso sollte man auch etwas riskieren, wenn es da draußen Leute wie meinen und deine Ex gibt, richtig?«

»Ja, genau. Das habe ich einmal gemacht. Ich habe alles riskiert, und es hat nicht funktioniert, also warum sollte ich mir den Stress ein zweites Mal antun?«

»Kann ich dich was fragen? Du brauchst nicht zu antworten, wenn du nicht willst.«

»Klar. Ich meine, ich habe dir sowieso schon mehr erzählt, als sonst jemand weiß.«

»Danke, dass du mir das anvertraut hast. Ich verspreche dir, dass ich alles für mich behalte.«

»Was wolltest du denn fragen?«

»Ob du glücklich mit deiner Frau warst, bevor es schiefgegangen ist.«

»Ja, war ich. Deshalb war es so schlimm, sie mit Miguel im Bett zu erwischen. Ich hatte keine Ahnung, dass irgendetwas nicht stimmt. Ich meine, wir hatten ein paar Probleme, aber wer hat das nicht? Es hat mich daran erinnert, was meine Mom gesagt hat, als mein Dad gegangen ist. Sie hatte keine Ahnung, dass er unglücklich genug ist, um sie so im Stich zu lassen. Klar, irgendwas hat nicht ganz gepasst zwischen ihnen, aber dass er ihr so was antun würde, hat sie nicht kommen sehen.« Er trank einen Schluck Bier. »Und du? Warst du glücklich, bevor du herausgefunden hast, wer er war?«

»Unglaublich glücklich. Ich war noch nie mehr in jemanden verliebt als in ihn. Sicher bin ich all meinen Freunden auf die Nerven gegangen, weil ich ununterbrochen darüber geredet habe, wie toll er ist. Alles nur, um am Ende herauszufinden, dass er mir das lediglich vorgespielt hat. Alles, was zwischen uns passiert ist, war Teil seines Plans, um mein Leben zu ruinieren.«

»Warum sollte irgendwer die begrenzte Zeit seines Lebens dazu nutzen, das von jemand anderem kaputtzumachen?«

»Ich habe viel über Soziopathen gelesen und mittlerweile verstehe ich, dass von seiner Seite keine Absicht dahintersteckt. Sein Gehirn funktioniert einfach so. Sein Ziel ist es, jede Situation so zu manipulieren, dass er optimal davon profitiert, auf Kosten von allem und jedem, das ihm in die Quere kommt. Ich war für ihn keine echte Person. Meine Gefühle hatten keine Relevanz für ihn, also war es für ihn gar keine große Sache, mir so weh zu tun. Es hat lange gedauert, bis ich die psychologischen Vorgänge verstanden habe. Meine Therapeutin war die Erste, die ihn als Soziopathen bezeichnet hat.«

»Fragst du dich manchmal …« Er fummelte an dem in Papier verpackten Strohhalm herum, den die Kellnerin auf den Tisch gelegt hatte.

»Was denn?«

»Wie es möglich ist, so was zu erleben und irgendwie halbwegs normal weiter zu funktionieren.«

»Ständig. Wenn ich auf die ersten paar Monate zurückblicke, sehe ich da nur Dunkelheit. Mein Leben ist innerhalb von vierundzwanzig Stunden komplett in sich zusammengestürzt. In einem Moment war alles noch gut und im nächsten gar nichts mehr. Ziemlich lange – über mehrere Wochen hinweg – dachte ich nicht, dass ich das überlebe.«

»Wie hast du es geschafft?«

»Als mir das ganze Ausmaß von allem, was er getan hatte, klarwurde, wurde ich schrecklich wütend. Komischerweise hat das geholfen.«

»Diese Art von Wut kenne ich sehr gut. Ich dachte immer, ich könnte nie jemanden töten, aber als ich die beiden zusammen gesehen habe …«

»Wen hättest du als Erstes umgebracht?«, fragte sie grinsend.

»Ihn.«

»Warum nicht sie? Sie ist diejenige, die mit dir verheiratet war.«

»Weil er mich gleich zweimal betrogen hat, indem er mit ihr geschlafen hat.«

»Ich kann nicht fassen, dass du sie so sehen musstest.« Sie schauderte. »Das war bestimmt das Schlimmste daran.«

»Hat eine ganze Weile gedauert, diese Bilder wieder loszuwerden.«

Die Kellnerin kam zurück, um ihre Teller abzuräumen. Sie reichte Brianna einen Zimmerschlüssel und fragte, ob sie noch etwas zu trinken oder einen Nachtisch wollten.

»Da ich ja jetzt nicht fahren muss, trinke ich noch eins«, sagte Noah. »Und du, Brianna?«

»Ich nehme auch noch mal dasselbe, und ich würde mir auch die Dessertkarte ansehen.«

»Kommt sofort«, sagte die Kellnerin. »Die Band ist noch bis Mitternacht hier.« Sie ging weiter zum nächsten Tisch.

Brianna sah Noah nun direkt an. »Ich wollte nur sagen … Ich hatte nicht erwartet, so mit dir zu reden, und es war wirklich schön. Danke, dass du dir meine Horrorstory angehört hast.«

»Geht mir genauso, und danke, dass du dir meine angehört hast. Es ist irgendwie befreiend, jemanden zu treffen, der etwas Ähnliches durchgemacht hat. Auch wenn deine Situation natürlich viel schlimmer war. Wenigstens hat meine Ex mich nicht in den Ruin getrieben.«

»Immerhin etwas.«

Die Kellnerin brachte die Getränke und die Dessertkarte. Als Brianna nichts fand, das sie wollte, legte sie die Rechnung auf den Tisch.

Noah reichte ihr den Gutschein, den Mrs. H ihm gegeben hatte, und seine Kreditkarte.

»Komm, wir teilen.« Brianna hatte ihre Karte ebenfalls in der Hand.

»Schon gut, ich übernehme das. Ich wollte sowieso noch sagen, dass mir mein Haus und meine Firma schon gehört haben, als ich sie kennenlernte. Deshalb hat mein Bruder, der Anwalt ist, mir geraten, einen Ehevertrag zu machen. Ich war damals so sauer auf ihn, weil er dachte, dass ich das nötig hätte.« Noah lächelte über diese Ironie das Schicksals. »Aber er meinte, man wüsste nie, was kommt, und es wäre wichtig, meinen Besitz zu schützen. Gott sei Dank habe ich auf ihn gehört.«

»Damit bist du echt mit einem blauen Auge davongekommen, zumindest was das Finanzielle angeht.«

»So was von. Ich sollte mich wahrscheinlich irgendwann mal bei Grayson bedanken.«

»Ja, wirklich. Er hat dich davor bewahrt, dass deine Situation noch schlimmer wurde, als sie das ohnehin schon war.«

»Es ist echt lustig … Ich fand es schrecklich, ihr zu sagen, dass mein Bruder mir einen Ehevertrag empfohlen hatte. Das wäre doch wirklich eine unschöne Art, ins Eheleben zu starten. Aber sie sagte, dass sie sehr gut verstehen könne, dass er mich schützen wollte, und hat unterschrieben. Danach hat sie es nie mehr erwähnt. Letztendlich war es keine große Sache zwischen uns, aber es hat mir am Ende wirklich den Arsch gerettet.«

»O ja, allerdings. Stell dir vor, sie wäre jetzt deine Geschäftspartnerin. Nach allem, was sie dir angetan hat.«

Noah verzog das Gesicht, dann lachte er. »Na, vielen Dank auch. Die Bilder werde ich jetzt nicht so schnell wieder los.«

»Sorry.«

»Ich fühle mich, als hätte ich gerade drei Jahre Therapie nachgeholt«, sagte Noah. »Danke dir.«

»Ich würde ja sagen, gern geschehen, aber ich finde es schrecklich, dass jemandem etwas so Ähnliches wie mir passiert ist. Allerdings habe ich bemerkt, dass es wirklich hilft, darüber zu sprechen. Es ist nicht gut, wenn du das alles alleine mit dir herumschleppst. Das ist nicht gesund. Ich will das Ganze wirklich irgendwann hinter mir lassen können, und das geht nur, wenn man es verarbeitet.«

»Ja, du hast sicher recht. Ich habe bisher niemandem davon erzählt, einfach, weil ich es so verdammt peinlich fand. Meine Ehefrau mit meinem besten Freund und engsten Mitarbeiter? *Ernsthaft*? Hat sie keinen anderen finden können? Musste es unbedingt *er* sein?«

»Das macht es noch mal so viel schlimmer.«

»Deutlich schlimmer.«

»Wenn du darüber hinwegkommen willst, solltest du deiner Familie erzählen, was passiert ist. Du bist nicht der Böse in der Geschichte, Noah. Du solltest das nicht stillschweigend ertragen. Solange du schweigst, haben die Menschen, die dir wichtig sind, keinen blassen Schimmer davon, was die beiden dir angetan haben.«

»Das stimmt. Wenn meine Schwestern sie irgendwo zufällig treffen würden, würden sie sich wahrscheinlich noch darüber freuen. Sie hatten sie gern.«

»Ja, du musst ihnen wirklich erzählen, was passiert ist.«

»Wie viel kostet diese Beratungsstunde bei dir?«

»Ich nehme meine Bezahlung nur in Form von Baked Beans und Coleslaw entgegen.«

»Vergiss das Cornbread und den Wodka nicht.«

»Ach ja, das auch.«

»Und die luxuriöse Unterkunft im Gasthaus zum Schweinebauch.«

»Nur dafür habe ich Psychologie studiert.«

»Hast du?«, fragte er schockiert.

Sie fing an zu lachen. »Nein, ich habe nur die Geschichte weitergesponnen.«

Noah lachte jetzt auch. »Genug von diesem deprimierenden Thema. Komm, jetzt gehen wir tanzen.«

6

»Wenn einem jemand weh tut, der einem sehr wichtig ist,
hinterlässt das ein Loch im Herzen,
das nur durch Liebe wieder gefüllt werden kann.«
George Bernard Shaw

Sie tanzten, bis die Band um Mitternacht zu spielen aufhörte. Brianna hatte seit mehr als einem Jahr nicht mehr so viel Spaß gehabt. Sie war verschwitzt und zerzaust und wahrscheinlich auch betrunken, denn dieser verdammte Noah hatte dafür gesorgt, dass immer ein volles Glas auf sie wartete, wenn sie eine Pause vom Tanzen einlegte. Der Abend war wirklich völlig anders verlaufen, als sie erwartet hatte, als sie zu dem Mann, der ihr seit Wochen das Leben zur Hölle machte, ins Auto gestiegen war.

Es hatte sich herausgestellt, dass er gar nicht bösartig war, sondern nur verletzt. Brianna verstand definitiv, dass ein Schmerz, wie sie ihn beide hatten ertragen müssen, einen Menschen dazu bringen konnte, sich in sich selbst zurückzuziehen und alle anderen von sich zu stoßen, so wie Noah es getan hatte. Sie hoffte nur, dass sich ihr Verhältnis von nun an ändern würde.

Sie hatten auch deswegen so lange getanzt, um den Moment, in dem sie nach oben auf ihr Zimmer gehen mussten, hinauszuzögern. Während die Band zusammenpackte, trank Brianna ihr Glas aus. Sie hatte den Überblick darüber verloren, wie viel sie gehabt hatte, und würde einfach morgen früh bezahlen.

Egal.

Dafür hatte sie endlich mal wieder Spaß gehabt.

Nach einem Jahr voller Schmerz und schlechter Laune war das Wort Spaß fast aus ihrem Wortschatz verschwunden. Irgendetwas daran, dass sie ihre Erfahrungen ausgetauscht hatten, hatte dafür gesorgt, dass sie beide sich entspannen und den Abend genießen konnten.

Brianna hatte gerade den letzten Schluck aus ihrem Glas getrunken, als ein lauter Rülpser sich unerwartet den Weg aus ihrem tiefsten Inneren nach draußen bahnte. Alle starrten sie an.

Sie schlug sich entsetzt die Hände vor den Mund, und ihr Gesicht wurde glühend heiß vor Scham. »'tschuldigung.«

Noah lachte lauter, als er den ganzen Abend über gelacht hatte.

»Hör auf! Das ist nicht lustig.« Sie hickste bei dem Wort lustig, und Noah lachte nur noch mehr.

»Wir sollten jetzt nach oben gehen, bevor du umfällst.«

Der Schluckauf wurde immer intensiver, bis ein Hickser direkt auf den anderen folgte.

Lächelnd hielt Noah ihr die Hand hin, um ihr aufzuhelfen.

Sie ließ zu, dass er sie auf die Füße zog. Sobald sie aufrecht stand, schien die ganze Welt nach vorne zu kippen, so dass sie sich an ihm festklammerte, um nicht hinzufallen.

Er legte den Arm um sie. »Ganz ruhig. Ich hab dich.«

»Normalerweise trinke ich kaum.«

»Ach, wirklich?«

»Hör auf, dich über mich lustig zu machen!«

»Mache ich doch gar nicht.«

»Machst du wohl.«

Sein leises Lachen bewies, dass sie recht hatte. Auf dem Weg nach oben zu Zimmer vier musste er sie immer wieder stützen, zeitweise fast tragen, und er schaffte es irgendwie, sie aufrecht zu halten, während er mit dem Schlüssel, den die Kellnerin ihnen gegeben hatte, die Tür aufschloss. Als sie ins Zimmer gestolpert waren, brachte Noah sie zum Bett und wartete, bis sie sich hingesetzt hatte, bevor er sie losließ.

Brianna rutschte sofort auf den Boden, wo sie lachend liegen blieb. Sie lachte so sehr, dass sie Angst hatte, dass sie sich in die Hose pinkeln könnte. Wäre das nicht der krönende Abschluss?

Er streckte ihr beide Hände hin. »Wir versuchen es noch mal.«

Brianna wusste nicht, warum sie an seinen Händen zog, aber sie tat es jedenfalls. Er fiel nach vorne, und sie lachte noch mehr.

Er schaffte es gerade so, nicht genau auf ihr zu landen.

Schade.

»Willst du uns beide umbringen?«

Schluckauf. »Nein.«

Er kniete sich hin und schaute sie an. Seine wunderschönen Augen funkelten amüsiert. War ihr schon mal aufgefallen, wie faszinierend sie waren? Wahrscheinlich nicht, sie war ja zu sehr damit beschäftigt gewesen, auf ihn sauer zu sein.

»Du hast richtig schöne Augen.«

Er verdrehte sie. »Danke. Also, willst du auf dem Boden schlafen oder ist dir das große, gemütliche Bett lieber?«

»Bett.« Schluckauf. Kichern. »Bitte.«

Er stand wieder auf und hielt ihr diesmal nur die eine Hand hin. Mit der anderen stützte er sie ab, als sie wieder anfing zu schwanken.

»Ich muss Pipi.«

»Super. Los geht's.« Er schob sie ins Badezimmer. »Wenn ich dich jetzt alleine hier drin lasse, dann wirst du doch nicht fallen und dir am Waschbecken den Kopf aufschlagen oder so was?«

Schluckauf. »Versuch's.«

»Mach das, bei dem Schnee können wir nämlich nicht ins Krankenhaus fahren.« Er ließ sie an der Tür los und wartete, bis sie das Bad durchquert hatte. Es war größer als erwartet. »Ich mache jetzt die Tür zu«, sagte er, als sie bei der Toilette angekommen war. »Nicht fallen.«

Sie lächelte und winkte ihm zu. »'kay.«

Glücklicherweise war sie geistesgegenwärtig genug, um seine Warnung wegen des Schnees und dem Weg zum Krankenhaus zu verstehen, und schaffte es, auf die Toilette zu gehen, ohne hinzufallen. Neugierig warf sie einen Blick in den Schrank und war schockiert. Eine große Auswahl an Sexspielzeug, Gleitgel und Kondomen. Und Zahnpasta, Zahnbürsten und Kämme. Der Schweinebauch steckte voller Überraschungen.

Als sie die Badezimmertür öffnete, stand er in der Tür, die Arme über seinem Kopf an den Rahmen gelehnt. Er hatte seinen Pullover ausgezogen und trug jetzt nur noch sein Thermounterhemd, unter dem sich seine unglaublichen Muskeln abzeichneten.

Hmmm.

»Fertig?«

Sein Anblick machte etwas mit ihr, und ihr wurde noch schwindeliger als vorher.

Er bot ihr seinen Arm an und führte sie zu dem riesigen Bett. Als sie sich auf die Bettkante setzte, blieb er neben ihr stehen, damit er sie festhalten konnte, falls sie wieder hinunterrutschte. »Lehn dich zurück. Ich helfe dir mit den Stiefeln.«

Brianna stütze sich auf die Ellbogen, so dass sie ihn sehen konnte, als er erst einen, dann den anderen Stiefel aufschnürte und von ihrem Fuß zog. Ihr wurde ganz heiß, als sie zusah, wie er sich auf diese Aufgabe konzentrierte, während seine Muskeln unter dem Thermohemd spielten. Hatte sie überhaupt schon bemerkt, wie verdammt durchtrainiert er war? Nein, nicht wirklich. Er trug ja auf der Arbeit immer diese ganzen Klamotten übereinander, woher hätte sie es also wissen sollen?

»Ich leg mich aufs Sofa.«

»Das Bett ist riesig. Du kannst auf der anderen Seite schlafen.« Schluckauf. »Ich werde versuchen, dich nicht im Schlaf umzubringen.«

»Du bist echt witzig, wenn du betrunken bist.« Er setzte sich auf einen Sessel, um seine Stiefel auszuziehen. »Das hätte ich nicht erwartet.«

»Warum? Weil ich auf der Arbeit immer so professionell bin?«

Er schwieg ziemlich lange. »So in der Art.«

»Ich glaube, wir können mit Sicherheit sagen, dass an diesem Abend so einiges überraschend war.«

Noah schloss die Tür ab, dann streckte er sich am Rand des großen Bettes aus. »Nichts als Überraschungen, überall. Dieses Zimmer zum Beispiel. Viel schöner, als ich es vom Schweinebauch erwartet hätte.«

»Da sind Sachen im Schrank«, flüsterte Brianna mit gespielter Entrüstung.

»Was denn für Sachen?«

»Spielzeug.«

»Wie jetzt, Lego und so?«

Sie prustete los, und ihr Schluckauf wurde sofort wieder heftiger. »*Nein!*«

»Oh. Die Art von Spielzeug? Das muss ich sehen.« Er stand auf und ging ins Badezimmer, schloss die Tür, um zur Toilette zu gehen und öffnete sie dann wieder, damit sie seine Kommentare zu den Gegenständen im Schrank hören konnte. »Ich glaub, mich tritt ein Pferd. Die machen keine halben Sachen.«

»Das wäre die perfekte Gelegenheit für ›Ich glaub, mein Schwein pfeift‹ gewesen.«

»Stimmt.« Er lachte leise.

»Ich hatte ja keine Ahnung, was ich als Vegetarierin verpasse. In vegetarischen Restaurants gibt es so was jedenfalls nicht.«

Noah kam zurück und legte sich wieder aufs Bett. »Ich versuche, mir gerade vorzustellen, wie mein spießiger Cousin Hunter dieses Zeug im Schrank findet. Das war bestimmt richtig lustig.«

Brianna war plötzlich so müde, dass sie kaum noch die Augen offen halten konnte, aber sie wollte nicht, dass der Abend schon vorbei war. Wenn sie wieder in Butler waren, würde die magische Seifenblase, in der sie gerade herumschwebten, dann platzen? Würden sie sich wieder ununterbrochen an die Gurgel gehen? Sie hatte keine Lust mehr darauf, mit ihm über irgendeinen belanglosen Quatsch zu streiten. »Ich will nicht mehr mit dir streiten.«

»Ich auch nicht.« Er schaute zu ihr hinüber. »Es tut mir wirklich leid, wenn ich dafür gesorgt habe, dass du dich in Butler nicht willkommen gefühlt hast. So wurde ich nicht erzogen.«

Sie lächelte. »Wie wurdest du denn erzogen?«

»Mir wurde beigebracht, dass ich nett zu den Leuten aus dem Flachland sein soll, die uns in den Bergen besuchen.«

»Dann komme ich also aus dem Flachland?«

»Wenn du nicht aus Vermont kommst, kommst du aus dem Flachland, genau.«

Brianna gähnte und hickste dann wieder.

»Versuch mal, den Atem anzuhalten.«

Sie holte tief Luft.

»Mach Gegendruck mit deinem Zwerchfell.« Er zeigte auf seinen Bauch. »Atme erst aus, wenn du nicht mehr kannst.«

Brianna hielt die Luft an, bis sie Sternchen sah, dann atmete sie langsam aus. »Ich glaube, du hast mich geheilt.«

»Das hoffe ich.«

Ein langes Schweigen wurde von einem weiteren lauten Hickser beendet, was sie beide zum Lachen brachte.

»Halt noch mal die Luft an.«

Brianna musste das Ganze noch mehrmals wiederholen, bis sie den Schluckauf endlich besiegt hatte. »Ich bin definitiv nicht fürs Trinken gemacht.«

»Hattest du Spaß?«

»Mehr, als ich seit Jahren gehabt habe.«

»Dann war es den Schluckauf wert.«

Brianna schaute ihn an. »Hattest du auch Spaß?«

»Ja«, sagte er. »Und ich habe sonst nie Spaß.«

Sie drehte sich auf die Seite, damit sie ihn besser anschauen konnte, und stützte das Gesicht in die Hände. »Das ist aber traurig. Du bist viel zu jung, um keinen Spaß mehr zu haben.«

»Es ist einfacher so.«

»Klingt ziemlich einsam für mich.«

»Ein bisschen vielleicht, aber nichts, womit ich nicht umgehen könnte. Ich habe eine riesige Familie. Ich kann sie sehen, wann immer ich will.«

»Wie oft siehst du sie denn?«

»Nicht sehr oft.«

»Noah … Warum lässt du zu, dass zwei Menschen, die das rein gar nicht wert sind, dir das antun?«

»Was denn?«

»Dich zum Einsiedler machen.«

Er zuckte die Achseln. »Ich wollte keine Fragen über das Ende meiner Ehe beantworten, also ist es zur Gewohnheit geworden, die anderen zu meiden.«

»Hast du nie darüber nachgedacht, es einfach allen zu sagen, damit du das hinter dir lassen kannst?«

»Nein. Dann müsste ich ja darüber reden, und das ist das Letzte, was ich will.«

»Du hast mit mir darüber geredet.«

»Das ist was anderes.«

»Warum?«

»Ich kenne dich nicht besonders gut. Du hast meine Ex nie getroffen, und außerdem hast du etwas Ähnliches erlebt. Das hat es leichter gemacht, darüber zu sprechen.«

»Ich bin froh, dass du mit mir geredet hast. Meine Therapeutin hat mir geholfen zu erkennen, dass nichts von dem, was mir passiert ist, meine Schuld war. Das ist bei dir ganz genauso.«

»Na ja, ein bisschen muss es schon an mir gelegen haben, wenn sie mit jemand anderem schlafen wollte.«

»Das liegt an ihr, nicht an dir. Wenn etwas für sie nicht gestimmt hat, als sie mit dir zusammen war, hätte sie dir das einfach sagen müssen, dann hättest du versuchen können, es zu ändern. Was sie getan hat, war auf ganz unterschiedliche Arten nicht in Ordnung.« Sie schloss die Augen, nur eine Sekunde lang, und bereute es sofort, als sich alles um sie herum zu drehen begann. »Alles dreht sich.«

Noah rückte näher an sie heran. »Halt dich an mir fest, dann hört es auf.«

Sie schaute ihn an. »Sicher, dass das eine gute Idee ist?«

»Es ist jedenfalls besser, als ins Bett zu kotzen.«

»Da hast du wohl recht. Okay, los geht's.« Sie legte die Hand auf seine Schulter und versuchte ein zweites Mal, die Augen zu schließen. Der Schwindel war jetzt viel weniger stark als zuvor.

»Tief einatmen, dann hört es gleich auf.«

»Du scheinst ziemlich viel Erfahrung damit zu haben.«

»Ein wenig. Die Flasche war mein bester Freund, als meine Ehe zerbrochen ist.«

»Wenigstens hast du dich damit ein wenig abgelenkt. Ich konnte monatelang nichts bei mir behalten. Habe nur von Wasser und Suppe gelebt und am Ende zehn Kilo verloren, das war das Gute daran.«

»Du hast doch gar keine zehn Kilo zu viel.«

Weil das Drehen aufgehört hatte, jetzt, da sie sich an ihm festhielt, hielt sie die Augen geschlossen. »Hatte ich damals schon. Manchmal kann ich immer noch nicht essen. Dann kriege ich diesen Kloß im Hals, an dem einfach nichts vorbeipasst.« Sie holte tief Luft und atmete langsam wieder aus. Sie hoffte, dass ihr Atem nicht zu sehr nach Alkohol roch. »Vermisst du sie manchmal? Den Menschen, der sie vorher war?«

»Manchmal, und ich hasse das.«

»Ich auch. Ich ertappe mich dabei, wie ich mir das Leben zurückwünsche, das ich hatte, bevor ich die Wahrheit herausgefunden habe, obwohl ich jetzt weiß, dass alles gelogen war. Er hat mich nie geliebt. Er kann niemanden lieben außer sich selbst. Ich glaube, das zu akzeptieren, war das Schwerste.«

»Er hatte dich nicht verdient.«

»Nein, wirklich nicht.«

Das war das Letzte, was sie sagte, bevor sie einschlief. Sie hielt sich immer noch an ihm fest.

Sie hatte ein wahnsinnig süßes, leises Schnarchen, das ihn zum Lächeln brachte, während er dem Rhythmus ihres Atems lauschte.

Kaum zu glauben, wie sich der Abend entwickelt hatte. Ihm hatte so davor gegraut, und jetzt lag er hier neben Brianna, die sich an ihn klammerte, als hinge ihr Leben davon ab. Und abgesehen von ihrem süßen Schnarchen war sie auch insgesamt furchtbar süß, wenn sie betrunken war.

Noah stellte außerdem fest, dass ihm viel leichter zumute war, nachdem er ihr von der schlimmsten Zeit seines Lebens erzählt hatte. Als seine Ehe in die Brüche gegangen war, war ihm der Verlust seines Vaters im Vergleich gar nicht mehr so schwer vorgekommen, auch, wenn das überhaupt nicht so war.

Er lag noch lange wach, dachte über all die Dinge nach, über die sie gesprochen hatten, und fragte sich, ob sie vielleicht recht hatte. Er hatte zugelassen, dass das, was seine Frau und sein ehemaliger bester Freund ihm angetan hatten, ihn zu einem schlecht gelaunten Einsiedler machte, der es, so gut er konnte, vermied, etwas mit anderen Menschen zu tun zu haben – selbst mit denen, die ihm etwas bedeuteten.

Deswegen hatte seine Mutter ihm auch frühmorgens aufgelauert. Sie hatte ihn zwei Wochen lang nicht gesehen, obwohl sie in derselben Straße lebten. Er schaufelte immer für sie Schnee, aber er ging nie zu ihr, um hallo zu sagen. Das musste sich ändern. Dafür, was ihm passiert war, konnte sie nichts, und nach allem, was sie für ihn und seine Geschwister getan hatte, verdiente sie es nicht, wie er sie die letzten Jahre lang behandelt hatte.

Noah döste irgendwann ein, aber dann riss ihn wenig später ein seltsames Geräusch aus dem Schlaf. Es war Brianna, die im Schlaf wimmerte. Er wusste nicht, was er tun sollte, also rückte er ein wenig näher an sie heran und legte ihr die Hand auf den Rücken, was sie zu beruhigen schien.

»Bitte«, flüsterte sie. »Tu das nicht.«

Redete sie mit ihm?

Er nahm die Hand wieder weg, aber sie fing erneut an zu wimmern, also legte er sie wieder hin.

»Rem … Geh nicht. Bitte.« Das Wimmern hörte sich

jetzt eher wie ein Schluchzen an, und es brach Noah das Herz.

»Brianna«, flüsterte er. »Wach auf.«

Er hatte die Nachttischlampe angelassen, falls sie nachts aufwachte und nicht mehr wusste, wo sie war, deshalb sah er, wie sich ihre Augen öffneten.

»Ich glaube, du hast geträumt.«

»Oh.« Sie leckte sich die Lippen. »Hab ich was gesagt?«

»Du hast über deinen Mann geredet.«

Ihre Augen füllten sich mit Tränen, die ihr aus den Augenwinkeln liefen, als sie die Lider schloss. »Das ist schon lange nicht mehr passiert.«

»Was denn?«

»Träume. Über Rem. Die hatte ich früher oft. Ich bin aufgewacht und habe festgestellt, dass ich geträumt habe, dass alles wäre wie früher, und dann ist mir wieder eingefallen, was passiert ist. Die reinste Folter.«

»Ich hatte diese Träume auch. Ist wirklich schlimm. Ich war danach immer tagelang nicht ich selbst.«

»Ja.«

»Willst du ein Wasser oder so?«

»Das ist vielleicht keine schlechte Idee. Ich hab ziemliche Kopfschmerzen.«

»Kommt sofort.«

Er stieg aus dem Bett und ging ins Bad, um ein Glas mit Leitungswasser zu füllen. Er durchwühlte den Schrank, bis er eine Packung Schmerzmittel fand. Der gute alte Schweinebauch dachte einfach an alles. Er brachte ihr das Wasser und setzte sich auf die Bettkante.

»Ich hab auch Schmerztabletten gefunden.«

»Oh, gut. Dann ist der morgige Tag vielleicht doch nicht völlig verloren.« Sie nahm das Glas und schluckte die Tabletten, dann trank sie das Wasser aus. »Sieht mir gar nicht ähnlich, feiern zu gehen, wenn am nächsten Tag Schule ist.«

»Dann bist du also ein braves Mädchen?«

»Das habe ich zumindest immer versucht. Hat mir ja viel gebracht.«

»Weißt du noch, was du zu mir gesagt hast? Nichts von alledem war deine Schuld.«

»Das glaube ich auch. Wirklich. Aber ich kann einfach nicht aufhören, mich zu fragen, warum er sich gerade mich ausgesucht hat. Was an mir hat ihn angezogen, warum hat er gedacht, dass er mit mir leichtes Spiel haben würde?«

Noah konnte nicht anders. Er streckte die Hand aus und schob ihr eine Haarsträhne hinters Ohr, obwohl er schon im selben Moment wusste, dass es ein Fehler war, sie zu berühren. »Du hattest nichts damit zu tun.«

»Irgendetwas *muss* ich doch damit zu tun haben. Er konnte mich so leicht manipulieren.«

»Er war dir eben wichtig. Sobald einem jemand wichtig ist, geht man ein Risiko ein. Wie beim Glücksspiel. Manchmal lohnt es sich, manchmal nicht. Aber Mut braucht es in jedem Fall.«

»Und glaubst du, du kannst je wieder spielen?«

»Ich weiß nicht. Was ist mit dir?«

»Keine Ahnung. Ich habe irgendwie den Mut verloren.«

»Der kommt schon zurück, wenn es an der Zeit ist.«

»Meinst du?«, fragte sie wehmütig.

»Ja.«

»Für dich auch?«

»Das hoffe ich.«

Sie schauten einander einen langen, atemlosen Moment lang an.

Noah hörte, wie sein Verstand nur so schrie, dass er sich von ihr fernhalten sollte, auf seine Seite des Bettes zurückkehren und dort bleiben. Aber das tat er nicht. Es war fast so, als würde sein Körper ihm nicht mehr gehorchen, selbst, wenn er das gewollt hätte. Aber er wollte es gar nicht. Nicht, wo ihre weichen Locken seine Finger berührten.

Er wusste nicht, wer sich zuerst bewegt hatte, entschied aber später, dass sie es gewesen sein musste. Er fühlte sich besser, wenn er dachte, dass er sie nicht geküsst hatte. Nein, sie hatte ihn geküsst, und er hatte es zugelassen. So war es gewesen, denn es wäre wirklich unprofessionell, die Architektin zu küssen, die für den wichtigsten Job seiner Berufslaufbahn verantwortlich war.

Es wäre auch wirklich unprofessionell, wenn ihm das auch noch gefallen würde oder wenn er die Arme um sie schlingen und seine Zunge in ihren offenen Mund schieben würde. Oder sich mit ihr zurück aufs Bett fallen ließ, ohne den Kuss zu unterbrechen. Das wäre der komplette

Wahnsinn. Sie arbeiteten zusammen. Sie stritten sich jeden Tag, von morgens bis abends. Was zum Teufel machte er dann hier? Warum küsste er sie, als hinge sein Leben davon ab?

Er würde damit aufhören. Wirklich. In einer Minute. Oder in zwei.

7

»Leiden ist der Preis für das Leben.«
Judy Collins

Brianna hätte Noah Coleman nicht küssen sollen, und schon gar nicht so, als hinge ihr Leben davon ab. Das hier war vielleicht das Allerdümmste, was sie je getan hatte, und wenn man bedachte, welche Fehler sie mit Männern schon begangen hatte, wollte das durchaus etwas heißen. Während ihres Studiums hatte ihr doch bestimmt irgendjemand beigebracht, nicht mit dem Bauleiter zu knutschen, oder? Wenn nicht, sollten sie das wirklich auf den Lehrplan setzen, und zwar für Tag eins. Ihre Zunge mit der des Bauleiters zu verschlingen, wenn der Auftrag nicht einmal zur Hälfte fertig war, war sicher alles andere als karrierefördernd.

Aber verdammt. Was scherte sie ihre Karriere, wenn Noahs Lippen so weich und seine Küsse so heiß und unanständig waren? Und rutschte da etwa gerade seine Hand unter ihren Pullover und verbrannte ihr den Rücken mit seiner Hitze? Gott, es hatte sie schon so lange niemand mehr so berührt, dass sie fast vergessen hatte, wie es war, begehrt zu werden. Denn wenn das lange, harte Ding, das sich an sie drückte, irgendetwas aussagte, dann, dass Noah sie wollte.

Sie wusste ganz genau, dass sie sofort aufhören sollte, aber irgendwie konnte sie nicht. Nicht, als er ihren Pullover nach oben und über ihren Kopf zog, und auch nicht, als er den Verschluss vorne an ihrem BH öffnete und die Körbchen zur Seite schob, damit er an ihre Brustwarzen kam. Sie hielt ihn nicht auf, als er ihre steinharten Nippel küsste und daran saugte, oder als er sich nach unten bewegte, um den Knopf und den Reißverschluss ihrer Jeans aufzumachen.

Damit hätte es wirklich genug sein sollen. Brianna wollte gerade sagen, dass jetzt Schluss war, als er seine Hand in ihre Unterhose schob und einer seiner Finger tief in sie hineinglitt.

Stopp. Das Wort lag ihr auf der Zunge, aber leider war ihre Zunge gerade ziemlich beschäftigt. Und da seine Hand nun mal in ihrer Hose steckte, dachte sie, dass es nun letztlich auch keinen großen Unterschied mehr machte, wenn sie seine Jeans aufknöpfte und es ihm gleichtat.

Einer von ihnen würde schon wieder zu Verstand kommen, bevor sie zu weit gingen, bevor sie etwas taten, das sie nicht mehr rückgängig machen konnten.

Gleich. In einer Minute.

Er würde aufhören. Oder sie. Sie würde garantiert aufhören. Aber noch nicht sofort, nicht jetzt, wo er sie *dort* streichelte und dafür sorgte, dass in ihrem ganzen Körper ein Feuerwerk explodierte. Nicht jetzt, wo er ihr gerade die Jeans und die Unterhose auszog und sich dann nach unten bewegte, um seine Finger durch seine Zunge zu ersetzen.

Das wäre wirklich kein guter Zeitpunkt, um ihn aufzuhalten.

O *Gott.*

Und er war so *gut* darin. Innerhalb weniger Sekunden musste sie sich die größte Mühe geben, um einen Aufschrei zu unterdrücken. Normalerweise brauchte sie Monate, bis sie sich traute, jemanden *das* tun zu lassen, aber Noah war so selbstbewusst vorgegangen, dass sie gar nicht darüber nachgedacht hatte, ob sie sich traute. Und als er sie zu einem explosiven Orgasmus brachte, war sie darüber verdammt froh.

Sie schnappte immer noch nach Luft, als er sich an ihrem Körper hinauf küsste.

»Sag, dass ich aufhören soll.« Seine Stimme war heiser und unglaublich sexy.

»Nein, ich glaube nicht, dass ich das tun werde.«

»Brianna, ernsthaft.«

Sie schob seine Jeans weg und streichelte das lange, umfangreiche Glied, das sich einen Weg aus seinen Boxershorts gebahnt hatte. Wer hätte gedacht, dass sich *das* in den verwaschenen Jeans befand, die er immer zur Arbeit trug? Es wäre doch wirklich eine Schande, diese Chance einfach so verstreichen zu lassen.

»Brianna.« Sein Atem war heiß an ihrer Brustwarze, die von der Berührung seiner Bartstoppeln kribbelte.

»Hm?«

»Sag, dass ich aufhören soll.«

»Nein.«

»Doch.«

»Nein.«

Na ja, das ähnelte jetzt wenigstens wieder ihren gewohnten Streitereien, nur, dass die sich normalerweise um die Baureihenfolge oder Lieferungen oder Rechnungen drehten, oder irgendetwas anderes Bedeutungsloses. Als der Wind aufheulte und eisige Schneeflocken gegen das Fenster peitschte, fragte Brianna sich, wie lange sie wohl im Schweinebauch feststecken würden. Es war sicher besser, es einfach zu genießen, bevor sie wieder zurück in die Wirklichkeit mussten.

»Hast du ein Kondom?«

Er starrte sie an. Er sah so geschockt aus, dass es sie fast zum Lachen brachte. »Nein, ich habe keins.«

»Da sind welche im Schrank. Holst du sie, oder soll ich?«

»Bist du noch betrunken?«

»Ich glaube nicht.«

»Du bist garantiert betrunken, wenn du mir nicht sagst, dass ich aufhören soll.«

»Ich bin nicht betrunken, und ich sage nicht, dass du aufhören sollst.« Sie liebkoste ihn mit festem Griff, von der Basis bis zur Eichel und wieder zurück. »Außer du sagst mir, dass ich aufhören soll?«

»Sag ich nicht«, stieß er mit zusammengebissenen Zähnen hervor.

»Warum schaust du nicht mal nach, was der Schweinebauch so für Kondome im Angebot hat?«

Er starrte sie an, ziemlich lange, als würde er erwarten, dass sie ihre Entscheidung im nächsten Moment zurücknahm.

Sie schwieg.

Noah stemmte sich mit den Armen hoch und stieß sich vom Bett ab. Dann ging er ins Bad und wühlte im Schrank herum. Als er zurückkam, blieb er neben dem Bett stehen. Der Saum seines Thermohemdes verbarg sein steifes Glied. »Letzte Chance nein zu sagen.«

»Ich sage nicht nein. Du?«

»Anscheinend nicht.«

»Zieh dein Hemd aus.«

Er tat, was sie gesagt hatte, und legte einen wohldefinierten, von dunkelblondem Haar bedeckten Oberkörper frei. Die Haare wurden nach unten hin dunkler.

»Jetzt die Hose.«

Brianna stützte sich auf einen Ellbogen und sah zu, wie er sich für sie auszog. Wenn sie schon sämtliche Grenzen überschritt, wollte sie es wenigstens genießen. Sie streckte die Arme aus, damit er sich wieder dorthin legte, wo er gewesen war, bevor er die Kondome geholt hatte.

Er zögerte. »Sag mir, dass das hier nicht alles zwischen uns noch schwieriger machen wird, als es das ohnehin schon war.«

»Ich lasse das nicht zu, wenn du es auch nicht tust.«

»Werde ich nicht. Und es ist nur dieses eine Mal, ja?«

Sie lächelte. »Vielleicht auch zweimal, wenn das erste Mal gut ist.«

Ein Lächeln breitete sich auf seinem Gesicht aus. Es machte die harten Kanten ganz weich. Es war wirklich ein Schock zu entdecken, wie gutaussehend und sexy ihr Erzfeind eigentlich war.

Brianna zog ihn an sich und in einen weiteren dieser phantastischen Küsse, die zu dieser ganzen Nacktheit geführt hatten. Sie schnappte begeistert nach Luft, als sein Brusthaar ihre Nippel berührte. Die Lust, die das verursachte, perlte und prickelte durch ihren gesamten Körper.

Vor vierzehn Monaten wäre ihr der Gedanke, nackt mit jemandem, der nicht ihr geliebter Ehemann war, im Bett zu liegen, unglaublich lächerlich vorgekommen. Seitdem hatte sich alles in ihrem Leben verändert. Nichts war mehr so wie vorher.

Und selbst in ihren wildesten Träumen hätte sie sich nicht in einem Bett über der Gaststätte zum Schweinebauch in Vermont gesehen, mit einem sexy Bauarbeiter namens Noah Coleman, von dem sie noch am selben Nachmittag geglaubt hatte, er sei der nervigste Mensch, dem sie je begegnet war. Noah und sie passten wirklich so überhaupt nicht zusammen. Doch dafür bewegten sie sich erstaunlich gut miteinander. Das Verlangen verdrängte alles, und es blieb nur die unwiderstehliche Lust, das hier zu Ende zu bringen.

»Kondom«, sagte sie. »Jetzt sofort.«

Er zog sich zurück, riss eines von dem Fünferstreifen ab, den er aus dem Bad mitgebracht hatte, und rollte es auf.

Brianna lief ein wohliger Schauer den Rücken hinunter,

als sie diesen erregten Mann sah, der sie so sehr wollte, dass er jede Vorsicht in den Wind schlug und alle Gründe, aus denen das hier die schlechteste Idee sein könnte, die sie beide je gehabt hatten, ignorierte. Während er in sie eindrang und bei jedem weiteren Kontakt aufstöhnte, schien es das jedenfalls überhaupt nicht zu sein. Im Gegenteil, es war sehr, sehr gut.

Er war groß, und es passte gerade so, dass die Lust fast unerträglich wurde, während er sich langsam in sie hineinschob. Er gab ihr jedes Mal Zeit, ihn aufzunehmen, bevor er ein wenig tiefer ging.

Brianna verkrallte die Finger in seinem muskulösen Rücken und hielt sich fest. Ihr Verstand schrie sie entgeistert an, weil sie den mürrischen Bauarbeiter vögelte, aber es war ziemlich leicht, diese Stimme zu ignorieren.

Sie hatte ohnehin verstanden, dass er eigentlich gar nicht so mürrisch war, sondern nur verletzt, und das war etwas, das sie nur zu gut verstand.

Gott, es fühlte sich so gut an, wieder von einem Mann festgehalten und berührt und liebkost zu werden. Sie hatte sich lange gefragt, ob sie je wieder in der Lage sein würde, das hier zu tun, und Noah hatte diese Frage nur allzu deutlich beantwortet. Als sie sich unaufhaltsam auf eine weitere explosive Erleichterung zubewegte, war sie überwältigt vor Erleichterung, dass sie das hier mit jemand anderem als Rem machen konnte, und vor allem, dass sie es so genoss.

Noah stieß in sie hinein und löste den Orgasmus aus, der sich in ihr aufgebaut hatte.

Sie hielt sich an ihm fest, während sie sich völlig der wohltuenden Erleichterung hingab, die jeden Gedanken aus ihrem Kopf verdrängte. Es gab nur diesen Moment, genau hier, genau jetzt. Es hatte bisher nichts gegeben, was sie so befreit hatte wie dieser Sex mit Noah.

Als es vorbei war, sank er auf sie herab. Er atmete genauso schwer wie sie.

»Das war gut«, sagte er nach langem Schweigen.

Brianna lachte. »O ja. Vielleicht sollten wir es noch einmal versuchen, nur um sicherzugehen, dass es keine Eintagsfliege war?«

»Ich bin dabei. Ich muss mich nur kurz ausruhen.«

Er zog sich aus ihr zurück und drehte sich auf die Seite. Dann legte er den Arm um sie und schaute sie an.

»Das war das erste Mal für mich, seit es passiert ist«, sagte sie leise.

»Ja?«

»M-hm.«

»Wie fühlst du dich?«

»Abgesehen von zwiespältig, weil ich mit einem Arbeitskollegen im Bett liege?«

»Abgesehen davon«, sagte er lächelnd.

»Ziemlich gut.« Sie legte ihm die Hand auf den Arm. »Ich habe mich sehr lange gefragt, ob ich das je wieder machen würde. Ich meine, wenn es nicht mit ihm sein konnte, würde ich es mit jemand anderem tun wollen?«

»Ich habe sechs Monate gebraucht, bis ich es mit jemand anderem versucht habe.«

»Hat es geholfen?«

»Ein bisschen.« Er seufzte. »Ich meine, es ändert nichts an dem, was passiert ist, weißt du?«

»Ja, weiß ich. Und klar, es ändert nichts, aber es hat sich sehr gut angefühlt. Also danke.«

»Stets zu Diensten, Ma'am.«

Brianna kicherte über den übertrieben unterwürfigen Blick, der diese Aussage begleitete. »Vielleicht ist es ja doch gut, dass Mrs. H sich in unsere Angelegenheiten gemischt hat. Und dass es so schneit.«

»Ich bezweifele, dass das hier ohne ihre Anweisungen je passiert wäre.«

»Auf keinen Fall. Ich wollte dich erwürgen, nicht, na ja …«

»Ficken?«

»Hör auf! O mein Gott. Musstest du das so sagen?«

»Wie würdest du es denn nennen?«

»Jedenfalls nicht so.«

»So ein braves Mädchen. Ich muss dir wohl mal so einiges zeigen.«

»Hast du das nicht gerade getan?«

»Nein. Das war erst der Vorgeschmack. Richtig schmutzig wird's in der nächsten Runde.«

»Ähm, ich weiß nicht genau, was ich davon halte.«

»Vertrau mir. Du wirst es lieben.«

Brianna war so müde und zufrieden, dass sie nicht weiter fragte. Wenn er sagte, dass es ihr gefallen würde, dann war das sicher so. Sie war wohl irgendwann eingenickt, denn sie schreckte auf, als Noah sie sanft am Arm berührte. Als sie wach war, bahnte er sich mit Küssen den Weg hinunter zu ihren Brüsten. Er hatte das Licht ausgemacht, und sie hatte keine Ahnung, wie viel Uhr es war oder ob es immer noch schneite. Was bedeuteten solche Kleinigkeiten schon, wenn Noah ihren Nippel mit der Zunge bearbeitete?

Brianna schloss die Augen und schwebte auf einer Welle der Zufriedenheit. In diesem wunderschönen Zimmer am unwahrscheinlichsten aller Orte fühlte sie sich zum ersten Mal nach einer sehr langen, schlimmen Zeit einfach nur wunderbar.

Vielleicht würden Noah und sie ja wieder streiten, wenn sie zurück auf der Baustelle waren. Vielleicht würde das hier, was auch immer das zwischen ihnen war, nie mehr sein als ein eingeschneites Zwischenspiel im Schweinebauch.

Wenn es so war, dann wäre das in Ordnung. Egal, was als Nächstes passierte, dieser Abend mit Noah hatte ihr Hoffnung gegeben, dass die Zukunft nicht nur traurig und dunkel sein würde. Es war wieder Platz für mehr als nur ihre Enttäuschung.

Er drehte sie auf den Bauch und bedeckte ihren Rücken mit Küssen. Dann zog er sie auf die Knie und liebkoste ihren Hintern ganz sanft, so dass ihre Haut prickelte und ihre Klitoris unerträglich spannte.

Sie wollte gerade anfangen, um Erleichterung zu betteln, als er von hinten in sie eindrang und sie mit einem einzigen, tiefen Stoß fast zum Orgasmus brachte.

»Noch nicht«, flüsterte er ihr heiser ins Ohr.

Brianna biss sich auf die Unterlippe und versuchte, sich zurückzuhalten.

Er zog sich aus ihr zurück, und sie wimmerte über diesen Verlust. »Ganz ruhig«, sagte er. »Du kriegst, was du willst, wenn du geduldig bist.«

»Ich bin nicht geduldig.«

»Das ist gut zu wissen.« Er fuhr mit den Fingern durch die Nässe zwischen ihren Beinen, vermied aber gekonnt genau die Stelle, die für seine Berührung brannte. »Dann musst du es jetzt lernen.«

»Ich war noch nie geduldig.«

Er zögerte es so lange hinaus, bis sie kurz davor war zu schreien, weil es so schwer war, die Erleichterung zurückzuhalten, die darauf drängte, aus ihr herauszuplatzen.

»Noah.« Es klang wie ein Schluchzen. »*Bitte.*«

»Willst du das hier?« Er stieß in sie hinein und löste den Orgasmus des Jahrtausends aus.

Die überwältigende Lust, die in ihrem Körper kursierte, war so intensiv, dass sie fast ohnmächtig wurde.

Danach war sie völlig erledigt. Sie hätte sich nicht bewegen können, wenn das Zimmer in Flammen gestanden hätte.

Noah zog sich aus ihr zurück und ging ins Bad, um das Kondom zu entsorgen und ein Handtuch für sie zu holen.

Brianna tat rein gar nichts, um ihm zu helfen, während er sie sanft trockentupfte.

»Alles okay da unten?« Er gab ihr einen Kuss auf den Rücken.

»Mm.«

»In ganzen Sätzen, bitte.«

»Ja, alles okay.«

»Sicher?«

»M-hm. Und bei dir?«

»Mir geht es verdammt gut.«

Sie war froh, dass er das sagte. Das war ihr letzter Gedanke, bevor das Klingeln eines Telefons sie abrupt weckte. Sie hatte geschlafen wie ein Stein. Als sie die Augen öffnete, war es heller Tag.

Noah bewegte sich neben ihr und griff nach dem Hörer. »Hallo.« Pause. »Ja, gerne, das klingt gut. Einen Moment, bitte.« Zu Brianna sagte er: »Die Straße nach Butler ist immer noch gesperrt, und man kann Frühstück aufs Zimmer bestellen.«

»Das ist ja nett. Was gibt es denn?«

»Eier, Pancakes, French Toast.«

»Oh, Pancakes bitte. Und Kaffee. Viel Kaffee.«

Noah bestellte die Pancakes für sie und für sich ein Omelett, dann legte er den Hörer auf. Er schmiegte sich an sie und strich ihr das zerzauste Haar von der Wange, damit er ihr einen Kuss geben konnte. »Hast du gut geschlafen?«

»Wie ein Stein.«

»Ich auch. Ich habe ewig nicht mehr so eine gute Nacht gehabt.«

»Ich auch nicht.«

»Dann stecken wir jetzt also hier fest, hm?«

»Sieht so aus. Ich sollte Carlo und die Jungs anrufen

und ihnen sagen, dass sie im Bett bleiben können.« Er setzte sich wieder auf und rief seinen Vorarbeiter an.

Brianna döste vor sich hin, während er telefonierte. Es war wirklich erstaunlich, wie vertraut ihr diese Stimme mittlerweile war, die sie noch vor einem Tag auf die Palme gebracht hatte. Sie hatte erwartet, dass sie sich heute Morgen schlecht fühlen würde, aber so war es nicht. Klar, sie dachte nach wie vor, dass es nicht ihre beste Idee gewesen war, mit einem Kollegen zu schlafen, aber vor allem fühlte sie sich … gut.

Wann hatte sie sich zuletzt so wohlgefühlt, als sie aufgewacht war? Vor dem Zusammenbruch. Seitdem war jeder einzelne Tag eine Tortur gewesen. Das raubte einem mit der Zeit jegliche Energie, und irgendwann waren selbst die alltäglichsten Aufgaben unfassbar anstrengend.

Noah zog ihr die Bettdecke über die Schultern. »Bleib liegen. Das Frühstück ist da.«

Brianna kuschelte sich noch tiefer in das gemütliche Bett. Sie war so dankbar, dass sie hier festsaßen und sie den Tag ausnahmsweise nicht draußen in der Eiseskälte verbringen musste.

Noah brachte das Tablett und stellte es auf den kleinen Tisch. Dann ging er ins Bad und kam mit einem Bademantel für sie zurück, den er ihr neben dem Bett aufhielt. »Madame, Ihr Frühstück ist serviert.« Seine Brustmuskulatur war in ihrer vollen Pracht zu bewundern, weil er nur seine Jeans trug. Der oberste Knopf war offen. Dazu kamen die goldblonden Stoppeln, die jetzt sein Kinn und seine Wangen bedeckten. Er war wahnsinnig sexy. Und wahnsinnig schön.

Sie riss den Blick von ihm los und stand auf, froh, dass der Bademantel sie direkt vor seinen Blicken schützte. »Danke.« War es nicht lächerlich, wie schüchtern sie plötzlich war, wenn man bedachte, was sie in der Nacht getrieben hatten? Sie schob rasch die Arme in den Mantel und band den Gürtel zu.

Er hielt ihren Stuhl für sie und setzte sich ihr gegenüber, dann nahm er die Servierglocken von den Tellern.

»Oh, wow, das ist ja ein Festmahl!«

»Jetzt hast du die Gelegenheit für ›Ich glaub, mein Schwein pfeift‹ verpasst.«

»Stimmt. Willst du mein Würstchen?«

»Weil du ja heute Nacht meins hattest, nehme ich jetzt gerne deins.«

Sie prustete los. »Unfassbar, dass du das echt gesagt hast.«

»Ich hab's gesagt.«

Sie machten sich über das leckere Frühstück her. Es war echter Ahornsirup aus Vermont dabei, und eine große Schüssel Obstsalat.

»Der Schweinebauch ist mein neuer Lieblingsplatz«, sagte Brianna nach ihrem dritten Bissen. »Ich glaube, ich bleibe einfach hier.«

»Wenn eine Vegetarierin das sagt, will das durchaus was heißen.«

»Ich weiß. Ich mag Fleisch wirklich überhaupt nicht.«

Noah schaute sie vielsagend an, und ihr stieg die Hitze ins Gesicht.

»Hör auf.«

»Du bist echt süß, wenn dir was peinlich ist.«

»Bin ich nicht.«

»Bist du wohl.«

»Freut mich, dass zwischen uns wieder alles so ist wie vorher.« Sie schaute ihn über den Rand ihrer Kaffeetasse hinweg an. »Endlich streiten wir wieder.«

»Die guten alten Zeiten von vorgestern!«

»Du meinst, als du versucht hast, mir zu verklickern, dass es egal ist, wenn du eine Lieferung annimmst, obwohl ich dir explizit gesagt hatte, dass du das nicht machen sollst?«

»Kommt mir vor, als wäre das Ewigkeiten her.«

»Wirklich?«

»Ja. Davon sind wir Lichtjahre entfernt.«

»Mag ja sein, aber wenn wir wieder zurückkommen, wirst du nach wie vor keine Lieferungen annehmen.«

»Jawohl, Ma'am.«

Sie warf ihm einen finsteren Blick zu. »Nenn mich nicht Ma'am.«

»Wie soll ich dich denn nennen?«

»Brianna wäre gut.«

»Okay, dann Brianna.«

»Hast du eine Ahnung, wie schwer es ist, als Frau ein Projekt zu leiten, wenn dein ganzes Team aus Männern besteht, und alle denken, sie hätten mehr Ahnung als du?«

»Nein, ich glaube nicht. Ich war ja noch nie eine Frau.«

»Ich habe während des Studiums vier Jahre lang während der Semesterferien auf dem Bau gearbeitet. Ich wollte meinen Beruf von Grund auf lernen.«

»Wirklich?«, fragte Noah überrascht.

»Ich habe alles gemacht. Dächer gedeckt, gemauert, verputzt und den Klempnern und den Elektrikern über die Schulter geschaut, damit ich genau verstehe, was sie tun.«

»Beeindruckend.«

»Seit ich zum ersten Mal eine Baustelle betreten habe, wurde ich behandelt, als würde ich dort nicht hingehören. Alle haben sich so verhalten, als würde ich mir weh tun und Probleme machen, dabei wollte ich einfach nur alles lernen.«

»Wie bist du an deinen ersten Job gekommen?«

»Ein Freund der Familie hat eine Baufirma. Als ich erzählt habe, dass ich mich fürs Architekturstudium beworben habe, meinte er, ich solle als Erstes die Grundlagen lernen, und hat mir gleich einen Ferienjob angeboten. Meine Eltern waren nicht gerade begeistert, dass ich den Sommer mit einer Horde älterer Männer verbringen wollte. Aber unser Freund hat wirklich alles unter Kontrolle gehabt und seinen Leuten gesagt, dass sie dafür verantwortlich sind, dass ich etwas lerne. Ich bin ihm unendlich dankbar, dass er mir so einen guten Start ermöglicht hat.«

»Das ist echt cool, dass du das gemacht hast. Ich bin beeindruckt.«

»Auch wenn ich nicht weiß, wie viel es wirklich gebracht

hat. Ich muss immer noch bei jedem Auftrag um Anerkennung kämpfen. Auf Dauer ist das ganz schön anstrengend.«

»Tut mir leid, dass ich nicht respektvoller mit dir umgegangen bin.«

Sie zuckte die Achseln. »Ist okay. Ich hab mich daran gewöhnt.«

»Na ja, okay ist es überhaupt nicht. Aber mein Verhalten hatte rein gar nichts mit dir zu tun, das weißt du ja mittlerweile. Ich habe meine privaten Probleme mit auf die Baustelle gebracht. Ich hätte nicht so unhöflich zu dir sein dürfen. Das war nicht in Ordnung. Du kannst ja wirklich nichts dafür, was mir passiert ist.«

»Du aber auch nicht.«

»Da bin ich mir nicht so sicher. Irgendwas muss ich ja getan haben, wenn meine Ex sich so verhalten hat.«

Brianna schaute ihm direkt in die Augen. »Du hast rein *gar nichts* getan, was so ein Verhalten rechtfertigt. Es ist völlig egal, was du als Ehemann vielleicht falsch gemacht hast. Wenn sie sich trennen wollte, hätte sie das nur sagen müssen. Mit jemand anderem zu schlafen ist einfach ekelhaft. Mit dem besten Freund und engsten Mitarbeiter des eigenen Mannes ins Bett zu steigen, geht gar nicht.«

Seine Lippen zitterten, weil er versuchte, sich ein Lächeln zu verkneifen.

»Ich meine es ernst!«

»Das weiß ich.«

»Warum lachst du dann?«

»Weil du so süß bist.«

Sie warf ihm einen bösen Blick zu. »Hör auf das zu sagen. Keine erwachsene Frau möchte *süß* genannt werden.«

»Dann eben sexy. Ist das besser?«

»Damit kann ich leben.«

Wenn er lächelte, verwandelte das sein ganzes Gesicht. Die harten, abweisenden Züge wurden ganz weich.

»Du solltest mehr lächeln. Das steht dir wirklich gut.«

»Es fühlt sich auch gut an. Auch wenn mein Gesicht fast weh tut, weil ich so viel gelächelt habe, seit ich dich gestern Abend abgeholt habe.«

»Das hast du nicht erwartet, oder?«

»Nicht wirklich. Du aber auch nicht.«

»Nein. Es hat mir richtig davor gegraut, mit dir hierherzufahren.«

»Dass ich dir am Rockzipfel hänge, hat dir gerade noch gefehlt.«

»Ich hatte ja recht bald keinen Rock mehr an, an dem du hättest hängen können. Von daher …«

Er legte den Kopf in den Nacken und lachte, sehr laut, was sie ebenfalls zum Lachen brachte. »Was machen wir denn jetzt mit diesem unerwarteten freien Tag?«

»Ich dusche erst mal, und danach lege ich mich vielleicht noch ein bisschen hin.«

»Ich würde mich beiden Aktivitäten anschließen, falls ich eingeladen bin.«

»Du bist definitiv eingeladen.«

8

»Enttäuschung schmerzt schlimmer als Schmerz.«
Amerikanisches Sprichwort

Noah konnte sich nicht an einen Tag erinnern, den er mehr genossen hatte als den, den er mit Brianna im Schweinebauch verbracht hatte. Sie schliefen, verbrauchten noch zwei Kondome, schauten sich *Mission: Impossible* an und spielten in der Gaststube Billard, bis sie hörten, dass die Straße wieder frei war.

Fast bedauerte er es, dass ihre Zeit im Gasthaus zu Ende ging. Die unerwartete Auszeit war toll gewesen. Sie gingen zurück auf ihr Zimmer, um ihre Sachen zu holen, dann packten sie sich warm ein und traten in den eiskalten Spätnachmittag hinaus. Der Himmel war grau und düster, der Schnee lag hüfthoch, und die Straßen waren zwar geräumt und gestreut, aber trotzdem noch glatt.

Auf der kurvenreichen Straße, die sie zurück nach Butler führte, ließ Noah sich viel Zeit mit dem Fahren. Ungefähr sieben Kilometer vom Gasthaus entfernt sahen sie, wo der Unfall passiert war. Eine hölzerne Absperrung markierte die Stelle, an der das Auto am Vorabend von der Straße abgekommen war. »Schau nicht runter«, sagte er.

»Zu spät.«

Noah sah, dass einige Bäume umgeknickt worden waren, entweder von dem Auto oder vom Rettungsteam. »Ich hoffe, es geht allen gut.«

»Ich steige in Vermont wahrscheinlich nie mehr ins Auto, jetzt, da ich gesehen habe, was passieren kann.«

»Du musst einfach langsam fahren.«

»Diese Abhänge sind wirklich schrecklich.«

»Unfälle passieren, aber daran sind wir hier oben gewöhnt. Unsere Notfallsysteme sind beeindruckend gut. Zwei Cousins von mir sind Rettungssanitäter bei der Feuerwehr, die könnten dir so einige Geschichten erzählen. Mein Cousin Lucas wurde bei dem Feuer im Hotel verletzt. Sein eineiiger Zwilling, Landon, hat ihn gerettet. Und Amanda, die Frau, mit der Landon jetzt verlobt ist.«

»Wow.«

»Das war wirklich eine verrückte Nacht, in jeder Hinsicht.«

»Gott sei Dank konnte Landon die beiden retten.«

»Ich weiß. Ich kann mir weder Landon noch Lucas ohne den jeweils anderen vorstellen.«

»Wie ähnlich sind sie sich denn?«

»Ich muss schon genauer hinschauen, bevor ich sie mit Namen ansprechen kann, außer im Winter. Da lässt Lucas sich einen Bart wachsen. Es gibt zwei Zwillingspaare in der Familie. Hunter und Hannah sind auch Zwillinge.«

»Alleine zehn Kinder zu haben, hat also nicht gereicht. Es mussten auch noch zwei Zwillingspaare dabei sein.«

»Wenn meine Tante Molly was macht, dann richtig.«

»Das kann man wohl sagen.«

Für seinen Geschmack waren sie viel zu schnell wieder in Butler. Würde er sie jetzt absetzen, selbst nach Hause fahren, und sie danach nur noch auf der Arbeit sehen? Dieser Gedanke versetzte ihm einen Stich und machte seine gute Laune zunichte. Fünf Minuten später, als er in ihrer Einfahrt hielt, hatte er immer noch keine Lust, sich von ihr zu verabschieden.

»Jemand hat deine Einfahrt geräumt.«

»Mein Vermieter schickt immer jemanden, aber er hat wie immer mein Auto zugeschüttet.«

»Ich helfe dir, es auszugraben.«

»Das musst du nicht.«

»Es macht mir nichts aus. Wenn du es alleine machst, brauchst du zwei Stunden dafür.«

»Glaub mir, das weiß ich. Ich hab es schon oft genug gemacht.«

»Parke nächstes Mal am besten gleich ganz vorne in der Einfahrt, Fahrtrichtung nach außen, vor allem, wenn es schneit. So kann er den Schnee nach hinten schieben, ohne dich zu blockieren.«

»O Mann, wieso ist mir das nicht selbst eingefallen?«

»Du kommst nicht aus Vermont. Wir werden sozusagen mit diesem Wissen geboren.« Er stieg aus und ging zu ihr hinüber, um ihr hinunterzuhelfen. »Hast du eine zweite Schaufel?«

»Ja, in der Garage. Ich hole sie. Danke für deine Hilfe.«

»Kein Problem. Ich kann doch nicht zulassen, dass du hier feststeckst.«

Sie arbeiteten über eine Stunde zusammen, bis sie das Auto aus der Schneewehe befreit hatten.

»Willst du noch überprüfen, ob der Wagen anspringt, bevor ich fahre?«

»Okay, ich hole nur schnell den Schlüssel.«

Sie verschwand im Haus, während er mit seinem Eiskratzer ihre Windschutzscheibe freimachte, und kam kurz darauf mit dem Schlüssel zurück. Doch als sie das Auto aufschließen wollte, ließ sich die Tür nicht öffnen.

»Zugefroren.« Noah fing an, das Eis rund um den Türrahmen abzuklopfen.

»Ich wusste gar nicht, dass das überhaupt passieren kann, bevor ich hergekommen bin.«

»Dir ist in Boston noch nie die Autotür zugefroren?«

»Da steht mein Auto in der Garage.«

»Ah, okay.« Er bearbeitete weiterhin das Eis, bis die Tür sich öffnen ließ. »So, bitte.«

»Vielen Dank, Noah, ich weiß das wirklich zu schätzen.«

»Kein Problem.«

Brianna stieg ein und drehte den Schlüssel im Zündschloss. Anfangs hustete der Motor nur, aber dann sprang das Auto an. »Puh. Ich weiß nicht, was das für ein Geräusch war.«

»Der Motor ist einfach kalt. Sieht aus, als sei alles in Ordnung.«

Sie schaltete den Motor wieder ab und stieg aus. »Danke noch mal.«

»Gerne.« Er wusste nicht, ob er sie küssen sollte. Obwohl sie erst vor zwei Stunden das Gasthaus verlassen hatten, schien es jetzt, da sie wieder in Butler waren, schon viel länger her zu sein. »Ich, ähm. Na ja, ich schätze, wir sehen uns morgen.«

»Willst du zum Abendessen wiederkommen?«

Er antwortete, bevor sie den Satz beendet hatte. »Ja, das klingt gut. Um wie viel Uhr?«

»So um sieben?«

»Bis dann.« Erleichtert, dass er sie so schnell wiedersehen würde, machte er sich auf den Weg zu seinem Truck. Dann drehte er sich wieder um. »Was soll ich mitbringen?«

»Was zu trinken.«

»Okay. Was soll ich für dich holen? Ach ja, Wodka. Das sollte kein Problem sein.«

Sie lächelte, was ihr ganzes Gesicht zum Leuchten brachte. Gott, sie sah so gut aus. Und ja, das hatte er gewusst, seit er sie zum ersten Mal gesehen hatte. Aber jetzt, nachdem er diese fabelhafte Nacht mit ihr verbracht hatte, beschloss er, dass *gut* nicht ausreichte. *Umwerfend* war das bessere Wort, um sie zu beschreiben.

Er ging ein paar Schritte auf sie zu, so dass er wieder nah genug war, um sie zu küssen, und beugte sich vor. Er hoffte, dass sie ihm entgegenkommen würde.

Sie enttäuschte ihn nicht.

Als ihre Lippen seine berührten, verschwand die Unruhe, die ihn noch vor einer Minute erfüllt hatte, sofort.

Noah musste sich zwingen, sie loszulassen, damit aus

dem Abschiedskuss hier draußen, wo alle sie sehen konnten, nicht noch etwas ganz anderes wurde. »Ich, ähm. Ich gehe jetzt mal. Bis um sieben dann.«

»Bis dann.«

»Geh noch rein, bevor ich wegfahre.«

»Warum? Wovor hast du Angst?«

»Gar nichts, ich will nur, dass du in Sicherheit bist.«

Sie überraschte ihn, als sie nach seiner Jacke griff und ihn ein zweites Mal küsste. »Vorsicht, Noah Coleman. Sonst denke ich noch, du bist ein netter Kerl.«

»Wage es ja nicht, das Gerücht in die Welt zu setzen.«

»Dein Geheimnis ist bei mir sicher.«

»Danke.« Er war seltsam berührt von den Worten *bei mir sicher.* Sie hatten für ihn heutzutage eine völlig neue Bedeutung. »Gut zu wissen. Also, geh jetzt lieber rein, bevor ich vergesse, dass ich fahren wollte.«

Sie lächelte ihn vielsagend an, dann drehte sie sich um und lief Richtung Haustür.

Er riskierte einen kurzen bewundernden Blick auf ihren Hintern in der engen Jeans, während sie die Stufen zur Haustür hinaufstieg. Sie machte das Außenlicht einmal an und aus, damit er wusste, dass alles in Ordnung war.

Noah ging zurück zu seinem Truck und schaute auf die Uhr, weil er wissen wollte, wie viele Stunden es noch waren, bis er sie wiedersehen konnte. Zweieinhalb. Das war noch viel zu lange. »Reiß dich zusammen, Mann. Du spielst ja komplett verrückt nach nur einer Nacht.«

Es war eine tolle Nacht gewesen, die Art, die dazu führte,

dass man sie nicht mehr aus dem Kopf bekam, vor allem, wenn es eine Chance darauf gab, sie zu wiederholen.

Ist es das, was du willst?, fragte Noah sich auf der Fahrt nach Hause. *Du willst mehr?* Er dachte eine Sekunde lang darüber nach. *Keine Ahnung, was ich will. Ich weiß nur, dass ich gerne mit ihr zusammen bin. Ich mag alles an ihr, was wirklich lustig ist, wenn man bedenkt, dass ich sie gestern Abend noch nicht ausstehen konnte.*

Er drehte die Heizung so heiß es ging. *Davor kanntest du sie auch noch gar nicht richtig.* Er schämte sich, weil er mehrere unfaire Schlüsse über sie gezogen hatte, ohne sich die Zeit zu nehmen, sie besser kennenzulernen. Gefiel es ihm, auf der Baustelle von einer Architektin aus Boston herumkommandiert zu werden? Nein, aber sie machte auch nur ihre Arbeit, genau wie er, und er musste sich in Zukunft besser im Griff haben.

Vielleicht hatte Brianna recht, dass es an der Zeit war, seiner Familie zu erzählen, was mit Melinda passiert war, damit er aufhören konnte, ihnen und ihren Fragen aus dem Weg zu gehen. Was ihm vor kurzem noch so kompliziert vorgekommen war, schien jetzt, wo Brianna es ihm erklärt hatte, plötzlich ganz einfach. Es hatte ihm sehr geholfen, mit jemandem zu reden, der verstand, wie er sich fühlte – nicht, dass er irgendwem eine solche schmerzhafte Erfahrung wünschen würde. Aber er fühlte sich jedenfalls besser, jetzt, da er wusste, dass er nicht der Einzige war, den ein geliebter Mensch betrogen hatte.

Nach dem Abend mit Brianna fragte er sich, ob es nicht doch möglich sein könnte, dass er wieder so empfand, wie einst für die Frau, die er damals geheiratet hatte. Nicht, dass er erwartete, dass aus dieser Sache mit Brianna mehr wurde, aber sie hatte ihm zumindest gezeigt, dass die Zukunft auch anders aussehen konnte, sehr viel weniger einsam und nicht so düster. Er musste aufhören, über Dinge nachzugrübeln, die nicht mehr zu ändern waren. Irgendwann reichte es auch wirklich damit.

Er bog in seine Straße ein und stellte überrascht fest, dass eine ganze Reihe von Autos vor dem Haus seiner Mutter stand. Die Autos seiner Geschwister. Was hatte er verpasst? Und warum brannte bei ihm im Haus Licht? Noah parkte hinter Graysons Geländewagen und stieg aus seinem Truck. Er hatte kaum die Waschküche im Haus seiner Mutter betreten, als sich auch schon seine Geschwister auf ihn stürzten.

»Gott sei Dank, Noah!« Seine jüngste Schwester, Sarah, umarmte ihn so fest, wie sie das seit Jahren nicht getan hatte. »Es geht dir gut.«

»Ja. Warum? Was ist los? Was macht ihr hier? Und wo ist Mom?«

Sarah, Henry, Jackson, Vanessa und Ally lebten alle in Boston und kamen nur an den Feiertagen nach Vermont. Sie waren gerade erst zu Weihnachten da gewesen, was Noahs Besorgnis noch verstärkte.

»Gestern Abend gab es einen schlimmen Unfall«, sagte Vanessa.

»Ich hab davon gehört.«

»Das war Izzy, Noah«, sagte Grayson. »Ihr Jeep ist von

der Straße abgekommen und in eine Schlucht gestürzt. Sie mussten sie aus dem Auto rausschneiden. Sie liegt im Krankenhaus.«

Noah hatte das Gefühl, als hätte ihm jemand plötzlich den Boden unter den Füßen weggezogen. Izzy! Er vertraute seiner Schwester wie kaum jemandem sonst. Sie war die Einzige in seiner Familie, die wusste, was Melinda ihm angetan hatte. Er zwang sich, tief Luft zu holen. »Können wir zu ihr?«

»Wir warten auf Moms Anruf«, sagte Henry. »Sie wollte uns Bescheid sagen, wenn sie stabil ist.«

»Warte, sie ist also *nicht* stabil?« Noah schluckte schwer.

»Sie haben daran gearbeitet, als Mom zuletzt angerufen hat«, sagte Vanessa. »Sie meinen, sie muss operiert werden, aber das geht erst, wenn sie sie stabilisiert haben.«

»Wir haben uns solche Sorgen gemacht, als wir dich nicht gefunden haben«, sagte Sarah.

»Wo warst du?« Henry trank Kaffee aus einem riesigen Becher. Noahs jüngster Bruder hatte sich irgendwann einen Bart wachsen lassen, der ihn älter aussehen ließ als seine vierundzwanzig Jahre.

»Ich war im Schweinebauch zum Abendessen und habe wegen des Unfalls über Nacht dort festgesessen. Die Straße war gesperrt«, sagte Noah. »Ich bin heimgefahren, sobald die Straße wieder frei war. Es tut mir leid, dass ihr euch Sorgen um mich gemacht habt.«

»Wir dachten, es macht dir nichts aus, wenn ein paar von uns bei dir im Haus schlafen.« Vanessa lehnte sich an ihn.

Er legte den Arm um seine Schwester. »Natürlich macht mir das nichts aus. Wann seid ihr denn gekommen?«

»Gegen fünf Uhr morgens«, sagte Ally. »Als Gray gestern Abend angerufen hat, sind wir vier in Allys Auto gestiegen und hergefahren.«

»Wo ist Jack?«, fragte Noah.

»In Wyoming zum Skifahren«, sagte Sarah. »Wir haben ihm auf die Mailbox gesprochen.«

Emma kam mit ihrer Tochter Simone in die Waschküche. Sie gingen direkt zu Grayson, der die beiden in die Arme nahm. »Gibt es was Neues?«, fragte Emma ihren Verlobten.

»Nicht, seit wir zuletzt gesprochen haben.«

»Können wir hinfahren?«, fragte Noah.

»Mom dachte, es sei besser, wenn wir hier warten«, sagte Henry.

»Besser für wen?«, fragte Noah.

»Uns, schätze ich?«, antwortete Sarah.

»Komm, wir fahren.« Noah warf Gray einen Blick zu.

Er nickte zustimmend. »Ich kann auch nicht länger hier rumsitzen.«

»Ein paar passen bei mir rein«, sagte Noah. »Ich fahre.«

Sie verließen das Haus ihrer Mutter und verteilten sich auf die Autos. Ally, Sarah und Vanessa fuhren mit Noah. Henry stieg zu Gray, Emma und Simone ins Auto.

»Hat jemand Cabot Bescheid gesagt?«, fragte Sarah.

»Ich glaube schon.« Keiner von ihnen wusste, was genau da zwischen den beiden lief, aber nach allem, was Izzy ihm erzählt hatte, hatte Noah das Gefühl, dass sie wollen würde, dass sie Cabot anriefen. »Hat jemand eine Nummer für Wade?«

»Ja, ich«, sagte Vanessa.

»Ich rufe ihn morgen an.« Noah trat aufs Gas, um sie zum Krankenhaus zu bringen. Irgendetwas gab es da noch, das er vorgehabt hatte, aber er konnte an nichts anderes denken, als daran, dass er so schnell wie möglich seine Schwester sehen musste.

Um acht Uhr lief Brianna durch ihr Esszimmer und blies die Kerzen aus, die sie lächerlicherweise angezündet hatte. Sie war davon ausgegangen, dass in der vergangenen Nacht etwas ganz Besonderes begonnen hatte, das weitergehen würde, jetzt, da sie in Butler waren. Nachdem Noah sich verabschiedet hatte, war sie zum Supermarkt gefahren und hatte die Zutaten für ein Curry besorgt, eines der Gerichte, das sie zuverlässig ohne Schwierigkeiten hinbekam.

Das Curry war jetzt eine dicke, klebrige Masse, der Reis klumpig, und der altbekannte Schmerz in ihrer Brust war wieder da, jetzt sogar stärker als vorher.

Es war ja eine Sache, sich einmal verarschen zu lassen. Aber wenn es immer wieder passierte, dann lag es an ihr und ihrem grottenschlechten Urteilsvermögen, was Männer betraf.

Sie stand am Wohnzimmerfenster, schaute auf die verschneite Landschaft hinaus und fragte sich, warum er wohl gesagt hatte, dass er kommen würde, und jetzt nicht da war.

Man sollte doch meinen, dass sie sich mittlerweile an Enttäuschungen gewöhnt hatte, aber so ganz stimmte das wohl nicht. Sie hatte das von Noah nicht erwartet. Auch wenn sie zunächst Erzfeinde gewesen waren, hatte es letzte Nacht eine tiefe, intensive Verbindung zwischen ihnen gegeben. Ihr wurde ganz schlecht, wenn sie darüber nachdachte, dass er ihr das alles vielleicht nur vorgespielt hatte, um sie flachzulegen.

Sie ging in die Küche, kratzte das nun ungenießbare Essen in den Müllschlucker und stellte die Töpfe und Pfannen in die Spülmaschine. Als die Spülmaschine lief, schloss sie die Türen ab und machte das Außenlicht aus, das sie für den Mann, der nicht gekommen war, angelassen hatte.

Sie zog sich ihren wärmsten Schlafanzug an und ging ins Bett, wo sie sich die Decke wie einen Kokon über den Kopf zog.

Vielleicht hatte er einen Unfall gehabt, oder sein Truck sprang nicht an. Er hatte ihre Nummer nicht, er hätte sie also nicht anrufen können, falls etwas passiert war. So unfair sich das auch anhörte, aber es wäre ihr lieber, wenn ihm etwas zugestoßen war, als wenn er sie versetzt hätte.

Nach der letzten Nacht wollte Brianna, dass er anders war. Sie wollte, dass er das war, was er zu sein schien, und nicht irgendeine Fata Morgana, die sich in Luft auflöste, wenn man ihr näher kam.

Es war ja auch nicht so, als ob er ihr aus dem Weg gehen

könnte. Immerhin mussten sie noch mindestens zwei Monate lang zusammenarbeiten.

Ihr lautes Stöhnen hallte durchs Schlafzimmer. »Und genau deswegen schläft man nicht mit Arbeitskollegen, Bri. Wenn sie einen versetzen, muss man sie danach trotzdem noch jeden Tag sehen.«

Gott, das hier war wirklich ätzend. Sie hasste die unangenehmen Gefühle, die eine solche Enttäuschung mit sich brachte. Nach allem, was sie nach dem Ende ihrer Ehe durchgemacht hatte, behielt sie solche Sachen eigentlich immer für sich, aber jetzt musste sie mit jemandem reden. Sie kroch aus ihrer Bettdeckenhöhle hervor und griff nach dem Telefon auf ihrem Nachttisch.

Bevor sie nach Butler gekommen war, hatte sie jahrelang kein Festnetztelefon mehr benutzt.

Ihre Cousine, Dominique, hob beim dritten Klingeln ab. »Hallo, ist das etwa meine Cousine, die aus der fernen Antarktis anruft?«

»Nicht ganz, aber ich glaube tatsächlich, dass es hier noch deutlich kälter ist. Sind deine Kinder im Bett?« Ihre Cousine hatte zwei Jahre vor Brianna geheiratet und hatte bereits zwei Kinder, eine vier Jahre alte Tochter und einen zweijährigen Sohn.

»Die schlafen tief und fest, und ich habe mir gerade ein Glas Wein eingeschenkt. Schön, dass du anrufst. Ich habe heute an dich gedacht und mich gefragt, wie es bei dir läuft.«

»Ich wollte dir schon Anfang der Woche schreiben, aber mein Internet spielt verrückt.«

»Ich weiß wirklich nicht, wie du das ohne Internet aushältst.«

»Ist auch gar nicht so einfach.«

»Ich würde sterben«, sagte Dom, unverblümt wie immer. »Wie läuft es mit der Arbeit?«

»Ist okay. Es wird sicher besser, wenn wir komplett nach drinnen können und Heizlüfter aufstellen.«

»Das könnte ich auch nicht. Ich hasse es, wenn mir kalt ist, und du magst das eigentlich auch nicht.«

»Es ist schrecklich. Ich ziehe immer so viele Kleider an, dass ich mich kaum bewegen kann.«

»Na ja, ich bin nur froh, dass es mir nicht so geht. Aber die Fotos, die du letztens geschickt hast, sind wirklich toll! Es wird wunderschön aussehen, wenn ihr fertig seid.«

»Ja.«

»Was ist los, Bri, und sag jetzt nicht ›nichts‹, ich höre nämlich ganz genau, dass irgendwas passiert ist.«

»Ich hab was sehr, sehr Dummes gemacht.«

»Sag schon.«

»Ich hab mit meinem Bauleiter geschlafen.«

»Der Typ, der dir so auf die Nerven geht?«

»Ja, genau.«

»Ähm, jetzt musst du mir erst mal erzählen, wie *das* passiert ist.«

Brianna berichtete ihr jedes Detail von Mrs. Hendricks Verkupplungsversuch und dem Abend, den sie mit Noah im Schweinebauch verbracht hatte.

»Klingt, als hättest du echt Spaß gehabt.«

»Hatten wir auch.«

»Und du bist endlich wieder mit einem Typen im Bett gelandet! Wie war's denn?«

»Richtig gut. Überhaupt nicht komisch, und ich habe auch nicht geweint. Ich dachte immer, dass ich weinen würde, wenn ich es mit jemand anderem als Rem mache.«

Dom schnaufte verächtlich. »Erwähne mir gegenüber lieber nicht seinen Namen. Und seine beschissenen Spielchen vergessen wir jetzt. Ein für alle Mal. Erzähl mir lieber mehr von dem mürrischen Bauarbeiter.«

»Er heißt Noah Coleman.« In anderen Gesprächen mit Dom hatte sie ihn immer nur den »Blödmann« genannt.

»Ist er heiß?«

»Ich hatte ja keine Ahnung, wie heiß, weil er auf der Arbeit immer ungefähr vierzig Lagen übereinander trägt.«

»Also, ihr hattet einen super Abend und seid an einem Ort gestrandet, der Schweinebauch heißt. Warum klingst du so niedergeschlagen?«

»Weil er heute Abend zum Essen vorbeikommen wollte. Aber er hat sich nicht blicken lassen.«

Dom stöhnte frustriert. »O Mann. Ich hatte gerade angefangen, ihn zu mögen.«

»Ich auch.«

»Und du hast keine Ahnung, wo er ist oder was passiert ist?«

»Nein.«

»Kannst du ihn anrufen?«

»Ich rufe ihn ganz sicher nicht an.«

»Wenn bei ihm was passiert wäre, hätte er dich erreichen können?«

»Ich glaube nicht. Das Festnetz hier läuft über den Vermieter, und der wohnt in New York. Noah weiß wahrscheinlich gar nicht, wem das Haus gehört.«

»Also, da hast du's. Irgendetwas ist vorgefallen, und er konnte dir nicht Bescheid sagen. Denk nicht gleich das Schlimmste, wenn du es noch gar nicht wissen kannst.«

»Ich bin mittlerweile aber darauf programmiert, mit dem Schlimmsten zu rechnen.«

Dom schnaubte schon wieder. »Du erwähnst zwar nicht seinen Namen, aber du redest über ihn, und er interessiert uns nicht. Überhaupt nicht. Er ist Hundescheiße an der Sohle unserer ältesten Schuhe.«

Brianna kicherte. »Sag mir, was du wirklich denkst.«

»Das hab ich doch schon viele, viele Male, seit sich herausgestellt hat, dass er das ultimative Arschloch ist.«

Das stimmte, aber sie war auch während der schlimmsten Zeiten auf Briannas Seite gewesen. Es gab keinen Zweifel daran, dass sie mit ihrer bedingungslosen Unterstützung Brianna das Leben gerettet hatte. Einmal hatte Dominique sogar vier Tage lang ihre eigene Familie nicht gesehen, weil sie in der dunkelsten Zeit von Briannas Leben rund um die Uhr für sie da gewesen war.

»Ich weiß, dass es nicht so einfach ist, aber bitte mal dir nicht das Schlimmste aus, bevor du nicht weißt, was wirklich passiert ist, okay?«

»Ich versuche es.«

»Es klingt, als wäre er wirklich ein netter Kerl.«

»Manchmal. Er kann auch eine unglaubliche Nervensäge sein. Aber ich habe gestern eine ganz andere Seite von ihm kennengelernt, und ich mochte diese Seite. Ich will so gerne glauben, dass sie echt ist.«

»Das kannst du ruhig. Er hat bestimmt eine gute Erklärung für alles.«

»Ich finde es ja schön, wie sicher du dir da bist, obwohl du ihn gar nicht kennst.«

»Ich kenne dich, und ich weiß, dass du auf keinen Fall mit ihm geschlafen hättest, wenn da nicht eine Verbindung zwischen euch gewesen wäre. Vor allem, weil es das erste Mal seit dem Arschloch war.«

»Da war wirklich eine Verbindung. Noah hat etwas Ähnliches durchgemacht. Seine Frau hat mit seinem besten Freund und engsten Mitarbeiter geschlafen.«

»O Mann, warum *machen* Menschen so was?«

»Ich weiß es nicht, aber jedenfalls haben wir was gemeinsam.«

»Gib ihm die Chance, dir das zu erklären, Bri. Er hat vielleicht einen ganz vernünftigen Grund, warum er nicht gekommen ist. Du lebst eben in einer Handywüste. Da sind Missverständnisse ja in gewisser Weise vorprogrammiert.«

Brianna lachte über ihre Ausdrucksweise. »Stimmt. Es ist nur wirklich schwer, wieder irgendjemandem zu vertrauen.«

»Das verstehe ich, aber du kannst nicht ihm und allen

anderen Männern die Schuld dafür geben, was dieser Psychopath dir angetan hat.«

»Ich arbeite daran. Danke, dass du mich wieder beruhigt hast.«

»Dafür bin ich doch da. Und egal, was als Nächstes passiert: Wir müssen feiern, dass du endlich mal wieder jemanden an dich rangelassen hast.«

»Reden wir lieber über was anderes. Wie geht es meiner Nichte und meinem Neffen?«

Sie sprachen noch eine halbe Stunde über die Kinder, Doms Job als Versicherungsvertreterin, die Kanzlei ihres Mannes und den Fortschritt an Briannas Projekt.

Am Ende des Gesprächs gähnte Brianna ununterbrochen, und sie versprachen einander, bald wieder zu telefonieren, damit Brianna Dom erzählen konnte, wie die Geschichte mit Noah ausgegangen war.

»Bis du weißt, was los ist, gilt die Unschuldsvermutung«, sagte Dom, als sie sich verabschiedeten.

»Jawohl, Ma'am.«

»Und erzähl mir sofort, was passiert ist!«

»Du bist die Allererste, die es erfährt.«

»Hab dich lieb«, sagte Dom.

Brianna fühlte sich tausendmal besser, nachdem sie mit ihrer Cousine gesprochen hatte. Dom war schon ihr ganzes Leben lang ihre allerbeste Freundin. Dominique hatte ihr geholfen, wieder auf die Beine zu kommen, als der erste Schock überstanden war. Doms Mann, Joe, hatte Brianna während der hässlichen und langwierigen Gerichtsverhandlungen vertreten. Sie verdankte Joe nicht nur, dass sie bei Verstand geblieben war. Er hatte auch versucht, sie vor dem finanziellen Ruin zu bewahren. Wenn es nach Joe ginge, würde Rem derjenige sein, der durch seine Betrügerei ruiniert wurde, und nicht Brianna.

Sie ging in die Küche, um ihr Wasserglas zu füllen, und bemerkte, dass es schneite – schon wieder. Wie hielten die Menschen, die hier in Vermont lebten, nur diesen ständigen Schnee aus? Sie würde verrückt werden bei so viel Schnee jedes Jahr.

Wo auch immer Noah heute Abend geblieben war, sie hoffte nur, dass es ihm gut ging und er nicht mit dem Auto irgendeinen Abhang hinuntergestürzt war.

9

»Was, wenn sich herausstellen würde, dass das Schlimmste, was dir je passiert ist, eigentlich das Beste war?«
Joe Dispenza

Es war schon kurz vor sieben am Morgen, als Noah Izzy endlich sehen durfte. Er wünschte fast, man hätte ihn nicht hineingelassen. Sie war so von Kratzern und Schwellungen übersät, dass sie gar nicht mehr wie sie selbst aussah. Außerdem hing sie an einer piependen Maschine, die ihm Angst einjagte.

Seine Mom beugte sich über das Bett, streichelte Izzys langes Haar und redete leise auf ihre Tochter ein.

»Mom.« Noah flüsterte, damit er sie nicht erschreckte. »Wie geht es ihr?«

»Eben war sie kurz wach«, sagte Hannah. »Sie erinnert sich nicht an den Unfall.«

»Das ist wahrscheinlich besser so.«

»Schön, dich zu sehen. Wir hatten Angst, dass dir auch was passiert ist, als wir dich nicht gefunden haben.«

»Tut mir leid, dass ihr euch Sorgen gemacht habt. Wir waren im Schweinebauch, und als die Straße gesperrt wurde, bin ich dort geblieben, statt in diesem Schneesturm um den ganzen Berg herumzufahren.«

»Was hast du da gemacht?«

»Lange Geschichte.« Er warf einen weiteren Blick auf seine Schwester und schaute schnell wieder weg. Er konnte es kaum ertragen, sie so schwer verletzt zu sehen. »Soll ich Wade anrufen, damit er Cabot Bescheid gibt? Die anderen wussten nicht, ob es eine gute Idee ist, ihn zu kontaktieren.«

»Sie haben sich schon oft gesehen. Cabot will sicher wissen, was passiert ist.«

»Ich kümmere mich darum.«

»Kannst du auch Emma bitten, Ray anzurufen? Er fragt sich bestimmt, wie es uns geht. Sag ihm, er kann herkommen, wenn er will.«

»Er will ganz bestimmt jetzt bei dir sein, Mom.«

Hannah zuckte die Achseln. »Wenn er meint.«

»Sei nicht so. Du hast dich so daran gewöhnt, alles alleine zu machen, dass du es gar nicht mehr zulässt, dass man dir hilft.«

»Ich habe fast Angst, mich auf ihn zu verlassen.«

»Das verstehe ich gut, aber er scheint mir ein guter Kerl zu sein.«

»Das schien dein Vater auch.«

»Müssen wir ihn eigentlich anrufen wegen Izzy?«

»Wahrscheinlich sollten wir das tun.«

»Darum kümmere ich mich auch.«

»Danke, Noah.« Sie schaute zu ihm auf und bemerkte, wie erschöpft er nach der schlaflosen Nacht aussah. »Warst du alleine im Schweinebauch?«

Normalerweise würde er ihr nichts erzählen, aber er

wollte ihr in diesem Moment nichts vorenthalten, was sie glücklich machen könnte. »Nein.«

»Kenne ich sie?«

»Nein.« Genau in diesem Moment fiel ihm ein, dass er mit Brianna zum Abendessen verabredet gewesen war. »Ach, Mist!«

»Was?«

»Ich war zum Abendessen verabredet und hab es vergessen, als ich das von Izzy gehört habe.«

»Das versteht sie bestimmt, wenn sie erfährt, wo du warst.«

»Das hoffe ich.« Es gefiel ihm gar nicht, dass er sie enttäuscht hatte, nach alledem, was ihr mit ihrem Exmann passiert war. Leider hatte er ihre Nummer nicht, also konnte er ihr nicht einmal Bescheid sagen.

Verdammter Mist.

Noah war ziemlich sicher, dass mittlerweile die ganze Stadt wusste, dass Izzy von der Straße abgekommen war. Er hoffte, dass Brianna ihm verzeihen würde, wenn sie erfuhr, was mit seiner Schwester passiert war. »Also, ich geh mal und rufe alle an. Soll ich dir irgendetwas bringen?«

»Nein, alles gut, danke.«

»Ich komme bald wieder und sehe nach, wie es dir geht.«

»Du findest mich hier.«

Noah lief ins Wartezimmer und bat seine Geschwister um ein Handy, in dem Wades Nummer gespeichert war.

»Emma, Mom hat darum gebeten, dass du deinen Dad anrufst und ihn fragst, ob er kommt.«

»Mache ich. Er wartet bestimmt schon auf Neuigkeiten.«

Ally gab Noah ihr Handy, nachdem sie ihren Cousin angerufen hatte.

Noah verließ die Intensivstation, damit er niemanden störte.

Wade hob beim dritten Klingeln ab. »Hi, Al«, sagte Wade. »Wie geht es Izzy?«

»Hier ist Noah. Sie schlägt sich wacker.«

»Da bin ich froh.«

»Wir dachten, Cabot will es vielleicht wissen.«

»Mia hat ihn gestern Abend angerufen, als wir das mit Izzy gehört haben. Er kommt heute, er hatte ein Meeting in New Jersey.«

»Okay, danke, dass ihr ihm Bescheid gesagt habt. Wir waren uns nicht sicher, ob wir anrufen sollen und was mit den beiden ist, außer, dass sie befreundet sind. Du weißt ja, Izzy behält am liebsten alles für sich.«

»Ja, wir waren uns auch nicht sicher, ob wir ihn anrufen sollen, aber Mia hat gemeint, wir sollten es ihm sagen, damit er selbst entscheiden kann. Also haben wir es so gemacht.«

»Super, danke, Wade.«

»Wir beten alle für Izzy.«

»Danke.« Noah hatte einen Kloß im Hals, als er auflegte und als Nächstes Carlo anrief. Die Nummer seines Vorarbeiters konnte er auswendig.

Als Carlo abhob, klang er zögerlich, wahrscheinlich, weil er die Nummer nicht kannte.

»Hier ist Noah. Ich rufe mit dem Handy meiner Schwester an.«

»Hi, was gibt's?«

»Ich komme heute nicht zur Baustelle. Eine meiner Schwestern hatte vorletzte Nacht einen schweren Unfall, und ich bin bei meiner Familie im Krankenhaus.«

»O nein! War sie diejenige, die von der Bergstraße abgekommen ist?«

»Ja.«

»Das tut mir wirklich leid, Noah. Wird sie wieder gesund?«

»Ja, irgendwann schon. Kannst du mir einen Gefallen tun? Kannst du Brianna bitten, mich auf dieser Nummer anzurufen?« Er hatte zwar für Notfälle ein Handy im Handschuhfach seines Trucks, aber weil er zurzeit in der Stadt arbeitete, war es nicht aufgeladen.

»Ja, mache ich. Ich bin gerade auf dem Weg nach Butler, ich sage ihr Bescheid. Sonst noch was?«

»Sorg einfach dafür, dass es auf der Baustelle vorwärtsgeht. Ich weiß noch nicht genau, wann ich wieder da bin.«

»Kümmere du dich um deine Familie, Mann. Ich hab alles im Griff.«

»Danke. Ich melde mich. Ruf diese Nummer an, oder das Festnetz bei mir zu Hause, wenn was ist.«

»Okay.«

Noah legte auf und ärgerte sich, weil er in diesem Moment an Miguel denken musste. Carlo war ein guter Kerl, aber Noah hatte einfach nicht ganz so viel Vertrauen zu ihm wie damals zu Miguel. Dieser verlogene Ehebrecher! Selbst nach all der Zeit wusste Noah immer noch nicht, wann aus der Freundschaft zwischen den beiden mehr geworden war, und wie lange sie schon miteinander geschlafen hatten, bevor Noah sie erwischt hatte.

Er hatte jegliche Kommunikation mit den beiden abgebrochen. Was spielte es auch für eine Rolle, nach der furchtbaren Nacht, in der Noah von einer Rettungsaktion mit der Bergwacht zurückgekommen war und seinen Vorarbeiter nackt in seinem eigenen Bett vorgefunden hatte, friedlich schlafend neben seiner Frau? Was spielte es für eine Rolle, wann es angefangen hatte, oder wie lange es schon lief?

Seine zweijährige Ehe war in der Zehntelsekunde vorbei gewesen, als Noah festgestellt hatte, dass seine Frau einen anderen Mann in ihr gemeinsames Bett gelassen hatte. Und nicht nur irgendeinen anderen Mann, sondern Noahs besten Freund und engsten Mitarbeiter.

Warum dachte er jetzt überhaupt über diesen Mist nach? Mit seiner Mutter und Brianna darüber zu reden hatte alles wieder aufgewirbelt. Er wünschte, er könnte es in einen Müllsack stopfen und in eine Verbrennungsanlage werfen, damit er nie wieder über die beiden nachdenken musste.

Er wollte gerade wieder zu seinen Geschwistern auf die Intensivstation, als Allys Handy klingelte. Eine Nummer aus Butler. Er hoffte, dass es Brianna war, und nahm den Anruf an.

»Hi, hier ist Brianna. Ich habe das von deiner Schwester gehört. Wie geht es ihr?«

»Nicht besonders gut, aber sie sagen, das wird wieder. Mit der Zeit.«

»Da bin ich erleichtert. Wie geht es dir?«

»Es tut mir wirklich, wirklich leid, dass ich gestern Abend nicht gekommen bin. Ich konnte dich nicht anrufen, und um ehrlich zu sein, habe ich alles andere vergessen, als ich das mit Izzy gehört habe. Ich fühle mich wirklich schlecht deswegen.«

»Tu das nicht. Ich verstehe das.«

»Warst du enttäuscht, weil ich nicht gekommen bin?«

»Natürlich nicht.«

»Lügst du gerade?«

Sie lachte leise. »Vielleicht ein bisschen. Es ist schrecklich, dass deiner Schwester so etwas Schlimmes passiert ist, aber ich bin froh, dass du mich nicht ohne Grund versetzt hast.«

»Habe ich nicht. Das würde ich dir nie antun. Ich schwöre.«

»Ich glaube dir. Was kann ich für dich tun?«

»Dafür sorgen, dass es auf der Baustelle weitergeht. Ich bin in ein, zwei Tagen wieder da.«

»Mach dir keine Sorgen. Wir kümmern uns um alles.«

»Danke.«

»Kann ich später anrufen und fragen, wie es deiner Schwester geht?«

»Klar, das wäre schön.«

»Gib mir deine Nummer, dann rufe ich heute Abend an.«

Noah gab ihr seine Festnetznummer durch. »Ich versuche, um neun zu Hause zu sein.«

»Wenn du da bist, bist du da. Wenn nicht, versuche ich es morgen noch mal.«

»Okay, super.«

»Dann lasse ich dich jetzt mal zurück zu deiner Familie. Und ich drücke die Daumen, dass es deiner Schwester bald wieder besser geht.«

»Danke. Hey, Brianna?«

»Ja?«

»Es war wirklich schön mit dir vorletzte Nacht. Ich hätte dich nie absichtlich versetzt.«

»Ich fand es auch schön, und es tut gut, das zu hören.«

»Wir reden heute Abend.«

»Okay.«

Er wollte nicht auflegen und hatte das Gefühl, dass es ihr genauso ging. »Geh zur Arbeit, Brianna.«

»Geh zu deiner Familie, Noah.«

Er beendete lachend das Gespräch. Als er aufsah, bemerkte er, dass sein Bruder Grayson ihn mit einem seltsamen Gesichtsausdruck musterte.

»Was?«

»Du hast gelacht. Das habe ich schon so lange nicht mehr gesehen, dass ich mich gefragt habe, ob du es überhaupt noch kannst.«

»Jetzt weißt du's.«

»Gut, das ist schön.«

Noah hatte wirklich nicht besonders viel darüber nachgedacht, was es mit dem Rest seiner Familie machte, dass er so zurückgezogen lebte. Er hatte einfach nur versucht, mit dem Albtraum um Melinda und Miguel fertigzuwerden, und es dabei nicht geschafft, sich auch noch Gedanken um andere zu machen.

»Also, worüber hast du gelacht?«

»Nichts, nur was mit der Arbeit.«

»Wie läuft es denn mit dem Hotel?«

»Alles nach Plan.«

»Hab gehört, du streitest ständig mit der Architektin?«

»Reden eigentlich wirklich alle darüber, oder sieht das nur so aus?«

»Wir sind in Butler, und es ist Winter, Noah. Worüber sollen die Leute denn sonst reden?«

Noah verdrehte die Augen. »Du bist ja sooo witzig.«

Grayson grinste. »Ich weiß. Aber es ist auch wirklich schön, dich lächeln zu sehen. Ist schon so lange her.«

»Tut mir wirklich leid.«

»Muss es nicht. Du hast eine echt schwere Zeit durchgemacht. Na ja, das nehme ich jedenfalls an.«

»Ja, stimmt.«

»Ich hoffe, dass das, was auch immer passiert ist, jetzt der Vergangenheit angehört.«

»Ja, ich glaube, so ist es.« Und das hatte er vor allem Brianna zu verdanken. Der Abend, den er mit ihr verbracht hatte, hatte ihm gezeigt, dass er durchaus dazu in der Lage war, es wieder mit jemandem zu versuchen, auch wenn seine letzte Beziehung auf so spektakuläre Weise in die Brüche gegangen war.

Allein dieser Gedanke war ein Riesenschritt für Noah, denn als es passiert war, war er sich zunächst sicher gewesen, dass dieser Teil seines Lebens für immer der Vergangenheit angehörte. Allein die Vorstellung, jemand anderem die Macht zu geben, ihn zu verletzen, war ihm komplett verrückt vorgekommen. Das bedeutete nicht, dass er bereit war, sich Hals über Kopf in etwas Neues zu stürzen, aber die Tür hatte sich zumindest einen Spalt weit geöffnet.

»Ich wollte dich heute anrufen und fragen, ob du mal vorbeikommen könntest, wenn du Zeit hast«, sagte Gray.

»Warum?«

»Ich wollte dich was fragen.«

»Okay …«

»Emma und ich heiraten im Juni.«

»Oh, cool! Ich wusste gar nicht, dass ihr ein Datum habt.«

»Das haben wir auch noch nicht lange. Ich wollte dich fragen, ob du mein Trauzeuge sein würdest.«

Noah starrte Grayson an und fragte sich, ob er richtig gehört hatte. »Ich, äh …«

»Ich weiß, dass du wahrscheinlich kein besonders großer Fan vom Heiraten bist, aber ich bin so glücklich mit Emma. Ich kann es kaum erwarten, mit ihr und Simone diesen nächsten Schritt zu machen.« Dieser Wortschwall war wirklich ungewöhnlich für seinen Bruder, aber es war auch nur allzu offensichtlich, wie glücklich er war, seit Emma und Simone in sein Leben getreten waren. »Hast du schon gehört, dass ich Simone adoptieren werde?«

»Nein, noch nicht. Das ist ja toll, Gray. Ich freue mich so für dich, und natürlich werde ich dein Trauzeuge. Ich fühle mich wirklich geehrt, dass du mich gefragt hast. Und ich bin überrascht.«

»Warum überrascht dich das? Haben wir etwa nicht zusammen diesen ganzen Mist durchgemacht, als wir noch Kinder waren?«

»Ja, stimmt.«

»Wen sollte ich dann bitte fragen, außer dir?«

»Trotzdem danke.« Noah war wirklich gerührt. Er und Melinda waren zusammen durchgebrannt und hatten heimlich geheiratet, also hatte er keinen Trauzeugen gehabt, aber er hätte sich ebenfalls Gray ausgesucht.

»Wir haben beide schon so einiges erlebt, was? Höhen und Tiefen.«

»Da hast du allerdings recht.«

»Eine Sache, die sich nie ändert, ist das hier.« Gray zeigte auf Noah, dann auf sich, dann auf das Wartezimmer voller Geschwister. »Ich weiß ja nicht, wie es dir geht, aber mich tröstet das immer.«

»Ja, auf jeden Fall.« Seine Geschwister waren da, wenn er sie brauchte, nicht, dass Noah das oft in Anspruch genommen hätte. Sie hatten zusammen so viel durchgemacht und teilten deshalb eine ganz besondere Verbindung, die

Außenstehende nur schwer nachvollziehen konnten. Gray hatte recht. Das war tröstlich.

»Mom will, dass wir Dad wegen Izzy anrufen.«

»Ich übernehme das«, sagte Gray.

»Bist du sicher? Es macht dir nichts aus?«

»Schon okay.«

Ihre Tante Molly und ihr Onkel Linc kamen durch die Tür und blieben wie angewurzelt stehen, als sie Gray und Noah im Flur entdeckten.

»Wie geht es ihr?«, fragte Molly besorgt.

»Sie ist tapfer.« Gray umarmte die beiden. »Sie hatte eine ganz gute Nacht.«

»Da bin ich erleichtert«, sagte Molly. »Und wie geht es eurer Mutter?«

»Sie hält sich wacker.«

Die Tür flog mit einem lauten Knall auf, und Ray kam herein. »Könnte ich bitte zu deiner Mutter?«, fragte er Gray.

»Klar, ich bringe dich hin.«

Ray nickte Molly und Linc zu und folgte Grayson auf die Station.

»Freut mich sehr, dich auch hier zu sehen, junger Mann«, sagte Molly zu Noah. »Gestern war wirklich ein sehr langer Tag, und wir haben uns alle die ganze Zeit gefragt, ob es dir gut geht.«

Noah war gerührt von ihrer Sorge und nahm seine Tante in den Arm. »Mir geht es sehr gut.«

»Gott sei Dank«, sagte Molly.

»Es tut mir so leid, dass ich nicht erreichbar war.«

Das sah ihm wirklich nicht ähnlich. Kein Wunder, dass die anderen sich Sorgen gemacht hatten.

Hannah hörte Ray schon, bevor sie ihn sah. Sie lächelte, als sie mitbekam, wie er Grayson bat, ihn gleich zu ihr zu bringen. Weil Izzy nach einer eher unruhigen Stunde endlich eingeschlafen war, stand Hannah von ihrem Posten an Izzys Bett auf und ging zu Ray in den Flur.

Er kam direkt zu ihr und schlang so fest die Arme um sie, dass sie kaum atmen konnte. Nicht, dass sie sich beschwert hätte.

»Ich wäre doch die Nacht über mit dir hiergeblieben.«

»Es bringt ja nichts, wenn wir beide keinen Schlaf bekommen.«

»Du musst das hier nicht alleine machen.«

Er war bei ihr gewesen, als der Anruf kam, aber Hannah hatte ihn spät abends nach Hause geschickt, damit er sich ausruhen konnte.

»Ich freue mich, dass du wieder da bist.«

»Ich wollte doch gar nicht weggehen.«

Hannah schmiegte sich an seine kräftige Brust und ließ es zum ersten Mal, seit ihr Exmann vor so vielen Jahren gegangen war, zu, dass ein Mann sie tröstete. Sie hatte sich daran gewöhnt, immer alles alleine zu machen, aber Ray hatte ihr gezeigt, dass das jetzt nicht mehr nötig war.

»Deine Schwester und dein Schwager sind da.«

»Ich rede gleich mit ihnen.« Sie hielt Ray noch fester. »Kann ich bitte erst noch ein bisschen mehr hiervon haben?«

»Du kannst so viel davon haben, wie du willst, so lange du willst.«

»Das kann dauern.«

»Ich habe ganz viel Zeit für dich, meine süße Hannah.«

Sie drückte ihr Gesicht in sein Flanellhemd und atmete den Geruch nach Seife und Weichspüler ein, der ihr mittlerweile so vertraut war. Während der letzten Monate war er immer mehr zu einem Teil ihres Lebens geworden und sie fühlte sich bei ihm so geborgen wie nirgends sonst. Eigentlich war sie davon ausgegangen, dass sie nie mehr eine solche Verbundenheit erleben würde, bis er aufgetaucht war und ihr gezeigt hatte, dass das nicht stimmte. Sie fühlte sich wie ein verliebter Teenager, sobald er in der Nähe war.

»Alles, was du brauchst, Hannah. Und deine Tochter.« Seine Stimme war heiser. »Ich bin für dich da. Ich hoffe, das weißt du.«

»Weiß ich. Danke.«

Er küsste sie, hier, vor allen Leuten.

»Entschuldige«, sagte er, als ihm klarwurde, was er da gerade getan hatte. »Das wollte ich nicht.«

Sie lächelte zu ihm hinauf. »Ich bin froh, dass du es getan hast.«

10

»Wer nie leidet, müsste auch nie gesegnet werden.«
Edgar Allan Poe

Als seine Tante und sein Onkel im Wartezimmer saßen, nahm Grayson das Handy, das er so selten benutzte, und ging hinunter in den Eingangsbereich, um seinen Vater anzurufen. Er hatte seit über einem Jahr nicht mehr mit ihm gesprochen, seit er das Knochenmark gespendet und damit sein Leben gerettet hatte. Er hatte gehört, dass es Mike viel besser ging, aber außer einer Karte, die etwa einen Monat nach der Transplantation mit der Post gekommen war und mit der sein Vater sich bei ihm bedankt hatte, hatte Grayson nichts mehr von ihm gehört.

Und das war auch in Ordnung.

Ja, er hatte gespendet, um seinem Vater das Leben zu retten, aber das war auch schon alles. Er hatte Mike nie vergeben, dass er die Familie im Stich gelassen hatte, als Gray sechzehn war. Und für die Veränderungen, die das für sie alle, aber vor allem für ihre Mutter, ihn, Noah und Izzy mit sich gebracht hatte. Als die drei Ältesten hatten sie viel mehr Verantwortung übernehmen müssen, als das mit sechzehn, vierzehn und dreizehn hätte der Fall sein sollen.

Bevor er es sich anders überlegen konnte, tippte er das einzelne Wort in seiner Kontaktliste an: Dad.

»Grayson?«

»Ja, ich bin's.«

»Ist alles in Ordnung?«

Zumindest war Mike klar, dass er nie von seinen Kindern hören würde, wenn alles in Ordnung wäre. Das musste er ihm lassen.

»Izzy hatte einen schlimmen Unfall, vorletzte Nacht. Sie liegt auf der Intensivstation.«

»Ist sie … Wird sie wieder gesund?«

»Irgendwann.«

»Welches Krankenhaus?«

»Nordostklinik. Sie haben gestern darüber gesprochen, sie in die Uniklinik in Burlington zu verlegen, aber jetzt konnten sie sie doch hier behandeln.«

»Ist sie stabil?«

»Ja. Sie haben ihre Milz entfernt und die inneren Verletzungen genäht. Sie hat sich auch den Arm und zwei Rippen gebrochen. Ihr Gesicht sieht schlimm aus.«

»Arme Izzy. Ihr seid sicher alle schockiert.«

»Ja, sind wir.«

»Könnte ich … Ich meine, wäre es okay, wenn ich vorbeikomme?«

»Ich denke schon, aber sag mir vorher Bescheid.«

»Ich versuche, es heute oder morgen zu schaffen, und ich rufe dich vorher an. Danke, dass du mir Bescheid gesagt hast, Gray.«

»Ja, kein Problem.«

Er legte auf und saß noch lange in der vollen Lobby, während er versuchte, die Emotionen zu ordnen, die das Telefonat bei ihm ausgelöst hatte. Die Leute sprachen von »Triggern«. Die Stimme von Mike Coleman triggerte Grayson und versetzte ihn mit sofortiger Wirkung zurück in die schlimmste Zeit seines Lebens.

»Ich hab mich schon gefragt, wo du hin bist.«

Grayson ging es sofort besser, als er die Stimme seiner Verlobten hörte, die sich nun neben ihn setzte und nach seiner Hand griff. Wie hatte er es nur so lange ohne sie und Simone ausgehalten? An das Leben ohne sie konnte er sich kaum noch erinnern.

»Ich habe einen Anruf für meine Mutter übernommen.«

Sie schaute ihn so an, wie nur sie das konnte. »Warum sagen deine Augen mir, dass etwas nicht stimmt?«

»Der Anruf ging an meinen Vater.«

»Oh.«

Emma wusste genau, wie schwierig der Kontakt, den er kürzlich zu seinem Vater gehabt hatte, für ihn gewesen war. Als sie herausgefunden hatten, dass er der perfekte Spender war, hatte er es über sich ergehen lassen und so getan, als sei das keine große Sache. Aber Emma verstand ihn wie niemand sonst. Sie wusste, dass er mit dem Gedanken gespielt hatte, gar nicht zu spenden. Letztendlich hatte Gray es nicht geschafft, seinem Vater die Chance auf ein längeres Leben zu verweigern, selbst, wenn er dazu jeden Grund gehabt hätte.

»Wie war's?«

»Keine große Sache. Ich hab ihm nur das mit Izzy erzählt.«

»Was hat er gesagt?«

»Er hat gefragt, ob er sie besuchen kann.«

»Und? Lässt du ihn?«

»Meine Mom hat gesagt, für sie sei es okay, wenn er das will. Ich weiß nicht, ob Izzy ihn sehen will, aber wir werden auch nicht die Tür verrammeln. Mal sehen, ob er überhaupt hier auftaucht. Er ist sehr gut darin, sich irgendetwas vorzunehmen und es dann doch nie zu tun.«

Sie griff nach seiner Hand und verschränkte ihre Finger mit seinen. »Ich hasse es, wie traurig du bist, jedes Mal, wenn du mit ihm zu tun hattest.«

»Ach, so traurig kann ich gar nicht sein, nicht, wenn ich jeden Tag dein wunderschönes Gesicht sehen und deine süßen Lippen küssen und mit dir in meinen Armen schlafen darf.«

Ein kleines zufriedenes Lächeln spielte auf ihren Lippen. »Mit Worten kannst du ja wirklich umgehen.«

»Ich habe ja auch die beste Muse zu meiner Inspiration. Danke, dass ihr hergekommen seid.«

»Natürlich sind wir gekommen. Wir lieben Izzy und deine ganze Familie.«

»Sie lieben dich und Simone auch.« Er küsste ihren Handrücken. »Ich habe Noah endlich gefragt, ob er mein Trauzeuge wird.«

»Und? Was hat er gesagt?«

»Er war ziemlich überrascht, aber er ist einverstanden.«

»Das ist doch toll. Ist es immer noch okay für dich, wenn es nur Noah und Lucy sind?«

»Na ja, entweder haben wir zwei oder zwanzig. Zwanzig ist zu viel. Ich wüsste nicht, wo ich den Schlussstrich ziehen sollte, wenn wir noch mehr Geschwister und Cousins und Cousinen fragen.«

»Ich weiß, so ist es einfacher.«

»Ich wünschte, wir müssten nicht noch ganze fünf Monate warten. Das kommt mir wie eine Ewigkeit vor.«

»Es wird so schnell gehen, dass du es kaum glauben kannst.«

»Versprochen?«

»Versprochen. Und du weißt ja: Ich habe immer recht.«

Grayson lachte über ihren verschmitzten Gesichtsausdruck. »Ja, Schatz, du hast immer recht.«

»Siehst du? Du bist wirklich bereit zu heiraten.«

»Nur, weil ich *dich* heiraten darf.«

Wenn er seinen Vater sehen musste, war das okay, weil er danach zu ihr nach Hause konnte. Sie würde ihm alles geben, was er brauchte, und noch mehr. Er war jeden Tag dankbar, aber besonders dann, wenn die Schrecken der Vergangenheit plötzlich aus ihren Verstecken hervorgekrochen kamen. Zu wissen, dass er sie – und Simone – hatte, machte einfach alles so viel besser.

Noah fuhr um kurz nach acht nach Hause. Er hatte seine Schwestern Sarah, Ally und Vanessa dabei, die bei ihm übernachten würden. Henry schlief bei ihrer Mutter, aber er hatte versprochen, später noch zu ihm und den anderen zu kommen. Noah war ausnahmsweise sehr froh, von seinen jüngeren Geschwistern umgeben zu sein. Sie halfen ihm, nicht zu viel über den stressigen Tag im Krankenhaus nachzudenken.

Izzys Zustand war den Umständen entsprechend gut, aber sie sah schlimm aus. Ihr Gesicht war von Kratzern und Schwellungen übersät, ihre Unterlippe war aufgeplatzt und ihr linker Arm gebrochen. Und das waren nur die Wunden, die man von außen sah. Die inneren Verletzungen waren weitaus schlimmer und verantwortlich für ihren anfangs kritischen Zustand. Der Pfleger hatte ihnen mitgeteilt, dass Izzy sehr wahrscheinlich in den nächsten paar Tagen auf eine normale Station verlegt werden konnte, wenn ihr Zustand sich weiterhin verbesserte.

Das waren die guten Neuigkeiten.

Die schlechten Neuigkeiten waren, dass es Monate dauern würde, bis sie wieder ganz gesund werden würde. Sie würde definitiv eine langwierige und intensive Reha brauchen, wahrscheinlich stationär.

»Iz tut mir so leid.« Vanessas leise Worte unterbrachen ein langes Schweigen. »Sie wird monatelang nicht arbeiten können.«

»Ich weiß«, sagte Sarah. »Es ist wirklich schlimm. Und ich finde es einfach schrecklich, dass ich nicht hierbleiben und ihr helfen kann, wenn sie nach Hause kommt. Ich muss bald wieder nach Boston. Ich darf wirklich nicht noch mehr verpassen, sonst hole ich das nie wieder auf.«

Sarah machte eine Ausbildung zur Krankenpflegerin an der Northeastern University und war im vierten von fünf Jahren.

»Du kannst gerne mein Auto nehmen«, sagte Ally. »Ich bleibe noch ein bisschen hier. Ich kann von überall aus arbeiten.« Als Buchhalterin einer Marketingfirma war sie sehr flexibel.

»Ich bleibe auch«, sagte Vanessa. »Nach Arbeit suchen kann ich von hier aus genauso gut.«

»Was ist denn mit deinem alten Job passiert?«, fragte Noah.

»Ihr Boss hat sie angegrabscht, und als sie das der Personalabteilung gemeldet hat, hat er versucht, sie zu feuern, also hat sie gekündigt.«

»*Was*?«, fragte Noah. »Hast du das Grayson erzählt?«

»Nein.« Vanessa seufzte. »Fast niemand weiß davon. Mir ist das alles so furchtbar peinlich. Ich wollte nur meine Arbeit machen, aber er hat mich einfach nicht in Ruhe gelassen. Er ist ein wichtiger Manager, und ich bin nur eine kleine Verwaltungsangestellte, also hatte es niemand besonders eilig, sich auf meine Seite zu schlagen.«

»Vanessa, damit bitten sie ja regelrecht darum, dass du sie verklagst«, sagte Noah. »Du musst mit Gray reden und ihn fragen, was er tun kann.«

»Vielleicht. Ich weiß nicht. Ich denk drüber nach.«

»Du musst!« Noah wurde immer unruhiger. Der Gedanke, dass ein Mann eine seiner Schwestern belästigt hatte, genügte, dass er rot sah. »Du kannst nicht zulassen, dass er damit durchkommt. Das ist sexuelle Belästigung.«

»Das sagen wir ihr schon seit Wochen.«

»Ich rede mit Gray«, sagte Vanessa. »Und jetzt lasst es gut sein. Ich will gerade wirklich nicht darüber nachdenken.«

Noah griff über die Mittelkonsole und legte seine Hand auf ihre.

Vanessa drehte ihre Hand um und drückte seine. »Danke, dass du dich um mich sorgst, großer Bruder.«

»Natürlich sorge ich mich um dich. Am liebsten würde ich mir diesen Kerl mal vorknöpfen.«

Sie lachte, und er fühlte sich gleich ein bisschen besser. »Mach das lieber nicht, aber danke, dass du es gerne würdest.«

»Aber so was von.«

»Das geht uns allen so, Nessa«, sagte Sarah. »Das, was er getan hat, geht überhaupt nicht – und dann deckt ihn die Personalabteilung auch noch. Um wie viel willst du wetten, dass deine Beschwerde nicht die erste war? Aber solange er dafür sorgt, dass das Geld reinkommt, werden sie weiter wegschauen.«

»Verdammter Mist«, sagte Ally nachdrücklich.

Noah bog in seine Straße ab und fragte sich, wer da mit leuchtenden Scheinwerfern vor seinem Haus parkte.

»Wer ist das?«, fragte Sarah.

»Weiß ich nicht.« Als sie näher kamen, erkannte er das Nummernschild aus Massachusetts und verstand, dass es Brianna war.

Warum machte ihn das so verdammt glücklich? Wann hatte er sich zum letzten Mal auch nur annähernd so gefühlt? Und was zum Teufel war eigentlich los mit ihm?

»Wer ist das, Noah?«

»Jemand von der Arbeit.«

»Was macht er denn hier?«

»Ich weiß es nicht, aber das finden wir sicher gleich heraus.« Er fuhr in die Einfahrt, während Brianna aus ihrem Auto stieg. Eine Strickmütze bändigte ihre wilden Locken, sie sah wirklich süß aus. »Hallo, du.«

»Hi. Ich hoffe, es ist okay, dass ich Mrs. H gefragt habe, wo du wohnst. Ich dachte, ihr habt sicher Hunger, also habe ich euch was zu essen gebracht.«

Ein Lächeln breitete sich auf Noahs Gesicht aus. Das passierte in letzter Zeit wirklich oft. »Das ist wirklich lieb von dir! Wir wollten meinen Bruder zu Kingdom Pizza schicken.«

»Das müsst ihr jetzt nicht mehr.«

»Das müssen wir jetzt nicht mehr.« Er konnte nicht aufhören, sie anzustarren, und sog jedes einzelne Detail ihres hübschen Gesichts in sich auf, während sein Herz unregelmäßig flatterte. Sie war mit Essen zu ihm nach Hause gekommen. Was bedeutete das?

Sie drückte einen Knopf an ihrem Autoschlüssel und öffnete den Kofferraum.

Ein köstlicher Geruch stieg ihm in die Nase. Sein Magen knurrte, und ihm lief das Wasser im Mund zusammen. Knoblauch und Käse und Basilikum. »Wow, das riecht ja lecker! Was hast du denn gekocht?«

»Lasagne nach dem Rezept meiner Großmutter. Hilfst du mir, alles nach drinnen zu tragen?«

»Ich schätze mal, das ist das Mindeste, was ich tun kann.«

Sie stellte ihm zwei große Auflaufformen auf die ausgestreckten Arme und holte zusätzlich eine Stofftasche aus dem Auto, bevor sie den Kofferraum zuklappte und ihm ins Haus folgte. Seine Schwestern waren unhöflicherweise schon nach drinnen gegangen, aber es war ja auch wirklich eiskalt. Sie beobachteten ihn wahrscheinlich aus dem Fenster und fragten sich, was er mit dieser Frau zu tun hatte. Nun, das würde er selbst auch nur zu gerne wissen.

Im Haus streifte er sich die Füße ab und ging direkt in die Küche, um die schweren Auflaufformen abzustellen.

»Du hast richtig viel gekocht«, sagte er, als Brianna bei ihm war.

»Es gibt ja auch richtig viele von euch. Ich wollte sichergehen, dass es reicht.«

»Das ist wirklich lieb von dir. Vielen, vielen Dank.«

Sie zuckte die Achseln. »Ich wollte euch irgendwie helfen.«

Er hätte sie gerne geküsst, traute sich aber nicht, jetzt, da seine Schwestern in der Nähe waren. »Hast du.«

Brianna packte die Tasche aus. Es war eine große Schüssel Salat darin und eine Backform mit Brownies.

»Ich kann nicht glauben, dass du das alles gemacht hast.« Er war wirklich überrascht, was sie alles mitgebracht hatte.

»Ist es zu viel?« Sie schien wirklich ein wenig unsicher zu sein, was er unglaublich süß fand.

»Nein, es ist wirklich lieb. Danke noch mal. Ich hab einen Riesenhunger.«

»Das dachte ich mir. Wie geht es deiner Schwester?«

»Ganz okay, aber es wird sehr lange dauern, bis sie wieder die Alte ist.«

»Es tut mir so leid, was passiert ist. Und dich so verletzt zu sehen.«

Bevor er darauf antworten konnte, kamen seine Schwestern in die Küche. Bestimmt hatte der wunderbare Duft etwas damit zu tun, aber Noah vermutete, dass sie vor allem neugierig waren. *Noah hat Besuch von einer Frau.* Das würde in der Familie Coleman riesige Wellen schlagen.

»Brianna, das sind meine Schwestern, Ally, Vanessa und Sarah. Das hier ist Brianna Esposito, die Architektin, die das Hotelprojekt leitet.«

Allys Mund formte sich zu einem O, als hätte sie gerade zwei und zwei zusammengezählt.

»Brianna hat uns Abendessen gebracht. Bedankt euch und stellt keine Fragen.«

»Danke, Brianna«, sagten die drei wie aus einem Munde.

»Also, erzähl uns alles über dich«, sagte Vanessa, die sich in Noahs Küche schon wie zu Hause fühlte und Teller und Besteck aus den Schränken holte.

»Das musst du nicht«, sagte Noah und warf seiner Schwester einen warnenden Blick zu.

»Es macht mir nichts aus«, lachte Brianna. »Ist eine ziemlich langweilige Geschichte. Schule, Studium und dann ein Job in Boston, der mich hierher nach Vermont geführt hat. Und jetzt baue ich mit eurem Bruder das Hotel wieder auf.«

»Wo in der Stadt wohnst du denn?«

»Back Bay«, sagte Brianna. »Und ihr?«

»Wir sind auf der Nordseite«, sagte Ally. »Wir wohnen alle nur ein paar Straßen voneinander entfernt. Unser Bruder Jackson wohnt auch da. Er ist gerade mit ein paar Freunden in Wyoming zum Skifahren.«

»Er hat geschrieben, dass er versucht heimzukommen«, sagte Sarah. »Ich habe ihm gesagt, dass es Izzy gut geht und dass sie nicht wollen würde, dass er seinen Urlaub abbricht, aber er kommt trotzdem.«

»Das würden wir auch alle machen, wenn wir er wären«, sagte Nessa. »Diese Lasagne ist phantastisch, Brianna. Ich brauche unbedingt das Rezept.«

»Klar, kann ich dir geben. Es stammt von meiner Großmutter.«

»War sie Italienerin?«, fragte Ally.

»Ja. Ich habe so gerne mit ihr gekocht, und sie hat es mir auch sehr gerne beigebracht.«

»Und wir Colemans essen sehr gerne, es ist also eine Win-Win-Situation«, sagte Noah.

»Freut mich, dass es euch schmeckt.« Brianna schien das viele Lob fast schon peinlich zu sein.

»Isst du nichts?«, fragte Nessa.

»Ich habe schon gegessen.«

Noah fiel plötzlich ein, was sie ihm am Vorabend gesagt hatte. »Moment, du bist Vegetarierin, und du hast etwas für uns gekocht, das du selber gar nicht isst?«

»Es macht mir nichts aus, mit Fleisch zu kochen. Ich mag nur den Geschmack nicht und die Konsistenz. Ich habe noch nie Fleisch gegessen, selbst als kleines Kind nicht. Es hat mir einfach nie geschmeckt.«

»Na ja, danke jedenfalls«, sagte Ally. »Es schmeckt wirklich super.«

Die Tür zur Waschküche ging auf, und Henry kam herein. »Was höre ich da von Essen?«

»Henry bekommt immer mit, wenn es was zu futtern gibt«, sagte Sarah.

»Wir haben alle so unsere Talente«, gab Henry zurück.

»Ich hol dir einen Teller«, sagte Nessa. »Das hier ist Noahs Freundin Brianna. Sie macht die beste Lasagne, die wir je gegessen haben.«

»Das erzähle ich Mom.«

»Sie würde nur zustimmen«, sagte Noah. »Das hier ist die beste Lasagne aller Zeiten.«

»Ihr seid ja wirklich gut fürs Selbstbewusstsein.« Brianna lächelte.

»Brianna, das ist mein jüngster Bruder Henry. Er ist ein bisschen ungehobelt, aber wir haben ihn trotzdem lieb.«

»Oh, na vielen Dank, Noah. Wenn ich ungehobelt bin, was bitte bist denn dann du?«

»Wehe, es beantwortet jemand diese Frage.« Noah starrte seine Geschwister so böse an, dass Brianna lachen musste.

»Was ist denn der Altersunterschied zwischen euch?«, fragte Brianna.

»Grayson ist der Älteste«, sagte Sarah. »Er ist siebenunddreißig. Bald achtunddreißig. Er ist sogar älter als Hannah und Hunter.«

»Danach komme ich«, sagte Noah.

»Er wird im März sechsunddreißig«, sagte Ally. »Izzy ist fünfunddreißig, Nessa ist zweiunddreißig, und ich bin gerade dreißig geworden.«

»Alles Senioren im Vergleich zu uns.« Mit dieser Aussage handelte Henry sich böse Blicke von seinen älteren Geschwistern ein. »Jackson ist achtundzwanzig, ich bin vierundzwanzig, und Sarah ist mit zweiundzwanzig das Nesthäkchen der Familie.«

Sarah streckte ihrem Bruder die Zunge heraus. »Halt die Klappe.«

»Halt du doch die Klappe«, gab Henry zurück.

»Die beiden haben angefangen zu streiten, sobald Sarah auf der Welt war«, sagte Ally.

»Unsere Familie war perfekt, als wir zu siebt waren.« Henry runzelte dramatisch die Stirn. »Sie hätten aufhören sollen, als sie erkannten, dass sie mit mir bereits die Perfektion erreicht hatten.«

»O mein Gott«, sagte Nessa. »Hörst du dir eigentlich gerade selber zu?«

»Seine eigene Stimme hört er am allerliebsten«, sagte Sarah.

Brianna bekam einen Lachanfall. »Ihr seid wirklich zu witzig.«

»Sie sind lächerlich«, sagte Noah, aber er musste ebenfalls grinsen. Er hatte vergessen, wie viel Spaß es machte, Zeit mit seinen Geschwistern zu verbringen. Auch wenn er sich wegen Izzys Unfall niedergeschlagen fühlte, war er trotzdem sehr froh, dass sie bei ihm zu Hause waren.

Die anderen machten den Abwasch. Noah blieb mit Brianna am Tisch sitzen und versuchte, locker zu bleiben und seinen aufmerksamen Geschwistern nicht zu viel Gesprächsstoff zu bieten. Sie würden sich nur so darauf stürzen, wenn sie mitbekamen, was für eine Spannung zwischen Brianna und ihm herrschte. Er hielt durch, bis sie alle aus der Küche waren, um zu duschen, ihre E-Mails von der Arbeit zu lesen oder fernzuschauen.

»Also, jetzt kennst du meine Familie. Den Großteil jedenfalls. Es gibt noch drei.«

»Du hast echt viele Geschwister.«

»Allerdings. Du hättest sehen sollen, wie es war, als wir alle noch zu Hause gewohnt haben. Das reinste Chaos.«

»Für mich mit meinem einen Bruder klingt das einfach nur toll.«

»War es auch, meistens jedenfalls.« Bis sein Dad gegangen war. Danach war eine lange Zeit lang überhaupt nichts mehr toll. Aber sie hatten es überstanden. Irgendwie.

»Ihr habt wirklich Glück, dass ihr euch habt.«

»Ich weiß. Gray hat mich gebeten, sein Trauzeuge zu werden. Das war echt eine Überraschung.«

Sie trank einen Schluck von dem Rotwein, den er allen eingeschenkt hatte. Er besaß keine Weingläser, also trank sie aus einem alten Scooby-Doo-Marmeladenglas. »Warum?«

»Ich dachte, er würde Hunter fragen, oder sonst wen, mit dem er mehr zu tun hat als mit mir.«

»Was glaubst du, was es bedeutet, dass er dich gefragt hat?«

»Dass er sich mir mehr verbunden fühlt als irgendjemand sonst, was wirklich bemerkenswert ist. Wir sehen uns nicht besonders oft.«

»Wohnt er nicht auch in der Nähe?«

»Ja, etwa zwei Kilometer von hier.«

»Und ihr seht euch fast nie?«

Noah wand sich unter ihrem intensiven Blick. Er zuckte mit den Achseln. »Wir haben beide viel zu tun.«

»Du solltest ihn öfter besuchen, jetzt, da du weißt, wie viel du ihm bedeutest.«

»So ist das also?«

»Ja, genau.«

Er lächelte darüber, mit wie viel Nachdruck sie das gesagt hatte. »Ich werde drüber nachdenken.«

»Ist es okay, dass ich heute Abend vorbeigekommen bin?« Sie schien wirklich ein bisschen unsicher und schüchtern zu sein, was wirklich süß war, wenn man bedachte, wie selbstbewusst sie auf der Arbeit auftrat.

»Es ist toll, dass du gekommen bist. Wir freuen uns wirklich über das Essen. Es war ein sehr langer Tag.«

»Ich hatte gehofft, dass es dir nichts ausmacht, dass ich hergekommen bin, ohne dich zu fragen. In der Welt, in der ich lebe, hätte ich dir schreiben können und fragen. ›Hey, Noah, wie wär's, wenn ich euch nachher was zu essen vorbeibringe?‹ oder so was.«

»Ich fand es so viel besser. Eine wirklich schöne Überraschung, das Essen – und du.« Er warf einen Blick über seine Schulter, um sich zu vergewissern, dass sie alleine waren. Dann griff er nach ihrer Hand. »Es tut mir *wirklich* leid, wie es gestern Abend gelaufen ist.«

»Das muss es nicht. Es gab einen Notfall.«

»Und ich konnte dich nicht anrufen. Wir müssen also unbedingt sicherstellen, dass das nicht noch einmal passiert.« Er ließ ihre Hand los und holte einen Stift und eine Serviette. »Gib mir deine Festnetznummer.«

Sie diktierte sie ihm.

»Und die Handynummer.«

Sie diktierte auch die.

»Danke. Du kannst die Nummer, die ich dir heute Mittag gegeben habe, jederzeit benutzen.«

»Du die hier auch.«

»Mit Sicherheit, das werde ich.« Er griff wieder nach ihrer Hand, dieses Mal verschränkte er seine Finger mit ihren. »Warst du gestern Abend sauer? Sag mir die Wahrheit.«

»Ein bisschen.«

»Es tut mir leid, dass ich dir das angetan habe. Selbst wenn ich plötzlich beschlossen hätte, dass ich nicht mehr vorbeikommen will – und so war es ja nicht –, hätte ich dich niemals einfach versetzt. Das verspreche ich dir.«

»Das ist ein ziemlich großes Versprechen.«

»Es ist ein wirklich leichtes Versprechen, nach allem, was wir in der Vergangenheit durchgemacht haben.«

»Das stimmt. Ich verspreche dir dasselbe.«

Noah wollte sie wirklich, wirklich küssen. Aber das war unmöglich, in einem Haus voller jüngerer Geschwister. Dabei wollte er es so sehr.

11

»Egal, wie schlimm dein Herz gebrochen ist,
die Welt dreht sich trotz der Trauer weiter.«
Faraaz Kazi

Als sich die Küchentür ein weiteres Mal öffnete und seine Mutter mit Ray hereinkam, war Noah doppelt froh, dass er Brianna nicht geküsst hatte.

»Hab gehört, es gibt Pizza«, sagte Hannah.

Noah ließ Briannas Hand los und stand auf, um seine Mom und Ray zu begrüßen. »Das war der Plan, bis Brianna mit ihrer unglaublich leckeren Lasagne vorbeigekommen ist. Brianna, das ist meine Mom, Hannah Coleman, und ihr, ähm, Freund, Ray Mulvaney.«

»Ich bin ihr fester Freund.« Ray grinste und schüttelte Brianna die Hand. »Schön, dich kennenzulernen.«

»Ebenso. Ich, ähm, ich sollte jetzt besser gehen, damit ihr als Familie zusammen sein könnt.«

»Bitte, geh nicht wegen uns, Brianna«, sagte Hannah, während sie Teller für sich und Ray belud. »Das sieht wirklich gut aus, vielen, vielen Dank.«

»Kein Problem.«

Hannah drehte sich zu Brianna um. »Trotzdem. Es war wirklich sehr nett von dir.«

»Ich wollte irgendwas tun, um zu helfen.«

»Das hast du. Wir wissen es zu schätzen.«

»Wie geht's Izzy, Mom?«, fragte Noah. Er bemerkte, dass Briannas Wangen gerötet waren. Mehr als alles andere wünschte er sich ein paar Minuten nur mit ihr.

»Es geht ihr ein bisschen besser. Sie hat darauf bestanden, dass ich nach Hause fahre und mich ausruhe, damit ich nicht als Nächstes im Krankenhaus lande.«

»Das ist gut«, sagte Noah »Freut mich sehr, dass es ihr besser geht, und dass sie dich dazu gebracht hat, nach Hause zu kommen.«

»Sonst hätte ich sie dazu überredet. Deine Mom hat seit zwei Tagen nichts gegessen.«

»Seine Mutter ist hier und kann für sich selbst sprechen, vielen Dank auch«, gab Hannah mit einem gutmütigen Grinsen an Ray zurück.

»Pass auf, Ray«, sagte Noah. »Nimm dich vor Hannah in Acht, wenn sie übermüdet ist.«

»Ich mag Hannah immer«, sagte Ray und setzte sich zu ihnen an den Tisch.

»Und *Hannah* ist immer noch genau hier.« Sie aß eine Gabel voll Lasagne. »Wow, das ist wirklich lecker, Brianna!«

»Danke. Das Lob verdient nur meine Großmutter.«

»Ich brauche das Rezept.«

»Ich schreibe es dir auf.«

Der Abend entwickelte sich wirklich völlig anders, als Noah erwartet hatte. Brianna saß mit seiner Mom und Ray am Tisch, als sei das keine große Sache. Es war keine große Sache. Natürlich nicht. Sie waren ja nicht mal zusammen. Sie waren essen gegangen, hatten gefeiert und waren anschließend miteinander im Bett gelandet. Das war noch lange keine Beziehung. Aber es war wirklich nett von ihr, dass sie für seine ganze Familie gekocht hatte. Sie musste von der Arbeit direkt zum Supermarkt gefahren sein und dann stundenlang gekocht haben. Und sie hatte sogar Mrs. H gefragt, wo er wohnte.

Noah unterdrückte ein Stöhnen, als er daran dachte, was Mrs. H wohl mit dieser Information anfangen würde. Sie war mit Mrs. Andersen befreundet, der größten Klatschtante von Butler. Diese beiden würden garantiert herumerzählen, dass er mit Brianna verlobt war oder so was. Mist.

Brianna legte den Kopf schief und sah ihn neugierig an. »Geht es dir gut?«

Wann hatte ihn das zuletzt jemand gefragt? Abgesehen von seiner Mutter natürlich, aber die musste ja fragen. »Ja, danke.«

»Sag Bescheid, wenn es Zeit wird, dass ich gehe.«

»Nein, überhaupt nicht!«

»Woher kennt ihr euch noch mal?«, fragte Hannah.

Die Frage schien unschuldig, aber Noah kannte seine Mutter gut genug, um zu wissen, dass sie etwas bemerkt hatte. Sonst hätte sie nicht gefragt. Sie ging immer sehr respektvoll mit der Privatsphäre ihrer Kinder um. Elmer und Lincoln mischten sich für ihren Geschmack schon viel zu sehr in alles ein.

»Wir arbeiten zusammen am Hotel«, sagte Brianna.

»Oh.« Hannah nahm eine weitere Gabel voll Lasagne, dann riss sie plötzlich die Augen auf. »Moment, bist du die Architektin aus Boston?«

»Ja, genau.«

»Oh.« Hannah warf Noah einen Blick zu und schaute dann wieder auf ihren Teller. »Warst du schon mal im Schweinebauch, Brianna?«

Noah musste sich bei der schamlosen Frage seiner Mutter ein Lachen verkneifen.

»Ja, war ich! Wir hatten viel Spaß dort gestern Abend! Na ja, bis wir herausgefunden haben, dass der Unfall, wegen dem wir dort festsaßen, Noahs Schwester betraf.«

»Das Essen dort ist toll«, sagte Ray, dem offenbar komplett entgangen war, was Hannah gerade für eine Entdeckung gemacht hatte. Vielleicht mischte sie sich ja doch manchmal ein.

»Wirklich ein interessantes Restaurant.« Brianna wurde wieder rot.

Wow, er liebte es, wenn das passierte. Durch die leichte Röte sah ihr hübsches Gesicht einfach absolut umwerfend aus, und er konnte nicht einmal genau sagen, warum das so war. Es gefiel ihm einfach. Und sie gefiel ihm auch, wenn er ehrlich zu sich selbst war. Er würde alles darum geben, seine Familie aus dem Haus zu haben, damit er sie bitten konnte zu bleiben.

Aber dafür würde es heute Abend keine Gelegenheit mehr geben.

Er hoffte, dass es bald so weit sein würde und er wieder mit Brianna allein sein konnte.

Noah verhielt sich seltsam, aber das war bei ihm ja nichts Neues. Er war eben ein bisschen anders als die anderen, aber Brianna fand gerade das sehr attraktiv. Als sie die Idee gehabt hatte, für seine Familie zu kochen, hätte sie sich nicht träumen lassen, am selben Abend noch mit seiner Mutter und ihrem Freund am Tisch zu sitzen. Die Eltern kennenzulernen war normalerweise ein großer Schritt in einer Beziehung.

Aber das war es ja gar nicht, was hier passierte. Sie hatten einen schönen Abend miteinander verbracht und Sex in einem eingeschneiten Hotelzimmer gehabt. Es wäre nie passiert, wenn sie nicht im Schweinebauch festgesessen hätten.

Oder?

Nein, auf keinen Fall. Noah hätte sie nach dem Essen nach Hause gefahren, und das wäre alles gewesen. Sie wären am nächsten Tag wieder zur Arbeit gegangen und hätten wahrscheinlich sofort wieder angefangen zu streiten. Sie hatte ihn heute auf der Arbeit vermisst. Es war irgendwie langweilig gewesen ohne ihre Wortgefechte.

Wo sie gerade an die Arbeit dachte … »Ich, äh … ich sollte mich langsam auf den Weg machen.«

Noah schien das gar nicht zu gefallen, oder bildete sie sich das ein?

Hör auf, so ein naives kleines Mädchen zu sein, das hofft, dass der Junge sich Hals über Kopf in sie verliebt. Hast du immer noch nicht gelernt, wo es hinführt, wenn man einen Kerl zu sehr mag?

Aber Noah ist anders. Er ist nicht wie Rem. Denk doch nur daran, was er über gestern Abend gesagt hat.

Hör einfach auf, Brianna. Hör sofort damit auf.

»Brianna?«

Ihr wurde klar, dass Noah mit ihr geredet hatte, während sie mit sich selber stritt. »Tut mir leid. Was hast du gesagt?«

»Meine Mom hat gefragt, ob du bald mal zum Abendessen vorbeikommen willst.«

Brianna war nicht sicher, ob er wollte, dass sie die Einladung annahm, aber sie konnte auf keinen Fall unhöflich sein. »Das wäre toll. Danke, Mrs. Coleman.«

»Nenn mich Hannah, das tun alle.«

»Danke, Hannah.«

Ally kam in die Küche und blieb wie angewurzelt stehen, als sie ihre Mom mit Ray am Tisch sitzen sah. »Ich wusste nicht, dass ihr heute nach Hause kommt.«

»Izzy hat sie rausgeworfen«, erklärte Noah.

»Das klingt ganz nach Izzy.« Ally lächelte. Sie nahm sich ein Glas Wasser. »Brauchst du irgendwas, Mom?«

»Nein, mir geht es super nach Briannas leckerem Essen.« Hannah räumte ihren und Rays Teller ab, ließ kurz Wasser darüber laufen und stellte sie dann in die Spülmaschine. Noah konnte sich nicht daran erinnern, wann seine Spülmaschine zuletzt so voll gewesen war. »Also, ich gehe jetzt schlafen. Bis morgen.«

»Nehmt ein paar Brownies mit.« Brianna sprang auf, um sie für sie zu schneiden. Sie packte sie in Küchentücher und reichte Hannah das Päckchen.

»Vielen Dank noch mal, dass du für uns gekocht hast.«

»Sehr gerne.«

»Bis morgen«, sagte Hannah.

»Das Essen war toll, Brianna«, sagte Ray. »Danke.«

»Sehr gerne.«

Während Noah sie zur Tür brachte, wusch Brianna das Geschirr ab, das nicht mehr in die Spülmaschine gepasst hatte. Sie wischte gerade die Arbeitsfläche ab, als er mit einem eiskalten Windstoß wieder in die Küche kam.

Er überraschte sie, als er zu ihr kam, ihr Gesicht in seine Hände nahm und ihr einen Kuss gab, der vorbei war, bevor er richtig angefangen hatte. »Du bist die Beste. Wir wissen das mehr zu schätzen, als du denkst.«

»Ich bin froh, dass ich irgendwie helfen konnte.«

»Das hast du wirklich. Und es ist sogar genug für morgen da.«

»Das war der Plan.«

»Du hast an alles gedacht.«

»Ich wünschte, ich könnte mehr tun.«

»Ich wünschte, wir könnten heute Abend alleine sein.« Sein Ton verriet ihr, was er mit *alleine sein* meinte.

»Morgen ist ja auch noch ein Tag.«

Sein Lächeln ließ sie dahinschmelzen. Er lächelte zwar nicht oft, aber wenn er es tat, dann so ausdrucksstark, dass sie ihm kaum widerstehen konnte.

»Ich sollte, ähm, jetzt nach Hause gehen.« Sie sammelte die großen Löffel ein, die sie mitgebracht hatte. »Kommst du morgen zur Arbeit?«

»Ich komme morgen früh vorbei und sag den Jungs, was sie machen sollen, bevor ich ins Krankenhaus fahre. Hat heute alles gut geklappt?«

»Ja, alles okay.«

»Ich kann nicht fassen, dass ich das jetzt erst gefragt habe.«

»Du hast gerade ganz andere Sachen im Kopf.«

»Ich habe allerdings so einiges im Kopf.« Wieder dieser suggestive Tonfall, der dafür sorgte, dass ihr ein Schauer den Rücken herunterlief.

Er versuchte nicht mal zu verbergen, dass er sie wollte, und das wiederum sorgte dafür, dass sie ihre Sorgen, sich in eine Situation zu begeben, in der sie verletzt werden könnte, vergaß. Noah machte es ihr leicht, die Vergangenheit zu vergessen und wieder Hoffnung zu schöpfen, dass nicht alle Männer so zerstörerisch waren wie Rem.

»Alles in Ordnung?« Noah runzelte besorgt die Stirn.

»Ja, alles gut. Ich bin nur müde. Wir sehen uns morgen.«

»Ich bringe dich zum Auto.«

»Das musst du nicht, es ist eiskalt da draußen.«

»Will ich aber.« Er folgte ihr in die Waschküche, wo sie

beide Stiefel und Jacken anzogen, bevor sie in die eiskalte Nacht hinaustraten.

»Mir war in meinem ganzen Leben noch nie kälter als hier.« Brianna kuschelte sich fester in ihre Jacke.

»Man gewöhnt sich nach einer Weile daran.«

»Wie lange soll diese Weile sein? Ich bin jetzt seit zwei Monaten hier und habe mich kein bisschen daran gewöhnt.«

»Das kann schon ein, zwei Jahre dauern.«

»So lange würde ich es nie aushalten.«

»Wenn du jemanden hättest, der dich warm hält, würdest du dich vielleicht schneller daran gewöhnen.«

»Dann sollte ich mich vielleicht mal darum kümmern.«

Er zwickte sie in den Hintern. Sie zuckte zusammen, lachte dann aber.

»Oh, meldest du dich etwas freiwillig für den Job?«

»Ja, genau, und du hast mir echt weh getan.«

Brianna lachte über seinen beleidigten Tonfall. »Ich entschuldige mich ausdrücklich.«

»Es tut dir kein bisschen leid.«

Sie konnte nicht aufhören zu lachen, bis er sie gegen ihr Auto drückte und viel intensiver küsste, als er das in der Küche gemacht hatte. Ihre Tasche fiel mit einem Klappern zu Boden, und sie schlang die Arme um seinen Hals und öffnete sich seiner Zunge. Sie fragte sich, ob man sie vom Haus aus sehen konnte, bis seine Hände an ihrem Hintern landeten und sie eng an sein steifes Glied zogen. Da hörte sie auf, sich darum zu kümmern, ob seine Geschwister sie sahen oder nicht.

»Das wollte ich schon seit zwei Stunden machen«, flüsterte er in einer kurzen Pause an ihren Lippen.

Es mussten minus fünfzehn Grad sein, aber ihr gesamter Körper brannte für ihn.

»Ich wünschte, wir könnten da weitermachen, wo wir vorletzte Nacht aufgehört haben.«

»Deine Schwestern schauen uns bestimmt zu.«

Er warf einen Blick in Richtung Haus. »Ich glaube nicht. Die Rollladen sind zu.«

»Ich sollte jetzt fahren, bevor wir noch erfrieren.«

»Mir ist kein bisschen kalt.«

Ihr Lachen stieg als weiße Nebelwolke in die Nacht. »Ich würde dich ja zu mir einladen, aber ich habe das Gefühl, dass es deinen Gästen überhaupt nicht gefallen würde, wenn du gehst.«

»Da hast du sicher recht. Normalerweise wäre mir das egal, aber ich habe wirklich keine Lust, ins Kreuzverhör genommen zu werden.«

»Dem wirst du wahrscheinlich sowieso nicht entgehen können. Sie werden doch garantiert wissen wollen, wer diese Frau ist, die euch Abendessen gebracht hat.«

»Sie ist eine Freundin. Eine sehr gute Freundin.« Er drückte seine Erektion an ihren Bauch, und selbst durch all die Lagen, die sie beide trugen, war das Verlangen, dass das in ihr auslöste, so stark, dass es ihr den Atem verschlug. »Mit gewissen Vorzügen, von denen sie nichts wissen müssen.«

Brianna bemerkte, dass sie beide Hände in seiner Jacke

verkrallt hatte. Sie ließ ihn langsam los. »Wir sehen uns morgen.«

»Soll ich dir einen Kaffee und Frühstück aus dem Diner mitbringen?«

»O ja, das klingt gut.«

»Das Mindeste, was ich tun kann, nachdem du für meine ganze Familie gekocht hast.«

»Ich hoffe, du schläfst heute Nacht gut.«

Er hielt ihr die Tür auf und wartete, bis sie saß, dann beugte er sich über sie und gab ihr einen letzten Kuss, zog sich anschließend zurück und starrte sie einen langen Moment lang an, so dass sie sich fragte, was ihm wohl durch den Kopf ging. »Fahr vorsichtig und denk an die Elche auf der Straße.«

Sie schluckte schwer bei der Vorstellung, mit einem Elch zusammenzustoßen. »Mache ich.«

Noah richtete sich auf und schloss die Autotür. Er winkte, als sie wegfuhr.

Brianna fuhr langsam durch die Stadt, ständig auf eine Begegnung mit den Elchen gefasst. Die vereisten Straßen machten sie genauso nervös wie ein potenzieller Zusammenstoß mit einem riesigen Säugetier. Selbst wenn sie für immer hier leben würde, sie würde sich sicher nie an diese Kälte gewöhnen, die einem bis in die Knochen drang, an die Elche oder an die gefährlichen Bergstraßen.

Allerdings könnte sie sich definitiv daran gewöhnen, von Noah Coleman geküsst zu werden.

12

»Man kann sich selbst zum Opfer machen,
wenn man zu viel Zeit in der Vergangenheit verbringt.«
Wayne Dyer

Noah hängte seine Jacke wieder in die Waschküche und setzte sich auf die Bank, um seine Stiefel aufzuschnüren. Am liebsten wäre er Brianna nach Hause gefolgt und hätte die Nacht bei ihr verbracht, aber sie hatte recht: Seine Familie würde ihn nie mehr in Ruhe lassen, wenn er das täte.

Er ging in die Küche, wo Nessa sich gerade ein Glas Wein einschenkte.

»Sie ist nett«, sagte Nessa.

»Wer?« Er wusste, worauf sie anspielte, aber er würde es ihr nicht unnötig leicht machen, wenn sie sich schon in seine Angelegenheiten einmischte.

»Du weißt ganz genau, wen ich meine, stell dich doch nicht so dumm, Noah. Brianna ist wirklich nett.«

»Ja, stimmt.«

»Ich dachte, ich hätte irgendwo gehört, dass du dich nicht mit ihr verstehst.«

»Wir hatten auf der Arbeit so unsere Meinungsverschiedenheiten, aber das ist kaum der Rede wert.«

»Hm.«

»Was willst du mir sagen, Nessa?«

»Ich bin einfach froh, dass du wieder lächeln kannst, Bruderherz. Ist schon viel zu lange her. Wenn deine Freundin, die Architektin, dich zum Lächeln bringt, dann mag ich sie.«

Sarah schlurfte auf Socken in die Küche und blieb neben ihm stehen. »Hast du was über die Lasagne-Lady rausgefunden?«, fragte sie Nessa.

»Da gibt es nichts herauszufinden.« Noah sah seine jüngste Schwester streng an. »Wir sind *befreundet*, das ist alles.«

»Ach wirklich?«, fragte Sarah. »Ich habe da nämlich so eine Spannung wahrgenommen.«

»Was denn für eine Spannung?«

»Die Ich-will-dir-sämtliche-Kleider-vom-Leib-reißen-Spannung.«

Noah verdrehte die Augen. Es war wirklich schwer geworden, seinen Schwestern etwas vorzumachen. »Und das willst du mitbekommen haben, während wir Lasagne gegessen haben?«

»Ja.«

»Also, mir ging es da sehr ähnlich«, sagte Nessa. »All diese verstohlenen sehnsuchtsvollen Blicke.«

»Ja!«, sagte Sarah. »Genau das meine ich.«

»Ihr seid doch wirklich verrückt. Ich gehe jetzt schlafen. Nehmt euch alles, was ihr braucht.«

Sarah griff nach seinem Arm. »Noah, warte! Es tut mir leid. Ich wollte dich nicht in die Enge treiben. Ich wollte nur sagen, dass es schön ist, dass du wieder Spaß haben kannst. Wir haben uns alle Sorgen um dich gemacht.«

»Genau das, was sie gesagt hat.« Nessa zeigte mit dem Daumen auf Sarah. »Wir wissen nicht, was vor ein paar Jahren passiert ist, und wir müssen es auch nicht wissen. Wir sind einfach nur dankbar, dass du wieder zum Leben erwacht bist.«

Er war gerührt davon, wie lieb sie waren, und gab beiden einen Kuss auf die Stirn. Dann ließ er sie stehen, damit sie ohne ihn weiter über sein Privatleben diskutieren konnten. Er sagte Ally und Henry im Wohnzimmer gute Nacht und ging nach oben, um zu duschen. Eines seiner Geschwister hatte das Feuer im Ofen aufgebaut, also brauchte er sich ausnahmsweise nicht darum zu kümmern.

Als er unter dem heißen Wasserstrahl stand, dachte er daran, wie er Brianna in der Kälte geküsst hatte, und wie sehr er sich wünschte, dass sie heute Nacht bei ihm schlafen könnte.

Nachdem sie ihn auf der Arbeit wochenlang in den Wahnsinn getrieben hatte, war es wirklich erstaunlich, wie eine wilde Nacht alles zwischen ihnen verändert hatte. Jetzt war das Einzige, woran er denken konnte, wie lange es wohl dauern würde, bis er wieder mit ihr allein sein konnte.

Nach der Dusche zog er ein langes Thermooberteil und eine Flanellschlafanzughose an. Er legte sich ins Bett und rief die Nummer an, die sie ihm gegeben hatte.

»Bin ich nicht gerade erst weggefahren?« Sie klang, als wäre sie zum Telefon gerannt.

»Ich wollte nur sichergehen, dass du auf dem Heimweg nicht Fred dem Elch begegnet bist.«

»Keine Elche, und keine gefährlichen Situationen auf glatten Straßen.«

»Sehr schön.«

»Es ist nett, dass du anrufst.«

»Man kann nicht vorsichtig genug sein, wenn man hier in den Bergen Auto fährt, vor allem im Winter.«

»Es ist wirklich furchteinflößend, dass jemand wie deine Schwester von der Straße abgekommen ist. Sie ist schließlich hier aufgewachsen.«

»Das war wahrscheinlich Blitzeis. Die eine Sache, die man einfach nicht kontrollieren kann, egal, wie gut man fährt und wie viel Erfahrung man hat. Egal, wie viele Winter man in Vermont verbringt.«

»Das ist ja furchtbar.«

»Es kommt zum Glück nicht so häufig vor.« Er fand, dass sie nicht wissen musste, wie oft seine Cousins als Rettungssanitäter bei der Feuerwehr Menschen aus ähnlichen Situationen befreiten. »Man muss nur vorsichtig sein und langsam fahren.«

»Das schaffe ich. Es war schön, deine Familie kennenzulernen.«

»Das waren noch nicht alle. Gray, Izzy und Jackson, und Grays Verlobte Emma und ihre Tochter Simone hast du noch nicht kennengelernt.«

»Das sind wirklich viele Geschwister. Dein Bruder hat eine fertige Familie, wenn er heiratet, oder?«

»Ja, aber er liebt Simone über alles. Sie sind richtig süß zusammen. Sie ist sogar diejenige, die ihm gesagt hat, er soll mit ihrer Mutter ausgehen.«

»Das ist ja wirklich süß. Wie alt ist sie denn?«

»Zehn oder elf. Ich vergesse das immer, und sie ist wirklich zauberhaft. Sie haben sich auf der Hochzeit meines Cousins Hunter kennengelernt. Nach allem, was ich gehört habe, hat Simone ihm einen Schubs in Richtung ihrer Mutter gegeben. Nicht, dass er den wirklich gebraucht hätte. Er war sofort fasziniert von ihr. Emmas Schwester Lucy ist mit meinem Cousin Colton verheiratet. Und Ray ist der Vater von Emma und Lucy.«

»Ich werde ein Schaubild brauchen, um zu verstehen, wie alle miteinander verwandt sind.«

»Das kann ich dir beschaffen.« Er zog die Bettdecke hoch. »Ich wünschte, du wärst nicht gefahren.«

»Es ist wahrscheinlich besser so. Nicht, dass noch alles …«

»Was?«

»Kompliziert wird. Während wir zusammenarbeiten.«

»Kompliziert wurde es vorletzte Nacht.«

»Das war eine tolle Nacht, und ich bin sehr froh, dass es passiert ist, aber ich … Ich weiß einfach nicht, Noah. Ich bin immer noch so durcheinander wegen meinem Ex. Ich vertraue meinem eigenen Urteilsvermögen nicht.«

»Du solltest ihm nicht mehr diese Macht über dein Leben geben. Mit deinem Urteilsvermögen ist alles in Ordnung. Er war das Problem. Schon vergessen?«

»Ja, du hast recht, aber ich habe ein paar Sachen ignoriert, von denen ich jetzt weiß, dass sie mich hätten stutzig machen müssen. Ich war so verliebt in die Liebe, dass ich ganz unvorsichtig geworden bin.«

»Jetzt weißt du es besser. Du würdest nie wieder dieselben Fehler machen, und außerdem bin ich gar nicht in der Lage, mich zu verstellen. Ich bin da eher einfach gestrickt, ich habe überhaupt keine Lust auf Spielchen oder Dramen oder irgendwelchen anderen Unsinn.«

»Versuchst du gerade, mich zu mehr als einem One-Night-Stand zu überreden?«

»Vielleicht.«

»Willst du das denn?«

»Vielleicht.«

»Noah!«, lachte sie. »Kannst du auch noch mehr sagen als nur vielleicht?«

»Sorry.« Ihre Entrüstung brachte auch ihn zum Lachen. »Ich habe keine Ahnung, was ich will. Ich weiß nur, dass ich vorletzte Nacht mit dir mehr Spaß hatte, als mit irgendjemand anderem seit Jahren, und ich wollte vorhin nicht, dass du fährst. Das ist alles, was ich weiß.«

»Ich hatte auch Spaß«, sagte sie leise. »Du hast dafür gesorgt, dass ich mich gut fühle, und das ist eine ziemlich große Sache, nachdem es mir über ein Jahr echt mies ging.«

»Du solltest nicht zulassen, dass jemand dafür sorgt, dass du dich schlecht fühlst, Bri. Du bist eine kluge, wunderschöne, erfolgreiche Frau, und du musst dir von niemandem auf der Nase herumtanzen lassen.«

»Auch nicht von dir?«

Er hörte das Lächeln in ihrer Stimme. »Vor allem von mir. Aber einfach von niemandem, vor allem nicht von diesem Kerl, der dich nicht verdient hatte.«

»Hatte er wirklich nicht. Ich habe ihn so sehr geliebt. So, so sehr. Dabei war für ihn das Ganze nur ein einziges großes Spiel. Er ist gar nicht dazu in der Lage, jemand anderen zu lieben als sich selbst.«

»Siehst du, dass es rein gar nichts gibt, das du hättest tun können, damit es anders ausgeht?«

»Ja, rückblickend schon. Aber ich fühle mich immer noch richtig dumm, weil er mir so leicht etwas vormachen konnte.«

»Bedeutet das, dass du dich nie wieder auf jemand anderen einlassen wirst?«

»Nein, das heißt es nicht. Es heißt nur, dass ich mir nicht sicher bin, ob ich dafür schon bereit wäre.«

»Das verstehe ich.«

Für jemanden, der es zu seiner Mission gemacht hatte, sich auf niemanden einzulassen, war er viel enttäuschter, als er das hätte sein sollen. »Ob du es glaubst oder nicht, das verstehe ich sehr gut.«

»Es tut mir leid, Noah.«

»Das muss es nicht. Es spricht doch gar nichts dagegen, dass wir befreundet sein und zusammenarbeiten können.«

»Ich wäre sehr gerne mit dir befreundet.«

»Was immer du willst. Schlaf ein bisschen.«

»Du auch.«

»Bis morgen.«

»Bis dann.«

Noah drückte auf den Knopf, um den Anruf zu beenden, und stellte das Telefon zurück auf die Station auf seinem Nachttisch. Er knipste das Licht aus und kuschelte sich ins Bett. Lange Zeit starrte er an die Decke und versuchte, ihr Gespräch und die überwältigende Enttäuschung zu verarbeiten. Sie wollte nur mit ihm befreundet sein. Irgendwie machte ihn das unglaublich traurig.

Sie hatte etwas in ihm entfacht, von dem er geglaubt hatte, dass es für immer erloschen war, und das hatte ihm ausnehmend gut gefallen.

Allerdings war sie für mehr als Freundschaft nicht bereit, und er musste ihren Wunsch respektieren.

Selbst wenn es richtig ätzend war.

Der Schmerz war jetzt Izzys ständiger Begleiter. Sie hatte eine Morphiumpumpe, die sie benutzen konnte, wenn es zu schlimm wurde, aber das ging natürlich nicht unbegrenzt. Das Medikament schwächte zwar die Schmerzen ab, ließ sie aber nicht verschwinden, also schlief sie sehr schlecht. Sie hatte ihre Mutter nach Hause geschickt, aber jetzt, da eine lange, schmerzerfüllte, schlaflose Nacht vor ihr lag, wünschte sie sich sehr, dass Hannah wieder da wäre.

Sie wünschte sich auch, dass es einen Fernseher gäbe oder irgendetwas anderes, mit dem sie sich zumindest ein wenig die Zeit vertreiben konnte, bis es wieder hell wurde. Aber auf der Intensivstation gab es auf den Zimmern nur ein Bett, einen Stuhl und eine Unmenge von piepsenden Geräten, die selbst eine gesunde Person in den Wahnsinn treiben würden.

Wie zum Teufel war sie überhaupt hier gelandet? Gerade noch war sie auf dem Rückweg von St. Johnsbury gewesen, hatte dann in einem Krankenwagen gelegen und dann plötzlich hier, so kam es ihr jedenfalls vor. Sie konnte sich nicht an den Unfall erinnern, und darüber war sie froh.

Sie drückte den Knopf an der Pumpe und hoffte, dass genug Zeit vergangen war, damit sie eine weitere Dosis bekommen konnte, aber die Maschine piepste, um ihr mitzuteilen, dass das nicht der Fall war.

Sie biss die Zähne zusammen und versuchte, sich bequemer hinzulegen, bereute die Bewegung allerdings sofort.

»Izzy.«

Die vertraute Stimme lenkte ihren Blick zur Tür, und sie fragte sich, ob sie wegen der ganzen Medikamente vielleicht Halluzinationen hatte. War das Cabot? In ihrem Krankenzimmer? Und kam er gerade mit Besorgnis und Zuneigung und Traurigkeit auf dem Gesicht auf ihr Bett zu?

»Cabot.«

»Ich bin hergekommen, so schnell ich konnte. Ich war in New Jersey, als Mia mich angerufen hat.« Er trat zu ihr ans Bett, nahm die Hand an ihrem unverletzten Arm und küsste ihren Handrücken. Er passte auf, die Infusionsschläuche nicht zu berühren. Mit der anderen Hand strich er ihr die Haare aus dem Gesicht. »Du hast uns solche Angst eingejagt, mein Liebling.«

»Tut mir leid.«

»Das muss dir doch nicht leidtun! Ich bin so froh, dass es dir gut geht. Oder wieder gut gehen wird.«

»Tut weh.«

»Das kann ich mir vorstellen. Können sie dir nichts geben?«

Sie hielt die Pumpe hoch. »Bin am Limit.«

»Was kann ich für dich tun?«

Bevor sie dazu kam, die Frage zu beantworten, trat eine Krankenpflegerin an ihr Bett. »Sir, es tut mir leid, aber die Besuchszeiten sind vorbei.«

»Ich bin sechs Stunden gefahren, um sie zu sehen.«

»Bitte, lassen Sie ihn bleiben. Ich bin hellwach und ich habe Schmerzen. Ich könnte die Gesellschaft wirklich gut gebrauchen.«

»Ich verhalte mich ganz ruhig«, sagte er mit demselben Lächeln, dem Izzy auf der Hochzeit ihres Cousins Wade nicht hatte widerstehen können.

Der Pflegerin ging es offensichtlich ähnlich. »In Ordnung. Aber sie sollte sich ausruhen.«

»Das wird sie. Versprochen.«

»Ein echter Charmeur, oder?«, fragte die Pflegerin Izzy.

»Sie haben ja keine Ahnung.« Izzy war ihm auf der Hochzeit hoffnungslos verfallen und hätte sich gewünscht, dass aus ihrem Flirt mehr werden könnte, aber zu ihrer

Enttäuschung hatte sie wochenlang nichts von ihm gehört.

»Ich werde Ihr Schmerzmanagement mit der Ärztin besprechen«, sagte die Pflegerin. »Ich bin bald zurück.«

»Danke«, antwortete Izzy.

Cabot ging um ihr Bett herum und nahm auf dem Stuhl Platz, auf dem ihre Mutter den ganzen Tag über gesessen hatte. »O Mann, ich bin froh, dass ich bleiben darf.«

»Ich auch. Aber ich muss auch sagen, dass es mich überrascht, dass du hier bist. Ich dachte nicht, dass du, na ja, dich für mich interessierst.« Die Medikamente hatten dafür gesorgt, dass sie offener sprach als sonst. Sie hätte so etwas normalerweise nie zu einem Mann gesagt. Sie wollte, dass die Männer *ihr* nachliefen und nicht umgekehrt.

»Ich interessiere mich für dich, Izzy, auch wenn ich nicht gerade gut darin bin, dir das zu zeigen.«

»Ich hatte gehofft, von dir zu hören, nachdem wir uns das letzte Mal gesehen haben.« Im Oktober war sie in Boston gewesen, um für eine Freundin Hochzeitsfotos zu machen. Sie hatte Cabot zum Essen eingeladen und mit ihm einen schönen Abend verbracht, bis er sie zu ihrem Hotel gefahren und mit einem keuschen Kuss auf die Wange stehengelassen hatte. Seitdem hatte sie nichts von ihm gehört.

»Ich wollte dich anrufen. Ich habe jeden Tag an dich gedacht. Es ist nur …«

»Was, Cabot? Ich hoffe, du weißt, dass du mit mir über alles reden kannst.« Sie hatten auf der Hochzeit und an dem Abend im Oktober so gute Gespräche geführt. Das war die Sache, die sie an ihm am meisten mochte – wie sie stundenlang über alles Mögliche reden konnten und ihnen nie die Themen ausgingen.

»Das weiß ich. Und es bedeutet mir so viel! Mehr, als du dir vorstellen kannst.«

»Was ist dann das Problem?«

»Ich bin das Problem.«

Izzy verdrehte die Augen. »Wenn ich jedes Mal, wenn ein Typ ›es liegt nicht an dir, es liegt an mir‹ zu mir sagt, einen Dollar bekommen würde, wäre ich steinreich.«

Seine Augenbrauen schossen vor Überraschung nach oben. »Das sagen Männer zu dir?«

»Öfter, als du anscheinend denkst. Ich fange langsam an zu glauben, dass es doch an mir liegt.«

»Es liegt nicht an dir. Du bist … Du bist eine wunderschöne, lustige, talentierte Frau. Du bist so süß und so sexy, du lässt mein Herz schneller schlagen.«

»Wirklich?«

Er griff nach ihrer Hand und legte sie an seine Brust. »Wirklich.«

Sie spürte, wie sein Herz unter ihrer Hand wie wild pochte. »Selbst wenn ich aussehe, als hätte mich ein LKW überfahren?«

»Selbst dann, und außerdem siehst du gar nicht aus, als hätte dich ein LKW überfahren.«

»Du bist doch bescheuert. Ich sehe furchtbar aus.«

Er schüttelte den Kopf. »Du bist wunderschön, wie immer.«

»Diese ganzen Komplimente könnten einem Menschen ganz schön zu Kopf steigen. Diese Person könnte sich gewisse Dinge über den Mann ausmalen, der so nett zu ihr ist.«

»Das sollte sie wahrscheinlich nicht zulassen.« Sein Lächeln verblasste. »Sein Leben ist das reinste Chaos.«

»Ist es nicht.«

»Ist es. Weißt du, er hat einmal eine Frau geheiratet, die er von ganzem Herzen geliebt hat. Sie hatten eine wunderhübsche kleine Tochter, das Beste, was ihm je passiert ist. Und eines Tages kam er nach Hause, und sie waren weg. Er hat keine von beiden wiedergesehen, bis er seine geliebte Tochter endlich wiederfand, die in der Zwischenzeit zu einer tollen Frau geworden war, die einen tollen Mann geheiratet hat. Er hat bei ihr alles verpasst, und seine Verbitterung und seine Wut auf die Mutter sind tief in ihm verankert.«

Izzy kannte natürlich die Geschichte von Mia, die nach langer Zeit ihren verloren geglaubten Vater wiedergefunden hatte. Es war durch einen Zufall passiert, als sie anfing, für das Familienunternehmen zu arbeiten und Hunter herausfand, dass ihre Sozialversicherungsnummer gefälscht war. Der ganze Plan ihrer Mutter war daraufhin aufgeflogen, und Mia hatte herausgefunden, dass ihr Vater die ganze Zeit nach ihr gesucht hatte.

»Und weißt du«, fuhr Cabot fort. »Es wäre nicht fair, jemand so Besonderem wie dir diese ganze Verbitterung und Wut aufzubürden.«

»Na ja, wenigstens verstehe ich jetzt, warum ich nichts von dir gehört habe, obwohl ich mir so sicher war, dass du dich meldest.«

»Das tut mir wirklich leid. Ich wollte dich anrufen. Ich habe oft an dich gedacht, es gab so viele Situationen, die mich an dich erinnert haben und von denen ich dir gerne erzählt hätte. Ich wünschte, du wüsstest, wie viel ich an dich gedacht habe.«

»Ich habe auch an dich gedacht.«

»Und als ich gehört habe, dass du verletzt bist, musste ich einfach zu dir, so schnell ich konnte.«

»Das ist wirklich süß von dir.«

Die Krankenpflegerin kam und spritzte etwas in Izzys Infusion, das sie sofort beruhigte. »Das sollte dafür sorgen, dass du ein bisschen schlafen kannst, Liebes.«

»Vielen Dank.«

»Ich komme nachher wieder und sehe nach dir.«

Als sie weg war, nahm Cabot ihr Gespräch wieder auf. »Es tut mir leid, dass es so lange gedauert hat, bis ich hier war. Ich bin losgefahren, sobald ich aus dem Meeting, wegen dem ich dort war, rauskonnte.«

»Ich frage mich nur …«

»Was fragst du dich?« Er fuhr ihr mit den Fingern durchs Haar, als müsste er sie einfach auf irgendeine Art berühren.

»Wenn es in dir nichts gibt außer Verbitterung und Wut, warum wolltest du dann herkommen?«

Ein Lächeln breitete sich langsam auf seinem schönen

Gesicht aus. Er war zwölf Jahre älter als sie, aber das sah man ihm nicht an. Sein Haar war früh ergraut, aber abgesehen davon war alles an ihm sehr jugendlich, außer, wie es schien, sein Herz, das ihm von der Frau, die ihn verlassen und ihm seine geliebte Tochter genommen hatte, gebrochen worden war. »Ich weiß nicht genau. Es war eben so.«

»Hm.« Izzy konnte ihre Augen nicht mehr offenhalten. Was auch immer die Pflegerin ihr gegeben hatte, es sorgte dafür, dass die Schmerzen endlich nachließen. Gott sei Dank.

Cabots Finger berührten ihre Stirn, und er streichelte weiter sanft ihr Haar.

Sie wollte ihn fragen, was es bedeutete, dass er da war, dass er so schnell er konnte zu ihr gewollt hatte, dass er ihr übers Haar strich. Aber ihre Fragen würden warten müssen.

Jedenfalls vorerst.

13

»Wenn wir nicht verletzlich sind,
können wir auch keine Freude empfinden.«
Madeleine L'Engle

Cabot sah zu, wie sie einschlief. Dank des Wundermittels, das die Pflegerin in die Infusion gespritzt hatte, konnte sie sich endlich ausruhen. Er hatte seinen Schock verbergen müssen, als er die blauen Flecken in ihrem Gesicht und den dicken Gipsverband an ihrem Arm gesehen hatte, und wie zerbrechlich sie aussah. Es war knapp für sie gewesen, und der Gedanke daran, dass er sie fast verloren hätte, hatte etwas Kraftvolles, Beängstigendes in ihm ausgelöst.

Sie war beängstigend. Das war schon so, seit er sie als Cousine des Bräutigams auf der Hochzeit seiner Tochter im Juni zum ersten Mal gesehen hatte. Damals hatte er sich zum allerersten Mal, seit seine Ehe in einer Katastrophe geendet hatte, wieder für eine Frau interessiert.

Seitdem hatte er fast wie ein Mönch gelebt, hatte kaum Dates oder überhaupt etwas mit Frauen zu tun gehabt. Es war, als wäre dieser Teil seines Lebens zu Ende gewesen, als seine Frau ihn verlassen und die Tochter, die er mehr liebte, als sich selbst, mitgenommen hatte. Sie hatte ihm Mia für mehr als fünfundzwanzig endlose, schreckliche Jahre vorenthalten. Das Einzige, was ihm noch blieb, war, sein Leben irgendwie weiterzuleben, obwohl er eine klaffende Wunde im Herzen hatte, die nie wieder verheilen würde.

Die Wunde war noch immer da, selbst, nachdem Mia auf wundersame Weise aufgedeckt hatte, was ihre Mutter getan hatte, und noch am selben Tag direkt zu ihm gefahren war.

Seine wunderschöne Tochter war jetzt seit einem Jahr wieder ein Teil seines Lebens, aber sie hatte ihn als kleines Mädchen verlassen und war erst als erwachsene Frau zurückgekehrt. Daher der brodelnde Kessel voller Wut und Verbitterung, den er Izzy gegenüber erwähnt hatte. Er war so wütend darüber, was er alles mit seinem einzigen Kind verpasst hatte. Die Wut war eine konstante, reale Präsenz in seinem alltäglichen Leben, war so sehr Teil von ihm und allem, was er war, dass er sich kein Leben ohne sie vorstellen konnte.

Er liebte jede Minute, die er mit Mia und ihrem wunderbaren Mann, Wade, verbringen durfte. Er liebte Wades Familie und die neuen Menschen, die zusammen mit seiner süßen Tochter in sein Leben getreten waren, über alles. Mia hatte sich die größte Mühe gegeben, ihm jeden Wunsch zu erfüllen. Sie war sogar eine Woche vor Weihnachten nach Boston gekommen – während der belebtesten Zeit in dem Warenlager, das sie für das Familienunternehmen der Abbotts leitete. Er hatte sich gewünscht, dass sie an den alljährlichen Feierlichkeiten teilnahm und mehr von den Menschen kennenlernte, die ihm geholfen hatten, die schwerste Zeit seines Lebens durchzustehen.

Sie tat alles, worum er sie bat, und er wusste, dass das daran lag, dass er ihr wirklich wichtig war. Die Verbindung, die sie gehabt hatten, als sie klein war, war selbst nach all den langen Jahren der Trennung unverändert. Aber er wusste, dass sie auch Schuldgefühle wegen dem hatte, was ihre Mutter ihm angetan hatte, und dass sie versuchte, es wiedergutzumachen. Dabei schuldete sie ihm rein gar nichts. Sie hatte nicht gewusst, dass er existierte, bis Wades Bruder herausgefunden hatte, dass ihre Sozialversicherungsnummer gefälscht war.

Sie konnten Hunter Abbott und seiner fast schon besessenen Aufmerksamkeit für Details kaum genug danken. Daran musste Cabot jeden Tag denken, seit seine Tochter an einem wundervollen Wintertag plötzlich wieder in sein Leben getreten war.

Was, wenn Hunter ihre Sozialversicherungsnummer nicht geprüft hätte? Er hätte Mia wahrscheinlich nie wieder gesehen.

Deshalb hatte er von Izzy Abstand gehalten, obwohl er ständig an sie dachte. Er hatte sich gefragt, wo sie wohl arbeitete und ob oder wann er sie wiedersehen würde. Klar, er war jetzt dauerhaft mit ihrer Familie verbunden, aber das bedeutete ja nicht, dass sich ihre Wege regelmäßig kreuzen würden. Außer, sie würden dafür sorgen, und diese Absicht hatte er nicht. Jedenfalls nicht, bevor er einen Anruf von Lincoln Abbott und die Nachricht von Mia bekommen hatte, die ihn bat, sie so bald wie möglich anzurufen.

Er war den ganzen Tag in Meetings gewesen und hatte

Panik bekommen, als Lincs Nachricht ihn erreichte. Er rief Mia sofort zurück, weil er hoffte, dass sie mehr Informationen zu Izzys Unfall hatte. Sie hatte ihm gesagt, dass Izzy auf der Intensivstation lag und dass sie sich nicht sicher gewesen waren, ob er das wissen wollte.

O ja, das wollte er wissen.

Nachdem er diesen Anruf gemacht und die Details gehört hatte, die Mia kannte – nicht annähernd genug für ihn –, hatte er seinen Arbeitstag vorzeitig beendet, ein Auto gemietet und auf der Fahrt nach Vermont jede Geschwindigkeitsbegrenzung überschritten, um so schnell wie möglich bei ihr zu sein. Seine Assistentin in Boston hatte es für ihn ausgerechnet und ihm gesagt, dass Fahren schneller sein würde als Fliegen. Er hatte den letzten Flug nach Burlington verpasst, was noch zwei Stunden von ihr entfernt gewesen wäre, nachdem er in Vermont angekommen war.

Sechs der längsten Stunden seines Lebens später war er an ihrer Seite und fragte sich, was zum Teufel er dort machte. Er konnte es sich nicht erklären. Er musste sich einfach vergewissern, dass es ihr gut ging, und ihr jeden ihm möglichen Trost spenden, während sie sich erholte.

Weil sie schlief, nahm er sein Handy aus der Tasche und schrieb seiner Assistentin eine Nachricht.

Sag alle Termine für die nächste Zeit ab.

Obwohl es schon fast elf Uhr abends war, antwortete sie sofort. *Definiere die nächste Zeit.*

Wegen Izzys schlimmen Verletzungen antwortete er *Zwei Wochen.*

Sie reagierte mit entsetzten Emojis und einer Reihe von Fragezeichen.

Eine gute Freundin hatte einen schlimmen Unfall. Ich muss bei ihr bleiben, bis sie sich erholt hat. Während er diese Worte eintippte, hatte er keine Ahnung, ob Izzy ihn überhaupt in ihrer Nähe haben wollte oder ob er überhaupt das Recht hatte, Pläne mit ihr zu machen. Trotz dieser Gedanken änderte er nichts an seiner Aussage gegenüber seiner Assistentin.

Ich tue mein Bestes. Was ist mit dem Vorstand?

Ich sage ihnen Bescheid, dass ich eine Weile nicht da sein werde. Eventuell müsstest du dich mit meiner Schwester in Verbindung setzen und mir etwas zum Anziehen herschicken.

Ist es okay, wenn ich frage, ob du das, was von deinem Verstand übrig war, jetzt auch noch verloren hast?

Cabot lachte. Rachel war phantastisch und sagte immer, was sie wirklich dachte. Er wusste das sehr zu schätzen. Während er nach seiner vermissten Tochter gesucht hatte, hatte er dafür gesorgt, dass er durchgehend wahnsinnig beschäftigt war. Sein Zeitplan war dauerhaft an der Grenze des Machbaren gewesen. Er hatte das absichtlich getan, um sich von dem Albtraum, der sein Leben war, so gut es ging abzulenken. Dass Mia nun wieder aufgetaucht war, hatte nichts an seinem Tempo geändert. Es war kein Wunder, dass Rachel schockiert war, wenn er Termine absagte.

Es ist okay zu fragen, das weißt du ja. Danke für deine Hilfe. Ich melde mich.

Das will ich hoffen!

Als Nächstes schrieb Cabot seiner Schwester Emily, die

seine treuste Unterstützerin bei der Suche nach Mia gewesen war. *Hi, tut mir leid, dass ich mich so spät noch melde. Ich wollte dir sagen, dass ich ein paar Wochen in Vermont sein werde. Meine Freundin Izzy hatte einen schlimmen Unfall, und ich möchte für sie da sein. Es ist auch schön, ein bisschen Zeit mit Wade und Mia zu verbringen. Vielleicht müsstest du mir ein paar Sachen aus meiner Wohnung schicken.*

Emily schrieb sofort zurück. *Das tut mir so leid mit Izzy. Geht es ihr gut?*

Ja, es wird nur lange dauern. Sie ist ziemlich mitgenommen.

Freut mich, dass sie wieder wird, und sag Bescheid, was du von zu Hause brauchst. Ich schicke es gerne. Aber, sag mal, du bist in Vermont bei deiner »Freundin« Izzy. Was hat es denn damit auf sich?

Keine Ahnung.

Sie reagierte mit lachenden Emojis. *Du bist ja lustig, Cabot. Es ist okay, Izzy zu MÖGEN, weißt du?*

Wirklich?

JA

Ich mag Izzy, aber …

Kein Aber. Lass die Vergangenheit da, wo sie hingehört, und fang an, auf die Zukunft zu schauen.

Ich weiß, was du meinst. Vielleicht finde ich ja einen Weg, wenn ich hierbleibe und meine Freundin Izzy unterstütze.

Vielleicht. Es ist wirklich schlimm, was dir passiert ist. Es war verdammt nochmal KRIMINELL. Aber wenn du dir die Chance verbaust, glücklich zu sein, hat sie gewonnen. Lass nicht zu, dass dieses Miststück gewinnt. Hast du verstanden?

Er lächelte. Emily war sehr gut darin, den Nachdruck, mit dem sie so oft sprach, auf das, was sie schrieb, zu übertragen. Manchmal dachte er, dass sie noch wütender über das, was Mias Mutter getan hatte, war, als er selbst. *Verstanden.*

Genieß die Zeit in Vermont, Cab. Wenn irgendwer es verdient hat, glücklich zu sein, dann bist du das.

Danke. Du bist die Beste. Ich schreibe dir morgen.

Liebe Grüße an Izzy und Küsschen für dich.

Mache ich. Für dich auch.

Er war Emily und seinen Brüdern unendlich dankbar. Sie hatten bei jeder einzelnen verzweifelten Wendung seiner Suche nach Mia zu ihm gestanden. Sie hatten ihn gestützt, wenn ihm die Last zu schwer wurde, und mit ihm gefeiert, als Mia wie aus dem Nichts aufgetaucht war und ihn zum glücklichsten Vater der Welt gemacht hatte.

Cabot hoffte, dass er mit der Zeit mit der restlichen Verbitterung fertigwerden würde. Mia hatte keine Ahnung, wie tief in seinem Inneren diese Verbitterung verankert war. Er gab sich die größte Mühe, das zu verbergen. Was zwischen ihren Eltern passiert war, war keine Last, die sie tragen sollte, dessen war er sich bewusst.

Er schickte eine Nachricht an seine geliebte Tochter. Er freute sich immer noch jedes Mal, dass er einfach mit ihr reden konnte, wenn er wollte. Sie und Wade lebten in dem Bauernhaus, das sie zusammen restaurierten. Es lag gerade außerhalb der Handywüste von Butler, so dass sie mit und ohne WLAN Nachrichten empfangen konnte. *Ich bin im Krankenhaus bei Izzy. Und wie es aussieht, werde ich wohl eine Weile bleiben. Ich wollte nur, dass du Bescheid weißt.*

Als sie nicht antwortete, dachte er sich, dass sie sicher schon schlief und ihm morgen antworten würde. Darauf zu warten, dass sie sich meldete, gab ihm noch etwas, auf das er sich freuen konnte. Er liebte jede Nachricht, jeden Anruf, jedes Gespräch über FaceTime und jeden Besuch von ihr. Sie fand es wahrscheinlich richtig seltsam, wie er an ihren Lippen hing, als sei jedes einzelne Wort aus ihrem Mund von Bedeutung, aber er wollte ihre Anwesenheit einfach voll auskosten und nicht den kleinsten Moment verpassen. Und glücklicherweise schien es ihr nichts auszumachen, dass er sich so verhielt.

Bei der Polizei hatte man ihn gefragt, ob er ein strafrechtliches Verfahren gegen ihre Mutter einleiten wollte. Nach der Qual, die er und seine Familie wegen ihr durchgemacht hatte, wäre das durchaus gerechtfertigt gewesen. Aus Respekt für seine Tochter hatte er auf die Anklage verzichtet, aber, wenn er ehrlich war, gab es nichts, was er lieber getan hätte. Er wollte ihr Leben genauso zerstören, wie sie seines zerstört hatte.

Emily hatte ihm geholfen zu erkennen, dass eine solche Rache nicht im Sinne seiner Tochter war. Ein langer, hässlicher Prozess, der ihre Mutter zwang, Verantwortung für das zu übernehmen, was sie getan hatte, würde Mia fertigmachen. Und letzten Endes konnte er einfach nicht an etwas beteiligt sein, das seine Tochter, die er über alles liebte, traurig stimmte. Doch in dem Moment, in dem er sich entschieden hatte, auf eine Anklage zu verzichten, hatte die Verbitterung eingesetzt.

Ein Jahr später kämpfte er immer noch mit der Wut. Und deswegen hatte er sich nicht auf die wunderschöne, talentierte Isabella Coleman einlassen können. Sie hatte einen Mann verdient, der sich komplett auf sie konzentrieren konnte. Nicht jemanden, der so tief in der Vergangenheit steckte, dass kein Platz für etwas Neues war.

Doch dann hatte er von Lincoln Abbott gehört, dass Izzy bei einem Autounfall schwer verletzt worden war. So schnell es ging zu ihr zu gelangen war der einzige Gedanke gewesen, den er hatte fassen können. Er hatte keine Ahnung, was das bedeutete. Er wusste nur, dass er für sie da sein wollte, solange sie ihn brauchte.

Noahs erster Wecker riss ihn aus einem Traum, der ihn hatte hart werden und nach Brianna greifen lassen. Sie war nicht da. Natürlich war sie nicht da. Sie hatten einen One-Night-Stand gehabt, und mehr würde nicht daraus werden. Im düsteren Morgenlicht starrte er an die Decke und versuchte, sich nach dem erregenden Traum zu beruhigen.

Er konnte nicht von ihr träumen. Das war einfach lächerlich. Vor einer Woche hatte er sich gewünscht, sie nie mehr wiedersehen zu müssen, weil sie ihn ständig zur Weißglut brachte.

Das ist nicht wahr, schrie irgendeine Stimme tief in seinem Inneren. *Du fandest sie schon heiß, als du sie zum ersten Mal gesehen hast.*

Das ist deine eigene Stimme, du Idiot, und sie sagt dir die Wahrheit.

Der einzige Grund, warum du so ätzend zu ihr warst, ist, dass du dich ständig daran erinnern musstest, die Finger von ihr zu lassen.

Ausnahmsweise war er schon aufgestanden, bevor der zweite Wecker klingelte. Er war zu aufgebracht für seinen allmorgendlichen Kampf mit der Uhr. Er machte den Wecker aus und ging unter die Dusche. Das kalte Wasser würde hoffentlich das Feuer löschen, das in seinem Inneren für eine Frau brannte, die ihm noch am Vorabend mitgeteilt hatte, dass sie ihn nicht wollte.

War das nicht witzig? Zum ersten Mal seit drei Jahren in der Hölle hatte er gewagt, sich auf jemanden einzulassen, und sie wollte ihn nicht. Er würde ja über diese Ironie des Schicksals lachen, wenn er sich nicht so elend fühlen würde. Es war wirklich tragisch, dass er und Brianna nur die eine spektakuläre Nacht miteinander haben würden.

Weil heute die Elektriker auf der Baustelle anfingen, hatte er wirklich keine Zeit für solche Ablenkungen. Sie machten die gesamte Elektronik neu. Er musste sehr aufmerksam sein und durfte nicht ständig darüber nachdenken, wie er die Architektin und Projektleiterin überzeugen konnte, schnell wieder mit ihm ins Bett zu hüpfen.

Er stieg aus der Dusche und wickelte ein Handtuch um seine Hüfte, dann rasierte er sich.

»Es wird nicht passieren.« Er starrte sein Spiegelbild an, während er den Rasierer über sein Gesicht gleiten ließ. »Bleib einfach cool und mach deinen verdammten Job. Sie fährt sowieso bald wieder nach Hause nach Boston, dann wird alles wieder normal.«

»Ähm, redest du mit dir selbst?« Nessa stand in der offenen Badezimmertür.

»Ein bisschen vielleicht.« Wie peinlich.

Sie hielt ihm eine Tasse hin. »Ich hab deinen Wecker gehört und dachte, du willst vielleicht Kaffee.«

»Danke.« Er trank einen Schluck. »Und ich rede mit mir selbst, weil ich normalerweise alleine hier bin.«

»Du brauchst nur noch ein paar Katzen, dann bist du offiziell einer von diesen verrückten Menschen, die nur mit sich selbst und ihren Katzen reden.«

»Sehr witzig. Du bist früh wach.«

»Konnte nicht schlafen. Ich mache mir Sorgen um Izzy und meine Arbeit und eine Million anderer Dinge.«

»Was denn zum Beispiel?«

»Wer auf die Eisbären und die Pinguine aufpasst, wenn die Polarkappen schmelzen, und was mit all dem Plastikmüll im Ozean passiert.«

Noah ging zu ihr und legte ihr seine Hände auf die Schulter. »Ich dachte, das mit der Angst wäre in letzter Zeit besser geworden.«

»War es auch, aber dann habe ich meinen Job verloren und meine Schwester ist fast bei einem Autounfall gestorben.«

»Nimmst du die Medikamente noch?«, fragte er sanft.

»Jeden Tag. Meistens helfen sie, aber manchmal …« Sie zuckte mit den Achseln. »Du weißt ja, wie das ist.«

Es hatte sie alle auf unterschiedliche Arten beeinflusst, dass ihr Vater gegangen war. Nessa kämpfte mit einer schweren Angststörung.

»Ich habe die Pflegestation angerufen«, sagte Vanessa. »Izzy hatte eine gute Nacht. Ihr ›Freund‹ Cabot war wohl die ganze Zeit bei ihr.«

»Hm, das ist ja interessant.«

»Ich wusste, dass bei ihnen was läuft, auch wenn sie es nie zugegeben hat.«

Noah machte sich in diesem Moment jedoch vor allem Sorgen um Vanessa. »Was kann ich denn für dich tun?«

»Mit euch allen hier zu sein hilft schon.«

»Bleib, solange du willst. Auch für immer. Mein Haus ist dein Haus.«

»Das ist wirklich süß von dir, aber ich weiß, dass du gern deine Privatsphäre hast. Ich kann bei Mom bleiben, wenn die anderen weg sind.«

»Bleib ruhig hier. Ist okay.« Er gab ihr einen Kuss auf die Stirn. »Versprochen.«

»Kann ich noch was anderes sagen?«

»Kann ich dich aufhalten?«

Sie lächelte. »Es war schön, dich gestern Abend mit Brianna zu sehen. Ich merke ganz genau, dass du sie magst.«

»Das stimmt, aber sie hat mir gesagt, dass da nichts läuft.«

Nessa legte den Kopf schief. »Und warum nicht?«

»Sie hat ziemlich schlimme Sachen mit ihrem Ex durchgemacht.«

»Du doch auch. Das nehme ich zumindest an.«

»Stimmt.«

»Das würde doch heißen, dass ihr perfekt zusammenpasst, weil ihr einander wirklich versteht.«

»Sollte man meinen, aber sie sagt, sie ist noch nicht bereit. Sie vertraut sich selbst und ihrem Urteilsvermögen nicht.« Noch während er das sagte, wurde Noah klar, dass er sonst nie mit seinen Geschwistern über sein Privatleben redete. Aber er brauchte jetzt einfach die Einschätzung von jemand anderem, und Nessa war schon immer sorgsam mit Geheimnissen umgegangen.

»Er muss ihr ja wirklich etwas Schlimmes angetan haben.«

»Es war wirklich schlimm.« Er wollte ihr mehr erzählen, aber er konnte Briannas Vertrauen nicht missbrauchen. »Richtig brutal.«

Nessa schüttelte den Kopf und verzog das Gesicht. »Warum tun Menschen so was nur anderen Menschen an? Menschen, die sie angeblich sogar lieben?«

Diese Frage war der Schlüssel all ihrer Probleme. »Ich wünschte, das wüsste ich.«

»Du musst ihr zeigen, dass du genau der bist, der du zu sein scheinst. Ein netter, anständiger, wenn auch ab und zu mal mürrischer Typ, auf den sie zählen kann.«

Er boxte sie spielerisch ans Kinn, und sie lachte. »Das mit dem mürrisch musstest du natürlich sagen, oder?«

»Liege ich falsch?«

»Nein, du liegst nicht falsch.«

»Sei für sie da, Noah. Sei als Freund und Arbeitskollege

für sie da. Das wird ihr viel bedeuten, und vielleicht wird es auch zu dem führen, was du dir wünschst.«

»Ich weiß gar nicht genau, was ich will. Sie lebt in Boston. Das ist echt weit weg, und sie hasst die Kälte in Vermont. Sie wird garantiert nicht hierherziehen, und ich kann nicht weg, mit meiner Firma und allem.«

Als er endlich aufhörte zu reden und seine Schwester anschaute, bemerkte er ihren seltsamen Gesichtsausdruck. »Was?«

»Du magst diese Frau, oder?«

»Ja.« Er seufzte tief. »Mehr, als ich wahrscheinlich sollte.«

»Willst du die gute Nachricht?«

»Es gibt eine gute Nachricht?«

Nessa nickte. »Du hast jemanden getroffen, den du magst. Eine ganze Weile lang, nachdem mit Wie-hieß-sie-noch-gleich Schluss war, hatten wir Angst, dass du dich nie wieder auf jemanden einlassen würdest, weil sie dich so verletzt hat. Was auch immer sie getan hat.«

»Sie hat mit meinem besten Freund und Vorarbeiter geschlafen.«

Nessa riss die Augen auf. »Sie hat mit *Miguel* geschlafen? Deshalb arbeitet er nicht mehr für dich? Verdammt, Noah!«

»Ja, und ja.«

»O Mann, das tut mir so leid. Was für ein Miststück! Ich hab sie noch nie leiden können.«

»Wirklich? Ich dachte, du mochtest sie?«

»Nein. Ich fand immer schon, dass sie nicht gut genug für dich ist. Normalerweise liebe ich es ja, wenn ich recht habe, aber in diesem Fall tut es mir leid, dass ich mit meiner Meinung richtiglag.«

Er zuckte mit den Achseln, als würde er gerade nicht über eine seiner schmerzhaftesten Erfahrungen sprechen. »Es ist lange her. Ich bin darüber hinweg.«

»Nein, bist du nicht. Über so was kommt man nie wirklich hinweg. Man findet nur einen Weg, damit zu leben.«

Er schaute seine kleine Schwester mit völlig neuem Respekt an. »Wann bist du denn so weise geworden?«

»Ich war schon immer weise. Dir fällt es nur jetzt erst auf.«

Er lächelte und umarmte sie. »Danke fürs Zuhören, und tu mir einen Gefallen und behalte die Details zu Wie-hieß-sie-noch-gleich vorerst für dich, okay?«

»Kein Problem. Denk dran, was ich über Brianna gesagt habe. Sei ihr Freund, ihr Verteidiger, ihr Unterstützer. Das wird ihr viel bedeuten.«

»Ich gebe mir Mühe.«

»Sie wäre schon verrückt, es nicht mit dir zu versuchen.«

Noah lachte. »Ich richte es ihr aus.«

Sie ging in Richtung Wohnzimmer, drehte sich dann aber noch einmal um. »Das behältst du wahrscheinlich besser vorerst für dich.«

14

»Lass nie zu, dass jemand zu deiner Priorität wird,
wenn du für diesen Menschen nur eine Option bist.«
Mark Twain

Nach dem Gespräch mit seiner Schwester fühlte Noah sich deutlich besser. Er zog sich warm genug an, um den Arbeitstag draußen zu überstehen, ging wenig später aus dem Haus und fuhr zum Diner. Als er parkte, sah er überrascht, dass der Truck seines Großvaters ebenfalls auf dem Parkplatz stand. Elmer saß drinnen alleine mit seinem Kaffee an der Theke.

»Morgen, Noah«, sagte Megan. »Deine Bestellung ist gleich fertig.«

»Kannst du sie heute bitte doppelt machen? Und kein Bacon auf dem zweiten Sandwich.«

Sie schaute ihn neugierig an. »Klar.«

Er änderte nie, niemals seine Routine, also fielen den Menschen, die ihm täglich begegneten, natürlich auch die kleinsten Unterschiede auf.

Noah setzte sich neben seinen Großvater. »Morgen.«

»Für wen hast du gerade Frühstück bestellt?« Elmers verschmitztes Grinsen brachte Noah zum Lachen.

»Das wüsstest du wohl gerne.«

»Ja, genau.«

»Ach Mist, jetzt hast du mich wohl erwischt.«

»Wenn ich raten müsste, würde ich sagen, es ist die gutaussehende Architektin, mit der du am Hotel arbeitest.«

»Vielleicht, vielleicht auch nicht.«

»Wie war denn deine Nacht im Schweinebauch?«, fragte Elmer leichthin.

»Welche Nacht im Schweinebauch?«

Elmer verdrehte die Augen. »Die, die du mit Brianna dort gemeinsam verbracht hast, nachdem Mrs. H euch mit einem Gutschein gelockt hat.«

»War der Gutschein von dir? Sei ehrlich.«

»Nicht, bevor du die Frage beantwortet hast.«

»Ich war, oder war vielleicht auch nicht, mit Brianna im Schweinebauch, nachdem Mrs. H – und du – mir den Gutschein gegeben hat.«

»Und wie war es?«

»Gut.«

Elmer stieß ein entnervtes Geräusch aus. »Du und deine einsilbigen Antworten. Du machst mich noch zum Trinker.«

»Das ist das zweite Mal in zwei Tagen, dass mir das jemand sagt.«

»Dass du ihn zum Trinker machst? Das überrascht mich kein bisschen.«

»Nein, das mit den einsilbigen Antworten.«

Noah liebte es, Zeit mit seinem Großvater zu verbringen, selbst wenn der ältere Herr gerade versuchte, Infos aus ihm herauszubekommen, die er ihm nicht geben wollte. Nicht, dass es ihn gestört hätte, wenn Elmer wusste, was in ihm vorging. Aber es machte einfach so viel Spaß, seine Fragen abzublocken.

»War das nicht der Abend mit dem Schneesturm und Izzys Unfall?«

»Ja, genau.«

»Wie seid ihr denn nach Hause gekommen, die Straße war doch gesperrt.«

»Wir sind nicht nach Hause gefahren.«

Elmer richtete sich auf. »So ist das also?«

»Ja, genau.«

»Ich habe gehört, dass es dort ein paar Gästezimmer gibt. Es muss ja brechend voll gewesen sein nach der Sperrung.«

»Kann gut sein. Ich habe nicht gefragt.«

Megan stellte zwei Kaffeebecher auf die Theke.

»Danke.« Noah machte einen Kaffee fertig, wie er ihn mochte, und warf seinem Großvater einen Seitenblick zu. »Also. War es deine Idee und dein Gutschein für den Schweinebauch?«

»Vielleicht. Vielleicht auch nicht.«

Noah prustete los. »Und du fragst dich, wo ich das herhabe.«

»Das frage ich mich überhaupt nicht. Früher war ich dir mal sehr ähnlich. Ich habe es gehasst, wenn die Leute ihre Nasen in meine Angelegenheiten gesteckt haben. Ich verstehe dich also nur zu gut.«

»Aber das hält dich nicht davon ab, dich weiter einzumischen.«

»Was du einmischen nennst, nenne ich unterstützen. Hattest du einen schönen Abend mit der hübschen Architektin?«

Noah zuckte die Achseln. »Es war ganz okay.«

»Du erzählst wirklich nur gequirlte Scheiße.«

»Gramps! Diese Ausdrucksweise!«

»Du treibst mich noch in den Wahnsinn! Ich bin ein alter Mann, Noah. Ich werde nicht ewig leben. Willst du nicht, dass ich weiß, dass alle meine lieben Enkel glücklich sind und jemanden gefunden haben, der sie liebt, wenn ich mal nicht mehr da bin?«

Megans prustendes Lachen brachte Noah zum Grinsen.

»Er glaubt diesen Unsinn tatsächlich«, sagte Noah zu ihr.

»Na ja, die Liste seiner Erfolgsgeschichten ist ziemlich beeindruckend.«

»Ja, das stimmt«, sagte Elmer. »Auf dich und deinen Ehemann bin ich besonders stolz, meine Liebe.«

»Und wir sind dir durchaus dankbar, dass du dich eingemischt hast, Elmer.«

»Siehst du?«, fragte er Noah. »Sie ist *dankbar.* Ihr Ehemann ist *dankbar.* Du solltest dich *glücklich* schätzen, dass ein Mann wie ich sich in dein Leben einmischt.«

»Wenigstens gibst du zu, dass du dich einmischst.« Noah fand seinen Großvater wirklich amüsant.

Bevor Elmer etwas erwidern konnte, schnappte Megan

nach Luft und stützte sich mit der einen Hand auf der Theke ab, während sie mit der anderen nach ihrem riesigen Babybauch griff.

»Was ist?« Elmer war aufgesprungen.

»Nur so ein komisches Stechen.«

»Noah, lauf mal schnell rüber und hol Hunter, okay?«

Elmers Ton war sehr ernst, und Noah war zur Tür hinaus, bevor er seinen Großvater hätte fragen können, ob es nicht schneller gehen würde, wenn sie seinen Cousin im Büro anriefen. Er überquerte die Elm Street, ging durch die Hintertür in den Laden und sofort nach oben zu den Büros der Verwaltung. Außer bei Hunter brannte noch nirgends Licht.

Sein Cousin hörte ihn kommen. »Was ist los, Noah?«

»Megan hatte einen seltsamen stechenden Schmerz. Gramps meinte, ich soll dich holen.«

Hunter war schon aufgesprungen, bevor Noah fertig geredet hatte. Er rannte aus dem Büro, ohne seine Jacke anzuziehen, die an einem Haken an der Tür hing.

Noah schnappte sich Hunters Jacke und folgte ihm zurück hinüber in den Diner, wo Elmer bei Megan stand, die zusammengekrümmt auf einem der Hocker an der Theke saß. Sie sah blass und verängstigt aus.

Hunter ging direkt zu ihr. »Müssen wir fahren?«

»Ich weiß nicht, ob wir dazu Zeit haben.«

»*Wie meinst du das?*« Hunters Stimme klang hysterisch.

»Das Baby. Ich glaube, es kommt.«

»*Aber wie kann das sein?*«

»Woher soll ich das wissen? Ich hab noch nie eins bekommen!«

»Noah, ruf die Sanitäter!« Elmer blieb bei Megan stehen, eine Hand auf ihrer Schulter, während Noah ins Büro des Diners stürmte und nach dem Telefonhörer griff. In Butler rief man immer auf der Feuerwache an, egal bei welchem Notfall, und Noah war nicht überrascht, dass einer seiner Cousins abhob.

»Feuerwehr Butler, Lieutenant Abbott am Apparat.«

»Hier ist Noah. Ich bin mit Megan im Diner, und wir glauben, das Baby kommt.«

»Schon unterwegs.«

»Atmen, Schatz.« Hunters Stimme klang höher als sonst.

»Ich atme.«

»So, wie sie es uns im Kurs gezeigt haben.«

»Scheiß auf den Kurs, das hier tut verdammt *weh*!«

Hunters weit aufgerissene Augen verrieten, wie sehr es ihn in Panik versetzte zu sehen, wie seine Frau sich vor Schmerzen krümmte. »Wo zum Teufel sind sie?«

»Sie kommen gleich, mein Sohn«, sagte Elmer. »Bleib ruhig. Für deine Frau. Das braucht sie jetzt.«

»Ich brauch eine verdammte PDA«, stieß Megan zwischen zusammengebissenen Zähnen hervor.

Noah wollte wissen, ob es normal war, dass es mit den Wehen so schnell ging, aber er wollte sich nicht einmischen.

Ein Kunde kam zur Tür herein und blieb wie angewurzelt stehen, als er die von Männern umringte Megan sah.

»Wir haben heute geschlossen«, sagte Elmer. »Noah, kannst du bitte das Schild umdrehen?«

Dankbar, dass es etwas Sinnvolles für ihn zu tun gab, ging Noah rasch zur Tür und drehte das Schild von *Geöffnet* auf *Geschlossen*. Es würden heute viele Stammgäste enttäuscht sein.

Megan keuchte und machte noch andere Geräusche, die dafür sorgten, dass Noah sich am liebsten seine Bestellung geschnappt hätte und abgehauen wäre, aber das ging nicht, solange er nicht wusste, dass mit Megan alles in Ordnung war. Sie war seine Freundin und die Frau seines Cousins, und er machte sich richtig Sorgen um sie und ihr Baby.

Elmer sprach weiterhin leise und beruhigend mit Megan, und sie schien sich geradezu an seiner Stimme festzuklammern, während die Wehen immer häufiger kamen und heftiger wurden.

Hunter nützte ihr nicht besonders viel, er hatte alle Hände voll damit zu tun, nicht die Fassung zu verlieren.

Noah hatte immer gedacht, dass er mal Kinder haben wollte. Nachdem er das hier gesehen hatte, war er sich nicht mehr so sicher.

Der Krankenwagen kam ein paar Minuten später endlich an. Noahs Cousin Lucas war der Erste, der zur Tür hereinstürmte. Zwei weitere Feuerwehrleute folgten ihm auf den Fersen. Sie hatten eine Trage dabei.

Lucas ging in die Hocke, um mit Megan zu sprechen. »Haben wir noch Zeit, ins Krankenhaus zu fahren?«

Sie schüttelte den Kopf.

»*Ernsthaft?*«, schrie Hunter.

Zu seinen Kollegen sagte Lucas: »Wir legen sie auf die Trage und schauen uns das mal an.«

»Moment! Ihr werdet euch *nicht* meine *Frau* ansehen!«

»Elmer, mach irgendwas mit ihm, und beeil dich gefälligst.« Aus Megans Stimme war mittlerweile ein gefährliches Knurren geworden.

Elmer nahm Hunter beim Arm und schob ihn zur Seite, damit die Sanitäter sich um Megan kümmern konnten.

»Das Baby kommt«, verkündete Lucas, nachdem er Megan untersucht hatte. »Und zwar jetzt.«

»Ich, äh, ich glaube, ich gehe euch mal aus dem Weg.« Noah schnappte sich die Tüte und das Tablett mit den beiden Kaffeebechern von der Theke.

»Nimm Hunter gleich mit«, zischte Megan mit zusammengebissenen Zähnen.

»Er muss doch hier bei dir bleiben. Ich, äh, ich schaue später nach euch.« Noah eilte aus der Tür, bevor er noch etwas sah, dass er so schnell nicht mehr aus seinem Kopf bekommen würde.

Ach du Scheiße. Megan brachte gerade ihr Baby zur Welt – und zwar im Diner!

Das konnte einfach nicht wahr sein. Er und Megan hatten einen Plan gehabt, einen Plan, in dem ein Krankenhaus und eine Ärztin vorkamen, nicht einer von seinen bescheuerten kleinen Brüdern, der sein Gesicht viel zu tief zwischen

Megans Beinen hatte. Hunter stand kurz vor einem Nervenzusammenbruch, als er erkannte, dass es sein könnte, dass ihr Kind in einem verdammten Diner zur Welt kam.

»Lucas, wir müssen sie ins Krankenhaus bringen«, sagte Hunter.

»Keine Zeit mehr, Bruderherz. Das hier passiert, und zwar jetzt.« Lucas nahm den Blick keine Sekunde lang von was auch immer er da zwischen Megans Beinen machte – lieber Gott im Himmel, Hunter wollte ihn *umbringen* –, während die anderen Sanitäter herumliefen und ihm assistierten.

Lucas sprach ruhig mit Megan und sagte ihr, was sie bei der nächsten Wehe tun musste.

»Hunter.«

Seine Frau hatte seinen Namen gesagt. Er verstand, dass sie wollte, dass er zu ihr kam. Er konnte sich nicht bewegen oder atmen oder denken. Seine Angst war so groß, dass sie jede einzelne Zelle seines Körpers in Beschlag genommen hatte. Was, wenn etwas schiefging und sie in einem verdammten *Diner* waren und nicht in einem *verdammten* Krankenhaus, so, wie es *verdammt nochmal* sein sollte?

»Hunter!«

»Los doch, Junge«, sagte Elmer. »Deine Frau braucht dich.«

Hunter schaute seinen Großvater an, den weisesten Mann, den er kannte. »Was, wenn …«

»Los jetzt.«

Elmer gab ihm einen Schubs, der ihn auf Megan zusteuern ließ, die auf einer Trage lag. Die Sanitäter hatten

Tische und Stühle aus dem Weg geräumt, damit sie Platz für ihre Arbeit hatten.

Megan streckte die Hand nach ihm aus und verkrallte die Finger in seinem Arm. »Hör auf, Panik zu schieben!«

»Mache ich gar nicht.«

»Machst du wohl.«

»Mein Bruder hat sein Gesicht zwischen deinen Beinen. Warum zum Teufel sollte ich Panik schieben?«

»Meine Augen sind zu«, sagte Lucas.

»*Mach deine verdammten Augen auf!*«, schrie Megan.

»Mach *bloß nicht* deine verdammten Augen auf«, sagte Hunter.

»Ich werde dich umbringen, wenn du jetzt nicht endlich die Klappe hältst.«

»Du solltest auf deine Frau hören, Bruderherz«, sagte Lucas. »Sie ist hier der Boss.«

Hunter würde ihn umbringen, sobald sich eine Möglichkeit ergab. Natürlich erst, wenn das Baby sicher auf der Welt war.

»Okay, Megan, gleich geht es richtig los«, verkündete Lucas. »Bei der nächsten Wehe presst du, so fest du kannst, und hältst es, so lange du kannst, okay?«

»Ja.«

»Hunter, stell dich hinter sie und stütze ihren Rücken und ihre Schultern.«

Hunters Kopf würde sicher gleich explodieren, bei dem Gedanken, dass sie hier für all diese Männer ausgebreitet dalag, die sie gar nicht kannte – und einen, den sie viel zu gut kannte.

»Hunter!«

Lucas' scharfer Tonfall riss ihn aus seinen panischen Gedanken. Er stellte sich hinter seine Frau. Sie war jetzt das Einzige, was zählte, und das Baby, auf das sie sich so unglaublich freuten. Er konnte nicht glauben, dass es wirklich so weit war! Endlich. Er wünschte nur, dass es nach Plan gelaufen wäre und sie sich in einem verdammten Krankenhaus befänden. »Lucas.«

»Es ist alles in Ordnung, Hunter. Sie macht das toll. Es werden jeden Tag Babys außerhalb von Krankenhäusern geboren.«

Hunter klammerte sich mit allem, was er hatte, an die beruhigenden Worte seines Bruders. Wenn ihr oder dem Baby irgendetwas passierte … Allein der Gedanke an diese Möglichkeit genügte, ihn so tief nach unten zu ziehen, dass er nie wieder auftauchen würde. Also schüttelte er ihn ab, damit er sich auf seine geliebte Frau konzentrieren konnte. »Du machst das toll, Liebling, ich bin so stolz auf dich.«

»Ich habe Angst.«

»Was zum Teufel ist denn hier los?«

Hunter drehte sich zur Küche um, wo ihr langjähriger Koch und Freund Butch im Türrahmen stand und die Vorgänge mit großen Augen beobachtete.

»Das Baby kommt«, sagte Hunter.

»Hier?«

»Genau hier und genau jetzt«, sagte Lucas. »Komm schon, Megan, jetzt ganz fest pressen, so fest du kannst.«

Sie presste, und Hunter hielt sie fest und tröstete sie, so gut er konnte. Sie schrie vor Schmerz, und es gab nichts, was ihr diese Schmerzen nehmen konnte. Er hasste es, dass sie so litt.

»Du machst das toll, Meg«, sagte Lucas zwischen zwei starken Wehen. »Du hast es fast geschafft.« Er gab einem der Feuerwehrleute einen Wink, näher zu ihm zu kommen, und flüsterte ihm etwas zu.

Der Mann rannte aus dem Diner.

»Was ist los?«, fragte Hunter seinen Bruder.

»Gar nichts. Alles gut.«

Megan wimmerte zu Beginn einer weitere Wehe, die schnell intensiver wurde und die gesamte Aufmerksamkeit der Anwesenden forderte. Sie presste so fest und schrie die ganze Zeit, aber das Baby kam immer noch nicht. Eine halbe Stunde später kam der Feuerwehrmann, mit einer Frau zurück, die Hunter aus der Arztpraxis kannte.

Sie brachte sich schnell neben Lucas zwischen Megans Beinen in Position, und die beiden flüsterten miteinander, was Hunters Blutdruck gefährlich in die Höhe trieb.

»Geht es ihr gut?«, fragte er.

»Sieht alles gut aus«, sagte die Ärztin. »Aber lasst uns dieses Baby bei der nächsten Wehe endlich rausholen.«

Megan presste fester, als sie es bisher getan hatte, und ihre Schreie brachen Hunter das Herz.

Er hielt sie während der bisher schlimmsten Wehe fest und hasste es, dass sie solche Schmerzen hatte, und dass nichts nach Plan verlief.

»Super, Megan«, sagte Lucas. »Das Baby kommt, immer schön weiter pressen.«

Nach der längsten Minute seines Lebens sah Hunter, wie das Baby in die Hände seines Bruders glitt, schleimig und rot und wunderschön.

»Es ist ein Junge«, sagte Lucas. »Herzlichen Glückwunsch, Mom und Dad.«

»O mein Gott!« Megan schluchzte. »Es ist ein Junge.«

Hunter war so von seinen Emotionen überwältigt, dass er wegen dem riesigen Kloß in seinem Hals kein Wort herausbrachte. Sie hatten einen Sohn.

»Wie heißt er?« Lucas trat zur Seite, damit die Ärztin sich um Megan kümmern konnte, während er und die anderen Feuerwehrleute das Baby versorgten.

»Carson«, flüsterte Hunter. »Carson Elmer Abbott.«

»O wie schön«, sagte Lucas. »Und es fängt mit einem C an. Das wird Mom und Dad gefallen.«

Alle Enkelkinder ihrer Eltern hatten Namen, die mit C oder S begannen.

Hunter und Megan hatten über viele Namen mit C und S nachgedacht, bevor sie sich für Carson entschieden hatten. Carson war der Mädchenname von Megans Großmutter mütterlicherseits.

»Geht es dem Baby gut?«, fragte Megan. »Warum ist er so ruhig?«

»Er ist perfekt«, sagte der andere Sanitäter und reichte Megan das Baby.

Hunters Augen waren so voller Tränen, dass er das kleine Gesicht kaum sehen konnte. Große Augen starrten hinauf zu den beiden Menschen, die ihn am meisten liebten. Er hatte gelesen, dass Babys anfangs nur sehr wenig sehen konnten, aber Hunter hoffte so sehr, dass sein Sohn zumindest spürte, wie sehr sie ihn liebten.

»Schau ihn dir an«, flüsterte Megan. Sie klang genauso hingerissen wie er. »Er ist wunderschön.«

»Er sieht aus wie seine wunderschöne Mutter«, sagte Hunter.

»Nein, er sieht aus wie du. Elmer, komm und sag uns, wem er ähnlich sieht.«

Hunter hatte fast vergessen, dass sein Großvater auch da war.

Elmer kam und sah sich seinen Urenkel näher an. »Ich gebe Megan recht. Er sieht so aus wie du, Hunter.«

»Das arme Kind«, lachte Lucas.

Hunter ignorierte seinen Bruder und den vorhersagbaren Kommentar und konzentrierte sich auf seine kleine Familie. Er hatte eine *Familie.*

»Transportieren wir, Doc?«, fragte Lucas.

»Ich glaube nicht, dass das nötig ist. Der Mutter und dem Baby geht es super. Ich denke, sie können nach Hause fahren. Ich komme später gerne noch mal vorbei, um nach euch zu sehen.«

»Was meinst du, Liebling?«, fragte Hunter seine Frau. »Sollen wir unseren Sohn nach Hause bringen?«

»Auf jeden Fall.«

15

»Das Herz ist dafür gemacht, gebrochen zu werden.«
Oscar Wilde

Noah blieb so lange vor dem Diner stehen, bis er gehört hatte, dass es Megan und ihrem neugeborenen Sohn gut ging. Während er auf Nachrichten von der Geburt wartete, hatte er sein Sandwich aufgegessen und das für Brianna warm gehalten, indem er es auf die Lüftungsschlitze der Autoheizung legte.

Am Hotel angekommen war das Team schon vor Ort und am Arbeiten, genau wie Brianna in dem süßen weißen Bauhelm und dem Carhartt-Mantel, der all ihre unwiderstehlichen Kurven verdeckte.

Aber er wusste ja, dass sie da waren.

Er reichte ihr das Sandwich, auf dem *ohne Bacon* stand und ihren Kaffee.

»Danke«, sagte sie. »Was ist denn da drüben los?«

»Mein Cousin und seine Frau haben gerade ihr Baby bekommen.«

Brianna riss die Augen auf. *»Im Diner?«*

»Ja. Ihre Wehen sind richtig schnell gekommen, und als der Krankenwagen endlich da war, war es schon zu spät, um ins Krankenhaus zu fahren.«

»Das gibt's ja nicht. Wie können die Leute nur schwanger werden, wenn sie wissen, dass so etwas passieren kann?«

»So, wie mein Cousin reagiert hat, nehme ich an, dass sie nicht erwartet haben, dass es so läuft. Aber na ja, am Ende ist ja nichts passiert. Der kleine Carson Elmer Abbott ist da.«

»Was für ein süßer Name.«

»Alle Abbott-Enkel haben Namen mit C oder S.«

»Deine Familie sorgt ja wirklich dafür, dass es nie langweilig wird.«

»Stimmt. Das alles ist mittlerweile so normal geworden, dass es uns kaum noch auffällt.«

»Babys, die im Diner zur Welt kommen, meinst du?«

Noah lächelte. »Na ja, das vielleicht nicht gerade, aber bei den Abbotts und den Colemans ist jedenfalls immer was los.«

»Du hast Glück. Das klingt wirklich toll. Selbst, wenn Babys im Diner geboren werden.«

»Ja, meistens ist es gar nicht so übel.«

»Noah«, rief Carlo. »Die Elektriker sind da.«

»Die Pflicht ruft«, sagte er zu Brianna.

»Danke für das Frühstück.«

»Sehr gerne.« Er lächelte ihr zu und ging los, um die Elektriker einzuweisen.

Während der Arbeit dachte er über den Rat nach, den seine Schwester ihm gegeben hatte. Er sollte ein guter Freund für Brianna sein, ihr zeigen, dass er es wert war, das Risiko einzugehen.

Aber wollte er das denn? Dass sie ein Risiko einging?

Ja, das wollte er. Er hatte genug davon, sich in sein Schneckenhaus zurückzuziehen. Hatte keine Lust mehr auf einsame Abende und endlose Wochenenden. Die Zeit, die er mit ihr verbracht hatte, hatte ihm gezeigt, dass das Leben so viel besser sein konnte, und er wollte mehr davon. Genauso wie von ihr.

Während er die unzähligen Fragen der Elektriker beantwortete, wanderte sein Blick immer wieder zu der Architektin hinüber, die ihn so faszinierte. Vielleicht war es besser für ihn gewesen, als sie noch die ganze Zeit gestritten hatten. Zuzulassen, dass er sich in eine Frau verliebte, bedeutete auch, dass er alles, was dazugehörte, zulassen musste. Gegebenenfalls auch, dass ihm das Herz gebrochen wurde.

Aber er hatte bei Brianna ein gutes Gefühl. Sie verstand jedenfalls, was er durchgemacht hatte, und er konnte sich nicht vorstellen, dass sie jemandem so weh tun würde, wie ihr weh getan worden war. Allerdings hätte er das von seiner Exfrau auch nie gedacht, bevor ihre Ehe auf diese Weise in die Brüche gegangen war.

Wenn man ihn vor jenem furchtbaren Tag, an dem er Melinda mit Miguel ertappt hatte, gefragt hätte, dann hätte er gesagt, dass sie ihn genauso sehr liebte wie er sie. Drei Jahre später, nachdem er unzählige Stunden damit verbracht hatte, in Gedanken die letzten Wochen ihrer Ehe durchzugehen und nach irgendwelchen Hinweisen zu suchen, die nicht da gewesen waren, konnte er immer noch nicht verstehen, was zwischen ihnen so komplett schiefgegangen war, dass sie mit seinem Angestellten und Freund hatte in die Kiste hüpfen müssen.

Vielleicht hatte Brianna recht, und es war besser, wenn es bei ihrem One-Night-Stand blieb. Wie kam er überhaupt dazu, sich zu wünschen, dass mehr daraus wurde. Immerhin hatte er immer noch keine Erklärung dafür, wie es in seiner ersten Ehe dazu hatte kommen können, dass seine Frau mit einem anderen geschlafen hatte. Sollte er diese Frage nicht beantworten können, bevor er etwas Neues anfing?

Dieser Gedanke begleitete ihn durch den Tag. Er arbeitete mit seinem eigenen Team und den Elektrikern zusammen und sorgte dafür, dass es stetig voranging und die Arbeiter alles hatten, was sie brauchten. Die nächsten Schritte waren die Sanitäranlagen, die Böden und der Putz. Er musste dafür sorgen, dass der Zeitplan eingehalten wurde.

Er beendete gerade den Arbeitstag der Elektriker, als einer seiner Männer auf ihn zukam.

»Da ist ein Typ, der nach Brianna sucht. Sieht irgendwie seltsam aus. Ich dachte, ich sage dir besser Bescheid.«

»Danke, Mark. Ich habe sie vor etwa einer halben Stunde nach oben gehen sehen.« Was sagte es über ihn aus, dass er immer wusste, wo sie war? Dass er sie beobachtete, ohne dass ihm das überhaupt bewusst war. »Kannst du mal hochlaufen und sie holen?«

Noah zog seine Arbeitshandschuhe aus und stopfte sie

in seine Jackentaschen, dann machte er sich auf den Weg zum Haupteingang in der Elm Street. Und wirklich: Ein zappeliger junger Mann stand vor der Tür. »Kann ich dir helfen?«

»Ich suche Brianna Esposito?«

Der Junge hatte noch Akne, so jung war er. Seine Nervosität versetzte auch Noah in Anspannung. »Was willst du denn von ihr?«

»Ich muss mit ihr reden.«

»Über was?«

»Tut mir leid, aber das geht dich nichts an.«

Noah wollte dem Kerl gerade sagen, dass er sich verziehen sollte, als Brianna neben ihm auftauchte.

»Suchst du mich?«, fragte sie.

Der Mann streckte ihr einen Umschlag entgegen, so dass sie keine andere Wahl hatte als danach zu greifen. »Der ist für Sie.«

Noah streckte die Hand nach Brianna aus, sonst wäre sie nach hinten umgefallen, und der Mann rannte weg und sprang in ein Auto, das mit laufendem Motor am Straßenrand stand.

»Was war das denn?« Brianna versuchte, ihr Gleichgewicht wiederzuerlangen.

»Irgendwer verklagt dich.«

»Im Ernst?« Sie riss den Umschlag auf und warf einen Bick auf die Dokumente. Ihr Gesichtsausdruck spiegelte das blanke Entsetzen. »*Will er mich verarschen?* Er verklagt mich wegen *Verleumdung!* Er schreibt, dass ich seinen Ruf ruiniert und es ihm unmöglich gemacht habe, eine Arbeit zu finden, weil ich ihn in der Öffentlichkeit als Psychopathen bezeichnet habe.«

»Wir fahren zu meinem Bruder.«

Briannas Augen funkelten vor Wut. »Zu deinem Bruder?«

»Er ist Anwalt. Er weiß, wie du dich am besten verhältst.«

»Ich, äh ... okay.«

Zu Carlo, der im Gang hinter ihnen stand, sagte Noah: »Mach für heute alles fertig und schließ danach ab.«

»Mache ich. Alles in Ordnung?«

»Das wird schon.« Dafür würde er sorgen. Er durfte nicht zulassen, dass dieser verachtenswerte Drecksack damit durchkam. Grayson würde wissen, was zu tun war. Er wusste immer, was zu tun war. Darauf hatte Noah für den Großteil seines Lebens zählen können.

Er brachte Brianna zu seinem Truck und hielt ihr die Tür auf. Es war ihm bewusst, dass ihre Kollegen sie beobachteten, aber es war ihm egal, was sie dachten, wenn sie sie zusammen in seinem Truck wegfahren sahen. Was letzte Woche noch unvorstellbar für ihn gewesen wäre, war jetzt so natürlich wie atmen.

Sie hatte Schwierigkeiten und brauchte Hilfe. Er würde ihr helfen. Alles andere spielte keine Rolle.

Dieses verdammte *Arschloch!* Brianna war in ihrem ganzen Leben noch nie so wütend gewesen. Seine Dreistigkeit kannte wirklich keine Grenzen. *Er* verklagte sie? Nach allem, was sie wegen ihm durchgemacht hatte?

»Rede mit mir«, bat Noah vom Fahrersitz neben ihr. »Was denkst du gerade?«

»Wie kann er es wagen? Er weiß genau, was er mir angetan hat. Er hat mich angelogen. Er hat mein ganzes Geld zum Fenster rausgeworfen, als könne ich einfach welches nachdrucken, hatte Beziehungen mit anderen Frauen, während er geschworen hat, dass ich die Einzige für ihn sei. Und dann hat er mich auch noch mit den ganzen Schulden sitzenlassen.«

»Sag das Gray einfach. Er kriegt das schon hin.«

»Ich sollte meinen Anwalt in Boston anrufen.«

»Das kann Gray auch machen. Zusammen werden sie das schon geradebiegen. Versuch, dir keine Sorgen zu machen.«

»Er verklagt mich auf *vier Millionen Dollar,* Noah.«

»Scheiße.«

»Wie kann er mir das antun, nachdem er mich sowieso schon ruiniert hat?«

Noah griff nach ihrer Hand.

Brianna hielt sich fest, dankbar für seine Unterstützung. Vier Millionen Dollar. Selbst wenn sie alles, was sie hatte, verkaufen würde, könnte sie nur einen Bruchteil davon aufbringen.

»Keine Panik. Du bist definitiv im Recht. Die Wahrheit ist auf deiner Seite.«

»Nur dass er eine äußerst seltsame Auffassung von der Wahrheit hat. Es gibt immer nur seine Wahrnehmung, und er manipuliert alle um sich herum so, dass sie ihm glauben. Es ist so gut wie unmöglich zu verstehen, wie geschickt er dabei ist, wenn man es nicht selbst erlebt hat.«

»Ich nehme an, du hast Beweise dafür, was er getan hat?«

»Für jede einzelne verdammte Kleinigkeit. Ich habe Kassenzettel, Videos, Social-Media-Posts. Egal was. Ich habe alles.«

»Dann kommt das schon in Ordnung.« Er klang sehr erleichtert, dass sie Beweise hatte. »Die Wahrheit bedeutet ihm vielleicht nichts, dem Gericht aber schon. Du hast die Beweise, Bri. Mehr brauchst du nicht. Er versucht nur zurückzuschlagen, weil er weiß, was du alles gegen ihn in der Hand hast.«

Sie liebte es, wie ihr Spitzname sich anhörte, wenn er ihn sagte. »Ja, vielleicht. Es ist wie ein Albtraum, der kein Ende findet. Erst weigert er sich, die Scheidungsunterlagen zu unterschreiben, und jetzt das hier. Manchmal frage ich mich, ob ich je von ihm freikommen kann.«

»Das wirst du. Es wird vielleicht eine Weile dauern, aber du wirst ihn schon noch los.«

»Ich hoffe, du hast recht. Ich weiß nämlich wirklich nicht, wie viel von diesem ganzen Mist ich noch ertragen kann. Gerade, wenn ich das Gefühl habe, dass ich langsam darüber hinweg bin, macht er irgendwas, das alles wieder aufwirbelt.«

Noah parkte in der Einfahrt der wunderschönen restaurierten Kirche. Brianna konnte es kaum erwarten, das Gebäude von innen zu sehen. Wirklich ein ganz besonderes Zuhause!

»Mein Bruder ist da, das ist doch schon mal gut.« Noah drehte sich zu ihr um. Sein Blick war intensiv, besorgt, und es lag sehr viel Anteilnahme darin. »Lass nicht zu, dass dich das aus der Bahn wirft. Es ist eine Verzweiflungstat von einem verzweifelten Mann. In seinem verwirrten Gehirn denkt er wahrscheinlich, dass er sehr viel Arbeit in dich investiert hat. Er will sicherstellen, dass sich das lohnt. Aber er hat nicht die geringste Chance, ein Gerichtsverfahren gegen dich zu gewinnen.«

Sie holte tief Luft und atmete langsam wieder aus. Seine Worte beruhigten sie. »Du hast recht. Das stimmt. Er weiß, dass ich ihn fertigmachen kann. Deshalb weigert er sich, die Scheidungspapiere zu unterschreiben. Weil er nichts bekommen wird, außer den Schulden, die er während unserer Ehe angehäuft hat.«

»Diese Klage ist ein Versuch, an Geld zu kommen. Er wird damit scheitern, Bri. Seine Behauptungen sind haltlos.«

Es war beruhigend für sie zu sehen, wie sicher er sich war. »Nein, das stimmt. Sie sind wirklich haltlos.« Sie lächelte. »Danke, dass du mich beruhigt hast.«

»Kein Problem. Komm, wir hören mal, was Gray dazu sagt.«

Brianna folgte Noah durch die Einfahrt und in die

Waschküche. Noah betrat das Haus, ohne anzuklopfen. Sie zogen die Stiefel aus und hängten ihre Jacken auf. In der Küche saß Ray mit einem wahnsinnig süßen rothaarigen Mädchen am Tisch. Sie hatten Becher mit heißem Kakao und einen Teller mit, dem Duft nach zu urteilen, frisch gebackenen Keksen vor sich stehen.

»Hi, Ray«, sagte Noah. »Du kennst ja Brianna.«

»Genau«, sagte Ray. »Schön, dich wiederzusehen. Das hier ist meine Enkeltochter Simone. Simone, sag hallo zu Noahs Freundin Brianna.«

»Hi.« Simone hob den Teller mit Keksen hoch und bot sie ihnen an. »Pop macht die besten Kekse.«

Noah und Brianna nahmen sich je einen Keks.

Brianna biss hinein. Die Kekse waren genau, wie sie sein sollten, außen knusprig und weich in der Mitte. »Die hast du gemacht, Ray? Ich bin beeindruckt.«

»Meine zauberhafte Simone freut sich eben, wenn nach der Schule warme Kekse auf sie warten.« Ray war ganz rot geworden.

»Macht bloß nichts, um unser System in Gefahr zu bringen«, sagte Simone.

Noah lachte über ihren Gesichtsausdruck. »Da hat dich aber jemand ganz schön um den kleinen Finger gewickelt, Ray.«

»Definitiv. Das Einzige, was ich nicht für sie übernehme, sind ihre Hausaufgaben.«

»Ich habe sogar schon versucht, ihn zu bestechen«, sagte Simone.

»Woher weißt du denn, was Bestechung ist?«, fragte Noah.

»Das haben sie in der Schule gelernt.« Ray grinste. »Und jetzt versucht sie, es mit mir zu üben.«

»Aber er weigert sich einfach.« Simone zog einen Schmollmund.

»Ich nehme an, ihr wollt zu deinem Bruder?«, fragte Ray.

»Genau, aber die Kekse und die Bestechungen waren eine schöne Zugabe«, sagte Noah.

»Er ist im Büro. Du weißt ja wo, oder?«

»Ja.« Noah wuschelte Simone durchs Haar, als er an ihr vorbeiging. »Viel Glück bei deiner Bestechung.«

»Danke. Das werde ich brauchen.«

»Die beiden sind ja so süß zusammen«, sagte Brianna, während sie Noah durch das Wohnzimmer folgte, offenbar das ehemalige Kirchenschiff. »Und dieses Haus ist wirklich unglaublich.«

»Ja, ich mochte es schon, bevor Grayson und Emma es gekauft haben, aber mittlerweile ist es eins meiner Lieblingshäuser in Butler. Ich würde wirklich gerne mehr solcher Umbauten machen.«

»Warum tust du es nicht einfach?«

Er zuckte die Achseln. »Die großen Aufträge bringen mehr Geld.«

»Nicht, wenn du mehrere gleichzeitig am Laufen hast und sie alle mit Gewinn verkaufst. Du solltest darüber nachdenken.«

»Vielleicht.«

»Grays Büro ist hinter dieser Flügeltür.« Noah klopfte an.

»Komm rein, Simone, aber nur, wenn du Kekse dabeihast.«

Noah öffnete die Tür und steckte den Kopf ins Zimmer. »Ich muss dich enttäuschen. Ich habe keine roten Haare und auch keine Kekse.«

Sein Bruder lachte. »Ist schon okay. Du kannst trotzdem reinkommen.«

»Ich habe eine potenzielle Klientin mitgebracht. Das hier ist Brianna Esposito. Bri, mein Bruder Grayson.«

Grayson stand auf und streckte ihr über seinen Schreibtisch die Hand hin. Er hatte die gleiche Haar- und Hautfarbe wie Noah, schien aber mehr Wert auf sein Äußeres zu legen. Er trug ein weißes Hemd unter einem dunkelblauen Pullover mit V-Ausschnitt, und dunkle Jeans. »Freut mich, dich kennenzulernen.«

»Ebenfalls.«

»Hast du Izzy heute schon gesehen?«, fragte Noah seinen Bruder.

»Noch nicht. Emma und ich fahren heute Abend hin. Und du?«

»Ich fahre hin, wenn wir hier fertig sind. Also, Brianna ist die Architektin, mit der ich zusammenarbeite.«

Gray warf seinem Bruder einen neugierigen Blick zu. »Ah, ja. Du hattest ein Meeting, als ich vorbeigekommen bin.«

»Tut mir leid, dass ich dich verpasst habe«, sagte Brianna.

»Ihr Exmann versucht, sie zu verklagen, nachdem er ihr schon das Leben zur Hölle gemacht hat, als sie noch zusammen waren. Ich dachte, dass du ihr vielleicht helfen kannst.«

»Wenn du Zeit hast«, sagte Brianna. »Wir haben nicht mal gefragt, ob du zu tun hast.«

»Ich habe Zeit. Wer mit Noah befreundet ist, ist auch mit mir befreundet.«

»Eure Familie ist wirklich toll.«

»Eigentlich nur wir zwei«, lächelte Gray. »Der Rest nicht so.«

Brianna lachte. »Wenn du es sagst.«

»Die anderen hat sie gestern schon kennengelernt«, erklärte Noah. »Sie hat uns Abendessen gebracht, als wir aus dem Krankenhaus gekommen sind.«

Grayson kam gleich zur Sache. »Okay. Was ist mit dem Ex?«

»Das ist eine ziemlich lange Geschichte.«

»Fang am Anfang an. Erzähl mir alles ganz genau, und dann sehe ich mir die Klage an und überlege, wie ich dir helfen kann.«

Während der nächsten Stunde erzählte Brianna ihm alles, was mit Rem passiert war, auch Details, die sie Noah bei ihrem Abendessen verschwiegen hatte. Während sie redete, spürte sie, wie Noah sie mit diesem intensiven Blick beobachtete. Brianna fand es sehr interessant, dass sein Bruder genauso gut aussah wie Noah, vielleicht sogar besser, sie aber überhaupt kein Interesse an ihm hatte. Allerdings war sie sich Noahs Präsenz nur allzu bewusst. Er hatte sich so nahe neben sie gesetzt, wie er das unter den Augen seines großen Bruders wagte.

Grayson machte sich Notizen, während sie erzählte. Als sie berichtete, dass Rem so häufig verschwunden war, dass sie seine Kreditkarte überprüfte, schaute Gray von seinem Notizbuch auf. »Hast du alles behalten, was du gefunden hast?«

»O ja. Jeden einzelnen Beleg.«

»Sehr gut.«

»Selbst als das ganze Ausmaß der Sache mir noch nicht bewusst war, habe ich mir glücklicherweise gedacht, dass ich die Beweise einmal brauchen könnte. Vor allem, als das Geld von unserem gemeinsamen Konto verschwand.« Immer wenn sie an diese Zeit dachte, in der sie sich nur aus der Schockstarre gelöst hatte, um panisch nach Beweisen zu suchen und ihr das Ausmaß ihres Albtraums langsam klarwurde, tat ihr das Herz weh.

»Konntest du herausfinden, wofür er das Geld ausgegeben hat?«

»Meistens für andere Frauen und Hotelübernachtungen in Boston. Er hat nicht einmal versucht, die Spuren zu verwischen. Er dachte, ich sei so verliebt in ihn, dass ich mich nie dafür interessieren würde, was er treibt. Oder mit wem.«

»Hast du ihn danach gefragt?«

»Ich habe ihn mit den Beweisen für mehrere Affären konfrontiert. Aber er meinte nur, ich sei doch verrückt, er hätte nur gearbeitet und wäre nie mit einer anderen Frau zusammen gewesen. Ich hatte sogar Fotos. Er sagte, das auf den Fotos sei er nicht. Ich sei dem falschen Mann gefolgt, und wie ich es überhaupt wagen könne, ihn der Untreue zu beschuldigen. Er sagte, ich wisse doch ganz genau, dass ich die einzige Frau sei, die er je geliebt hat.«

»Unglaublich«, murmelte Noah.

»Ich sehe mir die Klage mal an«, sagte Gray.

Brianna reichte ihm den Umschlag. Während er die ersten Seiten überflog, musste sie sich die größte Mühe geben, nicht herumzuzappeln. Die Nervosität pulsierte durch ihren Körper wie elektrischer Strom.

Noah legte eine warme Hand auf ihre eigenen eiskalten Hände, die sie auf ihrem Schoß ineinander verkrallt hatte. »Immer schön atmen.«

Dass er da war und so deutlich zeigte, dass er auf ihrer Seite war, half ihr sehr. Später, wenn sie einen Moment für sich hatten, würde sie ihm das sagen.

»Erzähl mir bitte, woher das Wort Soziopath kam«, sagte Gray.

»Von meiner Therapeutin. Sie meinte, dass sie erkennen könne, dass er alle Merkmale eines Soziopathen zeige, ohne ihn je getroffen zu haben. Zum einen hat er kein Gewissen. Deswegen gibt es auch gar keine Möglichkeit, eine ernsthafte Beziehung mit ihm zu führen.«

»Ich habe Erfahrungen mit dissozialer Persönlichkeitsstörung. Für meine ehemalige Firma habe ich mal einen Fall betreut, bei dem eine Frau ihren Enkelkindern ein Anwesen überlassen hat. Eines der Enkelkinder war ein Soziopath und hat die anderen durch Gaslighting so weit manipuliert, dass er letztlich alleine geerbt hat. Sie haben später geklagt, und wir haben seine Geschwister, Cousins und Cousinen vor Gericht vertreten. Nach allem, was du erzählt hast, muss ich dem Urteil deiner Therapeutin zustimmen.«

»Er ist ein Soziopath, wie er im Buche steht, mit einer Ausnahme. Die meisten Soziopathen sind nicht sozial aktiv, Rem aber schon. Deshalb hat er es auch geschafft, fünf weitere Frauen neben seiner Ehefrau zu jonglieren. Meine Therapeutin glaubt, dass bei ihm auch Narzissmus eine Rolle spielt.«

»Eine besonders angenehme Kombination«, sagte Grayson mit einem Augenzwinkern.

»Ja, wirklich. Während mein Ex gelogen und betrogen und mich so manipuliert hat, dass ich im Prinzip einfach dachte, ich würde den Verstand verlieren – was natürlich seine Absicht war –, hat er ständig irgendwelche grandiosen, teuren Projekte am Laufen, die vor allem gut für sein Ego waren. Er hat die Ersparnisse, die eigentlich für ein gemeinsames Haus gedacht waren, genommen, um ein eigenes Restaurant zu eröffnen. Das hat er dann nach sich benannt: Remington's. Als ich herausfand, wo das Geld hingeflossen war, war das Restaurant schon wieder geschlossen. Er war pleite, bevor er es überhaupt eröffnen konnte. Sein Geschäftspartner hat ihn verklagt, weil Rem seinen Teil des Vertrags nicht erfüllt hat, und ich war Mitbeklagte, weil der Mann wusste, dass ich diejenige war, die das Geld verdient. Ich konnte beweisen, dass ich nichts von dem Restaurant wusste und nichts mit den Plänen zu tun hatte, und die Anklage gegen mich wurde fallengelassen, aber ich war mehrere tausend Dollar für den Rechtsbeistand und die Gerichtskosten los.«

»Das wird ja immer schlimmer«, sagte Noah.

»Wie hat er herausgefunden, dass du ihn als Soziopathen bezeichnest?«, fragte Gray.

»Ich habe ein paar gemeinsamen Freunden gesagt, dass ich glaubte, bei ihm liege eine dissoziale Persönlichkeitsstörung vor. Das ist der offizielle Begriff für Soziopathie. Ich habe erklärt, was das bedeutet und ihnen ein paar Beispiele von Dingen, die mir passiert sind, gegeben, damit sie mir glauben. Sie waren genauso schockiert, wie ich es zu Anfang auch war. Ich glaube, manche von ihnen haben mir das meiste, was ich ihnen gesagt habe, gar nicht geglaubt. Es klingt ja auch so weit hergeholt, dass es scheinbar unmöglich in Wirklichkeit passiert sein konnte.«

»Du denkst doch sicher nicht, dass er eine Chance gegen sie hat, wenn sie beweisen kann, dass er diese ganzen Sachen gemacht hat?« Noah klang so aufgewühlt, wie Brianna sich fühlte.

»Meine Bedenken liegen darin, dass Brianna keine ausgebildete Therapeutin oder Psychologin ist und ihm deshalb keine Diagnose stellen kann«, sagte Gray.

»Die Diagnose kam aber von einer ausgebildeten Therapeutin«, sagte Brianna.

»Die deinen Exmann nie persönlich getroffen hat, korrekt?«

»Korrekt.«

»Die Diagnose basiert also auf Anekdoten, die du zur Verfügung gestellt hast, nicht auf einer Bewertung seiner Person.«

Brianna rutschte das Herz in die Hose. »Was bedeutet das?«

»Es bedeutet, dass er eine Chance haben könnte, falls das, was du euren Freunden erzählt hat, seine Chancen auf dem Arbeitsmarkt beeinträchtigt hat.«

Sie hätte heulen können, so unfair war das alles. Dass Rem sie so behandeln konnte, wie er das getan hatte, sie anlügen, sie betrügen, beklauen und dann auch noch verklagen konnte, mit einer Chance, die Gerichtsverhandlung für sich zu entscheiden. Das konnte nicht wahr sein. Es konnte einfach nicht wahr sein. »Was soll ich jetzt machen?«

»Ich schlage eine Gegenklage vor. Die Verluste, die du hattest, mit Schwerpunkt auf allem, was er getan hat, bevor ihr euch getrennt habt. Wir werfen auch noch die emotionale Belastung in die Waagschale, und überhaupt alles, was wir finden können.«

»Wie schnell geht das?«

»Ich kann diese Woche etwas fertig machen. Weißt du, wo er sich aufhält?«

»Ich glaube schon.«

»Kläre das, damit wir ihn mit der Anklage erreichen. Es passiert sehr oft, dass Anklage und Gegenanklage sich gegenseitig neutralisieren, wenn es erst mal losgeht, also versuch vorerst, dir nicht zu viele Sorgen zu machen.«

»Wie viel wird die Gegenklage kosten?«

»Ich gebe dir den Rabatt für Freunde und Familie, wo immer das geht, aber mit zehntausend wirst du erst mal schon rechnen müssen.«

»Erst mal?«

»Falls die beiden Klagen sich nicht neutralisieren, könnte es ziemlich teuer werden, dich gegen seine zu verteidigen.«

»Obwohl sie die ganze Scheiße, die er gebaut hat, beweisen kann?«

»Trotzdem. Er hat eine Chance darauf, dass das Gericht entscheidet, dass deine Beschuldigungen seinen Ruf geschädigt haben.«

»Selbst, wenn sie wahr sind?«, fragte Brianna.

»Selbst dann.«

Brianna wusste schon lange, dass das Leben nicht fair war, aber das war wirklich zu viel für sie.

Grayson stand auf und ging zu seinem Aktenschrank, dann kam er mit einem Blatt Papier zurück, dass er Brianna reichte. »Meine Vertretungsbefugnis. Wenn du hier unterschreibst, kann ich gleich anfangen.«

Weil sie seine Hilfe so dringend brauchte, unterschrieb sie das Formular sofort. Sie würde sich nicht kampflos geschlagen geben, koste es, was es wolle.

»Mit deiner Erlaubnis würde ich gerne einen Privatdetektiv beauftragen, mit dem ich in Boston zusammengearbeitet habe. Er ist super, und wenn dein Exmann noch mehr Dreck am Stecken hat, wird er es herausfinden.«

»Okay.« Brianna freute sich so gar nicht auf den endlosen, teuren Rechtsstreit mit dem Mann, den sie einmal so geliebt hatte.

»Ich weiß, ich habe leicht reden, aber versuch wirklich, dir keine Sorgen zu machen. Wir können bestimmt eine Einigung erzielen, die nicht allzu teuer wird. Er wird sich mit unserer Klage befassen müssen und letztendlich wird er sicher einsehen, dass es einfacher ist, seine eigene Klage fallenzulassen, als sich gegen deine zu verteidigen.«

»Du kennst ihn nicht. Er gibt erst auf, wenn er mich komplett fertiggemacht hat.«

»Das wird nicht passieren.« Noah griff nach ihrer Hand und hielt sie fest. Er schien nicht zu bemerken, wie die Augenbrauen seines Bruders sich kurz nach oben bewegten. Aber sie hatte es gesehen.

»Wir lassen nicht zu, dass das passiert, Bri. Du hast gehört, was Grayson gesagt hat. Das kommt schon in Ordnung.«

»Ich habe wirklich viel Erfahrung mit solchen Dingen«, sagte Gray. »Ich tue für dich, was ich kann, Brianna.«

Hatte er viel Erfahrung mit Soziopathen? Hatte er es je mit jemandem zu tun gehabt, der nicht einmal die grundlegendsten menschlichen Emotionen aufbringen konnte, so dass er dazu in der Lage war, einem anderen Menschen das anzutun, was Rem ihr angetan hatte? Das bezweifelte sie, aber er würde schon noch herausfinden, mit wem er es zu tun hatte.

16

»Wir haben Angst davor, dass ein Mensch uns wichtig wird,
weil wir in Wahrheit Angst davor haben,
dass wir selbst diesem Menschen nicht wichtig sind.«
Eleanor Roosevelt

Noahs Hände umschlossen das Lenkrad so fest, dass seine Knöchel weiß hervortraten. »Es tut mir leid, dass du wegen mir so wütend bist.«

Noah schaute Brianna an. »Mach dir doch um mich keine Sorgen. Darum geht es hier nicht.«

»Vielen Dank, dass du mich mit zu deinem Bruder genommen hast. Ich wäre verrückt geworden, wenn ich nicht das Gefühl gehabt hätte, irgendetwas tun zu können.«

»Er hätte sich wirklich etwas mehr aufregen können.«

»Er macht nur seine Arbeit. Er kann mir nicht helfen, wenn er mir nicht ehrlich sagt, was Sache ist.«

»Ja, schon … Es macht mich einfach nur so verdammt wütend.«

»Du bist wirklich süß, wenn du wütend bist.«

»Dann muss ich ja wirklich unglaublich süß sein.«

»Bist du auch. Und ich weiß das wirklich zu schätzen, Noah. Es hilft sehr zu wissen, dass du für mich da bist.«

»Das freut mich. Das Ganze ist einfach nur lächerlich.

Jedes Gericht der Welt muss seinen Mist sofort durchschauen.«

»Das hoffe ich.«

»Ich kann nicht fassen, dass du wegen ihm noch mehr Geld verlieren wirst. Ich kann dir etwas leihen, wenn du es brauchst.«

Später würde sie wahrscheinlich zurückblicken und feststellen, dass dies der Moment war, in dem sie Gefühle für Noah Coleman entwickelte. Echte Gefühle, die Art, die kompliziert und wundervoll und lebensverändernd sein konnten. »Danke, das ist wirklich sehr lieb von dir, aber ich habe noch einiges gespart. Ich würde es nur lieber nicht für ihn ausgeben.«

»Versuch, es als Investition in dich selbst zu sehen. Du gibst es für eine Zukunft aus, von der er kein Teil mehr sein wird.«

»Das macht es tatsächlich ein bisschen besser.«

»Ich muss noch zu meiner Schwester fahren. Hast du Lust mitzukommen?«

Wenn sie jetzt nach Hause fuhr, würde das nur bedeuten, dass sie mit ihren endlos kreisenden Gedanken alleine wäre. »Ja, sehr gerne.«

»Gut.« Er nahm wieder ihre Hand. »Ich möchte nicht, dass du alleine zu Hause sitzt und dir Sorgen machst.«

Sie lächelte und drückte seine Hand. »Genau das hätte ich gemacht.«

»Ich weiß. Mir würde es genauso gehen. Diese Art von Stress stellt alles andere in den Schatten.«

»Es ist wirklich schlimm. Dieser erste Monat, nachdem mir klargeworden war, dass unser ganzes gemeinsames Leben nichts weiter war als ein Kartenhaus …« Ihr wurde ganz schlecht, wenn sie sich an diese furchtbare, traumatische Zeit erinnerte. »Das Schlimmste, was mir im Leben passiert ist.«

»Es gehört jetzt der Vergangenheit an, selbst wenn du dich immer noch damit herumärgern musst. Er kann dir nie wieder zu nahe kommen, wenn du das nicht zulässt. Verstehst du?«

»Ja, Noah.« Sie lächelte wieder. »Ich weiß, was du meinst. Es tut gut, dass du auf meiner Seite bist.«

»Ich bin auf deiner Seite.«

»Weißt du noch, als wir ständig gestritten haben?«

»Ja, und es war ganz allein deine Schuld, weil du dafür gesorgt hast, dass ich dich wollte.«

Brianna war schockiert von diesem Geständnis. »Wie kann das meine Schuld gewesen sein?«

»Du warst wunderschön und sexy und klug und du hast nicht zugelassen, dass ich dir auf der Nase herumtanze. Ich wollte dich schon vom ersten Tag an – und das durfte ich nicht zulassen. Ich war zu sehr damit beschäftigt, ein mürrischer Bauarbeiter zu sein. Ich durfte mich nicht zu dir hingezogen fühlen.«

Sie konnte das Lachen, das tief aus ihrem Innern hervorsprudelte, nicht unterdrücken.

»Das ist nicht lustig.«

»Doch.«

»Nein.«

»Doch.«

»Nein.«

»Und schon streiten wir wieder.«

»Das hier ist kein Streit.« Noahs kleines Lächeln war so sexy, dass Brianna sich sofort wünschte, sie würden irgendwo hinfahren, wo sie alleine sein könnten. »Willst du nicht zugeben, dass es dir genauso ging?«

»Ging es nicht.«

»Ach bitte. Natürlich hattest du von Anfang an eine Schwäche für mich.«

»Ziemlich selbstbewusst, der Herr.«

»Ich weiß es, weil deine Augen immer Funken gesprüht haben, wenn wir uns gestritten haben.«

»Sie haben Funken gesprüht, weil ich gehofft habe, dass du dich in Luft auflöst.«

»O nein, ich weiß es genau. Du kannst es nicht abstreiten.«

Brianna stotterte vor Entrüstung und versuchte, ihre Hand wegzuziehen.

»Hör auf, dich dagegen zu wehren.«

»Ich hatte gerade angefangen, dich zu mögen.«

»Dann machen wir doch genau so weiter, oder? *Nachdem* du zugegeben hast, dass du die ganze Zeit heiß auf mich warst.«

»Du bist manchmal wirklich unglaublich nervig.«

»Ja, vielleicht, aber du denkst nicht mehr über die andere Sache nach, richtig?«

»Stimmt, eine Minute lang habe ich an all die Gründe gedacht, warum ich dich nicht leiden konnte.«

Noah lachte. »Eine ganze Minute lang?«

»Es gab viele Gründe.«

»Aber während du mich nicht leiden konntest, fandest du mich trotzdem heiß, richtig?«

»Du kannst es gerne weiter versuchen, aber du wirst mich nicht dazu bringen, das zuzugeben.«

»Ich liebe Herausforderungen!«

»Danke«, sagte sie leise und warf einen Seitenblick in Noahs Richtung. Er sah wirklich besser aus, als sie zugeben wollte, und ja, das hatte sie gleich von Anfang an gedacht. Aber sie würde es ihm nie sagen.

»Wofür denn?«

»Dass du mich zu deinem Bruder gebracht hast, dass du mich mit ins Krankenhaus nimmst, dass du mit mir streitest. Du hältst mich davon ab, ins Grübeln zu kommen, und das weiß ich wirklich zu schätzen. Selbst wenn du ein aufgeblasener Dummkopf mit einer überhöhten Selbsteinschätzung bist.«

»Sie gibt und sie nimmt, und alles in nur einem einzigen Satz.«

»Ich muss dich schließlich auf dem Boden der Tatsachen halten, Coleman.«

»Das machst du schon ganz gut, Esposito. Du bist sehr schlecht für mein Ego.«

»Dein Ego könnte ja auch bescheidener sein.«

Sie warfen sich immer noch gegenseitig Beleidigungen

an den Kopf, als er zwanzig Minuten später beim Krankenhaus parkte.

Nachdem er den Motor abgestellt hatte, drehte er sich zu ihr um. »Küss mich.«

»Ich weiß nicht, ob ich das nach dem ganzen Schwachsinn noch tun will.«

»Was für ein Schwachsinn?«

»Du weißt genau, wovon ich spreche.«

Sein Lächeln brachte sein ganzes Gesicht zum Strahlen, und sie konnte ihm einfach nicht widerstehen. Er hatte nicht die geringste Ähnlichkeit mit dem Mann, der sie wochenlang zur Weißglut gebracht hatte.

»Du weißt, dass du es willst.«

Weil sie wirklich wollte, beugte sich Brianna über die Mittelkonsole und gab ihm einen keuschen Kuss auf den Mund.

»Das war wirklich schwach. Ich weiß, dass du das besser kannst.«

»Vielleicht später. Wenn du dich benimmst.« Sie riss sich los und war aus dem Auto gestiegen, bevor er verstanden hatte, dass sie weg war.

»Das war echt fies«, sagte er, als er sie kurz vor dem Haupteingang eingeholt hatte.

»Du wirst drüber hinwegkommen.«

»Da bin ich mir nicht so sicher.«

Es war kaum zu glauben, wie gut es ihr ging, obwohl sie gerade erst erfahren hatte, dass sie verklagt wurde. Unter normalen Umständen wäre sie wahrscheinlich am Boden zerstört, aber Noah war es gelungen, sie abzulenken.

Sie betraten das Krankenhaus, und Noah erkundigte sich, ob seine Schwester immer noch auf der Intensivstation lag.

»Nein«, sagte die Frau an der Information. »Sie liegt jetzt auf vier achtzehn.«

»Das sind tolle Neuigkeiten, vielen Dank.«

»Wie haltet ihr das nur aus ohne Handys?«, fragte Brianna, während sie zum Aufzug gingen. »In jedem anderen Universum wüsstest du schon längst, dass sie nicht mehr auf der Intensivstation ist.«

»Vermont ist eben anders.«

»Das kannst du laut sagen.«

»Du kannst es ruhig zugeben. Es ist ein sehr *attraktiver* Ort.« Er drückte auf den Knopf für den vierten Stock. »Es gibt dort viele *Attraktionen.*«

Brianna verdrehte die Augen. »Lass es doch einfach.«

»Nicht, bis du es zugibst.«

Im vierten Stock angekommen fanden sie ein Zimmer voller Colemans vor, darunter einen, den Brianna noch nicht kannte.

»Brianna, mein Bruder Jackson. Jack, das ist Bri.«

Jackson, der dunkleres Haar und dunklere Augen hatte als Noah, schüttelte ihr die Hand. Er hatte die Art von perfekten dunklen Bartstoppeln am Kinn, wie man sie manchmal bei Models sah, nur dass er wahrscheinlich kaum einen Gedanken daran verschwendete. »Schön, die Lasagne-Köchin kennenzulernen. Ich habe gehört, sie war unschlagbar.«

»War sie und ist sie«, sagte Noah. »In meinem Kühlschrank gibt es noch mehr.«

»Das ist wirklich gut zu wissen für später.«

»Lass mir was übrig«, bat Noah.

»Freut mich auch, dich kennenzulernen«, sagte Brianna. »Ich warte hier, wenn ihr zu Izzy geht.«

»Ich bin gleich wieder da«, sagte Noah.

»Lass dir Zeit.«

Er lief zu Izzys Zimmer, und sie nahm gegenüber von Sarah, Vanessa und Ally links neben Jackson Platz.

»Also«, sagte Ally. »Du bist mit Noah hier.«

»Stimmt.« Brianna biss sich auf die Unterlippe, um sich ein Lachen zu verkneifen, weil Ally direkt in die Offensive ging.

»Sie reden schon den ganzen Tag über die Lasagne«, sagte Jackson.

»Freut mich sehr, dass es allen geschmeckt hat.«

»So gut!«, sagte Nessa. »Aber weißt du, was uns noch besser gefällt?«

Brianna hatte da so einen Verdacht, aber sie stellte sich dumm. »Was denn?«

»Noah mit dir zu sehen«, sagte Sarah. »Er wirkt wirklich glücklich, wenn du bei ihm bist.«

»Wir machen uns seit Jahren Sorgen um ihn«, fügte Nessa hinzu.

»Ich kann mich nicht an eine Zeit erinnern, in der wir uns keine Sorgen um ihn gemacht haben«, sagte Jackson. »Ist lange her.«

»Er hat wirklich Glück, dass er euch hat«, stellte Brianna fest.

»Wir sind immer auf seiner Seite«, sagte Ally. »Wir wissen nicht, was damals passiert ist, aber seine Ex sollte lieber hoffen, dass sie uns nicht über den Weg läuft. Seine Einzelgängerphase begann gleich, nachdem sie weg war. Man braucht kein Genie sein, um sich zusammenzureimen, dass sie ihn schlecht behandelt hat.«

Brianna fühlte sich ein bisschen seltsam, weil sie mehr über das Ende von Noahs Ehe wusste als seine Geschwister. »Ihr solltet ihn fragen, was passiert ist. Er wird es euch sicher erzählen.«

»Wenn wir zu aufdringlich sind, macht er vielleicht dicht«, sagte Sarah. »Das ist ein schmaler Grat.«

»Ich weiß, was du meinst«, sagte Brianna.

»Tut mir leid, wenn wir dich in eine unangenehme Situation gebracht haben«, sagte Nessa. »Wir freuen uns einfach so, dass er wieder lächelt und lacht und Witze macht. Wir haben diesen Kerl vermisst.«

»Das ist mir nicht unangenehm«, sagte Brianna. »Ich bin wirklich froh, wenn es ihm besser geht als vorher.«

»So ist es, und das scheint mit dir zu tun zu haben«, sagte Sarah.

Brianna spürte, wie ihr Gesicht ganz heiß wurde.

»Jetzt ist es unangenehm«, sagte Ally. »Lasst sie in Ruhe, Mädels.«

»Schon okay«, sagte Brianna. »Es ist schön zu sehen, wie ihr euch um ihn sorgt. Eure Familie ist wirklich toll.«

»Nicht immer«, sagte Jackson. »Wir streiten uns auch.«

»Ach, nicht mehr so oft«, sagte Ally zu ihrem Bruder. »Na ja, abgesehen von Henry und Sarah. Die streiten ständig.«

»Noah streitet auch gerne«, sagte Brianna.

Sarah schnaubte verächtlich. »Er kann höchstens davon *träumen* so zu streiten wie ich.«

»Niemand wünscht sich so zu sein wie du«, sagte Ally.

Damit war das Wortgefecht in vollem Gange. Brianna lehnte sich zurück und hörte amüsiert zu. Sie war wirklich dankbar, dass sie aufgehört hatten, sie nach Noah auszufragen.

Vorerst, jedenfalls.

»Erzähl mir von der Lasagne-Köchin«, bat Izzy.

»Nicht, bevor du mir sagst, warum Cabot die Nacht hier verbracht hat.«

Cabot war mit ihrer Mutter in die Cafeteria gegangen, um Kaffee zu holen, so dass Noah mit Izzy alleine war.

»Du zuerst«, sagte Izzy. »Ich bin verletzt, ich darf bestimmen.«

»O Mann, willst du jetzt ewig darauf herumreiten, dass du verletzt bist?« Noah freute sich sehr, dass sie viel besser aussah als am Vortag, auch wenn die Blutergüsse auf ihrem Gesicht einen aggressiven Lilaton angenommen hatten.

»Wenn ich damit an Informationen komme. Schieß los.«

»Da gibt es nichts zu erzählen. Wir sind befreundet.«

»Du, Noah Coleman, bist nicht mit Frauen *befreundet.*«

»Doch, bin ich.«

»Ach ja? Mit wem denn so zum Beispiel?«

Die einzige Frau, an die er denken konnte, war die Freundin, mit der er ab und zu Sex hatte. Izzy wusste nichts von ihr, und das sollte auch so bleiben. »Kennst du nicht.«

»Versuch das mit jemandem, der dich nicht so gut kennt wie ich. Du warst noch nie mit einer Frau befreundet, von der du nicht mehr wolltest.«

»War ich doch! Auf dem College war ich mit Frauen befreundet!«

»Und wann hattest du zuletzt Kontakt zu einer von denen?«

»Weiß ich nicht.«

»Statt dich mit mir über deine nicht vorhandenen Freundinnen zu streiten, erzähl mir lieber von der Lasagne-Köchin. Alle haben gesagt, sie ist sehr hübsch, und dass die Lasagne so lecker war.«

»Das stimmt alles.«

»Und?«

»Und nichts. Wir arbeiten zusammen.«

»Wenn das alles ist, warum sollte sie für deine riesengroße Familie Abendessen kochen?«

»Weil sie Mitleid mit uns hatte, als sie gehört hat, dass

meine Schwester von der Straße abgekommen und auf der Intensivstation gelandet ist.«

»Ich habe gehört, es gab nicht nur Lasagne, sondern auch noch Nachtisch und Salat und Knoblauchbrot.«

»Und?«

»Ich bin ja selbst eine Frau, und ich kann dir sagen, dass die meisten sich nicht so viel Mühe für jemanden machen würden, den sie kaum kennen. Außer, es besteht ein gewisses Interesse.«

»Was kostet mich dieser Einblick in die weibliche Psyche?«

»Nichts. Weil du es bist. Familienrabatt.«

Noah lachte leise. »Es ist wirklich schön zu sehen, dass es dir besser geht, auch wenn du versuchst, meine Freundschaft mit einer Arbeitskollegin unter die Lupe zu nehmen. Also, du bist dran. Was macht Cabot hier?«

»Ich bin mir nicht ganz sicher. Er ist gestern Abend aufgetaucht. Hat gesagt, er sei aus New Jersey hergefahren, als er gehört hat, dass ich im Krankenhaus bin. Er hatte da ein Meeting.«

»Das ist ganz schön nett für jemanden, der nicht dein fester Freund oder Verlobter ist. Ist er nicht, oder?«

»Nein. Wir sind nur befreundet.«

»Hm. Und er ist für jemanden, mit dem er nur befreundet ist, von New Jersey nach Vermont gefahren. Das klingt für mich nach mehr als Freundschaft.«

»Was weißt du schon darüber? Du hast mich gebraucht, um dir zu sagen, dass die Lasagne-Köchin nicht für deine ganze Familie Lasagne kochen würde, wenn sie nicht auf dich stehen würde.«

»Du hältst dich wirklich für schlau, oder?«

»Ich weiß, dass ich schlau bin.«

»Da es dir offensichtlich gut geht, sollte ich jetzt gehen und sie vor den anderen im Wartezimmer retten.«

»Moment mal. Sie ist *hier?* Hol sie! Ich will sie kennenlernen!«

»Du bist krank. Du brauchst Ruhe.«

»Los. Hol sie. *Jetzt!*«

Noah ging grummelnd zur Tür. »Hätte ich doch nur die Klappe gehalten.«

»Hey, Noah?«

»Ja, Izzy?«

»Sie würde auch nicht deine Schwester im Krankenhaus besuchen, wenn sie nicht auf dich stehen würde.«

»Sie brauchte Ablenkung.«

»Sie ist mitgekommen, weil sie auf dich steht. Bist du wirklich so blöd? Moment, beantworte die Frage nicht. Ich übernehme das für dich. Du *bist* so blöd.«

»Ich war ja froh, dass du bei dem Unfall nicht mehr abbekommen hast.«

»Und jetzt?«

»Immer noch froh. Irgendwie.«

Izzy lachte, und er ging Brianna holen, obwohl er sich sicher war, dass er das später bereuen würde.

Sie lächelte, als sie ihn kommen sah, und er fing an, sich zu fragen, ob Izzy wohl recht hatte. Brianna gab zwar nicht zu, dass sie auf ihn stand, aber ihr Verhalten war ziemlich eindeutig.

»Wie geht es ihr?«

»Viel besser. Und sie möchte dich kennenlernen.«

»Habt ihr über mich geredet?«

»Nein, sie hat über dich geredet. Sie hat von der Lasagne gehört. Sie nennt dich übrigens immer die Lasagne-Köchin.«

»Es war eine gute Lasagne«, sagte Ally. »Und außerdem haben wir hier über dich gelästert, während ihr da drin gewesen seid.«

»Was habe ich mir nur dabei gedacht, dich mit hierherzubringen?«, fragte Noah Brianna.

»Das haben wir uns auch gefragt.« Sarah grinste von einem Ohr zum anderen. »Die Colemans sind doch ohnehin immer das reinste Hornissennest. Und wir sind noch schlimmer als sonst, wenn wir nichts anderes tun können als rumsitzen und Zeit totschlagen.«

»Sieht aus, als würde ich dich gerade noch rechtzeitig aus dem Hornissennest retten.« Noah nahm Brianna mit aus dem Wartezimmer und zeigte auf Izzys Tür.

»Wir sind den ganzen Tag lang hier«, rief Nessa hinter ihnen her. »Du kannst wiederkommen und uns noch mehr über Noah erzählen, wenn du bei Izzy warst.«

»Ich hab ihnen überhaupt nichts gesagt«, flüsterte Brianna.

»Ich weiß.«

»Aber du solltest ihnen was erzählen. Sie machen sich

Sorgen um dich, seit du dich von deiner Frau getrennt hast.«

»Wirklich?«

»M-hm.«

»Ich denke darüber nach.«

17

»Der Schmerz ist das, was meistens das Leben ausmacht.
Und ich glaube, je größer der Schmerz ist,
desto mehr Gottheiten brauchen wir.«
John Lennon

Noah hielt die Tür zu Izzys Zimmer auf und ließ Brianna als Erstes eintreten. »Izzy, das hier ist Brianna. Bri, das ist Izzy. Ich entschuldige mich im Voraus für alles, was sie sagen könnte.«

»Komm näher, damit ich dich sehen kann«, sagte Izzy.

»Sie kann dich sehr gut sehen.« Noah hatte nicht ausreichend darüber nachgedacht, welche Konsequenzen es mit sich brachte, wenn er Brianna mit ins Krankenhaus nahm. Es war nur natürlich, dass seine Familie voreilige Schlüsse ziehen würde, wenn sie sie an zwei aufeinanderfolgenden Tagen mit ihm sah. Er hatte schon genug damit zu tun, was er selbst für Schlüsse deswegen zog.

»Es freut mich so, dass es dir besser geht«, sagte Brianna.

»Mir tut immer noch alles weh, aber zumindest ein bisschen weniger als gestern.«

»Das ist gut.«

»Das ist gut.«

»Also, ich habe gehört, dass du richtig gut kochen kannst.«

»Das weiß ich gar nicht so genau.«

»Meine ganze Familie redet nur noch von deiner Lasagne.«

»Ich mach welche für dich, wenn du aus dem Krankenhaus kommst.«

»Ich freue mich schon!«

»Ich habe deine Arbeiten gesehen. In dem Haus, das ich gemietet habe, liegt ein Buch über dich. Wirklich beeindruckend.«

»Danke, das ist nett von dir.«

»Ich hatte das Gefühl, dass ich ganz Vermont gesehen habe, nachdem ich das Buch durchgeblättert hatte.«

»Vermont wird einfach nie langweilig.«

»Es ist wunderschön. Vor allem die Farben im Herbst.«

»Dann musst du im Herbst wiederkommen, damit du es mit eigenen Augen siehst.«

»Das wäre toll.«

»Was macht denn ein so überaus nettes Mädchen wie du mit meinem bescheuerten Bruder?«

Brianna musste über Noahs Gesichtsausdruck lachen.

»Sie denkt, sie kann jetzt frech werden, weil sie fast gestorben ist«, sagte Noah. »Aber sobald sie hier raus ist, wird alles wieder wie früher.«

»Sie wollen mich in eine Rehaklinik schicken.« Izzy runzelte die Stirn. »Ich kann nicht alleine nach Hause.«

»Ich kann bei dir bleiben«, sagte Cabot, der in der Tür aufgetaucht war. »Du musst nicht in die Klinik.«

»Oh, ähm …«

Noah hatte noch nicht oft erlebt, dass Izzy sprachlos war. Sie war die selbstbewussteste, souveränste Frau, die er kannte. »Hat da etwa jemand einen Freund?«, sagte er gespielt entrüstet.

»Und jemand anderes hat eine Freundin«, zischte Izzy zurück.

»Cabot, das hier ist Brianna«, sagte Noah. »Brianna, Cabot.«

Er schüttelte ihr die Hand. »Schön, dich kennenzulernen, Brianna.«

»Ebenso. Es gibt so viele von euch. Ich brauche unbedingt einen Stammbaum oder so etwas.«

»Streng genommen gehört er gar nicht zur Familie Coleman«, sagte Noah. »Er ist der Schwiegervater unseres Cousins Wade.«

»Das ist hilfreich«, sagte Brianna.

»Meine Tochter Mia ist mit ihrem Cousin Wade verheiratet«, erklärte Cabot. »Ich habe Izzy und die anderen Colemans letzten Sommer auf ihrer Hochzeit kennengelernt.«

»Ah, verstehe.«

»Du musst in keine Rehaklinik«, sagte Cabot zu Izzy. »Ich kann mich zu Hause um dich kümmern.«

»Du hast doch Arbeit. Und so.«

»Nichts, was ich nicht auch von hier erledigen kann.«

Noah fand es wirklich interessant, dass Cabots Angebot Izzy so aus der Bahn zu werfen schien. Wenn er Cabot doch nur ein kleines bisschen besser kennen würde. Dann hätte Noah Izzy vielleicht die Sticheleien über ihn und Brianna heimgezahlt. Aber er wollte Cabot nicht bloßstellen, selbst wenn es lustig gewesen wäre, über seine Schwester herzuziehen. Nach dem ganzen Mist, den sie ihm vorher an den Kopf geworfen hatte, hätte sie es wirklich verdient.

»Wir sollten wohl mal los«, sagte Noah. »Dann könnt ihr euch unterhalten.«

»Ihr müsst nicht gehen.« Izzy schien fast verzweifelt zu wollen, dass sie blieben.

Was war hier los?

Seine Mutter kam mit einem Kaffeebecher in der Hand ins Zimmer. »Oh, hi, Noah. Ich habe gehört, dass du mit Brianna hier bist. Schön, dich wiederzusehen, Brianna.«

»Danke, freut mich auch, Hannah.«

»Wir wollten gerade gehen.« Noah beugte sich über Izzy und gab ihr einen Kuss auf die Wange. »Ich komme morgen wieder.«

»Aber es wird doch gerade erst interessant«, sagte Izzy. »Du hast eine Frau mitgebracht, um mich im Krankenhaus zu besuchen. Das sind riesengroße Neuigkeiten.«

»Das hier ist kein Date. Wir hatten etwas zu erledigen und sind auf dem Rückweg vorbeigekommen. Sag es ihr, Bri. Es ist kein Date.«

»Ich dachte, es ist ein Date.«

Noah starrte sie schockiert an, bis sie anfing zu lachen.

»O mein Gott, dein Gesicht!« Brianna wischte sich die Lachtränen aus den Augen.

Seine Mutter prustete los. »Nicht schlecht, Brianna.«

»Ich mag diese Frau wirklich, *wirklich* gerne«, sagte Izzy. »Ich mag sie echt gerne.«

Er mochte sie auch, selbst wenn sie sich Späße auf seine Kosten erlaubte. »Jetzt, da ihr euch eingehend über mich lustig gemacht habt, können wir ja fahren.«

»Besuch mich bald wieder, Brianna«, sagte Izzy.

»Mache ich.«

»Ich auch«, sagte Noah.

»Nur, wenn du sie mitbringst. Sonst kannst du es gleich lassen.«

Brianna lachte noch immer, als sie den Flur entlangliefen. »Ich wünschte, ich hätte ein Foto von dir in dem Moment, als ich das mit dem Date gesagt habe. Nicht, dass ich diesen Gesichtsausdruck je vergessen würde. Einfach unbezahlbar. Und übrigens: Deine Familie ist wirklich großartig.«

»Ich kann sie nicht ausstehen.«

»Wen kannst du nicht ausstehen?« Ally kam mit einer Flasche Cola Zero von den Verkaufsautomaten zurück.

»Dich und deine Schwestern und die meisten deiner Brüder. Gray ist in Ordnung. Der Rest von euch nervt ununterbrochen.«

»Ich nehme an, Izzy wollte wissen, warum du mit Brianna hier bist?«

»Ja, und Brianna war gemein zu mir.«

»War ich nicht. Ich hab mir nur einen Scherz erlaubt!«

Noah zuckte die Achseln und gab sich beleidigt, auch wenn er in Wirklichkeit sehr froh darüber war, wie gut sie sich auf Anhieb mit Izzy und den anderen verstanden hatte. Die Colemans konnten schon mal schwierig sein, aber Brianna schien sich perfekt einzufügen. Die sagenumwobene Lasagne hatte ihr den Weg geebnet, aber auch sonst hatte sie sich gut geschlagen.

Ally fasste Brianna beim Arm. »Verrate mir, was du gesagt hast.«

Noah zog sie aus den Klauen seiner Schwester und zum Aufzug. »Wir fahren. Jetzt. Frag Izzy, wenn du so neugierig bist.«

»O ja, das werde ich. Wir sehen uns zu Hause, Noah.«

»Verdammte Nervensägen«, murmelte er auf der Fahrt zum Eingangsbereich.

»Du liebst sie.«

»Manchmal.«

»Immer.«

»Wenn du das sagst.«

»Sage ich.« Sie warf ihm einen Seitenblick zu. »Tut mir leid, dass ich mich mit deiner Schwester gegen dich verschworen habe.«

»Das tut dir so was von überhaupt nicht leid.«

»Ja, stimmt.« Sie lachte wieder. »Dein Gesicht! Unfassbar.«

Er hielt ihr die Beifahrertür auf. »Steig ein und halt die Klappe.«

»Hey, Noah?«

Er hielt sich am Türrahmen fest. »Ja, Brianna?«

»Danke, dass du mich zum Lachen gebracht hast. Vor ein paar Stunden hätte ich nicht gedacht, dass ich heute noch lachen kann.«

»Ich war sehr gerne der Gegenstand deines kleinen Scherzes, wenn dich das von anderen Sachen abgelenkt hat.«

»Hat es.«

»Gut.«

Sie schaute mit einem sehr süßen, fragenden Gesichtsausdruck zu ihm hinunter. »Der kleine Scherz war also lustig, oder?«

Sie war unglaublich süß, und er mochte sie mit jeder Minute mehr. »Nein.«

»Doch!«

»Nicht mal ein bisschen.«

»Ach, komm schon!«

Er grinste. »Das ist meine endgültige Antwort.« Er schloss die Tür, um seine Aussage zu unterstreichen, und ging um den Truck herum zur Fahrerseite. Es schneite viel stärker, als er gedacht hatte. Er würde langsam fahren müssen … Und das war in Ordnung. Es bedeutete mehr Zeit mit ihr.

Mehr Zeit mit ihr war genau das, was er wollte. So viel er nur haben konnte. Sie würden viel zu schnell mit dem Hotel fertig sein, und dann würde sie zu ihrem Leben in Boston zurückkehren. Der Gedanke, dass sie weggehen und er zu seinem tristen Leben zurückkehren müsste, versetzte ihn mit einem Mal in Panik.

Er hielt das Lenkrad ein bisschen fester. Er dachte an die rutschigen Straßen, aber auch die völlig unerwartete, rasante Kehrtwende, die seine Gefühle für Brianna gemacht hatten. Vor nur ein paar Tagen hätte er gesagt, dass er sie nicht mochte, aber das hatte selbst damals nicht gestimmt. Er hatte es nicht gemocht, wie er sich fühlte, wenn er mit ihr zusammen war. Unsicher, nervös, erregt – und das während der Arbeit. So etwas konnte er beim größten Auftrag seiner Berufslaufbahn absolut nicht gebrauchen.

Also hatte er die ganze Zeit mit ihr gestritten. Er hatte gehofft, dass, wenn er sie nur genug nervte – und umgekehrt sie ihn –, er gar nicht erst in Versuchung kommen würde, der Anziehung zwischen ihnen nachzugeben. Sie hatte ihn so beschäftigt, dass er sich kaum auf die tausend Kleinigkeiten hatte konzentrieren können, für die er verantwortlich war.

Und dann hatte Mrs. H. sich eingemischt, wahrscheinlich mit Hilfe seines Großvaters, und alles hatte sich verändert. Gestern Abend hatte Brianna ihm klargemacht, dass aus der Sache zwischen ihnen nicht mehr als Freundschaft werden durfte. Er war einverstanden gewesen, aber sollte er nicht besser ehrlich zu ihr sein und ihr sagen, was er wirklich fühlte.

Bist du dir da sicher, Kumpel? Du könntest auch nichts sagen und dafür sorgen, dass alles so bleibt, wie es war, bevor sie hergekommen ist. Wir kommen schon zurecht, wenn sie wieder weg ist.

Aber ist das hier nicht so viel besser, mit ihr zu lachen und sie zum Lachen zu bringen, als die ganze Zeit alleine zu sein?

Ja, schon, aber vergiss nicht, was passieren kann, wenn du jemand anderem die Macht gibst, dich zu verletzen.

Brianna würde nie tun, was Mel getan hat. Sie weiß, wie sich das anfühlt. Sie würde nie jemanden so behandeln, dem sie wichtig ist.

Okay, dann wird sie dich vielleicht nicht betrügen, aber das bedeutet nicht, dass es nicht schlimm enden kann.

»Noah.«

Er riss sich von seinem Selbstgespräch los und bemerkte, dass sie mit ihm gesprochen hatte. »Tut mir leid. Was hast du gesagt?«

»Ich habe gefragt, ob wir von dieser Straße abstürzen könnten.«

»Nein, die hier hat eine Leitplanke.«

»Warum hatte die Straße, auf der Izzy ihren Unfall hatte, keine?«

»Es gab dort mal eine, aber dann sind so viele Leute dagegen gefahren, dass sie abgefallen ist. Ich glaube, sie sollte im Frühling erneuert werden.«

»Gibt es so was wie eine Karte von der Gegend, auf der man all die Stellen finden kann, wo man hier einfach mal so in den Tod stürzen kann?«

Noah lachte. »Nicht, dass ich wüsste, aber ich kann dir die Stellen zeigen.«

»Das wäre toll. Was ist das für eine Geschichte mit Izzy und Cabot?«

»Ehrlich gesagt weiß ich das nicht genau. Sie sind sich

auf Mias Hochzeit nähergekommen, aber ich war mir nicht sicher, ob mehr daraus wird.«

»Und jetzt sitzt er bei ihr im Krankenhaus und bietet an, sie gesundzupflegen. Klingt irgendwie, als wäre da mehr.«

»Vielleicht.«

»Magst du ihn?«

»Ich kenne ihn nicht besonders gut, aber er scheint ein netter Kerl zu sein. Du wirst nicht glauben, was ihm und seiner Tochter passiert ist.« Noah erzählte ihr, wie Mia ihren lange verschollenen Vater wiedergefunden hatte. »Ich muss dir wahrscheinlich nicht sagen, dass er überglücklich war, sie wieder in seinem Leben zu haben. Er hat für sie und Wade eine riesige Hochzeitsfeier ausgerichtet.«

»Wie ätzend von seiner Exfrau. Wie konnte sie ihm und Mia das nur antun?«

»Wirklich unglaublich.«

»Sag mir, dass sie sie vor Gericht verurteilt haben.«

»Cabot hat auf eine Anklage verzichtet, weil er nicht wollte, dass Mia ein langwieriges Gerichtsverfahren durchmachen muss, aber seine Wut sitzt sicher tief.«

»Ich würde definitiv verrückt werden, wenn jemand mir das antun würde. Ich sage ständig, wie dankbar ich bin, dass Rem und ich keine Kinder hatten. Nicht, dass wir es nicht versucht hätten, aber nach allem, was ich weiß, hat er mir auch das nur vorgemacht und hatte eigentlich eine Vasektomie. Ich will mir gar nicht vorstellen, dass ein unschuldiges Kind mit in diesem ganzen Schlamassel stecken könnte.«

»Das verstehe ich nur zu gut. Ich dachte, ich wollte

Kinder mit Mel, aber ich bin so froh, dass es nie dazu gekommen ist.«

»Habt ihr es versucht?«

»Das dachte ich, aber wie du schon gesagt hast, wer weiß? Wahrscheinlich hat sie die Pille genommen oder sonst wie verhütet, während sie mir vorgespielt hat, traurig darüber zu sein, dass sie nicht schwanger wurde. So, wie das alles ausgegangen ist, ist es wirklich ein Segen, dass es nicht geklappt hat.«

»Ich frage mich einfach immer wieder, warum Menschen gerade denen, die sie lieben, so etwas antun. Echte Liebe ist so selten, und dass jemand dann so leichtfertig damit umgeht … Das ergibt einfach überhaupt keinen Sinn.«

»Das habe ich mich auch oft gefragt, vor allem, als mein Dad meine Mom mit acht Kindern sitzengelassen hat.«

»Das ist unfassbar.«

»Es war ziemlich schlimm. Mein Dad war derjenige, der das meiste Geld verdient hat. Ohne seine Unterstützung war es schwer, über die Runden zu kommen.«

»Und niemand hat ihn dazu gebracht, sich zu beteiligen?«

»Doch, das Gericht, aber nur mit der kleinstmöglichen Summe. Nicht annähernd genug für eine neunköpfige Familie. Gray, Izzy, Nessa und ich haben angefangen zu arbeiten. Dabei waren wir eigentlich noch viel zu jung, um uns Sorgen darüber zu machen, wie das Essen auf den Tisch kommt oder wann unsere Geschwister aus ihren Klamotten herauswachsen würden.«

»Es ist wirklich schrecklich, was er euch angetan hat.«

»Wir glauben, dass er irgendwelche psychischen Probleme hatte. Wahrscheinlich werden wir es nie sicher wissen. Und das Krasseste weißt du noch gar nicht. Vor etwa einem Jahr bin ich ihm zufällig begegnet, und er hat gesagt, dass er vorhatte, den Kontakt zu uns zu suchen.«

»Hast du ihm das geglaubt?«

»Ja, weil er nämlich krank war und eine Knochenmarkspende brauchte. Er wollte, dass wir uns testen lassen.«

Sie wirbelte auf ihrem Sitz herum und starrte ihn an. »Ist das dein Ernst? Ich hoffe, ihr habt ihm gesagt, er soll sich zum Teufel scheren.«

»Das hätten wir eigentlich gerne gemacht, aber dann war es uns doch wichtiger, nicht für seinen Tod verantwortlich zu sein. Gray war passend für eine Spende, und er hat es gemacht. Seitdem haben wir nicht viel von ihm gehört, außer, dass es ihm jetzt wieder besser geht.«

»Wow. Man muss schon ganz schön dreist sein, um die eigenen Kinder, die man im Stich gelassen hat, um so etwas zu bitten.«

»Ja. Alle waren ziemlich wütend deswegen. Ich habe gesagt, wir sollten es einfach hinter uns bringen und danach weitermachen wie gehabt. Auf diese Weise müssten wir zumindest kein schlechtes Gewissen haben, falls er stirbt.«

»Damit hast du mehr Charakter bewiesen, als die meisten in dieser Situation gehabt hätten.«

»Er ist immer noch unser Vater, auch wenn wir nichts mit ihm zu tun haben wollen.«

»Habt ihr ihn wegen Izzy angerufen?«

»Ja. Er hat gesagt, er wolle sie besuchen, aber anscheinend ist er noch nicht aufgetaucht. Ich hätte sicher davon gehört, wenn er gekommen wäre.«

»Ich hoffe, er schämt sich für das, was er dir und deiner Familie angetan hat. Ich hoffe, er hat deswegen keine ruhige Minute. Und falls du dich das fragst: Ich hätte so etwas nie über einen anderen Menschen gesagt, bis es mir selbst passiert ist.«

»Glaub mir, das verstehe ich nur zu gut.«

»Es ist schön, mit jemandem zu reden, der mit mir mitfühlen kann. Zu Hause ist es wirklich seltsam. Meine Familie fand Rem ganz toll und konnte nicht glauben, dass das, was ich ihnen über ihn erzählt habe, wahr ist. Seine Eltern haben alles verdrängt, bis ich ihnen beweisen konnte, dass er sie bestohlen hat.«

»Wie hast du das gemacht?«

»Er hatte Zugang zu einem ihrer Konten. Sie hatten ihren Kindern jeweils Zugang zu verschiedenen Sachen gegeben, damit es so unkompliziert wie möglich wird, falls ihnen etwas passiert. Ich habe mich in seinem Namen eingeloggt und konnte beweisen, dass er seit Jahren Geld von dem Konto abgehoben hatte. Kleine Beträge, die an sich niemanden misstrauisch machen würden, aber insgesamt über fünfundzwanzigtausend Dollar. Danach waren sie komplett auf meiner Seite.«

»Er hat seine Eltern beklaut? Was für ein Arschloch.«

»Und das war lange nicht das Schlimmste. Das Schlimmste war das Gaslighting. Er hat es wirklich geschafft, mich zu überzeugen, dass ich mir diese Dinge nur einbilde. Wenn ich ihn damit konfrontiert habe, dass er mich anlügt und betrügt und beklaut, dann hat er immer solche Sachen gesagt wie: ›Ach, komm schon, Baby, du kennst mich doch. Du weißt doch, wie sehr ich dich liebe. Ich würde dir doch nie weh tun.‹ Ich wollte so sehr, dass es wahr ist, dass ich selbst an eindeutigen Beweisen gezweifelt habe. Beweise, dass er mich anlog. Und trotzdem. Das Gefühl, dass ich verrückt werden könnte, war schlimmer als alles andere.«

Noah hörte ihr aufmerksam zu, schaute dabei aber konzentriert auf die Straße, damit sie nicht bei Izzy im Krankenhaus landeten. »Das muss furchtbar gewesen sein.«

»War es, und ich weiß gar nicht genau, warum ich schon wieder darüber rede. Du musst es längst satthaben, diese Sachen über meinen Ex zu hören.«

»Ich höre dir gerne zu, und es tut mir wirklich leid, was er dir angetan hat. Ich hoffe, er bereut, dass er dich verloren hat.«

»Er kann keine Reue empfinden. Das ist eines der Merkmale seiner Krankheit. Er kann mit niemandem Mitgefühl haben. Nur mit sich selbst. Na ja, egal. Genug davon. Ich bin wirklich gut darin, die Stimmung zu verderben, oder?«

»Alles gut. Ich möchte nicht, dass du je das Gefühl hast, dass du mit mir nicht darüber sprechen kannst, was du mit ihm durchgemacht hast. Was du immer noch durchmachst. Ich kann nicht fassen, dass er es wagt, dich zu verklagen. Nach all dem.«

»Ich weiß. Aber heute Nachmittag mit dir und deiner Familie zusammen zu sein hat mir wirklich geholfen, Noah. Ich wäre ein Wrack, wenn ich direkt nach Hause gefahren wäre und den Abend allein mit meinen düsteren Gedanken verbracht hätte.«

»Freut mich, dass wir dir helfen konnten.«

»Die Colemans sind eine tolle Ablenkung.«

»Wie sehr haben meine Schwestern versucht, dich auszufragen?«

»Sie waren ziemlich clever, aber ich war cleverer. Ich bin ausgewichen.«

»Gut gemacht. Das ist gar nicht so einfach.«

»Sie machen sich Sorgen um dich.«

»Ich wünschte, sie würden es lassen. Mir geht es gut.«

»Aber stimmt das eigentlich? Geht es irgendjemandem wirklich gut?«

»Also diese Woche geht es mir jedenfalls besser als seit langem.«

»Wirklich?«

Er bog in ihre Einfahrt ein und machte den Motor aus, bevor er sich zu ihr umdrehte. »Ja, wirklich.«

»Mir auch.«

»Schon komisch, oder? Dass man plötzlich auf eine verwandte Seele trifft, obwohl man gar nicht damit gerechnet hat.«

»Ja, stimmt. Ein Beweis, dass wir uns Zeit nehmen sollten, die Menschen wirklich kennenzulernen, bevor wir über sie urteilen.«

Noah grinste sie an. »Hast du über mich geurteilt?«

»Allerdings.«

Er lachte. »Das verdiene ich. Sobald Mrs. H eine Architektin aus Boston erwähnt hat, wollte ich den Job nicht mehr.«

»Wirklich?«

»Ganz im Ernst. Architekten nerven sowieso immer, und du warst da keine Ausnahme.«

Sie stammelte vor Entrüstung. »Du hast genervt. Nicht ich.«

»Nein, du hast genervt. Dermaßen übertrieben mit deinem Kontrollwahn und deinen Plänen und den unglaublich kleinschrittigen Anweisungen. Und deiner verdammt spitzen Zunge.«

»Wenn ich mich richtig erinnere, fandest du meine Zunge letztens ganz in Ordnung.«

Und so schnell war er steinhart für sie. »Ich habe meine Meinung zu deiner Zunge geändert, das stimmt allerdings.«

Sie lachte leise. »Kommst du mit rein?«

Er sollte wirklich nach Hause fahren. Wenn er nicht nach Hause fuhr, würden seine Geschwister noch mehr über ihn und Brianna herfallen, als sie das ohnehin schon taten. Aber das Letzte, was er tun wollte, wenn Brianna ihm anbot, mehr Zeit mit ihr zu verbringen, war, nach Hause zu fahren.

»Ja«, sagte er. »Ich komme mit rein.«

18

»Herzen brechen, aber sie leben trotzdem weiter.«
Lord Byron

Hunter konnte nicht aufhören, das winzige Gesichtchen anzustarren, das sein Herz komplett erfüllte, seit er seinen Sohn zum ersten Mal gesehen hatte.

Carson.

Er hatte einen Sohn namens *Carson.*

Er war ein emotionales Wrack, und zwar seit dem Moment, in dem Noah in sein Büro gestürmt war. Jetzt, Stunden später, waren Megan und Carson zu Hause angekommen, und sie gewöhnten sich an ihr neues Leben als Familie.

»Er ist wunderschön, mein Sohn«, sagte Hunters Vater Lincoln. »Er sieht genauso aus, wie du als Baby ausgesehen hast.«

»Der arme Kleine«, sagte Hunters Zwillingsschwester Hannah.

»Rede bloß nicht schlecht über meinen gutaussehenden Ehemann«, meldete sich Megan von der Couch zu Wort.

»Wenn ich nicht schlecht über ihn rede, wer soll es denn sonst machen?«

Seine Schwester war sofort gekommen, als Hunter sie

angerufen und ihr erzählt hatte, dass das Baby zur Welt gekommen war. Im Diner. Darüber würde er nie hinwegkommen. All ihre Pläne und Vorbereitungen für nichts. Ihr Sohn hatte seine eigenen Vorstellungen gehabt, und Hunter hatte bereits gelernt, dass der kleine Kerl von nun an das Sagen hatte. Er hatte an einem einzigen schicksalsschweren Tag ihr gesamtes Leben in Beschlag genommen.

»Ich kann es nicht erwarten, Carson Callie vorzustellen«, sagte Hannah.

»Du hättest sie heute mitbringen können«, sagte Hunter.

»Sie war nicht gut drauf, und sie hat eine Laufnase. Wir warten, bis wir sicher sind, dass sie nicht krank wird, bevor wir sie herbringen.«

»Wie um alles in der Welt hast du das nur zehnmal durchgestanden, Molly?«, fragte Hannah.

»Genau genommen war es nur achtmal.«

»Acht.« Megan stöhnte und versuchte, sich bequemer hinzulegen. »Ich habe völlig neuen Respekt davor, Zwillinge auf die Welt zu bringen. Ich verneige mich vor dir.«

»Ich bin mir sicher, dass die nächsten sieben leichter werden.« Hunter grinste seine Frau an. Er hatte sie noch nie mehr geliebt als heute, an dem Tag, an dem sie ihm seinen wunderschönen Sohn geschenkt hatte.

»Schlag dir das schnell aus dem Kopf«, gab Megan zurück. »Carson kann sich glücklich schätzen, wenn er ein Geschwisterchen bekommt. Neun kommen nicht in Frage.«

»Du vergisst es«, sagte Molly. »In ein, zwei Wochen, wenn es dir viel besser geht, denkst du gar nicht mehr an die Geburt.«

»Wenn du es sagst.«

»Es stimmt.« Hannah würde im nächsten Monat ihr zweites Kind bekommen. »Ich bin so vernarrt in die kleine Callie, dass ich kaum mehr über die Geburt nachdenke. Obwohl es wieder mehr wird, je näher Baby Nummer zwei rückt.«

»Willst du ihn mal halten, Gramps?«, fragte Hunter Elmer.

»Sehr gerne.« Elmer setzte sich und nahm das Baby entgegen. »Hallo, mein kleiner Freund. Wie läuft es denn so an deinem ersten Tag hier draußen?«

»Sag uns, was er zu berichten hat«, sagte Megan. »Wir schreiben es in sein Babyalbum.«

»Bisher ist er sehr zufrieden mit der Unterkunft und dem Getränkeservice«, sagte Elmer.

Hunter, der neben seiner Frau saß, drückte ihre Hand und lächelte. Sein Gesicht tat ihm weh vom vielen Lächeln. Megans Ärztin war vorbeigekommen, hatte Megan und Carson ausgiebig untersucht und für kerngesund befunden, eine große Erleichterung. Er hatte sich Sorgen gemacht, dass sie die Entscheidung, nicht mehr ins Krankenhaus zu fahren, bereuen könnten. Erst jetzt, mehrere Stunden nach der Geburt, fing er langsam an, sich zu entspannen. Die Panik, die ihn erfasst hatte, als Noah ihm gesagt hatte, dass Megan ihn brauchte, war verebbt.

Als Noah später am Nachmittag angerufen hatte, hatte Hunter sich für seine Hilfe bedankt und ihm gesagt, dass er für immer Teil von Carsons Geburtsgeschichte sein würde. Darüber hatte Noah sich gefreut. Zum ersten Mal, seit er morgens aus dem Büro gesprintet war, fragte Hunter sich, ob jemand seinen Computer heruntergefahren hatte. Egal. Was spielte das jetzt schon für eine Rolle? Er hatte sich morgens schon um die Löhne gekümmert, es würden also alle bezahlt werden. Alles andere konnte warten. Ein paar Tage lang wollte er keinen Gedanken an die Arbeit verschwenden. Er hatte so viel Besseres zu tun.

Molly hatte angeboten, bei ihnen zu übernachten, aber er und Megan fanden, dass sie alles gut im Griff hatten. Er hoffte, dass sie auch diese Entscheidung nicht bereuen würden.

»Ich bin nur einen Anruf von euch entfernt, falls ihr mich braucht«, sagte Molly zum Abschied. »Scheut euch nicht, euch bei mir zu melden.« Sie gab allen drei Familienmitgliedern einen Kuss auf die Wange.

»Danke, Mom.« Hunter ging mit ihnen zur Tür und wartete, bis sie weggefahren waren. Dann machte er das Außenlicht aus und schloss ab.

»Der arme Horace weiß nicht, was er mit Carson anfangen soll.« Megan hatte das Baby auf dem einen Arm und kraulte mit der anderen Hand Horace zwischen den Ohren.

Der Hund war traurig, seit sie mit dem Baby nach Hause gekommen waren. Hannah und sein Bruder Will hatten ihnen empfohlen, den Hund an dem Baby riechen und es ablecken zu lassen, damit er es Carson nicht übel nehmen würde, dass er ihn in der Rangordnung der Familie einen Platz nach unten verwiesen hatte.

»Er hat sich an sein Dasein als Einzelkind gewöhnt«, sagte Hunter. »Aber er wird sich umgewöhnen. Bist du bereit fürs Bett?«

»Dermaßen bereit.«

»Okay, ich bringe ihn hoch, dann komme ich dich holen.« Er nahm ihr das Baby ab und ging nach oben, um ihn in das Bettchen, in dem auch schon er und seine Geschwister geschlafen hatten, zu legen. Dann hastete er die Treppe hinunter zu Megan.

Er half ihr vom Sofa auf, ganz langsam, weil er wusste, dass sie Schmerzen hatte.

»Mir tut alles weh.«

»Das tut mir so leid, Schatz. Ich wünschte, es wäre anders.«

»Unser kleiner Sohn ist das mehr als wert.«

»Halt dich an mir fest.« Er hob sie vorsichtig hoch und sorgte dafür, dass sie es in seinen Armen bequem hatte, bevor er sie nach oben trug. »Sieh nach ihm«, sagte sie, sobald er sie im Badezimmer abgesetzt hatte.

Hunter ging zu dem Bettchen neben ihrem Bett und beobachtete, wie sich die Brust des Babys hob und senkte. »Ihm geht es gut.«

Megan kam ein paar Minuten später aus dem Badezimmer. Sie verzog bei jedem Schritt das Gesicht.

Hunter half ihr, sich bequem hinzulegen und schob das Bettchen mit dem kleinen Carson direkt neben sie. »Schlafen Menschen, nachdem sie ein Baby bekommen haben?«, fragte er.

»Ich glaube schon.«

»Wie machen sie das? Ich habe Angst, die Augen zuzumachen. Was, wenn ihm etwas passiert?«

»Ihm passiert nichts.«

»Woher weißt du das?«

»Weil ich seine Mutter bin und so etwas weiß. Leg dich hin und ruh dich aus, solange du noch kannst. Er wacht bald wieder auf.«

Hunter ging zur Toilette und putzte sich die Zähne. Dann legte er sich vorsichtig ins Bett, damit sich die Matratze unter Megan nicht bewegte.

»Komm her.« Sie streckte die Hand nach ihm aus.

»Ich will dir nicht weh tun.«

»Du tust mir weh, wenn du nicht zu mir kommst.«

Er kuschelte sich an sie und legte vorsichtig den Arm um sie.

»Viel besser.«

Er küsste sie aufs Haar. »Ich bin so stolz auf dich, mein Liebling. Du hast das heute unglaublich toll gemacht.«

»Ich fasse es nicht, dass er im Diner auf die Welt gekommen ist.«

Hunter lachte leise. »Na ja, irgendwie passt es auch. Er wird dort sehr viel Zeit verbringen.«

»Er hat schon sehr viel Zeit dort verbracht. Es wundert

mich, dass er nicht nach Röstzwiebeln gerochen hat, als er rausgekommen ist.«

Hunter lachte und küsste sie auf die Wange und dann auf den Mund. »Ich danke dir so sehr für unseren wunderschönen Sohn.«

»Ich danke *dir.* Ohne dich hätte ich das nicht geschafft.«

»Wir haben es zusammen geschafft. Unser bisher bestes gemeinsames Projekt.«

Izzy war sich nicht sicher, was sie von Cabot halten sollte. Er hatte den ganzen Tag über kaum ihr Zimmer verlassen, außer, als er kurz in ein nahegelegenes Hotel gefahren war, um zu duschen und sich umzuziehen. Keine Stunde später war er mit einem Milchshake für sie und einem Kaffee für sich zurückgekommen. Seitdem war er da gewesen, hatte mit ihrer Mutter und Ray geredet, mit ihren Geschwistern, die kamen und gingen, und mit dem Pflegepersonal, von dem ihn die meisten überaus charmant fanden.

»Du hast doch sicher zu tun«, sagte Izzy.

»Alles gut. Ich habe ein tolles Team, das mich vertreten kann.«

»Was genau machst du noch mal?«

»Ich habe mit mehreren Firmen in Boston und sonst wo zu tun.«

»Was sind das für Firmen?«

»Restaurants, Hotels, ein Yachthafen, eine Werft, das

sind ein paar davon. Ich sitze auch noch im Stadtrat von Boston.«

»Das ist echt viel.«

»So bleibe ich beschäftigt und kann nicht zu sehr über alles nachdenken.«

»Ich muss mich um meine Aufträge kümmern.« Das war ihre größte Sorge gewesen, seit sie wusste, wie schlimm ihre Verletzungen waren. »Ich bin für das ganze nächste Jahr komplett ausgebucht, ab dem nächsten Monat. Ich sollte allen so schnell wie möglich Bescheid geben, dass ich nicht arbeiten kann.« Es machte sie traurig, das tun zu müssen. Es hatte ein ganzes Jahrzehnt gedauert, bis sie ihr Hobby – die Fotografie – zu ihrem Beruf gemacht hatte und ihren Lebensunterhalt mit dem bestreiten konnte, was sie liebte. »Das ist die Kehrseite der Soloselbständigkeit. Es gibt keine Absicherung gegen Krankheit oder Unfälle.«

»Wie kann ich dir helfen?«

»Hast du Lust, ein paar Nachrichten für mich zu schreiben?« Der dicke Gips an ihrem linken Arm machte es ihr so gut wie unmöglich, ihr Handy zu bedienen.

»Ja, klar.« Cabot nahm das Handy vom Netzteil und setzte sich auf den Stuhl neben Izzys Bett.

Während der nächsten Stunde diktierte sie ihm unzählige Textnachrichten und teilte der Kundschaft ihrer nächsten Aufträge mit, dass sie einen Unfall gehabt hatte und nicht arbeiten konnte.

Die Antworten kamen unglaublich schnell, und Cabot las sie ihr vor und antwortete dann für sie.

»Nur gute Wünsche, dass es dir schnell wieder besser geht«, sagte er.

»Da bin ich erleichtert. All die Jahre im Geschäft, und ein einziger Unfall macht alles kaputt.«

»Hier, hör mal, was diese Frau schreibt: ›Sie sind Isabella Coleman. Da lohnt es sich zu warten!‹ Ich könnte ihr gar nicht mehr zustimmen. Deine Fotos sind atemberaubend. Sie wären verrückt, wenn sie sich das entgehen lassen würden.«

»Danke. Freut mich, dass dir meine Arbeit gefällt.«

»Ich finde sie großartig. Nachdem du mir davon erzählt hast, habe ich gleich dein Buch bestellt. Ich schaue es ständig an.«

Jetzt war Izzy noch verwirrter als vorher. Er verhielt sich wie ein Mann, der ernsthaft Interesse an ihr hatte, und trotzdem hatte er sich erst gemeldet, als sie im Krankenhaus gelandet war. Jetzt hatte er sogar angeboten, sein komplettes Leben zu unterbrechen, um sich um sie zu kümmern, wenn sie aus dem Krankenhaus kam. Irgendwann würden sie darüber sprechen müssen, was das alles zu bedeuten hatte.

Nicht jetzt. Aber bald.

Noah folgte Brianna ins Haus. Er freute sich mehr, als er das wahrscheinlich hätte tun sollen, weil er weiterhin Zeit mit ihr verbringen konnte.

»Was willst du trinken?«, fragte sie.

»Was hast du denn?«

»Wodka, Zitronenlimo, Wasser, Kaffee, Kakao.«

»Wodka Lemon?«

»Krieg ich hin.«

Noah trank normalerweise keinen Wodka, aber wenn er dafür mit Brianna zusammen sein konnte, machte er gerne eine Ausnahme. Und wann genau war es eigentlich so wichtig für ihn geworden, Zeit mit ihr zu verbringen?

Du weißt ganz genau, wann. Noah dachte an den Abend im Schweinebauch, als aus einer nervigen Fremden jemand geworden war, den er gerne besser kennenlernen wollte.

Sie brachte die Drinks und setzte sich neben ihn aufs Sofa. Sie hatte jedes Glas mit einer Zitronenscheibe dekoriert. »Ich würde ja sagen, ich mache den Kamin an, aber ich hab noch nicht raus, wie das geht.« Ein Stapel Feuerholz lag unberührt neben einem weißen Ziegelkamin.

»Ich kann gerne Feuer machen.«

»Klar, wenn es dir nichts ausmacht.«

»Macht es nicht.« Er trank einen Schluck und war überrascht, wie erfrischend er den Drink fand. Dann stellte er das Glas auf den Wohnzimmertisch und stand auf. »Das ist eines der wenigen Dinge, die ich von meinem Dad gelernt habe. Er hat gesagt, wenn wir in Vermont leben wollen, müssen wir lernen, wie man Feuer macht, damit wir im Winter nicht frieren. Damals war der Holzofen sechs Monate im Jahr ununterbrochen an.«

»Hattet ihr keine andere Heizung?«

»Nein, nur den Ofen. Er hat so ziemlich das ganze Haus warm gehalten. Wenn es richtig kalt war, haben wir alle im Wohnzimmer geschlafen.«

»Ich kann mir nicht vorstellen, im Winter ohne Heizung hier zu leben.«

»Wir hatten ja eine Heizung. Wenn sonst nichts da ist, sorgt man eben dafür, dass es funktioniert.«

»Ja, da hast du sicher recht.«

»Ich habe mit acht Jahren schon Holz gehackt. So ist das hier eben, das gehört einfach zum Leben dazu.« Es dauerte nur wenige Minuten, bis das Feuer brannte. Er lehnte sich zurück und beobachtete, ob es richtig anging. Er beugte sich wieder vor und blies in die Flammen, so dass sie aufloderten und das Feuer schnell wuchs. Dann warf er ihr über die Schulter einen Blick zu. »Soll ich dir zeigen, wie es geht?«

»Ja, bitte.« Sie stand auf und kniete sich neben ihn auf den Kaminvorleger.

Noah erklärte ihr Schritt für Schritt, wie man den Rauchabzug öffnete und dann das Holz aufschichtete. »Du fängst mit dem Kleinholz an und legst dann erst die größeren Holzscheite drauf. Du kannst Zeitung benutzen oder im Supermarkt Anzünder kaufen, dann geht es einfacher. Wenn du es angezündet hast, bläst du vorsichtig auf die Flammen, bis sie sich ausgebreitet haben. Das ist auch schon alles.«

»Das hört sich so einfach an. Ich habe Angst, etwas zu vergessen und das Haus abzufackeln.«

»Das wird nicht passieren, aber wenn du vergisst, den Abzug aufzumachen, könntest du dich ausräuchern. Das ist uns früher ein paarmal passiert.«

»Was habt ihr dann gemacht?«

»Die Fenster auf. In Vermont. Im Winter. Es ist nicht oft vorgekommen.« Noah saß auf dem Kaminvorleger und schaute den Flammen beim Tanzen zu. »Willst du ein Geheimnis hören?«

»Ähm, *ja* …«

»Feuer hat mich schon immer fasziniert. Ich mache unglaublich gerne Feuer und schaue den Flammen zu, wie sie das Holz verschlingen. Als Kind war ich ein kleiner Pyromane, habe ständig Feuer gemacht, obwohl ich das wirklich nicht hätte tun sollen. Ich hatte Glück, dass es nie außer Kontrolle geraten ist und dass niemandem etwas passiert ist. Das Feuer und ich, wir sind schon sehr lange befreundet.«

»Nur interessant, dass du gerade ein ausgebranntes Hotel wieder aufbaust.«

»Ja, das ist mir auch schon aufgefallen. Ironie des Schicksals.«

Brianna lachte und setzte sich zu ihm auf den Boden. »Aber du bist kein gemeingefährlicher Brandstifter, oder?«

»Nein. Heutzutage beschränken sich meine Aktivitäten auf Holzöfen und Kamine.«

»Das ist gut. Ich würde nur sehr ungern einen Soziopathen durch einen Brandstifter ersetzen.«

Noah stützte das Kinn in die Hände und schaute sie an. »Machst du das gerade? Ihn durch mich ersetzen?«

»Ich habe keine Ahnung, was ich mache. Es war nur ein Witz.«

»Du hast bei mir nichts zu befürchten.«

»Ich weiß.«

»Wirklich?« Er konnte nicht widerstehen, streckte die Hand aus und strich mit dem Zeigefinger über eine ihrer Locken. »Du wurdest in der Vergangenheit so oft angelogen, wie solltest du dir sicher sein, dass ich die Wahrheit sage?«

»Ja, so in der Art ist es schon. Aber du bist kein bisschen wie er, das weiß ich ganz sicher, Noah.«

»Das will ich hoffen. Falls es dich tröstet, ich wünsche mir nichts mehr als zehn Minuten allein mit deinem Exmann, damit ich ihm zeigen kann, was mit Tyrannen passiert, die nette Menschen ausnutzen und ihnen das Herz brechen.«

»Das würdest du für mich tun?«

»Das würde ich nur zu gerne für dich tun.«

»Ich auch für dich. Ich würde deiner Exfrau am liebsten eine verpassen und ihr sagen, wie bescheuert es von ihr war, so einen guten Mann wie dich zu verprellen.«

Er konnte das Lächeln, das sich auf seinem Gesicht ausbreitete, nicht unterdrücken. »Du bist wirklich süß, wenn du sauer bist.«

»Ich meine es ernst. Das war unglaublich dumm von ihr.«

»Von ihm aber auch.« Er rückte näher an sie heran, legte den Arm um sie und gab ihr einen Kuss aufs Haar. »Wir haben ihnen wahrscheinlich schon mehr als genug Aufmerksamkeit geschenkt, vor allem, wo wir so viel Besseres zu besprechen haben.«

»Was denn zum Beispiel?«

Er hob ihr Kinn an und gab ihr einen Kuss. »Das hier.« Er legte den Kopf schief und küsste sie wieder, diesmal blieben seine Lippen etwas länger auf ihren. »Und das hier.«

»Dieses Gespräch gefällt mir jetzt schon viel besser als das andere.«

»Das dachte ich mir.«

Sie legte ihre Hand an seine Wange und zog ihn in einen weiteren Kuss, der schnell dafür sorgte, dass sie einander noch viel näher sein wollten. Ihr Mund öffnete sich, und ihre Zunge berührte seine Unterlippe, was ihm ein Stöhnen entlockte.

Schon bald lagen sie ausgestreckt vor dem Feuer, Arme und Beine ineinander verschlungen, und küssten sich, als könnten sie für immer zusammen sein. Die echte Welt würde schon noch früh genug dazwischenfunken, aber genau in diesem Moment gab es nichts, was ihnen nehmen konnte, was sie hatten.

In seinem Hinterkopf nagte das an ihm, was sie am Vorabend zu ihm gesagt hatte. Dass sie sich für genau das, was gerade passierte, noch nicht bereit fühlte. Früher hätte er diesem nagenden Zweifel einfach gesagt, er solle sich gefälligst verziehen, damit er die Zeit mit ihr in Ruhe genießen konnte.

Doch mittlerweile, nach dem katastrophalen Ende seiner Ehe, konnte er das nicht mehr.

19

»Manchmal gehen gute Dinge auseinander,
damit noch viel bessere Dinge zusammenkommen können.«
Marilyn Monroe

Noah zog sich langsam aus dem Kuss zurück, drückte sie aber weiterhin fest an seinen erregten Körper.

»Stimmt was nicht?«

»Rein gar nichts stimmt nicht.«

»Warum hast du aufgehört?«

Lass es, Noah.

Ich kann nicht. Ich will ja, aber ich kann nicht. »Gestern Abend hast du gesagt, dass das hier nicht das ist, was du willst. Ich will dich nicht zu etwas drängen, für das du noch nicht bereit bist.«

»Ich bin wirklich durcheinander, Noah. Du solltest besser die Finger von mir lassen.«

Er schüttelte den Kopf. »Auf gar keinen Fall.«

»Doch, solltest du.«

Er küsste sie und flüsterte »Werde ich nicht« an ihren Lippen. »Du bist so viel stärker, als du dir selbst zugestehst.«

»Ich bin überhaupt nicht stark.«

»Doch, bist du. Du bist stark und mutig und witzig und

sexy und klug. Lass bloß nicht zu, dass irgendwer dir das Gefühl gibt, das wärst du nicht. Du bist so viel mehr.«

»Du denkst, das trifft alles auf mich zu?«

»O ja. Du kommst auf die Baustelle und trägst diesen sexy weißen Helm, und jeder Typ auf der Baustelle wartet darauf, was du zu sagen hast.«

»Sie können mich nicht ausstehen, weil ich eine Frau bin.«

»Das stimmt nicht. Die Arbeiter haben Respekt vor dir, weil du weißt, was du tust, und weil du freundlich zu allen bist.«

»Außer zu dir.« Ihr Lächeln brachte ihre Augen zum Funkeln.

»Außer zu mir, aber ich hatte deinen Ärger auch verdient. Ich habe dich provoziert.« Er küsste sie an ihrem Kieferknochen entlang, dann ihren Hals hinunter. Sie zitterte. »Willst du wissen, warum ich dich so provoziert habe?«

»Ja, will ich.«

Er schob sich über sie und drückte seine Erektion zwischen ihre Beine. »Weil das hier jedes Mal passiert ist, wenn ich dich gesehen habe, von der ersten Sekunde an.«

»Das ist doch nicht wahr.«

»Ist es doch, und es hat mich verdammt nochmal genervt. Ich habe eine Baufirma, Brianna. Architekten machen mich fertig. Ich konnte doch nicht die neue Architektin heiß finden.«

Sie prustete los. Ihr Lachen war das Süßeste, was er je gehört hatte. »Der Baufirmen-Club wird dich rausschmeißen, wenn sie das erfahren.«

»Du darfst es niemandem sagen, sonst bin ich ruiniert.«

»Wie viel ist dir mein Schweigen denn wert?«

»Ziemlich viel.« Er brachte sie mit einem tiefen Zungenkuss zum Schweigen.

Ihr Mund war heiß und feucht, und er schmeckte nach Zitrone und Honig und allem, was süß war. Noah hätte sie stundenlang küssen können, ohne mehr zu wollen – bis ihre Hände den Weg unter all seine Winterkleidung fanden und seinen Rücken berührten. Das löste den fast verzweifelten Wunsch aus, mehr von ihrer Haut auf seiner zu spüren. »Sag mir, dass ich aufhören soll.«

»Nein.«

»Das hier ist nicht das, was du willst.«

Sie schlang die Beine um seine Hüfte und drückte sich an sein steifes Glied. »Das hier ist genau das, was ich will.«

»Nur das, oder mehr?«

»Vorerst nur das. Mehr kann ich noch nicht sagen.«

Noah wusste nur zu gut, dass er aufhören musste, solange er noch konnte. Irgendwann während der letzten paar Tage war sie ihm wichtig geworden. Wenn er so weitermachte, würde er am Boden zerstört sein – mal wieder –, wenn sie weg war. Aber jetzt, da er eng mit ihr umschlungen ihren süßen Duft atmete und ihre Lippen feucht von seinen Küssen waren, war Selbstschutz das Letzte, woran er denken konnte.

Er schob eine Hand unter ihren Pullover und stemmte

sich mit der anderen hoch, um ihn ihr über den Kopf zu ziehen. »Ich kann nicht glauben, dass du *den* unter deinem Carhartt-Pulli trägst.«

»Dieses alte Ding?« Sie nahm die Körbchen des BHs in die Hand und drückte ihre Brüste zusammen.

»Also jetzt werde ich definitiv auf der Arbeit ununterbrochen hart sein. Ich hatte ja keine Ahnung, was du unter deiner Arbeitskleidung versteckst.«

»Warte nur, bis du alles siehst.«

»Ja, bitte.« Er konnte den Blick nicht von ihr lassen, als er ihr den Rest der Kleider auszog. Er musste schlucken, als er ein Höschen freilegte, das so klein war, dass nicht mehr viel der Vorstellungskraft überlassen blieb.

Er beugte sich über sie, drückte seine Lippen an den dünnen Stoff über ihrem Zentrum und atmete den intensiven, weiblichen Geruch ihrer Lust ein.

»Noah.«

»Ja, Brianna?« Er drückte seine Zunge an ihre Klitoris.

»Ich, äh … hmmm.«

»Was wolltest du sagen?«

»Ich habe keine Ahnung, was ich sagen wollte.«

Er lachte und zog ihre Unterhose herunter, bevor er dort weitermachte, wo er aufgehört hatte. Jetzt war nichts mehr zwischen ihr und seiner Zunge. Gott, sie war so süß und so sexy, und sie reagierte auf jede Bewegung seiner Zunge. Er könnte Stunden damit verbringen, sie zu befriedigen, und es würde nie langweilig werden, wie sie darauf reagierte. Aber mehr als alles andere wollte er in ihr sein.

Und dann fiel ihm ein, dass er keine Kondome hatte. »Verdammt.«

Sein Ton hatte sie erschreckt. »Was ist?«

»Keine Kondome.«

»Brauchen wir nicht.«

»Was?«

»Ich habe langfristig verhütet, und ich bin clean. Ich habe seit meinem Ex mit niemandem geschlafen, und ich habe mich komplett durchchecken lassen.«

»Ich bin auch clean. Ich habe mich erst kürzlich testen lassen.«

»Dann ist ja alles gut.«

»Sex mit dir? Ohne Kondom? Ich hoffe, dir ist klar, dass das nicht besonders lange dauern wird.«

Ihr fröhliches Lachen sorgte dafür, dass ihm der Ort weh tat, wo sein Herz gewesen war, bevor der Betrug seiner Exfrau es hatte verschrumpeln und sterben lassen. Aber hier, mit ihr, spürte er, wie es wieder zum Leben erwachte. Er befand sich an der Grenze zu etwas Neuem, Lebenswichtigem. Nach allem, was er durchgemacht hatte, hätte ihn das zu Tode erschrecken müssen.

Aber sie machte ihm keine Angst. Er war aufgeregt und fasziniert von ihr, auch wenn er wusste, dass die höchsten Höhen auch zu den tiefsten Tälern führen konnten. So sehr er seine Frau auch geliebt hatte – und er hatte sie wirklich geliebt –, so hatte er sich doch immer ein bisschen im Ungleichgewicht gefühlt, wenn er mit ihr zusammen war. Als könnte alles innerhalb von Sekunden schiefgehen. Mit ihr hatte er nicht jene unglaubliche Verbindung gehabt, die er mit Brianna teilte. Was für eine Ironie des Schicksals, dass diese nur hatte zustande kommen können, weil sie beide betrogen worden waren.

In ihren Armen zu liegen, während er sie liebte, fühlte sich besser an als alles, seit … na ja, eigentlich hatte es sich mit keiner Frau so gut angefühlt, nicht mal mit der, die er geheiratet hatte.

Brianna zog ihn in einen intensiven Kuss, der sein Gehirn von allen Gedanken leerfegte, bis nur ein einziger übrig bleib: *Ich möchte mit dieser Frau zusammen sein, koste es, was es wolle.*

Am nächsten Tag fuhr Noah in der Mittagspause von der Baustelle zu Gray. Er hoffte, dass sein Bruder zwischen zwei Beratungsterminen Zeit für ihn hatte. Gray öffnete ihm mit einem Sandwich in der Hand die Tür und bedeutete ihm, ins Haus zu kommen.

»Hunger?«

»Ich wollte mir auf dem Weg zurück zur Arbeit was besorgen.«

»Ich habe gestern Steak gemacht. Unglaublich zart. Willst du ein Sandwich?«

»Äh, ja.«

Gray lachte und begann damit, seinem Bruder das Sandwich zu belegen. »Das Geheimnis ist der Bratensaft.«

»Fürs Protokoll: Jetzt fange ich an zu sabbern.«

»Ich mag das Sandwich am nächsten Tag fast noch mehr als das eigentliche Essen.« Er stellte Noahs Teller dreißig Sekunden lang in die Mikrowelle, mahlte frischen Pfeffer darauf und stellte den Teller mit einer Cola und einer Tüte Chips vor ihn hin.

»Danke. Ich hatte nicht erwartet, dass du mir was zu essen machst.«

»Ich freue mich, dich an zwei Tagen hintereinander zu sehen. Das muss ein Rekord sein.«

Noah hatte ein schlechtes Gewissen, weil er während der letzten drei Jahre so abwesend gewesen war und seine Familie sich offensichtlich Sorgen gemacht hatte. »Das tut mir leid.« Er biss in das Sandwich und stöhnte. »Verdammt, ist das lecker!«

»Ja, oder?« Gray nahm einen weiteren Bissen und trank dann einen Schluck Wasser. »Dir scheint es gut zu gehen. Liegt das etwa an deiner neuen Freundin, der Architektin?«

»Ja, genau so ist es«, gab Noah offen zu. Sein Bruder schien überrascht. Es sah Noah nicht ähnlich, über sein Privatleben zu reden. »Ich mag sie sehr gerne.«

»Das verstehe ich gut. Aber dieser ganze Schlamassel mit ihrem Exmann ist ziemlich krass.«

»Viel schlimmer als das, was ich mit meiner Ex durchgemacht habe, obwohl das auch nicht ohne war.«

»Aha?«

Noah nickte und zwang sich, seinem Bruder das zu erzählen, weswegen er hergekommen war. »Ich habe sie mit Miguel im Bett erwischt.«

Gray riss schockiert die Augen auf. »Miguel? Dein Vorarbeiter Miguel, der auch einer deiner engsten Freunde war?«

»Genau der.«

»O mein Gott, Noah. Ich wusste, dass sie beide zur selben Zeit gegangen sind, aber ich habe das nie miteinander in Verbindung gebracht.«

»Ich auch nicht. Sie haben mich wirklich für dumm verkauft.«

»Und du hast sie auf frischer Tat ertappt?«

Noah nickte. »Nachdem ich nachts mit der Bergrettung draußen war. Sie haben in unserem Ehebett geschlafen.«

»Verdammt, Noah. Das tut mir so leid.«

Noah schüttelte den Schmerz ab, der wie immer, wenn er an jene Nacht dachte, zuverlässig in ihm aufstieg.

»Was hast du gemacht?«

»Ihm ins Gesicht geschlagen und ihn gefeuert. Und ihr habe ich gesagt, sie soll verdammt nochmal aus meinem Haus verschwinden und nie wiederkommen.«

»Ich weiß nicht mal, was ich dazu sagen soll. Kein Wunder, dass du dich erst mal zurückgezogen hast.«

»Ich habe das gebraucht, um darüber hinwegzukommen. Ich habe mich auf die Arbeit konzentriert und alles andere vernachlässigt.«

»Das kann ich verstehen. Aber warum erzählst du mir jetzt davon?«

»Ich habe mich nie scheiden lassen, und jetzt habe ich es ziemlich eilig, das hinter mich zu bringen.«

»Ach, Mist. Ja klar, das kriegen wir hin. Weißt du, wo sie ist?«

»Keine Ahnung. Ich hatte gehofft, dass du einen Privatdetektiv kennst, der sie finden kann.«

»Ich weiß auch schon wer.«

»Ich hätte das längst erledigen sollen. Ich hatte nur nie wirklich einen Grund.«

»Und jetzt hast du einen?«

»Vielleicht. Ich mag Brianna. Und ich mag es, dass sie versteht, was ich durchgemacht habe, weil sie genau weiß, wie das ist – in ihrem Fall war es sogar schlimmer.«

»Ich konnte es nicht fassen, als sie erzählt hat, was er ihr alles angetan hat. Was für ein Arschloch.«

»Ja, wirklich. Sie hatte mir vorher schon ein bisschen was erzählt, aber manches war sogar für mich neu. Ich war echt schockiert.«

»Was passiert, wenn das Hotel fertig ist und sie wieder nach Boston geht?«

»Ich habe keine Ahnung. Es wird nicht mehr allzu lange dauern. Ich schätze, wir werden wohl einfach schauen müssen, wenn es dann so weit ist.«

»Es ist wirklich schön zu sehen, dass du wieder am Leben teilnimmst, Noah, aber ich mache mir Sorgen, dass du dir wegen ihr Hoffnungen machst, die sich zerschlagen werden, wenn sie geht.«

»Vielleicht gehe ich ja mit ihr.«

»Wirklich? Dein ganzes Leben und dein Unternehmen sind hier.«

»Ich könnte mir dort einen Job suchen, und es wäre auch irgendwie schön, die Verantwortung für das Unternehmen los zu sein.«

»Das sagst du jetzt, aber du bist schon sehr lange selbständig. Wieder für jemand anderen zu arbeiten wäre eine enorme Umstellung.«

»Ich würde auf etwas warten, das wirklich passt, und ich sage ja gar nicht, dass es so kommen muss. Ich will es nur nicht von vorneherein ausschließen.«

»Ich verstehe das besser, als du vielleicht denkst. Wenn Emma nicht hätte herziehen wollen, wäre ich zu ihr und Simone nach New York gezogen. Wenn es passt, passt es eben, und man sollte tun, was getan werden muss, damit es funktioniert.«

»Das ist der Plan, aber als Allererstes muss ich mich um die Scheidung kümmern.«

»Da bist du bei mir genau richtig.«

Brianna konnte nicht aufhören, über die Nacht mit Noah nachzudenken. Darüber, dass er bei ihr geschlafen hatte, obwohl er genau wusste, dass seine Geschwister wie die Hyänen darüber herfallen würden, wenn er die ganze Nacht nicht nach Hause kam. Noah hatte gesagt, dass ihm das egal war. Weil sie wusste, dass er ihnen sonst so wenig wie möglich von seinem Privatleben erzählte, war das etwas ganz Besonderes.

Und sie war so froh, dass er geblieben war.

Sie war drauf und dran, sich in ihren sexy Bauingenieur zu verlieben, obwohl sie noch nicht über die Katastrophe ihrer letzten Beziehung hinweg war. Sie wusste, dass es besser wäre, die Finger von ihm zu lassen. Das wäre ihm gegenüber nur fair, aber sie konnte sich nicht einfach in die Vergangenheit zurückversetzen, als sie ihm gesagt hatte, dass sie nur Freundschaft wollte und nicht bereit war für das, was zwischen ihnen passierte. Jetzt passierte es jedenfalls, ob sie bereit war oder nicht.

Nach der vergangenen Nacht gab es kein Zurück mehr. Zwischen ihnen hatte sich alles verändert. Ab jetzt ging es nur noch bergauf, und zwar hoffentlich mit ihm.

Er war in der Mittagspause irgendwo hingefahren und hatte gesagt, dass er in einer Stunde wieder da sein würde. Seit er zurückgekommen war, war er schweigsam und in sich gekehrt.

Die Elektriker waren im gesamten Gebäude am Arbeiten, was es schwierig machte, in der Zwischenzeit mit etwas anderem weiterzukommen. Noah hatte seine Mannschaft früher nach Hause geschickt und ihnen gesagt, dass sie am nächsten Morgen um sieben wieder da sein sollten.

Brianna fand ihn in einem der Gästebadezimmer, wo er Maß nahm, Notizen machte und mit sich selbst redete.

»Bekommst du manchmal eine Antwort?«

Er wirbelte erschrocken herum, sah sie am Türrahmen

lehnen und lächelte. »Ich kann sehr tiefe Gespräche mit mir selbst führen.«

»Willst du eine Runde raus, spazieren oder so? Wir haben an die zehn Grad, also quasi Sommer für eure Verhältnisse hier.«

»Haha. Es wird viel wärmer im Sommer.«

»Aber wie lange? Für fünf Tage vielleicht?«

»Mindestens sechs. Und ja, ich würde sehr gerne rausgehen. Ich mach das hier noch kurz fertig, dann können wir eine kleine Wanderung machen.«

»Ich habe spazieren gesagt, nicht wandern.«

»Ein Spaziergang ist in Vermont eine Wanderung.«

»Ich habe mich nicht freiwillig zu irgendeiner gefährlichen Bergtour oder so was gemeldet.«

»Ist notiert.«

»Warum misst du hier überhaupt wieder neu aus? Du müsstest die Maße doch haben.«

»Nur zur Sicherheit.«

»Hast du immer noch nicht gelernt, mir in diesen Dingen zu vertrauen?«

In seinen wunderschönen Augen las sie Belustigung, bevor er sie mit einem Kuss überraschte. »Ich vertraue dir mehr, als ich seit langem irgendjemandem vertraut habe.«

Ihr wurde plötzlich klar, dass sie über etwas sehr viel Wichtigeres sprachen als über die Maße des Badezimmers. »Ich vertraue dir auch.«

»Das ist eine ziemlich große Sache für uns beide.«

»Ja, stimmt.«

»Ich möchte, dass du weißt, dass ich in der Mittagspause bei Gray war, um mich um etwas zu kümmern, dass ich schon vor Jahren hätte tun sollen.«

Sie hatte fast Angst zu fragen. »Was denn?«

»Ich muss mich scheiden lassen.«

»Noah! Du bist noch nicht geschieden?«

»Nein. Dazu hätte ich sie kontaktieren müssen, und das war das Letzte, was ich wollte.«

»Aber trotzdem …«

»Ich weiß. Ich hätte es machen sollen. Ich wollte einfach nicht, und ich hatte auch gar keinen Grund. Bis jetzt.«

»Warum jetzt?«

Er legte den Arm um sie und berührte ihre Stirn mit seiner. »Musst du mich das nach der letzten Nacht wirklich fragen?«

»Was meinst du denn, was hier gerade passiert?«

»Ich weiß es nicht. Ich weiß nur, dass ich gerne mit dir zusammen bin. Ich mag es, wie ich mich fühle, wenn du da bist, und ich möchte so viel von diesem Gefühl, wie es nur geht, solange es geht.«

»Das fängt an, sich ziemlich ernst anzuhören.«

»Könnte sein.«

Sie kannte ihn mittlerweile gut genug, dass es sehr ernst sein musste, wenn er so etwas sagte.

»Macht es dir Angst, das zu hören?«

»Nicht so viel, wie es wahrscheinlich sollte.« Sie schaute zu ihm auf, ein Lächeln auf ihren sexy Lippen. »Ich werde von meinem Ex verklagt. Er unterschreibt die Scheidungspapiere nicht. Deine Scheidung hat nicht einmal angefangen. Ich wohne in Boston. Du wohnst hier. Ich meine, was könnte da schon schiefgehen?«

Noah grinste. »Unser Timing ist wirklich schrecklich.«

»Schrecklich.«

»Und trotzdem …« Er kam ihr so nahe, dass seine Lippen nur Millimeter von ihren entfernt waren. Es verschlug ihr den Atem.

»Trotzdem was?«

»Das hier.« Er küsste sie, und es schien ihm egal zu sein, dass einer der vielen Elektriker sie erwischen könnte.

»Hm, das.«

»Das ist anscheinend das Einzige, an das ich noch denken kann.« Er legte den Kopf schief und küsste sie aus dem veränderten Winkel heraus erneut. »Und das hier auch.«

Als sie mit Küssen fertig waren, hatte sie mal wieder die Hände in seinem Mantel verkrallt und stand förmlich in Flammen. »Vielleicht sollten wir ein anderes Mal wandern gehen.«

»Was würdest du denn lieber machen als wandern?«

»Das hier.« Sie presste sich an seine Erektion, fuhr mit den Händen an seiner Hüfte entlang und griff nach seinem Hintern. »Und ein bisschen hiervon.«

»Du machst mich fertig.«

»Du mich auch.«

»Ich wollte mit dir irgendwo hingehen, etwas unternehmen, das Spaß macht.«

»Geh mit mir nach Hause. Wir werden Spaß haben.«

»Ich meinte Spaß, der nichts mit Sex zu tun hat.«

»Können wir denn nicht beides haben?«

Er drückte sie zärtlich an sich und vergrub den Kopf an ihrem Hals. Ihr Bauhelm fiel mit einem lauten Klackern zu Boden, was sie beide zum Lachen brachte. »Wir können auf jeden Fall beides haben, aber als Erstes gehen wir wandern.«

Sie stöhnte, als er sich zurückzog. »Das ist einfach gemein.«

»Was denn?«

»Du hast mich ganz ... *neugierig* gemacht.«

»Ich nehme an, dass du später auch noch neugierig sein wirst.«

»Wenn ich nicht irgendwelche Klippen hinunterstürze.«

»Ich werde nicht zulassen, dass du auch nur in die Nähe von Klippen kommst.«

»Das hast du jetzt gesagt.«

Noah boxte sie spielerisch ans Kinn. »Ich stehe jetzt schon mit dir am Rande eines Abgrundes. Es fehlt nicht mehr viel, damit ich falle.«

Brianna war erstaunt, dass er so etwas so einfach zugab. Es hatte ihr die Sprache verschlagen, und sie konnte ihn sehr lange nur anstarren.

»Stehe ich alleine da?«

Sie schluckte schwer und schüttelte den Kopf. »Überhaupt nicht. Ich stehe direkt neben dir.«

»Also, ich weiß, dass das Timing bescheuert ist und dass

es für uns beide noch ganz schön viel zu klären gibt, aber das hier …« Er legte die Hände an ihre Hüfte und küsste sie. »Das ist …«

»Es ist gut. Sehr, sehr gut.«

»Ja.«

»Und vielleicht«, fuhr sie fort. »Vielleicht haben wir etwas Gutes verdient, nach allem, was uns beiden passiert ist.«

»Das haben wir allerdings. Konzentrieren wir uns weiterhin auf die Dinge, die sich gut anfühlen, während wir uns um die Dinge kümmern, die sich nicht gut anfühlen, okay?«

»Das sollte kein Problem sein.«

»Bevor wir wandern gehen, muss ich dir ein paar gute Wanderschuhe besorgen.«

»Ich kann mir selbst welche kaufen.«

Er schob sie sanft vor sich her in Richtung Treppe. »Ich bestehe darauf.«

»Auf keinen Fall. Du kaufst mir ganz sicher keine Wanderschuhe.«

»Ich bekomme Familienrabatt, und den teile ich nicht mit dir, wenn ich sie nicht bezahlen darf.«

»Wie hoch ist der Rabatt?«

»Vierzig Prozent.«

»Na gut, dann kannst du sie mir kaufen, aber ich übernehme das Abendessen.«

»Na gut.«

»Na gut.«

Er griff nach ihrem Hintern und drückte zu. »Ja, du bist allerdings gut. Richtig gut.«

»Lass das, Noah. Ich streite gerade mit dir.« Und in letzter Zeit gefiel es ihr ausnehmend gut, mit ihm zu streiten. Seit dem Drama vor einem Jahr hatte sie nicht mehr so viel Spaß gehabt. Er hatte völlig recht: Es war gut, sich auf die Sachen zu konzentrieren, die sich gut anfühlten, während sie sich um die Sachen kümmerten, die so gar nicht gut waren.

Noah bat den Chef der Elektronikfirma abzuschließen, wenn alles fertig war.

»Mache ich«, sagte der Mann.

»Ich lasse normalerweise nie Arbeiter von anderen Firmen alleine auf der Baustelle«, sagte er. »Aber mit ihm arbeite ich schon seit Jahren zusammen, er kriegt das hin.«

»Es ist schön, wenn man Menschen kennt, auf die man sich verlassen kann.«

»Allerdings.«

20

»Sehr oft ist Herzschmerz nur ein Wachstumsschmerz:
Er bereitet einen vor, damit man von ganzem Herzen
lieben kann, wenn man die echte Liebe findet.«
J. S. B. Morse

Als sie aus dem Hotel traten, kam Noahs Schwester Ally auf dem Parkplatz auf sie zu. »Aha, genau die beiden, die ich gesucht habe.«

»Geht es Izzy gut?«, fragte Noah.

»Sehr gut. Sie wollten sie in ein, zwei Tagen nach Hause schicken.«

»Das sind tolle Neuigkeiten.«

»Ich wollte euch sagen, dass Nessa zum Abendessen Mexikanisch kocht und dass ihr herzlich eingeladen seid.«

»Ich werde in mein eigenes Haus eingeladen?« Noah grinste.

»Wir haben lange diskutiert und dann beschlossen, dass du auch dabei sein sollst. Brianna stand von Anfang an ganz oben auf der Gästeliste.«

»Ich schaue mal, wie sich die Lage hier entwickelt«, sagte Noah.

Ally grinste ihren Bruder an. »Wir mögen sie jetzt schon lieber als dich.«

»Es liegt an der Lasagne, oder?«, fragte Brianna.

»Die Lasagne hat mit Sicherheit nicht geschadet. Es gibt um sieben Essen, und Nessa hat gesagt, ihr dürft auf keinen Fall zu spät kommen.«

»Alles klar. Wir sind pünktlich«, versicherte Noah.

»Was sollen wir mitbringen?«, wollte Brianna wissen.

»Rein gar nichts. Das soll ich dir von Nessa ausrichten. Noah, du sollst Bier besorgen.«

»Einverstanden. Wir machen noch eine kleine Wanderung, bevor die Sonne weg ist. Danach kommen wir.«

»Alles klar. Bis dann.«

Um zum Country Store seiner Familie zu gelangen, mussten Noah und Brianna nur die Straße überqueren.

»Habe ich dir schon gesagt, dass der Country Store das beste Geschäft der Welt ist?«, fragte Brianna.

»Du hast mal so was in der Art erwähnt.«

»Ein wirklich magischer Ort. Ich komme fast jeden Tag her, einfach, um mich umzusehen, und ich entdecke jedes Mal irgendetwas, das mir vorher noch nie aufgefallen ist.«

»Als Kind war der Store auch mein Lieblingsplatz.«

»Das kann ich gut verstehen. Es ist so toll, wenn so ein Familienbetrieb schon über Generationen hinweg besteht.«

»Ja, das stimmt. Und wie gesagt, wir sprechen alle noch miteinander, was anscheinend eine besondere Leistung ist für einen Familienbetrieb.«

»Da hast du absolut recht. Die Brüder, für die ich arbeite, schlagen sich ständig für irgendetwas die Köpfe ein. Unglaublich stressig.«

»Das ist bestimmt unangenehm.«

»Ja, wirklich. Neben dem ganzen Mist mit Rem war das der Grund, wieso ich den Auftrag hier oben gar nicht schnell genug annehmen konnte.«

»Und ich bin sehr froh, dass du das getan hast.«

»Wirklich?«

Er legte den Arm um ihre Taille. »Ja, wirklich sehr froh.«

»Noah?«

Er ließ den Arm sinken. »Hi, Charley und Ella. Wie läuft's?«

»Gut«, sagte die Frau mit den dunkleren Haaren. »Wie geht es dir?«

»Ich schlage mich so durch. Viel zu tun nebenan.«

»Es sieht richtig gut aus, und es geht wirklich schnell voran«, sagte die andere und warf Brianna einen neugierigen Blick zu.

»Brianna, das sind meine Cousinen Ella und Charley. Cousinen, das hier ist Brianna Esposito, die Architektin des Butler Inn.«

»Oh«, sagte Charley, die mit den helleren Haaren. »Die Architektin. Ich dachte, ihr beiden streitet ununterbrochen.«

»Ach, das ist ja so was von vorgestern«, entgegnete Brianna und brachte damit alle zum Lachen.

»Brianna braucht Wanderschuhe«, erklärte Noah.

»Wir haben gerade neue reinbekommen«, sagte Charley. »Ich kann euch mit der Größe helfen.«

»Das wäre super«, sagte Noah. »Wie geht es dem Baby?«

»Er ist so süß!« Ella geriet sofort ins Schwärmen. »Wir waren in der Mittagspause dort, und er hat sich schon richtig eingewöhnt. Er hat sogar nachts ein paar Stunden geschlafen.«

»Das freut mich. Was für ein Spektakel im Diner gestern!«

»Wir haben gehört, du warst dabei«, sagte Charley.

»War ich auch. Ich dachte, Hunter würde jeden Moment umkippen, aber für Megan hat er sich zusammengerissen. Wie geht es ihr?«

»Ihr tut alles weh, aber sie ist so froh, dass der Kleine endlich da ist.« Ella folgte ihnen durch die Haushaltswarenabteilung.

»Und wie geht es Sarah?« Zu Brianna sagte er: »Ellas Tochter ist kurz vor Weihnachten zur Welt gekommen.«

»Oh, herzlichen Glückwunsch. Ich habe Noah gesagt, dass ich ein Diagramm brauchen werde, um bei eurer Familie durchzublicken.«

»Mach dir deswegen keine Sorgen«, sagte Charley. »Mein Partner, Tyler, ist jetzt schon eine ganze Weile dabei, und ich zeichne immer noch Diagramme für ihn.«

»Danke, jetzt fühle ich mich ein kleines bisschen besser.«

»Um deine Frage zu beantworten, Noah, meine Sarah ist wunderbar und herzallerliebst und ihre Mommy und ihr Daddy sind jetzt schon komplett vernarrt in sie.«

»Freut mich für dich, Cousinchen«, sagte Noah.

»Danke. Komm jederzeit vorbei und lerne sie kennen.«

»Mache ich.«

Mit Charleys und Ellas kompetenter Beratung fand Brianna innerhalb von zwanzig Minuten die perfekten Wanderschuhe.

»Haben wir noch was von dieser tollen Seidenunterwäsche, die einen so warm hält?«, fragte Noah.

»Ja, haben wir«, sagte Charley.

»Kann ich welche für Brianna bekommen, in, äh, M?«

»M ist gut«, sagte Brianna.

»Kommt sofort.«

Charley verschwand im Lager und kam kurz darauf mit drei verschiedenen Farben zurück: Cremeweiß, Rosa und Schwarz.

Brianna schaute sich alle an. »Ich nehme die schwarze, bitte.«

»Schreibt sie auf meine Rechnung«, sagte Noah.

»Moment mal, ich wollte dich doch zum Abendessen einladen, wenn du mir Wanderschuhe kaufst. Jetzt macht deine Schwester Abendessen«, sagte Brianna, »und du kaufst mir ganz sicher keine Seidenunterwäsche.«

»Du kannst morgen Abend das Abendessen bezahlen«, sagte Noah. »Und es ist *lange* Unterwäsche. Das zählt nicht als Unterwäsche, also halt die Klappe.«

Seine Cousinen verfolgten diesen Schlagabtausch mit dem größten Interesse.

»Also seid ihr beide … also …«

»Sei still, Charley«, sagte Ella. »Das geht uns überhaupt nichts an.«

»Doch, natürlich geht es uns was an«, entgegnete Charley. »In dieser Familie geht uns alles was an, genau wie damals, als du mit Gavin und ich mit Tyler zusammengekommen bin und wir keine einzige ruhige Minute hatten.«

»Das ist wahr«, gab Ella zu. »Also: Was geht hier vor?«

»Wir verbringen Zeit miteinander«, sagte Noah. »Wir haben Spaß und heute wollen wir wandern gehen, und zwar bevor die Sonne untergegangen ist. Also, so schön es auch war, euch zu sehen, wir müssen jetzt leider, leider los.« Mit der Hand an ihrem Rücken schob er Brianna Richtung Ausgang.

»Danke für eure Hilfe«, sagte Brianna zu seinen Cousinen.

»Schön, dich kennenzulernen«, rief Ella ihnen nach.

»Puh, das ist ja gerade noch mal gut gegangen«, sagte Noah.

»Sie waren echt nett.«

»Sie sind toll, aber sie hätten uns noch den ganzen Tag lang gelöchert.«

»Es ist wirklich schön, dass du Familienmitglieder triffst, egal, wo du in dieser Stadt hingehst.«

»Ich liebe meine Familie, aber ich mag auch meine Privatsphäre, und die ist nicht leicht zu schützen, wenn an jeder Straßenecke ein Verwandter steht.«

Brianna lachte. Das klang, als wüchsen die Colemans und Abbotts auf der Straße wie Bäume. »Ich finde, das ist wirklich eine tolle Lebensweise. Du bist umgeben von Menschen, die dich lieben und das Beste für dich wollen.«

»Es ist wirklich toll. Mit all den Geschwistern, Cousins und Cousinen hatten wir immer jemanden zum Spielen. Und zum Streiten, als wir klein waren.«

»Eure Moms müssen unglaublich viel Geduld haben. Achtzehn Kinder!«

»Sie waren ziemlich entspannt. Charley hat mal gesagt, dass in ihren Kaffeetassen immer Wodka war, wenn wir als Kinder zusammen gespielt haben.«

»Wer könnte ihnen das übel nehmen, bei so viel Verantwortung?«

»Ich jedenfalls nicht.«

»Willst du mal Kinder haben?«

Die Frage überraschte ihn. Er machte ihr die Autotür auf und half ihr hoch. »Wollte ich immer.«

»Und jetzt nicht mehr?«

Er zuckte die Achseln und schloss die Tür hinter ihr.

Brianna hoffte, dass sie mit der Frage keinen wunden Punkt erwischt hatte. Als er auf der Fahrerseite eingestiegen war, sagte sie: »Tut mir leid. Ich hätte das nicht fragen sollen.«

»Schon in Ordnung. Du kannst mich fragen, was immer du willst. Das weißt du ja.« Er machte den Motor an und fuhr in Richtung Elm Street, von der Baustelle aus nach links. »Ich dachte immer, dass ich in diesem Alter schon ein paar haben würde. Ich wollte keine acht Kinder, aber vielleicht drei oder sogar vier … Aber wir wissen ja alle, dass daraus nichts geworden ist.«

»Noch nicht.«

»Ich werde alt.«

»Du bist überhaupt nicht alt.«

»Doch, bin ich. Ich werde bald sechsunddreißig. Ich wollte nie in meinen Sechzigern sein, wenn ich meine Kinder zur Uni schicke, aber genau das würde passieren, wenn ich jetzt Kinder bekommen würde.«

»Sechzig ist das neue vierzig.«

»Ja, vielleicht, aber ich würde auch gerne irgendwann in den Ruhestand gehen, und Studiengebühren sind sehr teuer. Selbst mit Stipendium musste ich für meine ein Darlehen aufnehmen. Ich habe es erst vor zwei Jahren abbezahlt.«

»Herzlichen Glückwunsch! Das ist eine riesige Leistung. Ich werde meine wahrscheinlich nie abbezahlen, schon gar nicht mit diesem Gerichtsverfahren am Hals.«

»Wegen diesem Verfahren brauchst du dir überhaupt keine Sorgen zu machen.«

Sie fand es beruhigend, wie sicher er sich war. »Ich muss trotzdem noch die Verteidigung und meine Gegenklage finanzieren, und für die Scheidung zahle ich auch, obwohl ich bisher noch rein gar nichts erreicht habe. Der Mann meiner Cousine hat getan, was er konnte, aber ich bin immer noch verheiratet, ein ganzes Jahr, nachdem ich die Scheidung eingereicht habe.«

»Ich weiß, dass es jetzt gerade nicht so aussieht. Aber irgendwann, wenn alles geregelt ist, wird das alles keine Bedeutung mehr haben. Es ist dann nur noch eine böse Erinnerung. Es wird nicht immer so schwer wiegen wie jetzt.«

»Ich hoffe, da hast du recht. Aber ich habe einfach das Gefühl, dass er alles tun wird, was in seiner Macht steht, um mir das Leben zur Hölle zu machen, solange er nur kann.«

»Du solltest Gray auch mal einen Blick auf deine Scheidungsunterlagen werfen lassen. Er ist sehr gut in dem, was er tut. Vielleicht kann er beides auf einmal für dich regeln.«

»Ich frage ihn mal wegen der Scheidung. Es ist einfach unfassbar lächerlich.«

»Es ist mehr als lächerlich, aber versuch, dir keine Sorgen zu machen. Die Wahrheit ist auf deiner Seite.«

»Das hat mir bisher herzlich wenig gebracht.«

»Ich muss einfach daran glauben, dass es trotzdem eine Rolle spielt, Bri. Du kannst beweisen, dass er dich beklaut und angelogen und bewusst manipuliert hat. Darauf muss es doch letzten Endes ankommen. Ich weiß es genau.«

»Danke. Es hilft wirklich, das zu hören. Du weißt mehr darüber, was Rem getan hat, als irgendjemand sonst, der mir wichtig ist. Sogar mehr als meine Cousine, und der habe ich einiges darüber erzählt. Das Ganze war mir so peinlich, dass ich anderen nur gerade so viel erzählt habe, damit sie verstehen, warum ich nicht mehr mit ihm zusammen sein kann.«

»Ich bin froh, dass du es mir erzählt hast, und ich bin immer für dich da, wenn du darüber reden willst.«

»Ich habe es so satt, darüber zu reden. Wie kann es sein, dass du das Zuhören nicht mindestens genauso satthast?«

»Ich rede einfach gerne mit dir. Egal, worüber wir reden.«

»Sogar wenn es um meinen gestörten Exmann geht?«

»Sogar über ihn. Ich habe auch eine gestörte Ex, vergiss das nicht.«

»Habe ich nicht vergessen, und ich wollte dich auch noch fragen, wie du dich fühlst, jetzt, nachdem du Gray gebeten hast, nach ihr zu suchen und die Scheidung in die Wege zu leiten.«

»Ich fühle überhaupt nichts. Ich empfinde nichts für sie, außer den plötzlichen, brennenden Wunsch, sie los zu sein.«

»Und hat das einen besonderen Grund?«

»Es gibt da diese andere Frau.«

»Jemand, den ich kenne?«

»Nein, du kennst sie nicht.«

Sie gab ihm einen spielerischen Schubs, der dafür sorgte, dass er lachte und erst im letzten Moment den riesigen Elch sah, der mitten auf der Straße stand.

Noah trat auf die Bremse. Der Truck kam zunächst ins Rutschen, blieb dann aber wenig mehr als einen Meter von Fred entfernt stehen. Der Elch starrte sie an, als seien sie das Problem.

»Verdammt.«

»Brianna, das ist Fred, der Stadtelch von Butler.«

»Hör auf. *Das* ist Fred, der Stadtelch?«

»Genau, das ist er, wie er leibt und lebt.«

»Er ist *riesig.*« Sie drehte sich um und schaute nach hinten. »Setz zurück, bevor er uns angreift.«

»Das macht er nicht. Fred ist handzahm.«

Er war verrückt geworden. »*Was?* Ernsthaft, Noah, nichts wie weg!«

Statt den Rückwärtsgang einzulegen, ließ Noah das Fenster hinunter und steckte den Kopf nach draußen. »Hi, Fred. Wie geht's denn so?«

Muh.

Brianna sprang fast aus ihrem Sitz. Nie im Leben hätte sie erwartet, dass ein Tier so laut muhen konnte. »Noah …«

»Du machst meiner Freundin Angst, Freddylein. Sie ist neu hier und hat sonst noch keine Freunde wie dich.«

»Das hier ist der durchgeknallteste Ort, an dem ich je gewesen bin. *Redest* du gerade mit einem *Elch*?«

»Ich rede mit Fred. Ich kenne ihn schon mein ganzes Leben lang. Uns verbindet eine jahrzehntelange Freundschaft.«

»Ich kann nicht mehr. Ich kann einfach nicht mehr.«

Noah lachte. Zu Fred sagte er: »Könntest du vielleicht freundlicherweise deinen Allerwertesten von der Straße bewegen, damit wir fahren können, bevor meine Freundin einen Herzinfarkt bekommt?«

»Ich glaube, ich hatte schon einen.«

Fred stieß ein weiteres lautes Muhen aus, das Brianna zusammenzucken ließ, dann schritt er gravitätisch über die Fahrbahn in Richtung Unterholz und machte sich wieder auf den Weg.

»Also, das war Fred.«

»Ich kann nicht reden. Ich hyperventiliere gerade noch.«

»Du könntest ihm in der Stadt direkt gegenüberstehen,

und er würde dir nie etwas tun. Er ist wirklich ein sanftes Wesen. Meine Cousine Hannah zieht bei sich zu Hause einen Babyelch namens Dexter groß. Fred kommt jeden Tag vorbei, um mit ihm zu spielen. Ich kann dir Dex ja mal vorstellen, wenn du willst.«

»Gibt es diese Stadt wirklich? Deine Cousine hat einen Babyelch namens Dexter. Bei sich zu Hause?«

»Ja, und sie hat sogar ihren Mann, Nolan, überredet, Dexter ins Haus zu lassen. Wir sind uns nicht sicher, wie sie das geschafft hat, aber Dex hat jetzt ein warmes Körbchen am Kamin.«

»Wenn ich wieder in Boston bin und den Leuten erzähle, was hier oben vor sich geht, wird mir niemand glauben. Sie werden sagen, dass ich mir das alles nur ausdenke, vor allem, dass die Cousine meines Freundes Noah einen Babyelch hat, der *bei ihr im Haus schläft.*«

»Hannah ist eine Elchflüsterin.«

»Haha.«

»Nein, wirklich. Du solltest mal sehen, wie sie Fred dazu bringt, alles zu tun, was sie will. Das ist etwas ganz Besonderes. Aber das Allerbeste ist, Nolan dabei zu beobachten, wie er einen Nervenzusammenbruch erleidet, weil seine hochschwangere Frau mit einem riesigen Elch redet, als sei er der freundliche Nachbar von nebenan.«

»Es ist tröstlich zu hören, dass wenigstens ein Mensch in dieser Stadt noch einen Krümel Verstand übrig hat.«

»Ach, komm schon, du kannst mir nicht erzählen, dass du nicht langsam anfängst, Butler zu mögen.«

»Was kann man an Butler nicht mögen? Kein Handyempfang, riesige Elche auf den Straßen, Babyelche, die vor dem Kamin schlafen, eine Kälte, von der einem beim Atmen die Lungen weh tun, und Autos, die von Bergstraßen stürzen. Habe ich noch was vergessen oder war das alles?«

Noah grinste. »Atemberaubende Landschaften, interessante Menschen, die dafür sorgen, dass es einem niemals langweilig wird, so viel Schnee, dass einem gar nichts anderes übrig bleibt, als es sich monatelang am Feuer gemütlich zu machen. Es ist nicht alles nur schlecht.«

»Ich hoffe, du hast nicht den Eindruck, dass ich das sage. Vermont ist wunderschön, selbst mit dem riesigen Elch, der sich gerne mitten auf die Straße stellt.«

»Dieser Elch hat meinen Cousin zu seiner Frau geführt.«

»Ich kann nicht fassen, dass sie hiergeblieben ist, nachdem sie mit dem Elch zusammengestoßen ist. Ich wäre um mein Leben gerannt.«

»Na ja, das war gar nicht so einfach, weil sie knietief im Matsch versunken ist, als sie aus dem Auto stieg. Habe ich schon erwähnt, dass es in Vermont eine Schlammsaison gibt?«

»Es wird einfach immer besser.«

»Ich weiß. Unglaublich, oder? Aber der goldene Herbst macht die Schlammzeit wieder wett.«

»Da muss ich mich auf deine Aussage verlassen.«

»Du solltest ein bisschen länger hier oben bleiben, damit du einen realistischen Eindruck hast, bevor du irgendwelche voreiligen Schlüsse ziehst. Du hast bisher nur die schlechtesten Seiten kennengelernt. Obwohl manche von uns den Winter am liebsten mögen, wegen dem Skifahren und den ganzen anderen Wintersportarten.«

»Das liegt wohl eher daran, dass ihr hier oben alle komplett bescheuert seid. Ich glaube, euch ist bei der Kälte das Hirn eingefroren oder so was. Ihr glaubt, dass es normal ist, mit einem Elch zu reden.«

»Das ist ja auch normal.«

»Ist es nicht.«

»Doch.«

»Nein.«

»Doch.«

»Ist es nicht.« Sie hatte mit ihm mehr Spaß, als sie je mit einem Mann gehabt hatte. Selbst mit dem, den sie damals geheiratet hatte, weil sie dachte, dass sie ihn für immer lieben würde.

Noah bog in ihre Straße ab, damit sie sich vor der Wanderung noch umziehen konnte, und verlangsamte das Tempo, als er sah, dass ein Polizeiauto vor ihrem Haus wartete. »Was ist denn da los?«

Brianna rutschte das Herz in die Hose. Sie hätte Noah am liebsten gesagt, dass er weiterfahren sollte, damit sie sich nicht mit noch mehr Drama beschäftigen musste.

Er bog in ihre Einfahrt ein, schaltete den Motor aus und schaute sie an. »Was es auch ist, ich bin bei dir, und es wird alles gut.«

Brianna glaubte so langsam, dass für sie nie wieder »alles

gut« sein würde. Sie musste sich zwingen, aus dem Truck zu steigen und mit Noah zu dem Polizeibeamten zu gehen, der in ihrer Einfahrt auf sie wartete.

»Ich bin Officer Brinkman von der Vermont State Police. Sind sie Brianna Denning?«

»Das war mein Ehename. Ich heiße jetzt wieder Brianna Esposito, weil meine Ehe nicht mehr besteht. Worum geht es?«

»Ich wusste nicht, dass Sie nicht mehr verheiratet sind. Sie sind als nächste Angehörige von Remington Denning aufgeführt.«

»Wir sind noch nicht offiziell geschieden, aber wir sind schon seit mehr als einem Jahr nicht mehr zusammen. Ich habe keine Ahnung, warum er mich als nächste Angehörige angeben sollte.«

»Was brauchen Sie denn von ihr, Officer?«

»Und Sie sind?«

»Noah Coleman. Ein Freund.«

»Es tut mir leid, Ihnen sagen zu müssen, dass Ihr Exmann ermordet worden ist.«

Die Worte dröhnten in ihren Ohren, und ihre Knie gaben nach. Nur Noahs Arm um ihre Taille sorgte dafür, dass sie aufrecht stehen blieb.

Rem war tot.

21

»Ich wünschte, ich wäre wieder ein kleines Mädchen.
Aufgeschürfte Knie heilen so viel schneller
als gebrochene Herzen.«
Julia Roberts

Nach dem Albtraum, den Rem ihr beschert hatte, sollte es Brianna eigentlich egal sein, dass er tot war. Sie hätte dankbar sein sollen, dass er für immer aus ihrem Leben verschwunden war. Aber der Teil von ihr, der ihn einmal von ganzem Herzen geliebt hatte, ließ sich nicht so leicht ignorieren. »W… was ist passiert?«

»Man hat ihn im Stadtgarten von Boston gefunden. Er hatte mehrere Stichwunden.«

Noah drückte ihre Schulter, damit sie nicht vergaß, dass er da war.

Brianna lehnte sich an ihn, während sie versuchte zu verarbeiten, was der Beamte ihr sagte. Sie weigerte sich, wegen dem Mann, der ihr die Hölle auf Erden bereitet hatte, zu weinen. Sie würde nicht weinen. »Sind … Wissen seine Eltern schon Bescheid?«

»Ja, Ma'am. Sie haben uns gesagt, wo wir Sie finden können. Sie haben uns darum gebeten, Ihnen auszurichten, dass Sie sich bei ihnen melden sollen, sobald Sie können.«

Brianna versuchte, diese neue Information zusammen mit der Tatsache, dass Rem nicht mehr lebte, zu verarbeiten. Sie wusste, dass sie überrascht sein müsste, aber sie war es nicht. Nicht so sehr, wie es angebracht gewesen wäre. Wenn man Menschen so behandelte, wie er sie behandelt hatte – und es war zweifellos nicht nur ihr so gegangen –, dann holte einen das irgendwann ein.

»Die Polizei von Massachusetts würde sich gerne mit Ihnen unterhalten. Sie haben uns gebeten, Sie zur Staatsgrenze von Massachusetts zu bringen, wo sie Sie treffen werden.«

»Warum wollen sie mit mir sprechen? Ich habe ihn seit einem Jahr nicht mehr gesehen, und ich hatte auch sonst keinen Kontakt zu ihm.«

»Leider ist mir der Grund nicht bekannt, Ma'am. Ich habe lediglich den Auftrag, Sie dorthin zu begleiten.«

»Wird sie verdächtigt?«, fragte Noah.

»Über diese Information kann ich bedauerlicherweise keine Auskunft erteilen.«

»Wir möchten mehr darüber wissen, bevor Sie sie von hier wegbringen«, sagte Noah. »Und ihr Anwalt wird dabei sein.«

Gott sei Dank hatte Noah all seine Sinne beisammen. Ihr eigenes Gehirn weigerte sich einfach, richtig zu funktionieren, seit sie gehört hatte, dass Rem tot war. Dass er *ermordet* worden war.

»Ich werde mich mit den Kollegen in Verbindung setzen«, sagte der Beamte.

»Wir gehen jetzt ins Haus und warten auf Ms. Espositos Anwalt. Sie wird gerne von hier aus mit der Polizei sprechen, wenn ihr Anwalt dabei ist.«

»Sind Sie auch Anwalt?«, fragte der Beamte.

»Nein, aber mein Bruder, und ich weiß gerade genug darüber, wie diese Sachen funktionieren, um Ihnen zu versichern, dass sie nirgendwo hingeht und auch nicht mit der Polizei spricht, bevor ihr Anwalt da ist. Sie finden uns im Haus.« Er griff nach Briannas Arm und zog sie mit sich zur Hintertür. »Komm mit, Bri. Wir gehen jetzt rein und rufen Gray an.« Als sie vor der Tür standen: »Schlüssel?«

Sie reichte ihm ihren Schlüsselbund. »Was ist hier los, Noah?«

»Ich weiß es nicht, aber das finden wir schon noch raus. Keine Sorge.«

Keine Sorge. Ja klar. Panik stieg in Brianna auf und drohte, sich jeden Moment einen Weg nach draußen zu bahnen. Als sie im Haus waren, ging Noah sofort zu dem Telefon, das auf der Arbeitsfläche in der Küche stand, und rief seinen Bruder an. Sie hörte, wie er Worte sagte, aber keines davon drang in diesem Moment zu ihr durch. Sie war ihm so dankbar, dass er das für sie übernahm. Der Schock saß zu tief, um mehr zu tun, als auf dem Sofa zu sitzen. Sie musste sich schon darauf konzentrieren, ihre letzte Mahlzeit bei sich zu behalten.

Sobald sie das volle Ausmaß von Rems Betrug begriffen hatte, war die Liebe, die sie einmal für ihn empfunden hatte, einen schnellen, schmerzhaften Tod gestorben. In drei komplett surrealen Tagen war aus Liebe Hass geworden, und all die Träume und Hoffnungen, die sie gehabt hatte, waren in einem Strudel aus Trauer und Wut verschwunden, aus dem sie erst seit kurzem langsam wieder auftauchte.

Aber zu hören, dass er tot war, dass er ermordet worden war …

Sie musste sich doch übergeben. Sie sprintete zum Badezimmer und schaffte es gerade noch rechtzeitig zur Toilette, wo sie sich ihres Mageninhalts entledigte und unter Schluchzern, die ihren ganzen Körper erschütterten, zusammenbrach.

Plötzlich war Noah da und hielt ihr Haar zurück. »Es ist okay, Liebes. Es geht dir gut.«

Nein. Brianna schüttelte den Kopf. Es würde ihr niemals wieder gut gehen, wenn es ihr so weh tun konnte zu hören, dass der Mann, der ihr Leben zerstört hatte, tot war. Was zum Teufel stimmte eigentlich nicht mit ihr, dass diese Nachricht einen solchen Effekt auf sie hatte?

»Doch.« Er wischte ihr das Gesicht mit einem Handtuch ab, dann setzte er sich zu ihr auf den Boden und hielt sie fest, während sie sich ausweinte. »Es wird alles wieder gut. Das verspreche ich dir.«

Brianna hatte keine Ahnung, wie lange sie dort gesessen hatten, als sie hörte, wie Grayson hereinkam und nach ihnen rief.

Noah küsste sie aufs Haar und stand auf. »Komm raus, wenn du bereit bist.«

»Noah …«

»Ich bin da, Brianna, und ich gehe auch nicht weg.«

Er würde nie wissen, was seine beruhigende Anwesenheit ihr in jenem Moment bedeutete. »Danke.«

Noah verließ das Badezimmer und ging zu Gray. Briannas Reaktion auf die Nachricht vom Tod ihres Exmannes hatte ihn aus der Bahn geworfen. Er konnte es kaum mitansehen, dass es ihr so schlecht ging.

»Danke, dass du gekommen bist«, sagte er zu Grayson.

»Kein Problem. Geht es ihr gut?«

»Ganz und gar nicht, und wir haben keine Ahnung, was die Polizei von Massachusetts von ihr will.«

»Dann finden wir das erst mal raus.« Grayson ging zur Tür und winkte dem Polizeibeamten, ins Haus zu kommen. »Ich bin Grayson Coleman.«

Der Beamte schüttelte Gray die Hand. »Officer Brinkman. Ich habe mit der Polizei von Massachusetts gesprochen, und sie können auch am Telefon mit ihr sprechen, allerdings möchten sie sich vorbehalten, sie doch noch persönlich zu einem Gespräch einzubestellen, falls das nötig ist.«

»Dafür werden sie uns Gründe nennen müssen.«

»Das ist ihnen bewusst.«

»Ich sehe mal nach, ob Ms. Esposito in der Lage ist, mit ihnen zu sprechen.« Noah ging zurück ins Badezimmer. Brianna saß immer noch genau da, wo er sie zurückgelassen hatte. Ihre neuen Wanderschuhe erinnerten ihn daran, wie schnell sich ihre Pläne zerschlagen hatten. »Gray ist da. Kannst du mit der Polizei reden, Liebling?«

»Ich weiß nicht, was sie von mir wollen. Ich weiß überhaupt nichts.«

»Das musst du ihnen einfach nur sagen.« Er half ihr auf und ließ seine Hände an ihrer Hüfte liegen, während sie sich die Zähne putzte und die Haare kämmte.

»Tut mir leid, dass ich so durcheinander bin.«

»Muss es aber nicht. Das war ein großer Schock für dich.«

»Ich weiß nicht, warum es mich so mitnimmt. Nach allem, was er mir angetan hat …«

»Du hast ihn einmal geliebt. Deshalb nimmt es dich mit. Trotz allem ist er dir eben nicht egal.«

»Ist er aber. Er ist mir egal.«

»Natürlich, er bedeutet dir nicht mehr so viel wie früher, aber trotzdem. Es würde jeden Menschen mitnehmen zu hören, dass jemand, den man einmal geliebt hat, ermordet worden ist.«

»Es ist alles so verwirrend.«

»Ich weiß, Süße, aber lass uns mit den Cops sprechen, damit wir sie los sind. Wir können in Ruhe über alles reden, wenn sie weg sind.«

»Okay.«

Noah nahm ihre Hand und führte sie ins Wohnzimmer.

Gray und der Polizeibeamte saßen auf den Sesseln, so dass für sie das Sofa übrig geblieben war.

»Ich habe Detective Mercer aus Massachusetts am Telefon«, sagte Brinkman. »Er arbeitet in diesem Fall mit der Polizei von Boston zusammen. Detective Mercer, Brianna Esposito ist jetzt hier, mit ihrem Anwalt, Grayson Coleman, und seinem Bruder Noah Coleman, der mit ihr befreundet ist.«

»Grayson Coleman. Warum kommt mir dieser Name bekannt vor?«

»Unsere Wege haben sich ein paarmal gekreuzt, als ich in Boston gearbeitet habe.«

»Ah, okay. Na ja, danke, dass Sie bei dem Anruf mit uns dabei sein können. Ms. Esposito, mein herzliches Beileid zu Ihrem Verlust.«

»Es ist nicht mein Verlust. Ich habe mich vor über einem Jahr von ihm getrennt.«

»Wann haben Sie ihn zum letzten Mal gesehen oder mit ihm gesprochen?«

»Letztes Jahr an Heiligabend. Da habe ich ihn zur Rede gestellt, weil er mit mehreren anderen Frauen geschlafen und Geld von unserem gemeinsamen Konto gestohlen hat. Seitdem habe ich nur über Anwälte mit ihm kommuniziert.«

»Und wann haben Sie ihn zuletzt gesehen?«

»Am selben Tag. Seitdem nicht mehr.«

»Auch nicht vor Gericht?«

»Wir waren nie vor Gericht, weil er sich weigert, die Scheidungspapiere zu unterschreiben.« Brianna fiel ein, dass Rem tot war. »Ich sollte wahrscheinlich sagen: Er hat sich geweigert. Vergangenheitsform.« Sie war nicht mehr verheiratet, und unter anderen Umständen wäre das Grund zum Feiern gewesen. Doch danach war ihr nun so überhaupt nicht zumute.

»Ich werde ehrlich zu Ihnen sein, Ms. Esposito. Ihr Exmann hat mehrere Leute gebeten, der Polizei zu raten, mit Ihnen zu sprechen, falls ihm je etwas passieren sollte.«

Nach allem, was sie über den Mann, den sie geheiratet hatte, wusste, hätte Brianna das eigentlich nicht überraschen sollen. Aber sie war trotzdem so schockiert, dass es ihr die Sprache verschlug. Es dauerte eine volle Minute, bis sie sich genug gesammelt hatte, um zu verstehen, dass die anderen auf eine Antwort warteten.

»Ms. Esposito? Haben Sie eine Ahnung, warum er das gesagt haben könnte?«

»Weil er mir schaden wollte«, sagte sie leise.

»Ist Ihnen bekannt, dass Mr. Denning eine dissoziale Persönlichkeitsstörung hat?«, fragte Grayson.

»Das war mir nicht bekannt«, sagte der Detective. »Er hatte eine offizielle Diagnose?«

»Das weiß ich nicht sicher«, sagte Brianna. »Aber ich kann Ihnen versichern, dass sein Verhalten absolut dieser Persönlichkeitsstörung entspricht. Seine Eltern würden Ihnen dasselbe sagen. Ich kann Ihnen die Nummer der Therapeutin geben, bei der ich in Boston in Behandlung war, und ihr eine Vollmacht geben, mit Ihnen über alles zu sprechen, was ich mit ihm ertragen musste.«

»Das wäre sehr hilfreich«, sagte der Detective.

»Ich hole mein Handy, damit ich Ihnen die Nummer geben kann.« Brianna stand auf und ging ins Schlafzimmer. Ihre Beine waren immer noch wackelig. Rem war ermordet worden, und er hatte es so gedreht, dass sie verdächtigt werden würde. Würde dieser Albtraum je zu Ende sein? Sie nahm das Handy vom Netzteil und ging wieder ins Wohnzimmer, wo sie ihre Kontakte durchsah, bis sie die Nummer gefunden hatte, die sie suchte. »Sie können ihr ausrichten, dass Sie die Nummer von mir haben. Ich sage ihr Bescheid, dass Sie sich melden werden.«

»Vielen Dank. Können Sie mir sagen, wo Sie während der letzten achtundvierzig Stunden waren?«

»Genau hier, mit mir«, sagte Noah. »Die ganze Zeit.« Er zögerte keine Sekunde lang, obwohl er damit seinem Bruder offenbarte, dass sie miteinander schliefen.

»Wir arbeiten zusammen«, fügte Noah hinzu. »Und wir sind auch außerhalb der Arbeit zusammen.« Er griff nach ihrer Hand und hielt sie fest. Seine Hand war warm, und sie bemerkte, wie kalt ihre eigenen Hände waren. »Sie hat Vermont seit mehr als zwei Monaten nicht verlassen.«

»Das ist wirklich sehr hilfreich«, sagte der Detective. »Haben Sie eine Ahnung, warum Ihr Exmann mehreren Leuten sagen könnte, sie sollten nach Ihnen suchen, wenn ihm etwas passiert?«

»Weil er psychisch krank ist! Es würde mich mehrere Stunden kosten, Ihnen von dem Albtraum zu erzählen, den ich mit ihm durchlebt habe. Erst gestern habe ich eine Anklageschrift von ihm zugestellt bekommen. Er wollte mich verklagen. Ein Jahr nach der Trennung. Und jetzt das hier.«

»Worum ging es in der Klage?«

»Er verlangt Schadensersatz, weil ich ein paar Leuten erzählt habe, dass er ein Soziopath ist. Was er ist.« Brianna sollte wirklich *war* statt *ist* sagen, aber sie hatte immer noch nicht vollständig verstanden, dass er wirklich tot war. »Es gibt keinen Zweifel daran, dass es viele gab, die ihn gerne tot gesehen hätten. Er hat gelogen und gestohlen und betrogen, und er hat nicht das geringste bisschen Reue empfunden. Die Menschen, die er damit verletzt hat, waren ihm völlig egal. Seine Eltern können Ihnen erzählen, wie er war. Sie wissen Bescheid.«

»Wir schicken heute noch ein paar Detectives zu ihnen, um sie zu befragen. Ich glaube, wir haben jetzt alles, was wir von Ihnen brauchen. Weil Sie ein Alibi haben, werden wir nicht noch mehr von Ihrer Zeit in Anspruch nehmen. Aber halten Sie sich bitte bereit und seien Sie erreichbar, falls wir zusätzliche Informationen benötigen.«

»A... alles klar«, antwortete Brianna. Ihre Nerven hingen in Fetzen.

»Können Sie uns sagen, mit wem wir sonst noch sprechen sollten, enge Freunde oder Leute, die geschäftlich mit ihm zu tun hatten?«

Brianna nannte ein paar Namen. »Aber das war vor mehr als einem Jahr. Seine Freundschaften hielten nie besonders lange, weil alle früher oder später herausfanden, was für ein Mensch er war. Ich habe keine Ahnung, ob sie noch mit ihm zu tun haben. Hin und wieder habe ich noch mit seinen Eltern gesprochen, aber mit den anderen, die ich Ihnen genannt habe, hatte ich seit der Trennung keinen Kontakt mehr.«

»Das ist sehr hilfreich. Danke schön.«

»Ich möchte klarstellen, dass meine Klientin in diesem Fall in keiner Weise verdächtigt wird«, sagte Grayson.

»Sie wird zu diesem Zeitpunkt nicht verdächtigt«, antwortete der Detective. »Wir behalten uns vor, sie erneut zu befragen, falls das nötig werden sollte.«

»Verstanden«, antwortete Grayson.

»Nochmals vielen Dank für Ihre Zeit, Ms. Esposito.«

Officer Brinkman beendete das Telefonat und legte das Telefon auf den Wohnzimmertisch. »Wir wissen Ihre Kooperation wirklich sehr zu schätzen. Wir werden nicht noch mehr von Ihrer Zeit in Anspruch nehmen.«

Grayson stand auf, um ihn zur Tür zu bringen. Eine Minute später kam er zurück und setzte sich ihnen gegenüber. »Ich glaube nicht, dass du dir Sorgen machen musst, Brianna. Das war eine reine Formalität, damit sie dich ausschließen konnten.«

Noah hatte weiterhin seinen Arm um sie gelegt und übertrug seine Wärme und seine Unterstützung auf sie. »Was können wir für dich tun, Bri?«

»Ich weiß es nicht. Ich weiß einfach gar nicht, was ich denken soll. Oder fühlen. Ich weiß überhaupt nichts.«

»Egal, wie eure Beziehung verlaufen ist und wie es zu Ende ging, egal, was du mit ihm durchgemacht hast, es ist dennoch ein Schock zu hören, was mit ihm passiert ist«, sagte Grayson.

»Ja, das stimmt«, seufzte sie. »Auch wenn es einige meiner Probleme aus der Welt schafft.« Sie warf Noah einen Seitenblick zu. »Wenigstens bin ich jetzt nicht mehr verheiratet – nicht, dass ich gewollt hätte, dass es auf diese Weise geschieht. So sehr ich ihn auch gehasst habe wegen allem, was er mir angetan hat, habe ich ihm doch nie den Tod gewünscht.«

»Das wissen wir, Liebling«, sagte Noah. »Natürlich hast du dir das nicht gewünscht.«

»Ist es okay, vor Brianna offen über deine Situation zu sprechen?«, fragte Grayson seinen Bruder.

»Ja«, antwortete Noah.

»Mein Mann glaubt, dass er sie außerhalb von Burlington gefunden hat. Er fährt morgen hin, um sich zu vergewissern.«

»Das ging ja schnell«, sagte Noah.

»Er ist gut. Deshalb arbeite ich ja mit ihm zusammen. Ich melde mich, sobald ich von ihm höre, und in der Zwischenzeit kümmere ich mich um den Papierkram.«

»Vielen Dank, Gray. Vielen Dank, dass du gekommen bist, als ich angerufen habe.«

»Kein Problem.«

»Ja, vielen Dank, Grayson«, meldete sich Brianna zu Wort. »Ich weiß es wirklich zu schätzen, dass du da bist und dass du hinter mir stehst.«

»Wir regeln das«, sagte Gray. »Ich weiß, ich habe da

leicht reden, aber bitte versuch, dir keine Sorgen zu machen. Du hast die Wahrheit auf deiner Seite.«

»Die Wahrheit …« Brianna schüttelte den Kopf. Plötzlich war sie unglaublich müde. »Es ist erstaunlich, wie sehr manche Leute die Wahrheit manipulieren können. Rem war darin ein echter Profi. Er konnte einen dazu bringen zu glauben, dass man gerade den Verstand verliert, weil er die Vergangenheit einfach komplett umgedichtet hat. Dabei kannte man eigentlich die Wahrheit doch ganz genau. Ich hatte immer gedacht, dass Menschen in ihrem Grundwesen anständig sind. Er hat mir gezeigt, dass es nicht so ist.«

»Das lag an ihm, nicht an dir, Brianna«, sagte Grayson. »Du hast den Typen einfach nur geliebt. Ich lasse euch jetzt alleine, damit du dich ausruhen kannst. Ruf mich an, wenn ich noch etwas tun kann.«

»Du bist der Beste«, sagte Brianna. »Vielen Dank noch mal.«

»Ich freue mich, wenn ich helfen kann.«

Noah stand auf und ging mit ihm nach draußen, wo sich die beiden Männer umarmten. Sie sah sehr gerne, wie stark die Bindung zwischen Noah und seinen Geschwistern war, auch wenn er immer so tat, als wäre er lieber alleine.

Dieser Gedanke erinnerte ihn daran, dass seine Schwestern sie zum Abendessen eingeladen hatten. »Du musst deine Schwestern anrufen und ihnen sagen, warum wir nicht zum Abendessen gekommen sind.«

»Oh, Mist. Das hatte ich vergessen. Ich mache es jetzt gleich. Ist es okay, wenn ich ihnen sage, was passiert ist?«

»Klar.«

Noah nahm das Telefon vom Tisch und rief bei sich zu Hause an.

Brianna hörte laute Musik im Hintergrund, als am anderen Ende jemand abhob.

»Hi, ich bin's«, sagte Noah. »Brianna hat gerade erfahren, dass ihr Exmann in Boston ermordet worden ist. Wir mussten uns um die Polizei kümmern und so weiter, deshalb schaffen wir es heute nicht.«

Sie hörte nicht, was am anderen Ende gesagt wurde.

»Nein, ich glaube nicht, dass sie das heute Abend möchte.«

»Was denn?«, fragte Brianna.

»Sie wollen herkommen und das Abendessen mitbringen.«

»Ist okay, können sie machen.«

»Bist du sicher?«

Brianna nickte. »Ich kann die Ablenkung gebrauchen.«

»Na gut, okay. Bri sagt, kommt nur, aber fragt sie nicht aus, habt ihr verstanden?« Noah gab ihnen die Adresse von Briannas Haus und legte auf. »Ich möchte mich im Voraus für das Chaos entschuldigen, das sie garantiert hinterlassen werden.«

»Ich freue mich darauf. Sie sind wirklich cool, und es hilft heute Abend sicher, von Freunden umgeben zu sein.«

»Du bist definitiv von Freunden umgeben. Ich hoffe, das weißt du.«

»Ich bin froh, dass du hier bist. Du hilfst mir mal wieder

durch einen echt schweren Tag hindurch, weil du da bist und meine Hand hältst.«

»Deine Hand halte ich am liebsten.« Er zog sie an seine Lippen und küsste den Handrücken. »Es wird alles gut. Sag mir, dass du das weißt.«

»Weiß ich.«

»Du hast einen schrecklichen Schock erlitten, und deine Emotionen spielen komplett verrückt.«

»Ja, das stimmt. Wenn du mir vorher gesagt hättest, dass ich noch irgendetwas anderes für ihn empfinden kann, als Abscheu, hätte ich dich ausgelacht. Aber als ich gehört habe, was ihm passiert ist …«

»Das ist doch ganz normal, Bri. Du hast diesen Mann einmal mehr geliebt als alles andere. Es ist nur verständlich, dass sein Tod dich traurig macht.«

»Es macht mich traurig zu wissen, dass er sich wahrscheinlich mit jemandem angelegt hat, der sich sein Verhalten nicht gefallen lassen hat. Dass seine Krankheit letztendlich zu seinem Tod geführt hat. Er hatte nie eine Chance, weil es für eine dissoziale Persönlichkeitsstörung keine Heilung gibt. Er konnte gar kein Mitgefühl für andere Menschen entwickeln, auch wenn wir das als etwas Selbstverständliches ansehen. Er hatte einfach nicht die Fähigkeit dazu.«

»Die ganze Sache ist einfach nur traurig. Als die Polizei gesagt hat, dass es im Stadtgarten passiert ist, habe ich daran gedacht, dass ich dort letzten Juni auf der Hochzeit meines Cousins Wade war. Sie haben im Park die Bilder gemacht.«

»Rem hat den Stadtgarten gehasst. Er war gegen alles allergisch.« Sie schluchzte plötzlich wieder los. Ihr brach das Herz für den Mann, für den sie ihn gehalten hatte, nur, um dann herauszufinden, dass dieser Mann eine Illusion gewesen war, eine Kreation ihrer Einbildungskraft, ein Hochstapler der übelsten Sorte.

Noah drückte sie an sich und strich ihr tröstend über den Rücken.

»Ich habe keine Ahnung, warum ich weine.«

»Es spielt keine Rolle, warum. Lass es einfach raus.«

»Ich muss seine Eltern anrufen«, sagte sie zehn Minuten später.

»Willst du das jetzt gleich machen, damit es erledigt ist?«

»Ja, wahrscheinlich.«

Noah streckte die Hand nach dem Telefon aus und reichte es ihr.

Brianna hielt es eine ganze Weile lang in der Hand, bevor sie die Nummer wählte. Sie kannte sie immer noch auswendig.

Er blieb an ihrer Seite und wünschte sich, dass er ihr den Schmerz hätte nehmen können, den die Neuigkeiten bei ihr auslösten.

»Hi, hier ist Brianna.« Tränen liefen ihr die Wangen hinunter. »Ich … es tut mir so leid, was passiert ist. Mein herzliches Beileid.«

Noah konnte eine gedämpfte Stimme am anderen Ende hören, aber nicht, was gesagt wurde.

»Ja, die Polizei war hier. Ich habe ihnen gesagt, was ich weiß, also wirklich nicht viel. Ich hatte ihn schon lange nicht mehr gesehen.«

Sie sprach noch ein paar Minuten mit ihnen, drückte wieder ihr Beileid aus und hielt dann inne, um zuzuhören. Das, was sie sagten, löste noch mehr Tränen aus. »Danke«, flüsterte sie. »Ich melde mich.« Sie beendete das Telefonat und seufzte tief: »Ich muss auch meine Eltern noch anrufen, damit sie es nicht von jemand anderem erfahren.«

»Na dann los. Bring es hinter dich.«

Nach dem emotionalen Gespräch mit ihren Eltern nahm Noah ihr das Telefon ab, schaltete es aus und legte es auf den Wohnzimmertisch. »Geht es dir gut?«

»Ich habe keine Ahnung, wie es mir geht. Seine Eltern waren so nett. Sie haben gesagt, egal, wie es ausgegangen ist, sie glauben von ganzem Herzen, dass Rem mich so sehr geliebt hat, wie er nur konnte.«

»Das könnte doch ein tröstlicher Gedanke sein, oder? Dass er dich auf die beste Art und Weise geliebt hat, die ihm eben zur Verfügung stand?«

»Vielleicht. Ich weiß es nicht. Es ist alles so verwirrend. Wie kann ich nur die meiste Zeit so über ihn denken, wie ich eben denke, und dann trotzdem am Boden zerstört sein, weil er tot ist?«

»Weil du ein guter Mensch bist und weil ein Teil von dir die Person, für den du ihn gehalten hast, geliebt hat. Und glaub mir, ich verstehe das. Es ist ein riesiges Durcheinander an Emotionen, das überhaupt keinen Sinn ergibt.«

»Nein, das stimmt, es ergibt wirklich keinen Sinn. Das ist einfach Rems Gegensätzlichkeit. Sie hassen das, was er mir angetan hat, aber ein Teil von ihnen liebt eben auch den Menschen, für den wir ihn alle gehalten haben.«

»Komischerweise ergibt das für mich Sinn.«

»Ich bin froh, dass du es verstehst. Für mich ist es einfach sehr schwer, mir klarzuwerden, was zum Teufel ich fühlen soll.«

»Du machst das schon, Liebling. Einfach weiteratmen.«

Sie saßen immer noch eng aneinander gekuschelt auf dem Sofa, als seine Schwestern klingelten. Sie trugen Töpfe und Tabletts, und eine hatte sogar einen Mixer dabei. Sie machten sich in der Küche ans Werk und ließen Brianna und Noah in Ruhe, bis sie bereit waren, sich zu ihnen zu gesellen. Und dann umarmte jede von ihnen Brianna und sprach ihr ihr Beileid aus, während Sarah ihr eine Margarita reichte.

»Danke schön. Das ist wirklich sehr lieb von euch.«

»Unser herzliches Beileid«, sagte Nessa.

»Ich habe ein schlechtes Gewissen, Beileidswünsche für einen Mann anzunehmen, den ich manchmal am liebsten selbst erstochen hätte.«

»Du darfst dich schlecht fühlen, weil jemand, den du mal geliebt hast, auf diese Weise gestorben ist«, sagte Sarah.

»Danke schön. Was habt ihr denn gekocht? Es riecht unglaublich lecker.«

»Enchiladas«, sagte Ally. »Auch welche nur mit Grillgemüse, für dich.«

Ihre Aufmerksamkeit trieb Brianna wieder die Tränen in die Augen. »Es ist wirklich lieb von euch, das Abendessen hierher zu verlegen.«

»Sehr gerne«, sagte Nessa. »Also, jetzt setz dich mal hin und lass dich von uns umsorgen.«

Brianna setzte sich an den Tisch und ließ sie machen. Sie hatte nie Schwestern gehabt, aber sie könnte sich definitiv daran gewöhnen, diese Frauen in ihrem Leben zu haben.

22

»Eines Tages wirst du dich an mich erinnern, und daran,
wie sehr ich dich geliebt habe ... Dann wirst du dich
selbst hassen, weil du mich hast gehen lassen.«
Drake

Brianna mit seinen Schwestern zu beobachten brachte Noah völlig aus dem Gleichgewicht. Für ihn hatte sich etwas verändert, etwas Großes, Wichtiges. Er liebte sie. Nachdem seine Ehe in die Brüche gegangen war, hatte er sich geschworen, so etwas nie wieder zuzulassen. Nie wieder einem anderen Menschen die Kontrolle über das eigene Herz und seine Gefühle zu geben. Bis Brianna in sein Leben geplatzt war und alles auf den Kopf gestellt hatte.

Diese Erkenntnis machte ihn ganz schwindelig. Er fühlte sich, als sei er in einen bodenlosen Abgrund gestürzt.

Er liebte sie.

Sie war ihm wichtig.

Er hasste es, dass sie wegen eines Mannes traurig war, der sie überhaupt nicht verdient hatte.

Er wollte, dass sie ein Teil seines Lebens war.

Und nichts von alledem hätte passieren sollen. Es war sein Ziel gewesen, alles zu vermeiden, das einer Bindung ähnelte oder von ihm verlangte, dass er einem fremden

Menschen vertraute. Aber sie war kein fremder Mensch. Nicht mehr, und egal, wie sehr er das hatte umgehen wollen: Er vertraute ihr.

»Was ist los?«, fragte Brianna ihn leise.

Als er sie anschaute, sah er, dass ihre Augen rot und geschwollen waren. »Nichts.«

»Es tut mir leid, dass ich wegen ihm so durcheinander bin. Das ist so gar nicht das, was ich mit diesem Nachmittag und diesem Abend vorhatte.«

»Du kannst doch gar nichts dafür, und ich kann mir überhaupt nicht vorstellen, wie es mir gehen würde, wenn so etwas mit *ihr* passiert wäre. Wahrscheinlich wäre ich verstört, weil mich die Nachricht so traurig stimmt.«

»Ja, genau das ist es. Es hilft wirklich, dass du das verstehst, aber das erklärt noch nicht, was gerade mit dir los war.«

»Gar nichts. Ich habe nur nachgedacht.«

»Erzählst du es mir später?«

Er konnte ihr nicht sagen, dass er sie liebte. Noch nicht, und schon gar nicht heute Abend. Das konnte einfach nicht am selben Abend passieren, an dem sie herausgefunden hatte, dass ihr Exmann tot war. Aber er konnte ihr sagen, dass er Gefühle hatte, und herausfinden, ob es ihr auch so ging. Und wenn ja? Was dann? »Ja«, sagte er zur Antwort auf ihre Frage. »Wir reden später.«

»Ich freue mich auf später.«

O dieses kleine Lächeln, die hübschen Augen, dieses Gesicht, ihre Locken ... Er war verrückt nach ihr, und es wurde von Minute zu Minute schlimmer.

Seine Schwestern waren ungewöhnlich aufmerksam. Sie räumten die ganze Küche wieder auf, spülten das Geschirr ab und machten sich kurz nach dem Abendessen wieder auf den Weg. Jede von ihnen umarmte Brianna zum Abschied und sagte ihr, dass sie ihnen wichtig war und dass sie für sie da waren, falls sie jemanden zum Reden brauchte.

»Ich fahre morgen wieder nach Boston für die Schule.« Sarah umarmte Noah. »Sag mir Bescheid, wie sich die Lage hier entwickelt, okay?«

»Mache ich.«

Sie flüsterte ihm ins Ohr: »Ich mag sie. Versau es nicht.«

Noah lachte und gab ihr einen spielerischen Schubs. »Jetzt hau schon ab. Und fahr vorsichtig morgen.«

»Ja, Dad.«

»Wo wir gerade von Dad sprechen: Hat er sich diese Woche nicht blicken lassen?«

»Wir haben nichts gehört, und das hätten wir sicher«, sagte Nessa. »Schockiert es hier irgendwen, dass er nicht da ist?«

»Nein«, sagten Ally und Noah wie aus einem Munde.

»Egal«, sagte Ally. Sie zog ihren Mantel an und befreite ihr langes Haar aus dem Kragen. »Izzy braucht ihn nicht. Sie hat ja uns. Und Cabot. Der ist jetzt schon seit Tagen bei ihr.«

»Was läuft da eigentlich?«, fragte Noah.

»Ich glaube, das weiß Izzy nicht mal selbst.« Sarah lachte. »Aber sie hat ihn jedenfalls noch nicht rausgeschmissen, immerhin.«

Wenn Izzy nicht wollte, dass er da wäre, dann wäre er nicht da. So viel war sicher.

»Habt ihr was gehört, wann sie nach Hause kann?«, fragte Noah.

»Sie meinen, vielleicht übermorgen«, sagte Nessa, »und Cabot hat vor, bei ihr zu bleiben und ihr zu helfen, solange sie Hilfe braucht.«

»Ist Izzy klar, dass er total verliebt in sie ist?«, fragte Brianna.

»Sie ist sich nicht sicher«, sagte Ally. »Sie ist genauso überrascht wie wir, dass er hierbleiben möchte.«

»Sehr interessant«, sagte Noah. »Danke noch mal für das Abendessen.«

»Komm nicht zu spät nach Hause.« Sarah lächelte Brianna an. »Das hat er früher immer so gerne zu uns gesagt.«

»Weil keine von euch je rechtzeitig zu Hause war, und dann musste ich Mom zuhören, wie sie darüber geschimpft hat, wo ihr bloß seid und was ihr macht.«

Ally zwinkerte ihm zu. »Das wüsstest du wohl gerne.«

»Nein, das will ich überhaupt nicht wissen.«

Brianna lachte über sie, was ihn sehr dankbar für seine Schwestern und die Leichtigkeit, die sie an diesem schwierigen Abend mitgebracht hatten, machte.

Er brachte sie zum Auto und winkte, als sie davonfuhren. Wieder im Haus machte er das Außenlicht aus und schloss die Tür ab, bevor er sich fragte, ob Brianna überhaupt wollte, dass er blieb. Vielleicht wollte sie lieber alleine sein? Er sollte sie wenigstens fragen.

Sie hatte sich auf der Couch zusammengerollt, mit einer Decke auf dem Schoß.

Noah setzte sich neben sie. »Was kann ich tun?«

»Du hast schon so viel getan. Danke, dass du da bist. Du und deine Schwestern, ihr habt es mir so leicht gemacht, meine Sorgen zu vergessen.«

»Möchtest du alleine sein?«

»Nein«, sagte sie rasch. »Außer, du möchtest lieber nach Hause.«

»Ich wäre lieber bei dir.«

»Sagst du mir jetzt, worüber du eben nachgedacht hast, als deine Augen plötzlich so komisch ausgesehen haben?«

»Haben sie?«

»Haben sie.«

»Heute Abend geht es nicht um mich. Es geht um dich und darum, dass du alles hast, was du brauchst.«

»Ich kann nicht mehr darüber reden. Reden wir über was anderes.«

»Das, worüber ich nachgedacht habe, passt besser zu einem anderen Zeitpunkt, wenn es sonst nichts gibt, was uns das Leben schwer macht.«

Sie runzelte die Stirn. »Das klingt aber ernst.«

»Es ist ernst, aber auf eine gute Art.«

Sie legte den Kopf schief und schaute ihn so intensiv an, dass er sich fragte, ob er etwas im Gesicht hatte. »Was sagst du da, Noah?«

»Noch gar nichts, Brianna, weil du einen schweren Tag hattest.«

»Okay, dann tun wir so, als wäre ein anderer Tag. Was würdest du dann zu mir sagen?«

»In diesem Fall würde ich vielleicht sagen, dass ich mich frage, was passiert, wenn du hier fertig bist und zurück nach Boston gehst. Ich würde dir sagen, dass ich darüber nachdenke, vielleicht mit dir zu gehen, weil ich mir nicht mehr vorstellen kann, ohne dich hier zu bleiben. So was in der Art würde ich wahrscheinlich sagen, wenn heute ein anderer Tag wäre.«

Ihr Mund öffnete sich leicht, und sie riss die Augen auf. »Du würdest mit mir nach Boston kommen?«

Er zuckte die Achseln. »Vielleicht.«

»Aber deine Firma und deine Familie … dein ganzes Leben ist hier.«

»Wenn du dort bist, ist mein ganzes Leben dort.«

»Noah …«

»Siehst du? Genau das meinte ich. Es ist nicht der richtige Zeitpunkt.«

»Doch, ist es. Es ist der perfekte Zeitpunkt, um mir zu zeigen, dass die Vergangenheit keine Macht mehr über mich hat.«

»Das hat sie auch nicht. Du bist wundervoll, und ich möchte einfach nur mit dir zusammen sein. Wenn du nach Boston musst, dann gehen wir eben nach Boston. Wenn du möchtest, dass ich mitkomme, natürlich.«

»Ja.« Brianna atmete tief aus. »Ich möchte, dass du mitkommst. Ich will dich. Hier, dort, ganz egal. Überall.«

Er streckte die Arme nach ihr aus und drückte sie an

sich. Die Erleichterung war überwältigend. Sie würden mehr Zeit haben. Es würde Veränderungen geben und schwierige Entscheidungen, aber er hatte ihr gesagt, dass er sich für sie entschieden hatte. »Ich wollte so was nicht. Nie wieder. Ich war fest entschlossen, es um jeden Preis zu vermeiden, bis diese attraktive, unglaublich nervige Architektin aufgetaucht ist und mit einem Mal lebenswichtig für mich geworden ist.«

»Ich bin für dich lebenswichtig?«

»O ja.« Er gab ihr einen Kuss. »Du sorgst dafür, dass ich kein mürrischer Einzelgänger mehr sein möchte. Du sorgst dafür, dass ich wieder zu meiner Familie gehören will, statt mich in meiner schlechten Laune zu vergraben. Hast du eigentlich eine Ahnung, was das für ein Wunder ist? Ich hatte wirklich geglaubt, dass ich den Rest meines Lebens so verbringen würde.«

»Du hast viel zu viel zu geben, um so zu leben. Ich wünschte, du könntest sehen, wie deine Schwestern dich anschauen. Sie lieben dich so sehr, und sie bewundern dich. Sie sind so froh, dass sie dich wiederhaben.«

»Woher weißt du das?«

»Das haben sie mir gesagt. Jede Einzelne hat diese Woche etwas darüber gesagt. Dass sie dich vermisst haben, dass sie ganz traurig waren, weil du so traurig warst, und dass sie dir gerne geholfen hätten, aber einfach nicht wussten, wie.«

»Sie sind herzallerliebst, auch wenn sie mich manchmal in den Wahnsinn treiben.«

»Sie lieben dich.«

»Und ich liebe sie auch.« Er verschränkte seine Finger mit ihren und schaute auf ihre miteinander verbundenen Hände hinunter. »Es gibt noch etwas, das ich über diese großen Sachen sagen muss, über die wir eben gesprochen haben.«

»Und was?«

»Die größte der großen Sachen.«

»Okay ...«

»Wenn wir das hier machen, wenn wir uns auf diese Beziehung einlassen, dann muss ich mir sicher sein können, dass wir beide es wirklich ernst meinen. Ich kann nicht noch einmal so etwas durchmachen und ich bin mir sicher, dass es dir nicht anders geht.«

»Ich meine es ernst, aber ich bin mir nicht sicher, ob ich bereit bin zu versprechen, dass das hier bis zu meinem Lebensende dauern wird. Nach allem, was passiert ist, vertraue ich meinem eigenen Urteilsvermögen einfach nicht genug. Und ich weiß natürlich, dass du kein bisschen so bist wie er, aber ich dachte auch eine ganze Weile lang, dass er perfekt ist. Bis ich herausgefunden habe, wie falsch ich damit lag, und jetzt ...«

»Jetzt weißt du nicht mehr, was du glauben sollst.«

»So in der Art.«

»Das verstehe ich. Ich kann nur weiterhin beweisen, dass du mir vertrauen kannst, in der Hoffnung, dass du mir vielleicht irgendwann glauben kannst.«

»Das tue ich jetzt schon. Ich muss mir nur sicher sein,

dass ich nicht schon wieder eine falsche Entscheidung treffe.«

»Na ja, die gute Nachricht ist, dass du erst in ein paar Wochen wieder nach Boston musst, und das bedeutet, dass wir noch viel Zeit miteinander verbringen und einander besser kennenlernen können.« Es würde ihm außerdem Zeit geben, ihr zu zeigen, dass er genau das war, was sie brauchte. Wie er das anstellen wollte, das wusste er noch nicht genau, aber er würde jedenfalls alles tun, was nötig war, um sie in seinem Leben zu behalten.

Im Bett kuschelte Brianna sich an Noah. Er war so warm wie ihre ganz persönliche Heizdecke. In einem Winter in Vermont war das wirklich gut. Und er war so liebevoll zu ihr gewesen, hatte ihr gesagt, dass er nach Boston ziehen würde, wenn das nötig war, damit sie zusammenbleiben konnten, wenn sie die Arbeiten am Hotel beendet hatten.

Doch wollte sie überhaupt wieder nach Boston? Ihr Leben dort war nicht mehr dasselbe, seit ihre Ehe in die Brüche gegangen war. Wo sie auch hinging, wurde sie mit schmerzhaften Erinnerungen an Erlebnisse mit Rem konfrontiert, aus der Zeit, als sie noch nicht gewusst hatte, dass ihre gesamte Beziehung eine einzige, große Lüge war.

Die Freunde, die sie nach der Trennung anfangs so unterstützt hatten, konzentrierten sich nun wieder auf ihren Alltag, ihre Ehen, ihre Kinder, und Brianna musste sich mit der Frage auseinandersetzen, wie es sein konnte, dass in ihrem eigenen Leben alles so verdammt schiefgelaufen war.

Ihre Cousine, Dominique, war der einzige Mensch, den sie wirklich vermissen würde, wenn sie nicht wieder zurückkehrte, aber Dom war ohnehin so mit ihrer Familie beschäftigt, dass sie sich kaum noch sahen.

Dazu kamen noch die Brüder, für die sie arbeitete. Sie stritten ununterbrochen und machten jeden einzelnen Arbeitstag damit so nervenaufreibend, dass sie den Auftrag in Vermont – draußen, auf einer Baustelle, im Winter – ohne zu zögern angenommen hatte. Sie hatte einfach nur für ein paar Monate alles hinter sich lassen wollen. Schon in Boston hatte sie darüber nachgedacht, sich eine neue Arbeit zu suchen, lange bevor der Wiederaufbau des Admiral Butler Inn ihr eine Verschnaufpause verschafft hatte. Selbst wenn sie wieder nach Boston ging – für diese Firma wollte sie nicht mehr arbeiten.

Falls sie wieder nach Boston ging …

Seit wann stand das überhaupt zur Debatte?

Sie lächelte in die Dunkelheit hinein. Es stand zur Debatte, seit Noah ihr gesagt hatte, dass er sie in seinem Leben haben wollte, aber nur, wenn sie vorhatte, Teil seines Lebens zu bleiben.

Natürlich verstand sie, warum er sich diese Sicherheit wünschte. Sie wollten beide nie wieder so verletzt werden wie in ihren vorherigen Beziehungen. Allerdings wusste Brianna nur zu gut, dass es dafür keine Garantie gab. Selbst mit den besten Absichten konnte am Ende etwas schiefgehen.

»Worüber denkst du nach?«, murmelte er. Seine Stimme war heiser, er klang ganz verschlafen.

»Über dich.«

»Was denn genau?«

»Das, was du eben gesagt hast.«

»Ich möchte nicht, dass du wach liegst und dir Sorgen darüber machst.«

»Ich mache mir keine Sorgen. Ich denke nach.«

»Rede mit mir. Sag mir, was dir durch den Kopf geht.«

»Es ist so schön, dass du mich nachts warm hältst.«

Er schlang die Arme fester um sie. »Ich habe es nie gemocht, so zu schlafen, bis du dich an mich gekuschelt hast. Du bist so sexy. Jetzt liebe ich nichts mehr, als so mit dir im Bett zu liegen.«

»Hast du das mit deiner Frau nicht gemacht?«

»Nein. Sie wollte nicht berührt werden, wenn sie geschlafen hat.«

Brianna küsste seinen Hals und atmete seinen Geruch ein. »Da hat sie definitiv was verpasst.«

»Ach, so ist das?« Er lachte leise.

»O ja.« Eine Weile lang genoss sie einfach nur das warme, sichere Gefühl, dass sie immer hatte, wenn er sie festhielt. »Ich möchte, dass du weißt ...«

»Was denn, Süße? Was soll ich wissen?«

»Wenn ich je wieder irgendjemandem vertrauen würde, dann würde ich mir wünschen, dass du das bist.«

»Ich habe gesehen, was mein Vater seiner Frau und seinen Kindern angetan hat, und mir schon als Teenager geschworen, dass ich nie diese Art Mensch sein werde. Einer, der einfach geht und die, die ihn lieben, im Stich lässt. Ich bin vielleicht nicht perfekt, aber ich haue nicht einfach ab, wenn es mal schwierig wird. Wenn Mel nicht getan hätte, was sie getan hat, hätte ich sie nie rausgeworfen, auch wenn es in unserer Ehe Dinge gab, die mir nicht gefallen haben.«

»Was denn zum Beispiel?«

»Sie hat sehr viel Zeit mit ihren Freunden verbracht – mehr als mit mir. Sie sind sogar zusammen verreist.«

»Ohne dich?«

»Ja. Sie haben mich nicht gefragt. Wir haben auch Sachen zusammen gemacht, aber es hat mich schon etwas verletzt, dass sie so viel Zeit mit anderen Leuten verbracht hat und dass sie ihr wichtiger zu sein schienen als ich.«

»Hast du ihr das mal gesagt?«

»Das habe ich versucht, aber sie wollte es nicht hören. Es ging um ihre Freundinnen, und die waren ihr am wichtigsten.«

»Das ist dir gegenüber nicht fair.«

»Ich wusste, dass sie sich unglaublich nahestanden, bevor wir geheiratet haben. Ich dachte nur, dass unsere Beziehung irgendwann Vorrang haben würde, aber es hat sich nie etwas verändert. Mir ist erst viel später, lange nachdem sie weg war, klargeworden, dass ich in unserer Ehe einsam war. Aber ich habe durchgehalten, weil wir verheiratet waren. Das war mir wichtig.«

»Sie hatte dich nicht verdient.«

»Nein, das stimmt.«

Brianna lachte. »Wir haben beide so viel mehr verdient, als wir hatten.«

»Da hast du recht. Und deswegen glaube ich auch, wenn wir das hier versuchen, dann wissen wir, wie es funktioniert. Weil wir wissen, was nicht funktioniert.«

»Mit Sicherheit«, seufzte sie. »Ich möchte auch, dass du weißt, dass ich schon lange, bevor ich hergekommen bin, über einige Veränderungen in meinem Leben nachgedacht habe.«

»Welche denn?«

»Vor allem die Arbeit. Ich hasse meinen Job. Die Brüder, für die ich arbeite, schreien sich den ganzen Tag gegenseitig an. Ich halte das nicht mehr aus. Als jemand gesucht wurde, um den Wiederaufbau des Hotels zu leiten, habe ich sofort zugeschlagen. Ich wollte einfach nur weg von ihnen, selbst wenn das bedeutete, im Winter nach Vermont zu gehen. Und du weißt mittlerweile, wie sehr ich die Kälte hasse.«

Noah schob ein Bein zwischen ihre. »Aber jetzt, da du weißt, wie man sich in Vermont warm hält, ist es gar nicht mehr so schlimm, oder?«

»Alles an Vermont ist anders als erwartet.«

»Dann zieh hierher und steig in meine Firma ein.«

Brianna hob den Kopf von seiner Brust. »Was?«

»Du hast schon richtig gehört. Ich habe schon länger über diese Idee nachgedacht, und du würdest perfekt dazu passen.«

»Was denn für eine Idee?«

»Deine Idee mit den Umbauten. Es gibt überall in Vermont diese tollen alten Gebäude, aus denen man wirklich schöne Wohnhäuser machen könnte. Meine Tante und mein Onkel zum Beispiel leben in einer restaurierten Scheune. Die ist einfach unglaublich. Das schönste Zuhause, das ich kenne. Du müsstest es sehen, um wirklich einen Eindruck davon zu bekommen. Ich kann morgen mit dir hinfahren.«

»So wie Graysons Haus, die restaurierte Kirche?«

»Ja, genau. Ich dachte, das wäre womöglich eine gute Geschäftsidee. Wir könnten die Gebäude kaufen, restaurieren und – mit einem möglichst hohen Gewinn – wieder verkaufen. Es suchen ständig Leute Häuser, weil sie zum Skifahren hierher wollen. Ich kann mir vorstellen, dass es dafür wirklich einen Markt gibt.«

»Das ist die interessanteste Idee, die ich seit langem gehört habe.«

Er lachte. »Das kann doch nicht sein.«

»Doch, es ist aber so. Das würde sicher Spaß machen, und es würde nie langweilig werden. Mein Kopf ist jetzt schon voller Gedanken und Einfälle und Pläne.«

»Obwohl ich selbständig bin, stellen die Kunden täglich so viele Ansprüche, dass ich es langsam satthabe. Und ich denke, wenn ich mich ganz darauf konzentriere, könnte ich tatsächlich so arbeiten, wie es zu mir passt. Ich würde dich gerne dabeihaben.«

»Wirklich? Du würdest mit mir zusammenarbeiten wollen, obwohl wir uns wochenlang nur gestritten haben?«

»Wir haben doch nur wochenlang gestritten, weil wir beide versucht haben, zu überspielen, wie anziehend wir uns gegenseitig fanden.«

»Ich fand dich nicht anziehend.«

»Du bist so eine Lügnerin.«

Brianna bekam einen Lachanfall.

»Jetzt ist alles anders.« Er kniff sie zur Bekräftigung in den Hintern. »Wir wären ein tolles Team. Du kümmerst dich um die Entwürfe, und ich setze sie um. Während ich ein Projekt fertigstelle, könntest du das nächste planen.«

»Ich bekomme Gänsehaut.«

Noah strich ihren Arm entlang. »Ja, stimmt.«

»Jetzt habe ich so viel zum Nachdenken.«

»Ich bin froh, dass du über gute Sachen nachdenkst und nicht über die, die dir weh getan haben.«

Sie legte die Hand an sein Gesicht und drehte ihn zu sich, um ihn zu küssen. »Danke, dass du mir gute Sachen zum Nachdenken gegeben hast.«

»Du hast dasselbe für mich getan.«

»Ich brauche nur noch ein bisschen mehr Zeit. Ich hoffe, das verstehst du.«

Er gab ihr einen Kuss. »Klar, das verstehe ich, und ich gehe auch nicht weg. Ich werde genau hier sein, wenn du herausgefunden hast, was du willst.«

23

»Ich kann in drei Worten alles zusammenfassen, was ich über das Leben gelernt habe: Es geht weiter.«
Robert Frost

Das Gespräch, das sie mitten in der Nacht geführt hatten, veränderte etwas zwischen ihnen – und zwar zum Guten. Noah wusste nun, dass sie gründlich über seine Idee nachdenken würde, auch wenn sie die Sache vorerst nicht mehr erwähnten.

Noah hatte erfahren, dass Izzy endlich wieder zu Hause war. Cabot hatte sie wie versprochen begleitet und las ihr jeden Wunsch von den Augen ab. An diesem Abend, zwei Tage nach ihrem nächtlichen Gespräch, besuchten sie Izzy und brachten jede Menge Essen mit. Brianna hatte ihre berühmte Lasagne gemacht, weil Izzy wegen der Begeisterung ihrer Schwestern so neugierig darauf gewesen war.

Als Noah in Izzys Einfahrt fuhr, sah er, dass Rays Truck vor dem Haus parkte. »Mom und Ray sind auch hier.«

»Ich habe eine ganze Menge gekocht, es reicht also locker, falls sie auch mitessen wollen.«

Noah beugte sich über die Mittelkonsole und gab ihr einen Kuss. »Danke, dass du für meine Familie gekocht hast. Schon wieder.«

»Ich finde deine Familie großartig.«

Das war nur noch ein weiterer Grund für Noah, sie zu lieben. Mel war oft von seiner lauten, chaotischen Familie genervt gewesen, die ständig etwas mit ihnen unternehmen wollte. Sie hatte meistens etwas anderes vor, wenn er Zeit mit seinen Geschwistern und den Abbotts verbrachte. »Zu viele Leute«, hatte sie immer gesagt und damit jede Einladung abgelehnt.

»Freut mich, dass du sie magst«, sagte Noah zu Brianna. »Warte, ich komme rüber und helfe dir, alles zu tragen.«

Er ging um den Truck herum und öffnete die Beifahrertür, um ihr die schwere Auflaufform abzunehmen. Nachdem sie eine Tasche hinter dem Sitz hervorgeholt hatte, folgte sie ihm den Weg zu Izzys putzigem Häuschen im Craftsman-Stil.

»Was für ein schönes Haus!«

»Izzy fühlt sich hier auch sehr wohl. Sie hat das meiste selbst gemacht, mit ein bisschen Hilfe von ihrem Bruder, der übrigens Bauingenieur ist. Es hat Jahre gedauert.«

»Wirklich wunderschön.«

»Finde ich auch. Sie hat das toll hinbekommen.«

Das Haus war weiß gestrichen, mit leuchtend roten Akzenten. Noah hatte gedacht, dass das albern aussehen würde, aber Izzy war fest entschlossen gewesen, und er hatte später zugeben müssen, dass es perfekt aussah. Im Sommer war die Veranda voller Topfpflanzen und gemütlicher Gartenmöbel. Meistens half er seiner Schwester, diese Dinge für den Winter in den Keller zu tragen.

Cabot öffnete ihnen und hielt die Tür auf, damit sie mit dem Essen gut durchkamen. »Das riecht aber lecker.«

»Briannas berühmte Lasagne«, sagte Noah.

»Darauf freue ich mich schon den ganzen Tag«, sagte Cabot.

»Wie geht es unserer Patientin?«

»Heute schon viel besser«, sagte seine Mutter. »Sie hat sogar ohne Hilfe geduscht. Ich war hier, falls sie doch Hilfe braucht.«

»Bleibt doch zum Abendessen«, bat Noah. »Brianna hat genug für uns alle gekocht.«

»Wir wollen uns nicht aufdrängen«, sagte Hannah.

»Sei nicht albern. Es wäre toll, wenn ihr bleibt.«

Seine Mutter schaute ihn neugierig an, aber bevor er sie fragen konnte, was los war, half er Brianna, die Auflaufformen in den Ofen zu schieben.

»Das ist ihr ganzer Stolz.« Hannah zeigte auf den Ofen und den Gasherd in Restaurant-Qualität.

»Gleich nach den Kameras«, fügte Noah hinzu.

»Redet ihr etwa über mich?« Izzy kam in die Küche. Sie bewegte sich sehr langsam, sah aber deutlich besser aus als noch vor zwei Tagen.

Cabot stand mit einem Stuhl bereit und streckte seinen Arm aus, damit sie sich daran festhalten konnte, während sie sich vorsichtig setzte. Sie wirkten jetzt schon wie ein eingespieltes Team.

Noah beobachtete interessiert, wie liebevoll Cabot sich

um seine Schwester kümmerte. Er begegnete Izzys Blick und zog eine Augenbraue hoch. Sie zuckte die Achseln, als wüsste sie auch nicht mehr als er, was Cabot betraf.

Brianna stellte einen Teller mit Lasagne, Knoblauchbrot und Salat vor Izzy hin.

»Das sieht phantastisch aus«, sagte Izzy. »Danke schön. Alle haben so leckeres Essen vorbeigebracht. Ich wiege sicher fünfhundert Kilo, bevor ich mich wieder normal bewegen kann.«

»Du musst dich entspannen und deinen Körper heilen lassen«, sagte Hannah. Sie stellte ihren und Rays Teller auf den Tisch.

»Leichter gesagt als getan.« Izzy runzelte die Stirn. »Es gefällt mir gar nicht, dass ich so lange nicht arbeiten kann. Das ist der Nachteil an der Selbständigkeit. Ich habe keine Vertretung.«

»Du kannst deine Berufsunfähigkeitsversicherung in Anspruch nehmen.«

»Es wird eine Weile dauern, bis die zahlt«, sagte Izzy.

»Ich werde mich um alles kümmern, was du brauchst«, versicherte Cabot. »Bitte mach dir keine Sorgen.«

»Du wirst nicht meine Rechnungen bezahlen, Cabot«, sagte Izzy. »Aber es ist sehr lieb, dass du es anbietest.«

»Warum nicht? Du brauchst es, ich habe es, ist keine große Sache. Jetzt iss deine Lasagne, dann können wir später darüber streiten.«

Sie warf ihm einen vernichtenden Blick zu. Mit demselben Blick hielt sie auch immer ihre jüngeren Geschwister in Schach. Izzy konnte definitiv furchteinflößend sein, wenn sie das wollte – nicht für Noah, den älteren, weiseren Bruder, aber auf jeden Fall für die jüngeren. Sie taten, was Izzy sagte, und sie war ihrer Mutter eine große Hilfe gewesen, als aus den »Kids«, wie sie sie immer nannte, Teenager geworden waren.

Cabot hatte ja keine Ahnung, was ihm blühte, wenn die anderen weg waren.

Der Gedanke daran, wie Izzy Cabot zurechtstutzen würde, brachte Noah zum Lächeln. Er war so unglaublich dankbar, dass sie den furchtbaren Unfall überlebt hatte.

Als es an der Hintertür klingelte, stand Brianna auf, um nachzusehen, wer es war.

»Tut mir leid, dass ich euer Abendessen unterbreche.« Graysons Blick suchte Noahs.

»Alles okay?«, fragte Noah seinen Bruder.

»Kann ich mit dir alleine sprechen?«

»Was ist los, Grayson?«, fragte Hannah.

»Ich muss nur … Ich muss kurz mit Noah reden.«

Noah stand vom Esstisch auf und ging voran ins Wohnzimmer.

Grayson folgte ihm.

»Noah«, sagte Grayson so leise, dass nur Noah ihn hören konnte. »Wir haben Melinda gefunden.«

»Gut.«

»Das ist noch nicht alles.«

»Was?«

»Es gibt ein Kind. Einen Jungen. Der Privatdetektiv

hat gesagt, er ist ungefähr drei. Er hat aus der Ferne Fotos gemacht.«

Noahs ganzer Körper war mit einem Mal eiskalt. »Was zum Teufel sagst du da, Gray?«

»Also, mit den unscharfen Fotos können wir gar nichts beweisen …«

»*Was sagst du da, Gray?*«

»Er sieht aus wie du, Noah.« Grayson zeigte ihm das Foto auf seinem Handy, und Noah konnte sofort die Ähnlichkeit zu einem Foto von sich selbst erkennen, das im Haus seiner Mutter hing.

Die ganze Welt geriet in Schieflage, und er schaffte es gerade so, aufrecht stehen zu bleiben. Das konnte nicht wahr sein. *So etwas würde sie nicht tun.*

Und dann schrie er. Er hatte seine Mutter, Ray, Cabot, Izzy und Brianna völlig vergessen. Sie kamen alle ins Wohnzimmer gerannt und beobachteten ihn besorgt.

»Noah, mein Gott«, sagte Hannah. »Was ist denn los?«

»Ich bringe sie verdammt nochmal um!«

Grayson hielt ihn so fest, dass er sich nicht bewegen konnte. Er konnte nur schreien, so laut es ging. Es war das Einzige, was ihn davon abhielt, sich die Augen auszuweinen. Wie konnte sie ihm das antun? Wie? Sie hatte ihn geheiratet. Sie hatte ihm gesagt, dass sie ihn für immer lieben würde.

Als die Tränen kamen, riss er sich von seinem Bruder los und ließ sich aufs Sofa sinken, das Gesicht in den Händen vergraben.

Gray saß rechts von ihm, Brianna links. Er wusste, dass sie da war, weil er den frischen Duft ihres Haares riechen konnte.

»Was ist passiert?«, fragte Hannah.

»Erzähl es ihnen ruhig«, sagte Noah.

Und Grayson berichtete.

»Machst du Witze?« Hannahs Tonfall war genau der, der ihren Kindern früher immer gezeigt hatte, dass etwas ganz und gar nicht in Ordnung war.

»Noah.« Briannas leise Stimme und ihre sanfte Berührung machten ihn fertig.

Noah wollte nicht getröstet werden, nicht von ihr und auch sonst von niemandem. »Ich, äh. Ich muss gehen.«

»Wo willst du denn hin?«, fragte Grayson.

Er hatte keine Ahnung. Sein Haus war voller Geschwister, die sicher mit ihm darüber reden wollten. Doch das war das Letzte, was Noah in diesem Moment gebrauchen konnte. »Ich weiß es nicht, aber ich muss weg.«

»Bleib bei mir«, sagte Brianna. »Wir kriegen das schon hin.«

»Nein, tun wir nicht. Wir kriegen es nicht hin. Wir werden überhaupt nichts hinkriegen.«

Er ignorierte ihren betroffenen Gesichtsausdruck, und den Schmerz, den es ihm verursachte, zu wissen, dass er sie verletzt hatte. Er sprang auf, schnappte sich seine Jacke und rannte aus dem Haus.

Grayson lief ihm nach und sprang auf den Beifahrersitz seines Trucks, bevor Noah losfahren konnte.

»Steig aus und geh nach Hause, Gray«, sagte er. »Ich bringe sie schon nicht um. Ich brauche keinen Babysitter.«

»Ich bin auch kein Babysitter. Dein Haus ist voller Colemans. Fahr zu mir. Das Gästezimmer gehört dir, solange du allein sein möchtest. Emma und Simone sind heute Abend bei einem Pfadfinderinnentreffen.«

Nach langem Schweigen fragte Noah das, was ihm wirklich auf der Seele lag: »Wie konnte sie mir das antun?«

»Ich weiß es nicht. Es ist wirklich schrecklich.«

»Sie hat mir immer gesagt, dass sie mich so sehr liebt. Mehr als alles andere auf der Welt.«

»Es ist einfach nur scheiße gelaufen, aber wir werden alles herausfinden, Noah. Das verspreche ich dir.«

»Was soll das überhaupt heißen, alles herausfinden? Ich habe einen Sohn, von dem ich fast drei Jahre lang nichts wusste. Wie soll ich diese Zeit je zurückbekommen?«

»Das kannst du nicht. Aber du kannst von hier aus nach vorne schauen.«

Er starrte lange schweigend aus dem Fenster. Irgendwann bemerkte er, dass es schneite. »Ist sie noch mit Miguel zusammen?«

»Ja.«

»Super, er zieht also mein Kind als seines groß. Gerade, als ich dachte, die Situation kann nicht mehr schlimmer werden, als sie es eh schon ist.« Seine Wut machte es Noah fast unmöglich zu verstehen, was das hieß. »Sie hätte es mir nie gesagt.«

»Wahrscheinlich nicht.«

»Sie ist ein verdammtes Monster. Sie ist genauso schlimm wie Briannas Exmann.«

»Vielleicht sogar schlimmer.«

»Wie kann man je wissen, dass die Person, mit der man zusammen ist, einen am Ende nicht völlig fertigmachen wird?«

»Wenn es wirklich passt, weißt du es einfach.«

Noah schüttelte den Kopf. »Daran glaube ich nicht.«

»Tu das nicht, Noah. Wir haben alle gesehen, dass da etwas Besonderes ist zwischen Brianna und dir. Lass nicht zu, dass Melinda dir das auch noch kaputtmacht.«

Noah hörte, was sein Bruder sagte. Er fand sogar, dass er recht hatte, aber er war so verdammt wütend, dass er sich einfach nicht vorstellen konnte, je wieder irgendjemandem zu vertrauen, der nicht zu seiner Familie gehörte.

Nicht einmal Brianna.

»Ich weiß nicht, was ich für ihn tun kann.« Brianna war ganz aufgelöst, nachdem Noah gegangen war. »Was machen wir denn jetzt?«

»Wir geben ihm Zeit, diese Neuigkeit zu verdauen«, sagte Hannah. »Und wenn er das getan hat, dann unterstützen wir ihn in allem, was er tun muss.«

Cabot stand vom Tisch auf und fing an, das Geschirr abzuräumen. Er brachte es zum Spülbecken und ließ kurz klares Wasser darüber laufen, bevor er es in die Spülmaschine räumte. Er machte einen solchen Lärm, dass sie zu reden aufhörten und ihn anschauten.

»Cabot«, sagte Izzy. Als er nicht antwortete, rief sie ein zweites Mal seinen Namen.

Er hörte auf, Geschirr einzuräumen, und blieb an der Spüle stehen. Seine Schultern waren nach vorne gefallen und er ließ den Kopf hängen. »Tut mir leid. Das bringt so viele Erinnerungen zurück …«

Izzy streckte die Hand nach Brianna, die neben ihr saß, aus. »Hilf mir mal.«

Brianna stand auf und zog Izzy hoch.

Sie ging langsam zu Cabot, der immer noch an der Spüle stand, und legte den Arm um ihn.

»Du solltest nicht so viel laufen.«

»Schsch«, machte Izzy. »Mir geht es gut.«

Er ließ zu, dass sie ihn an sich zog. Es war offensichtlich, dass ihre Anwesenheit ihn tröstete.

Brianna sah ihnen zu und fühlte sich wie isoliert von allem, was gerade passierte. Das Einzige, woran sie denken konnte, war Noah, und wie er in den letzten Tagen in jedem schlimmen Moment an ihrer Seite gewesen war. Er war so lange für sie da gewesen, wie sie ihn gebraucht hatte. »Wo sind sie wohl hingefahren? Noah und Gray?«

»Die Kids sind alle bei Noah«, sagte Hannah.

»Dann sind sie sicher zu Gray«, meinte Izzy.

»Könntet ihr mich dort hinfahren?«, fragte Brianna Ray und Hannah. »Bitte?«

»Natürlich, Liebes«, sagte Ray. »Was immer du willst.«

»Ich muss zu Noah. Er muss wissen, dass er nicht alleine ist. Nicht mehr.«

»Wir bringen dich.«

»Fahrt ihr nur«, sagte Cabot. »Ich räume hier auf.«

»Bist du sicher?« Hannah beäugte die Tellerstapel auf dem Tisch.

»Ganz sicher. Bringt Brianna zu Noah.« Zu Brianna sagte Cabot: »Lass nicht zu, dass er dich wegschiebt. Zeig ihm, dass du für ihn da bist, egal, was passiert. Das wird ihm viel bedeuten, wenn der Schock nachlässt.«

»Mache ich«, sagte Brianna leise. »Danke, Cabot.«

Zwölf Minuten später hielt Ray vor Graysons Haus, wo Noahs Truck in der Einfahrt parkte.

Brianna war noch nie in ihrem Leben glücklicher darüber gewesen, ein Auto zu sehen.

Hannah drehte sich zu ihr um. »Er wird versuchen, dich wegzustoßen. So macht er das, wenn solche Sachen passieren. Er wird versuchen, eine Mauer um sich aufzubauen, um den Schmerz von sich fernzuhalten. Nimm Cabots Rat an und lass nicht zu, dass er dich wegschiebt.«

»Mache ich. Danke, ihr beiden.«

»Wir wünschen euch das Beste, Brianna«, sagte Hannah. »Mein Sohn hat seit Jahren nicht gelächelt. Wenn du da bist, dann lächelt er die ganze Zeit. Er braucht dich, auch wenn er sich einreden will, dass das nicht stimmt.«

»Ich brauche ihn auch. Ich werde nicht aufgeben. Keine Sorge.« Hannahs ermutigende Worte halfen Brianna, aus dem Wagen zu steigen und den freigeschaufelten Weg zur Hintertür hinunterzugehen. Dort waren sie auch beim letzten Mal ins Haus gegangen. Sie klingelte und war sich Rays und Hannas Anwesenheit im Auto hinter ihr nur allzu bewusst. Sie würden erst wegfahren, wenn sie im Haus war. Vielleicht würden sie zu Ray gehen, in die Wohnung über der Garage bei Gray und Emma. Darüber nachzudenken, was sie tun würden, war besser, als sich Sorgen zu machen, dass Noah sie wegschicken könnte.

Gray öffnete die Tür. Er schien überrascht, sie zu sehen. »Komm rein.«

Brianna winkte Ray und Hannah zu, dann folgte sie Grayson ins Haus. »Ich weiß, dass er mich nicht hier haben will, aber so leicht wird er mich nicht los.«

»Er ist ziemlich wütend.«

Brianna schüttelte sich die Stiefel von den Füßen. »Ich habe keine Angst vor ihm.«

Grayson lächelte. »Ich weiß, warum ich dich mag. Das Gästezimmer ist links vom Wohnzimmer. Die erste Tür rechts. Fühl dich wie zu Hause.«

»Danke, Gray. Und morgen kümmern wir uns um die Sorgerechtsklage, oder was auch immer wir tun müssen, oder?«

»Gleich in der Früh.«

»Perfekt.« Brianna durchquerte die Küche ins Wohnzimmer und bog dann nach rechts in den Flur ab. Vor der ersten Tür blieb sie stehen und holte tief Luft. Dann atmete sie wieder aus, straffte die Schultern, klopfte und betrat das Zimmer.

Noah stand am Fenster und schaute hinaus in die verschneite Dunkelheit.

Brianna schloss die Tür und lehnte sich dagegen. »Ich weiß, dass du mich nicht hier haben willst, aber ich werde nicht gehen. Du wärst mir in so einer Situation auch nicht von der Seite gewichen. Ob du es willst oder nicht, ich bin hier und ich bleibe auch hier. Du musst das nicht alleine durchstehen. Es gibt sehr viele Menschen, die dich lieben.« Sie fuhr sich mit der Zunge über die Lippen, die plötzlich ganz trocken waren. »Und ich gehöre dazu.«

24

»Die Trauer fliegt auf den Schwingen der Zeit davon.«
Jean de La Fontaine

Lange Minuten vergingen, in denen Brianna ganz alleine am Abgrund stand. Sie hatte einen gigantischen Sprung ins Ungewisse gewagt, für den eigentlich weder sie noch Noah bereit war. Und trotzdem waren sie jetzt hier, am selben Abgrund, und kurz davor zu fallen.

»Ich bin nicht gesellschaftsfähig, Bri.«

Irgendwie war es tröstlich, dass er ihren Spitznahmen verwendete. »Das ist okay. Ich bin einfach nur hier, falls du mich brauchst.«

Sie zog ihren Mantel aus und nahm ihn mit zum Bett, setzte sich auf die Matratze, den Mantel auf dem Schoß. Das würde nicht gehen. Sie sah ja aus, als würde sie jeden Moment wieder abhauen. Sie stand auf, hing den Mantel an einen Sessel in der Ecke und ging dann wieder zum Bett.

War sie bereit, die ganze Nacht zu bleiben? Wenn nötig. Es war kühl im Zimmer, und es dauerte nicht lange, bis ihr unangenehm kalt wurde, also schlüpfte sie unter die Decke und lehnte sich an die Kissen. Sie bewachte Noah, der sich keinen Zentimeter von seinem Posten am Fenster entfernte.

Sie hatte keine Ahnung, wie lange sie so geblieben waren, schweigend und voneinander entfernt, bis er sich ein wenig aufrechter hinstellte und sich räusperte.

»Weißt du, was ich gerne wissen würde?«

»Was denn?« Brianna war erleichtert, dass er etwas sagte, egal was.

»Wann ist aus einem ›ich werde dich immer lieben‹ ein ›ich schlafe mit deinem besten Freund‹ und dann ein ›ich bekomme ein Kind von dir und halte es nicht für nötig, dir das zu sagen‹ geworden? Wie ist das passiert? Was habe ich gemacht? Was habe ich nicht mitbekommen?«

Brianna war aus dem Bett aufgestanden, bevor er fertig gesprochen hatte. Sie schlang von hinten die Arme um ihn und hielt ihn fest. »Du hast nichts falsch gemacht, Noah, weil sie diejenige ist, die es vor dir verheimlicht hat. Sie wollte gar nicht, dass du weißt, dass sich etwas verändert hat.«

»*Warum?* Warum hat sie mir das angetan? Und unserem Kind?«

»Das weiß ich nicht. Und vielleicht werden wir es nie erfahren. Aber du weißt ja jetzt, dass dein Sohn da draußen ist, und er ist dein Sohn. Du kannst ab jetzt Teil seines Lebens sein.«

»Ich bin doch ein Fremder für ihn.«

»Jetzt noch, ja, aber mit der Zeit wird sich das verändern.«

»Ich bin so verdammt wütend. Ich war noch nie in meinem Leben so wütend, nicht mal, als ich sie mit Miguel erwischt habe. Das war mit der Wut, die ich jetzt empfinde, gar nicht zu vergleichen.«

»Ich kann mir nicht mal ansatzweise vorstellen, wie du dich fühlen musst.«

»Ich bin so furchtbar wütend. Es ist, als ob die Wut mich von innen auffressen will.«

»Lass das nicht zu, Noah. Kämpfe. Die Wut wird dir nicht helfen. Sie wird eine schwierige Situation nur noch schwieriger machen. Diese Lektion habe ich auf die harte Tour gelernt. Du solltest jetzt einzig und allein an deinen Sohn denken, und daran, dass du das Sorgerecht bekommst, das dir zusteht. Sie bedeutet nichts mehr für dich, außer, dass sie bald nur noch deine Exfrau ist, und die Mutter deines Sohnes.«

Er holte tief Luft und atmete langsam aus. »Ich wollte, dass sie für alles, was sie mir angetan haben, *leiden* müssen. Und stattdessen sind sie da draußen und leben ein glückliches Familienleben mit *meinem* Sohn. Er ist *mein* Sohn.«

»Ja, ist er, und er wird auch wissen, wer sein Vater ist, Noah. Er wird es spüren. Kinder erinnern sich nicht an die ersten paar Jahre ihres Lebens. Du wirst so ein wichtiger Teil seines Lebens sein, dass er nie etwas anderes kennen wird, als das Leben mit dir als seinem Vater.«

»Ich will das Sorgerecht.«

»Wir hören morgen mal, was Gray dazu sagt.«

»Es ist zu viel verlangt von dir, Brianna. Vor allem, weil in deinem Leben auch noch so viel los ist.«

»Es ist nicht zu viel.«

»Ich würde es dir nicht übel nehmen, wenn …«

»Was? Wenn ich mich aus dem Staub mache? Das wird nicht passieren, Noah, also versuch gar nicht erst, mich wegzustoßen. Hast du gehört, was ich eben gesagt habe? Ich liebe dich. Ich hatte nicht vor, dich zu lieben, als ich dir begegnet bin. Du hast mich jede einzelne Minute des Tages in den Wahnsinn getrieben, aber das ist vorbei. Und jetzt …«

»Was ist jetzt?« Noahs Stimme klang heiser.

»Jetzt bist du das Einzige, woran ich denken kann. Du bist alles, was ich will, und alles, was ich brauche, und ich liebe deinen Sohn jetzt schon, weil er nämlich zu dir gehört. Es ist nicht zu viel.«

Mit einem Stöhnen, das sich ganz so anhörte, als hätte Noah seinen Widerstand aufgegeben, drehte er sich zu ihr um, schlang seine starken Arme um sie und vergrub das Gesicht in ihrem Haar. »Ich liebe dich auch. Wie könnte ich dich nicht lieben? Du bist so süß und so klug und so sexy. Du bist perfekt für mich, weil du meinen Schmerz verstehst. Du würdest mir nie weh tun – genauso wenig, wie ich dich je verletzen könnte.«

»Das ist so ziemlich die beste Option, die man sich wünschen kann, wenn einem gerade erst das Herz gebrochen wurde.«

»Wir haben beide schon viel durchgemacht in unserem Leben.«

»Ja, mehr als genug.«

»Diese Sache mit meinem Sohn wird sicher hässlich. Ich werde mir die größte Mühe geben, dich davor zu schützen.«

»Nein, Noah, *ich* werde mein Bestes tun, um *dich* davor zu schützen. Wir werden das alles überstehen, wir regeln das zusammen. Versprochen.«

»Ich habe Angst, dass dieser ganze Mist uns kaputtmacht.«

»Das wird er nicht. Wir lassen es einfach nicht zu.« Sie nahm ihn bei der Hand und führte ihn zum Bett, wo sie ihm bedeutete, sich hinzusetzen. Sie ging vor ihm in die Hocke und schnürte seine Stiefel auf. »Leg dich unter die Decke.«

»Kommst du auch?«

»Das weißt du doch.«

Sie ging um das Bett herum, legte sich neben ihn und kuschelte sich an ihn.

Seine Arme schlangen sich um sie, und sie legte den Kopf auf seine Brust.

»Ich habe viel über deine Idee mit den Umbauten nachgedacht«, sagte sie.

»Wirklich?«

»M-hm, und je mehr ich darüber nachdenke, desto besser gefällt sie mir.«

»Wirklich?«

»Ja. Hast du schon bestimmte Gebäude im Kopf?«

»Ich habe zehn gefunden, die mich interessieren.«

»Das klingt super.«

»Ähm, Brianna?«

»Ja, Noah?«

»Dir ist doch bestimmt klar, wenn du hierbleibst und meine Geschäftspartnerin wirst und wir zusammen Häuser restaurieren, dann wirst du in Butler, Vermont leben. In Butler, wo es keinen Handyempfang gibt und wo es neun Monate im Jahr kalt ist. Du hasst es, wenn dir kalt ist.«

»Nein, das mag ich nicht. Aber du hast mir diese tolle neue Unterwäsche gekauft, die mich warm hält, und ich werde wahrscheinlich die meiste Zeit zu Hause im Büro sitzen, während du draußen auf der Baustelle arbeitest. Machst du mir ein Feuer, bevor du zur Arbeit gehst?«

»Mache ich. Ich mache es so groß, dass dir den ganzen Tag mollig warm ist.«

»Und wenn du nach Hause kommst, dann kuschelst du vor dem Feuer mit mir und lässt mich dich aufwärmen?«

»Auf jeden Fall. Und nachts halte ich dich im Bett warm.«

»Dann gehe ich davon aus, dass Herbst, Winter und Frühling in Vermont auszuhalten wären.«

»Meinst du das gerade alles ernst?«

»Wenn unser Leben so aussieht, wie das, worüber wir gerade reden, dann ja. Ich meine es ernst.«

»Du willst mit mir zusammenwohnen?«

»Weil wir ohnehin die ganze Zeit zusammen sein werden – das denke ich zumindest –, dann wäre es doch wirklich dumm, für zwei Wohnungen zu bezahlen, wenn wir nur eine brauchen.«

»Das ist wahr.«

»Und übrigens: Ja, ich möchte mit dir zusammenwohnen und die ganze Zeit mit dir zusammen sein. Aber nur, wenn du das auch willst.«

»Vor ein paar Wochen hätte ich noch gesagt auf keinen Fall, aber mir graut schon die ganze Zeit davor, dass das Hotel fertig ist und du wieder nach Boston gehst.«

»Das hast du mir gar nicht gesagt.«

»Ich wollte nicht, dass du ein schlechtes Gewissen hast, wenn du nach Hause zurückkehrst.«

»Es gibt dort nichts mehr, was mich hält. Die Männer, für die ich arbeite, kann ich nicht ausstehen, und abends gehe ich alleine nach Hause. Selbst meine engsten Freunde hatten keine Lust mehr darauf, dass ich ständig traurig bin. Sie haben aufgehört, mich zu fragen, ob ich etwas unternehmen möchte, weil sie wussten, dass ich sowieso nein sage. Ich musste erst hierherkommen, weg von allem, damit mir klarwurde, dass mein Leben eigentlich gar kein Leben mehr ist. Auch bevor das alles mit dir passiert ist, wusste ich, dass ich etwas verändern musste. Und die Veränderungen, über die wir gerade reden, sorgen dafür, dass ich mich zum ersten Mal seit langem auf die Zukunft freue. Ich werde mir einen anderen Job suchen müssen, bis das Unternehmen Geld abwirft. Ich zahle immer noch die Schulden ab, die Rem mir hinterlassen hat.«

»Arbeite für mich. Ich brauche so viel Hilfe. Ich hänge immer einen Monat mit allem hinterher. Ich kann dir genug bezahlen, dass es für deine Rechnungen reicht, bis wir mit der Firma Geld verdienen.«

»Du erfindest aber nicht gerade einen Job für mich, oder?«

»Ich hätte mich schon längst darum kümmern sollen. Du bist so gut im Projektmanagement. Es wäre mir eine große Hilfe.«

»Dann nehme ich dein großzügiges Angebot gerne an.«

»Die Sache mit meinem Sohn könnte vor Gericht sehr lange dauern.«

»Das ist in Ordnung. Wir werden alles tun, was nötig ist, um ihn in dein Leben zu holen. In unser Leben.« Sie schaute ihm direkt in die Augen, aber er schaffte es nur einen kurzen Moment lang, ihrem Blick standzuhalten.

Noah schwieg sehr lange, strich ihr aber unablässig mit der Hand über den Arm. »Als ich mit Gray hierhergekommen bin, war ich völlig fertig. Ich war so angespannt und wütend und traurig. Ich war so verdammt traurig. Aber dann bist du hier reingeplatzt, und schon ging es mir besser. Einfach nur, weil ich wusste, dass du da bist.«

»Dann weißt du ja jetzt, wie es für mich ist, wenn ich Panik bekomme und du mir dann sagst, dass alles wieder gut wird.«

Noah drehte sich auf die Seite und schaute ihr in die Augen. »Wenn du das Leben willst, das du eben beschrieben hast, dann will ich es auch.«

»Ich will es. Und dich. Und deinen Sohn. Und deine wundervolle Familie und diese süße kleine Stadt und den riesigen Elch und neun Monate Kälte pro Jahr. Ich will das alles. Aber noch mehr als alles andere will ich dich.«

»Dann lass uns dafür sorgen, dass es Wirklichkeit wird.«

»Machen wir.«

Noah lag die ganze Nacht wach. Er dachte über Brianna nach, darüber, wie sie ihn wieder ins Leben zurückgeholt hatte, als er sich am Rande einer Katastrophe befunden hatte. Sie war bei Grayson aufgetaucht und hatte ihn dazu gezwungen, dass er zuließ, dass sie für ihn da war. Nicht, dass es besonders schwer gewesen war, ihn zu zwingen. Irgendwann war sie lebenswichtig für ihn geworden, und sich auf sie zu stützen hatte sich ganz natürlich angefühlt. Als sei er dazu bestimmt, sie zu lieben.

Noah saß gerade mit seiner zweiten Tasse Kaffee an Grays Küchentisch, als sein Bruder hereinkam. Er trug eine graue Hose und einen blauen Pullover mit V-Ausschnitt über einem weißen Hemd.

»Du bist ja richtig schick angezogen für einen Samstagmorgen«, sagte Noah.

Gray schenkte sich Kaffee ein. »Ich fahre nach Burlington.«

»Ich komme mit.«

»Nein.« Gray brachte die Kaffeesahne mit, als er sich an den Tisch setzte. »Du bleibst schön hier, bis ich das geregelt habe. Das Letzte, was wir brauchen, ist, dass du wütend da hineinstürmst.«

Noah musste seine Wut hinunterschlucken. Dachte Gray

wirklich, dass er das tun würde? »Ich würde das Reden dir überlassen.«

»Nein, Noah. Du bleibst hier, verbringst den Tag mit Brianna und lässt mich das machen. Das ist in deinem Interesse. Bitte vertrau mir.«

»Jetzt, da ich weiß, dass es ihn gibt, möchte ich keinen Tag länger warten, bis ich ihn sehe.«

»Das verstehe ich voll und ganz …«

»Wirklich? Verstehst du das wirklich? Hast du auch gerade herausgefunden, dass deine falsche Schlange von einer Exfrau drei Jahre lang dein eigenes Kind vor dir versteckt hat?«

»Nein, habe ich nicht, und ich kann mir nicht vorstellen, wie du dich gerade fühlst.«

Noah atmete langsam aus. »Es tut mir leid. Ich wollte das nicht an dir auslassen. Ich weiß, dass du mir nur helfen willst.«

»Wir kriegen das hier hin, und wir holen deinen Sohn in dein Leben, sobald es geht. Aber wir müssen sehr vorsichtig sein und genau planen, wie wir vorgehen. Schließlich wollen wir nicht, dass sie mit dem Kind abhaut.«

Dieser Gedanke versetzte Noah in Panik, vor allem, weil er wusste, dass genau das mit Cabot und Mia passiert war. Nein, das wollte er allerdings nicht. »Wie ist dein Plan?«

»Ich werde hinfahren, an der Tür klopfen, ihr sagen, dass wir von dem Kind wissen und einen Vaterschaftstest und die Scheidung verlangen. Ich werde ihr sagen, dass wir sie nicht dafür verklagen werden, dass sie dir so lange nichts von dem Kind gesagt hat, es sei denn, sie stellt sich quer. Und ich werde ihr mitteilen, dass du die Absicht hast, auf geteiltes Sorgerecht zu plädieren. Wenn der Vaterschaftstest bewiesen hat, dass es dein Kind ist, aber das ist ja eher eine Formalität.«

»Warum nicht alleiniges Sorgerecht? Das würde ihr recht geschehen, nachdem sie ihn so lange vor mir geheim gehalten hat.«

»Das ist nicht im Interesse deines Sohnes. Er würde dann bei Menschen leben, die ihm völlig fremd sind.«

»Ich werde ihr das nie verzeihen.«

»Und das musst du auch nicht, aber du musst daran denken, was für ihn das Beste ist, nicht für dich.«

»Ist es normal, dass ich mich fühle, als würde ich gleich aus der Haut fahren, wenn ich so was höre?«

»Völlig normal. Aber es wird einen großen Unterschied machen, wenn wir einen kühlen Kopf bewahren. Ich habe das im Griff und kümmere mich um alles. Wenn du mir Briannas Handynummer gibst, kann ich dir schreiben, sobald ich etwas weiß. Ich nehme an, dass ihr Handy aufgeladen ist und deins nicht.«

»Da liegst du richtig.«

»Sie muss mit ihrem Handy im WLAN sein, damit sie die Nachricht bekommt.«

»Dafür kann ich sorgen.« Noah zog seinen Geldbeutel aus der Tasche und kramte das Stück Serviette hervor, auf dem Briannas Nummern standen.

Gray speicherte die Handynummer ab. »Alles klar.«

»Danke, und danke für alles, was du für unsere Familie tust. Ich weiß, dass es so aussieht, als wäre uns nicht bewusst, dass das etwas Besonderes ist, aber wir wissen das wirklich zu schätzen.«

Grayson legte die Hand auf Noahs Arm. »Den Eindruck hatte ich noch nie, und ihr wisst ja, ich würde alles für euch tun.«

Verdammt, jetzt war Noah kurz davor, loszuheulen wie ein Baby.

»Bevor das gestern alles passiert ist«, sagte Gray, »wollte ich dir noch sagen, dass Dad mich angerufen hat. Er hat gefragt, wie es Izzy geht.«

»Ich dachte, er wollte herkommen?«

»Seine Ärztin hat ihm gesagt, dass er nicht ins Krankenhaus fahren soll. Sein Immunsystem sei nach der Transplantation immer noch geschwächt. Er will sie bald anrufen, jetzt, da sie wieder zu Hause ist, und fragen, wann er vorbeikommen kann.«

»Na ja, wenigstens etwas. Es hat also geklappt mit der Transplantation?«

»So sieht es aus.«

»Das ist gut.«

»Ja.«

Zwischen Mike Coleman und seinen acht Kindern hatte sich nichts verändert. Er würde immer der Mann bleiben, der sie und ihre Mutter im Stich gelassen hatte.

»Was er getan hat … Das macht es noch schlimmer für mich, dass ich da draußen einen Sohn habe, von dem ich nichts wusste. Ich wollte niemals so ein Vater sein wie er.«

»Ach, komm schon, Noah. Das kann man mit deiner Situation doch überhaupt nicht vergleichen. Du wusstest nicht, dass das Kind existiert. Er hat acht Kinder verlassen, die ihn nicht nur gekannt, sondern auch geliebt haben. Das ist etwas komplett anderes.«

»Allein der Gedanke, dass mein Kind da draußen ist und mich überhaupt nicht kennt ... Und dass er von zwei Menschen großgezogen wird, die mich hintergangen haben. Mir wird ganz schlecht.«

»Was sie getan hat, ist unverzeihlich. Und das weiß sie auch genauso gut wie wir.«

»Ich will ihn sehen. So bald wie möglich.«

»Ich tue alles, was in meiner Macht steht, damit das passiert.« Gray trank den letzten Schluck Kaffee aus seiner Tasse. »Ich fahre jetzt los, damit ich früh da bin, bevor sie noch zu einem Ausflug aufbrechen oder so was.«

»Und du schreibst mir, sobald du etwas herausgefunden hast?«

»Mache ich.« Er warf einen Blick zur Tür. »Ist Brianna noch hier?«

Noah nickte. »Sie ist geblieben.«

»Du scheinst ihr wichtig zu sein.«

»Ja, stimmt.«

»Lässt du es zu? Dass du ihr wichtig bist, meine ich.«

»Ja.« Auf Noahs Lippen spielte der Ansatz eines Lächelns. »Ich lasse es zu.«

»Ich weiß, dass das eine große Sache für dich ist.«

»Für sie auch.«

»Ihr beide seid genau das, was ihr braucht.«

»Es scheint wirklich so zu sein. Wir haben angefangen, für die Zukunft zu planen.«

»Das ist schön. Ich freue mich für euch.«

»Danke.«

»Also, lass mich versuchen, in Burlington zu tun, was ich kann. Es wird mindestens vier Stunden dauern, bis ich etwas weiß. Unternimm irgendwas Schönes mit Brianna, damit du abgelenkt bist.«

»Mache ich. Emma weiß, dass wir hier sind, oder?«

»Ja, und sie hat gesagt, ihr sollt euch wie zu Hause fühlen.«

»Danke noch mal. Für alles.«

»Sehr gerne.«

Grayson machte sich fertig und fuhr ein paar Minuten später los. Noah blieb allein zurück und dachte darüber nach, was wohl passieren würde. Was, wenn sie sich weigerte, auf seine Forderungen einzugehen? Was, wenn sie gar nicht erst mit Gray reden wollte? Was, wenn er einen langwierigen Rechtsstreit durchstehen musste, bevor er sein Kind sehen durfte? Jede einzelne dieser Möglichkeiten war genug, dass er sich ausgelaugt und überfordert fühlte.

Gerade, als er drauf und dran war, sich das Schlimmste auszumalen, kam Brianna in die Küche. Sie sah wunderbar zerzaust und verschlafen aus. »Ich bin aufgewacht und hatte keine Ahnung, wo ich bin.«

Noah streckte die Arme aus, und sie kam zu ihm und

setzte sich auf seinen Schoß, als ob sie dort hingehörte. Und das tat sie ja auch.

Sie liebkoste sein Gesicht. »Hast du geschlafen?«

»Nicht viel. Gray ist gerade nach Burlington gefahren, um mit ihr zu sprechen.«

»Oh, wow. Na ja ... Und wie fühlst du dich jetzt?«

»Ich habe mich damit abgefunden, dass es ein sehr langer Morgen wird, während ich darauf warte, dass Gray sich meldet. Er hat gesagt, er schreibt uns, sobald er mit ihr gesprochen hat. Deshalb sollten wir im WLAN bleiben.«

»Okay, ich bleibe eingeloggt. In der Zwischenzeit müssen wir uns irgendwie beschäftigen.«

»Ich dachte, wir könnten bei meiner Tante und meinem Onkel vorbeifahren. Dann zeige ich dir, was sie aus einer ehemals einsturzgefährdeten Scheune gemacht haben.«

»Das würde ich sehr gerne sehen – und es wäre schön, die beiden kennenzulernen.«

»Und ich dachte, vielleicht möchtest du den Babyelch kennenlernen, den Hannah großzieht.«

»Ist er so riesig wie Fred?«

»Nein, er ist noch ganz klein. Hannah verwöhnt ihn nach Strich und Faden, er verhält sich wie ein Welpe.«

»Ein Elchwelpe. Das klingt wirklich so, als sollte ich ihn sehen. Sag mir einfach, worauf du Lust hast, dann machen wir das heute.«

»Ich will nicht, dass es jetzt nur noch um mich geht. Du machst auch gerade eine Menge durch.«

»Für mich war es vor allem ein Schock, weil ich schreckliche Neuigkeiten erfahren musste und von der Polizei befragt wurde. Jetzt, da ich das verdaut habe, geht es mir besser. Es tut mir für ihn leid und für die, die ihn geliebt haben, aber ich bin über ihn hinweg. Ich werde nicht zulassen, dass sein Tod mich weiter zurückwirft. Dafür habe ich viel zu viel erreicht.«

»Ich bin sehr stolz auf dich. Du bist wirklich unglaublich stark.«

»Es hat auch sehr lange gedauert, an diesen Punkt zu kommen.« Sie küsste seinen Hals, seine Wangen und dann seine Lippen. »Und mir gefällt es sehr gut hier.«

»Wie schön, dass du hier bist.«

25

»Es ist schon komisch, wie oft ein Herz gebrochen werden muss, bis es mit den Jahren weise werden kann.«
Sara Teasdale

Die Anwesenheit von Brianna, Emma und Simone half Noah, den Morgen zu überstehen.

»Warum habt ihr gestern Abend bei uns übernachtet?«, fragte Simone Noah.

»Simone!«, tadelte Emma ihre Tochter. »Das geht dich doch nichts an.«

»Ist schon in Ordnung«, sagte Noah. »Ich war wütend und traurig, und Grayson hat mich hierhergebracht, damit ich mich beruhigen konnte, weil bei mir zu Hause meine ganzen Geschwister sind.«

»Bist du jetzt immer noch wütend und traurig?«

»Ja, schon, aber Gray hilft mir, das zu regeln.« Noah hielt inne. Er war sich nicht sicher, wie viel er Simone erzählen sollte, deswegen wandte er sich an ihre Mutter, Emma. »Ist es okay, wenn ich Simone sage, was los ist?«

»Das liegt ganz bei dir, aber fühl dich bitte nicht verpflichtet.«

»Es macht mir nichts aus, es ihr zu erzählen.« Noah lächelte Emma dankbar an, weil sie ihm eine frische Tasse

Kaffee hingestellt hatte. Sie legte ihm kurz die Hand auf die Schulter, bevor sie wieder zum Herd ging. »Ich war mal verheiratet, und die Beziehung ist seit ein paar Jahren vorbei. Wir haben uns nie scheiden lassen, deshalb hatte ich Gray gebeten, sie zu finden, damit ich das endlich erledigen konnte. Der Privatdetektiv, den er angestellt hat, hat herausgefunden, dass sie ein Kind hat. Auf den Bildern sieht es ganz so aus, als wäre dieses Kind mein Sohn.«

Simone riss die Augen auf, als ihr klarwurde, was er ihr da gerade erzählt hatte. »Und du hast das nicht gewusst?«

»Ich hatte keine Ahnung.«

»Wow, das ist ja richtig gemein von ihr.«

»Ja, allerdings.«

»Gray wird dafür sorgen, dass ihr das leidtut«, sagte Simone. »Er ist ein sehr guter Anwalt.«

Noah musste lächeln, weil sie so über seinen Bruder sprach. »Da hast du recht. Er ist sehr gut in dem, was er tut, und ich bin mir sicher, dass er eine Lösung findet.«

»Wirst du ihn kennenlernen? Deinen Sohn?«

»Das ist der Plan. Ich möchte ihn sehen, sobald ich kann.«

»Es tut mir leid, dass dir so was passiert ist.«

»Danke, Liebes. Aber wie gesagt, Gray regelt das für mich, und du bekommst dann auch noch einen neuen Cousin.«

»Das ist cool.«

»Simone, geh dir die Zähne putzen und mach dich für die Tanzstunde fertig. Wir müssen in einer Viertelstunde fahren.«

Als sie losgelaufen war, warf Noah Emma einen Blick zu. »Ich hoffe, das waren nicht zu viele Informationen für sie.«

»Du hast das sehr gut gemacht. Sie wird sicher Fragen haben, und die kann ich ja dann beantworten.«

»Sie wirkt sehr erwachsen für ihr Alter«, sagte Brianna.

»Und genau deswegen müssen wir ihr die Wahrheit sagen, auch wenn das manchmal nicht leicht für sie ist«, sagte Emma.

»Wir waschen noch ab, dann lassen wir dich endlich in Ruhe.«

»Ihr seid hier jederzeit willkommen. Das weißt du.«

»Danke. Ich bin sehr froh, dass wir gestern Abend das Gästezimmer haben konnten.«

»Wenn wir irgendwie helfen können, scheut euch bitte nicht zu fragen.«

»Danke, Emma. Es tut wirklich gut, dich und Gray auf meiner Seite zu wissen.«

»Wir stehen voll und ganz hinter dir. Was sie getan hat …«

Noah hatte noch nie einen derart finsteren Ausdruck auf Emmas sonst so liebevollem Gesicht gesehen. »Ich weiß. Glaub mir, ich weiß.«

»Ich schaue besser mal nach, was Simone so treibt.«

Noah stand auf, um das Geschirr abzuwaschen. Kurze Zeit später gingen er und Brianna zusammen mit Emma und Simone aus dem Haus und hielten als Erstes bei ihm zu Hause an, damit er duschen und sich umziehen konnte. Ally, Nessa und Jackson saßen mit einer vollen Kaffeekanne beim Frühstück.

»Wir haben gerade noch über euch geredet und uns gefragt, wo ihr wohl seid«, sagte Nessa.

»Wir haben bei Gray übernachtet.«

»Geht es euch gut?« Allys Augen wanderten von ihm zu Brianna und dann wieder zurück.

»Ich nehme an, ihr habt das von Mel gehört …«

»Benutze in diesem Haus nicht ihren Namen«, sagte Nessa. »Sie ist für uns gestorben.«

Noah schaute Brianna an. »Sie haben es also gehört.«

»Was wird deswegen unternommen?«

»Gray ist auf dem Weg nach Burlington.«

»Ich hoffe, er macht sie fertig«, sagte Ally. »Was für eine Unverschämtheit.«

»Er wird es regeln. Und er wird dafür sorgen, dass ich meinen Sohn sehen darf und endlich die Scheidung einreichen kann. Das ist mein einziges Ziel.«

»Du möchtest nicht das alleinige Sorgerecht einklagen?«

»Nein.« Noah biss die Zähne zusammen. »Weil das schrecklich für das Kind wäre. Er müsste dann bei Fremden wohnen.«

»Es ist einfach so verdammt falsch!« Allys Blick war düster.

»Das stimmt«, sagte Noah. »Aber ich werde alles tun, was ich kann, um das Beste aus der Situation zu machen und dafür zu sorgen, dass er ein Teil von meinem Leben wird. Die Vergangenheit lässt sich nicht mehr ändern.«

»Das ist sehr reif von dir, Bruderherz«, sagte Jack. »Ich würde die Wände hochgehen.«

»Glaub mir, das tue ich auch, aber es geht jetzt nicht um mich. Es geht um meinen Sohn, und darum, was das Beste für ihn ist.«

»Du hast einen *Sohn*«, rief Ally. »Wir haben einen *Neffen.*«

»Ja, stimmt.« Er streckte Brianna die Hand hin. »Wir gehen kurz nach oben, damit ich duschen kann. Sind gleich wieder da.«

Sie gingen nach oben in Noahs Schlafzimmer. »Mach es dir bequem. Ich beeile mich.«

Sie streckte sich auf seinem Bett aus. »Lass dir Zeit.«

Weil er so schnell es ging wieder zu ihr wollte, duschte und rasierte sich Noah so schnell er konnte. Mit einem Handtuch um die Hüfte trat er anschließend ins Schlafzimmer.

Briannas Augen glühten, als sie ihn sah, und sie lockte ihn mit dem Finger zu sich. »Komm mal her.«

Noah lächelte. Er ging zum Bett und setzte sich neben ihr auf die Matratze. »Sie hatten geläutet?«

»Allerdings.« Brianna fuhr mit der Fingerspitze über die Konturen seiner Bauchmuskulatur und seiner Brust. »Ich schaue dich gerne an.«

»Gleichfalls, mein Schatz.«

»Dein Schatz«, seufzte sie. »Es passiert gerade wirklich.«

»Genau, es passiert.« Er hob ihr Kinn an, damit er sie

küssen konnte. »Es kann jetzt sofort passieren, wenn du willst.«

»Nicht, bevor ich nicht auch geduscht habe.«

Er nahm ihre Hand und legte sie an sein steifes Glied. »Du willst also diese erstklassige Erektion verschwenden?«

»Leider ja. Aber irgendetwas sagt mir, dass sie wiederkommt.«

»Jetzt bist du einfach nur dreist.«

Sie drückte ein wenig fester zu. »M-hm.«

Noah lachte, sehr laut. Als er in ihre dunklen Augen hinabschaute, die vor Schalk und Freude blitzten, spürte er, wie er sich endlich ein wenig beruhigte. Solange sie da war, um ihn abzulenken und ihn bei Verstand zu halten, konnte er diesen langen Tag und alles, was danach kam, überstehen. »Danke.«

»Wofür?«

»Dafür, dass du da bist. Dass du mich zum Lachen bringst und dafür sorgst, dass ich nicht den Verstand verliere.«

»Das ist reiner Eigennutz.«

»Komm, wir fahren zu dir, damit du duschen kannst. Das hältst du ja für nötig, bevor wir dafür sorgen, dass du dich gut fühlst.«

Ihr Lächeln brachte ihr hübsches Gesicht zum Leuchten. »Du tust dasselbe für mich, weißt du?« Sie legte den Kopf schief, so dass er ihren Hals küssen konnte. »Du hältst mich davon ab, über die schlimmen Sachen nachzudenken.«

»Keine schlimmen Sachen mehr. Von jetzt an hält das Leben nur noch Schönes für uns bereit.«

»Da habe ich definitiv nichts dagegen.«

Zwanzig Minuten später kam sie in ein Handtuch gewickelt aus ihrem eigenen Badezimmer.

Noah hatte die Zeit, die sie unter der Dusche verbracht hatte, genutzt und lag jetzt nackt unter ihrer Bettdecke. »Komm mal her.«

Brianna setzte sich, genau wie er vorher, neben ihn auf die Matratze. »Sie hatten geläutet?«

»Hatte ich. Weißt du was?«

»Was?«

»Diese Erektion, die du verschwendet hattest, ist wieder da.«

»Ein widerstandsfähiges Kerlchen, oder?«

»Vor allem, wenn du da bist, um ihn zu inspirieren.« Er zog an ihrem Handtuch, so dass es zu Boden fiel, und schlug die Bettdecke zurück.

Sie legte sich neben ihn und schmiegte sich an ihn, ihre warme, weiche Haut auf seiner.

Lange hielt er sie einfach nur fest und atmete ihren einzigartigen Duft ein. »Ich liebe dich, Bri. Ich hätte nie gedacht, dass ich das je wieder zu einer Frau sagen würde, aber dann warst du da, direkt vor meiner Nase, und hast dir von mir nichts gefallen lassen. Ich wollte dich so sehr.«

»Ich liebe dich auch, und ich hätte auch nicht gedacht, dass ich das je wieder sagen würde, bis ich diesem ätzenden Bauingenieur mit den wunderschönen Augen und dem hübschen Gesicht begegnet bin. Er hat mich dazu gebracht, all meine Vorsätze, mich von Männern fernzuhalten, über den Haufen zu werfen.«

»Da bin ich sehr froh.« Noah gab ihr einen Kuss. Er war fest entschlossen, sie bis zu seinem Lebensende in seiner Nähe zu haben. Er wusste jetzt schon, dass sie ihm niemals so weh tun würde wie Melinda und dass er Brianna sein Leben und seine Liebe anvertrauen konnte. Mit ihr war alles anders, und er war so dankbar, dass er sie gefunden hatte. Er war ebenfalls dankbar, dass er nach der schrecklichen Tortur weise genug war, um das zu erkennen. Das war nicht selbstverständlich, schließlich hätte er sich jahrelang am liebsten unter der Bettdecke verkrochen und mit niemandem gesprochen.

Sie griff nach seinem steifen Glied und brachte ihn dazu, sich auf den Rücken zu legen. Als sie sich über ihn beugte und ihn in den Mund nahm, musste er den Atem anhalten, damit er nicht explodierte, sobald ihre Lippen seine empfindsame Eichel berührten.

»Bri ... *verdammt* ...«

»Stimmt was nicht?« Sie schaute mit großen Rehaugen und geschwollenen Lippen zu ihm auf.

»Nein, alles in Ordnung.«

»Dann kann ich also das hier tun?«, fragte sie und nahm ihn wieder in den Mund.

Seine Hüfte hob sich von der Matratze. »Ja, mehr davon wäre gut.«

Dieses Mal benutzte sie auch ihre Zunge, so dass es für ihn fast vorbei war. »Brianna ...«

»Ja, Noah?«

»Komm her.« Er streckte die Arme nach ihr aus und setzte sie auf sich. Die Hitze ihres Zentrums versengte ihn. Gott, er liebte sie so sehr.

»Ist es das hier, was du wolltest?« Ihr unschuldiger Gesichtsausdruck brachte ihn fast zum Lachen.

»Fast.«

Sie lächelte gespielt schüchtern, was ihn noch heißer machte. »Ich werde wahrscheinlich detaillierte Anweisungen brauchen.«

»Ich dachte, du bestimmst so gerne über mich?«

»Nur auf der Baustelle. Hier will ich, dass du mir sagst, was du willst.«

»Wie wäre es, wenn ich es dir zeige?«

»Das geht auch.«

Er hob sie hoch und schnappte nach Luft, als seine Erektion in sie hineinglitt. »Das hier meinte ich.«

»Hm, du weißt, was einer Frau guttut.« Sie setzte sich gerade hin und schaute auf ihn herab, ihre Augen brannten vor Lust und etwas, das ganz nach Glück aussah. Das hatte sie mehr verdient als irgendjemand sonst, dem er in seinem Leben begegnet war.

Sie kippte ihre Hüfte nach vorne und begann, sich zu bewegen. Ihre Brüste hüpften in ihrem Rhythmus mit.

»Wie mache ich mich so?« Sie klang außer Atem.

»Du bist perfekt.«

»Das lässt ja gar keinen Spielraum mehr für Verbesserungen.«

»Es sind auch absolut keine Verbesserungen nötig.« Als er die Arme nach ihr ausstreckte, beugte sie sich vor, um ihn zu küssen. Er drehte sie um, so dass er oben war. »Ich liebe dich, und ich kann nicht glauben, dass das passiert ist. Ich war so fest entschlossen, so etwas nie wieder zuzulassen, bis du kamst und mir die ganze Zeit auf die Nerven gingst und ich jedes Mal steinhart wurde, wenn du mit dem Finger auf mich gezeigt hast.«

»Mit diesem Finger?« Sie pikste ihm mit dem Zeigefinger in die Brust.

»Genau mit dem.« Er griff danach und tat so, als wolle er hineinbeißen, während er sich in ihr bewegte. »Ich hätte mir jedes Mal am liebsten diesen Finger geschnappt und dich nahe genug zu mir hergezogen, um dir deine Frechheiten direkt von diesen sexy Lippen zu küssen.«

»So?« Sie zog ihn in einen tiefen Kuss, bei dem sich ihre Zungen wild umspielten.

»Genau so.«

Sex hatte ihm noch nie so viel Spaß gemacht wie mit ihr. Alles machte mit ihr Spaß, sogar streiten. Sie reagierte so stark auf ihn, und als Noah spürte, wie sich ihre Muskeln fester um seinen Penis schlossen, war das mehr als genug, um seine Erleichterung zeitgleich mit ihrer auszulösen.

Er landete auf ihr, und als er sich bewegen wollte, um sie nicht zu zerquetschen, schlang sie die Arme fester um ihn, so dass er nicht entkommen konnte.

»Das war ...« Sie seufzte tief.

»Nicht gut?«

Sie prustete los. »Unglaublich. Du hast mir gezeigt, dass meine Definition von gutem Sex definitiv nicht auf dem neuesten Stand war.«

Noah drückte sich an sie. »Da helfe ich dir gerne jederzeit weiter.«

Sie lächelte zu ihm hinauf und strich ihm das Haar aus der Stirn. »Und es hat Spaß gemacht.«

»Lustig, ich habe genau dasselbe gedacht.« Er gab ihr einen Kuss und kostete ihn lange aus, dann zog er sich widerwillig zurück. »Ich wollte doch mit dir zu meiner Tante und meinem Onkel, um dir ihre Scheune zu zeigen.«

»Na dann los.«

Grayson wartete vor Melindas Haus, bis es fünf Minuten nach neun war. Er ging davon aus, dass sie bereits wach sein würden, schließlich hatten sie ein kleines Kind. Er nahm sich einen letzten Moment Zeit, um sich zu sammeln und sich daran zu erinnern, dass er unbedingt ruhig bleiben musste, was sie auch sagte oder tat. Er musste Ruhe bewahren und seine Arbeit machen. Dann stieg er die Stufen zu der Veranda eines gepflegten Wohnhauses hinauf. Es war dunkelgrau gestrichen und hatte braune Fensterläden und Blumenkästen. Als er den Finger nach der Klingel ausstreckte, bemerkte er Sandspielzeug auf der rechten Seite der Veranda.

Die dunkelbraune Tür ging auf, und auf dem Gesicht

von Noahs ehemals bestem Freund zeichnete sich sofort der Schreck ab, als er Grayson sah. Er hatte seinen Gesichtsausdruck zwar rasch wieder unter Kontrolle, aber seine erste Reaktion war Gray nicht entgangen.

Miguel machte die Sturmtür auf. »Kann ich Ihnen helfen?«

Sie hatten sich während der Jahre, in denen Miguel mit Noah befreundet gewesen war und für ihn gearbeitet hatte, ein paarmal getroffen. Er konnte doch nicht wirklich so tun, als ob er ihn nicht erkannte. »Spielen wir doch keine Spielchen, Miguel. Du weißt ganz genau, wer ich bin und was ich hier mache.«

Melinda kam hinter Miguel an die Tür. »Wer ist es?« Als sie an Miguel vorbei zur Tür hinausschaute, schnappte sie nach Luft. »Gray.«

»Melinda.«

Sie warf Miguel einen Blick zu. »Würdest du uns eine Minute alleine lassen?«

Er starrte Gray ziemlich lange an, ohne zu blinzeln. »Ja, klar.«

Als er ins Haus gegangen war, kam Melinda nach draußen. Sie wickelte sich fester in ihren Cardigan, und Gray bemerkte, dass ihre Hände zitterten. »Was willst du hier?«

Melinda hatte hellblondes Haar und grüne Augen. Gray hatte sie immer sehr hübsch gefunden. Doch seit er wusste, wie sie mit Noah umgegangen war, sah er sie mit anderen Augen. »Mein Bruder möchte sich scheiden lassen.«

»Dafür hättest du aber nicht herkommen brauchen.«

»Und er will seinen Sohn sehen.«

Ein Wimmern entfuhr ihren Lippen, bevor sie sich daran zu erinnern schien, dass sie sich nicht verraten sollte. »Er ist mein Sohn.«

»Und Noahs.« Als sie es nicht sofort abstritt, sagte Gray: »Er hat es nicht ausgeschlossen, das alleinige Sorgerecht einzuklagen, und wenn er aussagt, dass du ihm seinen Sohn jahrelang verheimlicht hast, wird das Gericht ihm sehr wahrscheinlich recht geben.«

Ihr stiegen Tränen in die Augen. »Noah hat mich rausgeworfen. Ich sollte gehen und nie wiederkommen. Das habe ich gemacht.«

»Sobald du herausgefunden hattest, dass du mit seinem Kind schwanger bist, warst du dazu verpflichtet, es ihm zu sagen.«

Sie schaute auf die Bretter der Veranda hinunter. »Ich … Ich war mir nicht sicher …«

»Du warst dir nicht sicher, ob das Baby von Miguel ist.« Gray gab sich keine Mühe, seine Abscheu zu verbergen. »Aber als es auf der Welt war, kann es nicht lange gedauert haben, bis du sicher wusstest, wer der Vater ist. In diesem Moment warst du meinem Bruder einen Anruf schuldig.«

»Er hätte doch gar keinen Anruf von mir angenommen.«

»Du hättest einen Brief per Einschreiben schicken können, unsere Mutter anrufen oder sonst irgendwas. Es gab genug Möglichkeiten, das Richtige zu tun.«

Sie wischte sich noch mehr Tränen ab.

»Also, Folgendes wird passieren. Du wirst die Scheidung von meinem Bruder nicht anfechten. Ihr werdet euch das Sorgerecht teilen, und du wirst es Noah noch diese Woche ermöglichen, seinen Sohn zu sehen. Du wirst das Kind nach Butler bringen. Du wirst Noah erlauben, seinen Sohn zu sehen, wann immer er das will, und Teil von jedem Aspekt seines Lebens zu sein, sonst klagen wir auf alleiniges Sorgerecht. Hast du irgendetwas davon nicht verstanden?«

Sie schwieg längere Zeit. »Nein.«

Gray reichte ihr einen Briefumschlag. »Du weißt Bescheid. Ich würde dir empfehlen, diese Ungerechtigkeit so schnell wie möglich in Ordnung zu bringen. Du hast einen Tag, um Noah zu kontaktieren und mit ihm zu besprechen, wann er seinen Sohn treffen kann, sonst sehen wir uns vor Gericht.« Er machte sich auf den Weg zu seinem Auto. »Wie heißt er eigentlich? Mein Neffe?«

»Elliott.«

»Ich freue mich schon, ihn kennenzulernen. Das tun wir alle.« Grayson drehte sich um und war schon fast am Auto angekommen, als sie ihn rief. Er drehte sich wieder zu ihr um. »Ja?«

»Sag ihm …« Sie schluchzte so sehr, dass ihr ganzer Körper bebte. »Sag ihm, dass es mir leidtut.«

Grayson hätte ihr am liebsten geraten, sich diese Entschuldigung sonst wohin zu stecken, aber er beherrschte sich und stieg ins Auto. Als er eine Minute später davonfuhr, stand sie immer noch auf der Veranda. »Gut«, sagte er. »Das lief gut.«

Er war erleichtert, dass sie gar nicht erst versucht hatte, so zu tun, als sei der Junge nicht Noahs Sohn.

Kaum zu glauben, sein Bruder hatte einen Sohn namens Elliott.

Grayson war sich sicher, dass sie Noah anrufen würde, um das Treffen auszumachen. Etwa einen Kilometer von Melindas Haus entfernt fuhr er rechts ran und schickte eine Nachricht an Briannas Nummer.

Ich habe ihr die Scheidungspapiere gegeben und ihr gesagt, dass wir geteiltes Sorgerecht wollen. Sie hat vierundzwanzig Stunden, um dich anzurufen und ein Treffen mit deinem Sohn zu vereinbaren. Er heißt Elliott. Sie hat verstanden, dass sie nicht besonders viel Spielraum hat, wenn sie nicht möchte, dass wir das alleinige Sorgerecht einklagen, und ich gehe davon aus, dass sie sich relativ schnell bei dir melden wird. Ich soll dir ausrichten, dass es ihr leidtut. Herzlichen Glückwunsch, Dad.

26

»Lippen, die nach Tränen schmecken,
so sagt man wohl, küssen am besten.«
Dorothy Parker

»O mein Gott, wie unglaublich!«, rief Brianna, als sie vor dem Haus seiner Tante und seines Onkels standen. »Es ist ja wirklich eine Scheune!«

»Darin haben tatsächlich mal Kühe gewohnt. Angeblich haben sie noch Jahre, nachdem sie eingezogen sind, manchmal eine Brise Kuhmist riechen können. Die Scheune war ziemlich verfallen, als sie sie gekauft haben, und sie haben das meiste selbst gemacht.«

»Das ist ja toll.«

»In meiner Familie witzeln wir gerne, dass man, wenn man zehn Kinder haben möchte, erst mal eine Scheune finden muss, in die alle reinpassen.«

»Zehn Kinder? Unglaublich.«

»Ich muss die ganze Zeit an Gray denken«, sagte Noah. »Wie es wohl bei ihm läuft.«

»Ich habe mein Handy dabei, und wir fragen deine Tante und deinen Onkel gleich nach dem WLAN-Passwort.«

Noah parkte hinter dem Range Rover seines Onkels. »Ich werde es schon früh genug erfahren.«

»Es wird alles gut. Sie hat überhaupt keine Chance, und das wird Gray ihr sicher auch sagen. Er sorgt schon dafür, dass sie das Richtige tut.«

»Hoffentlich hast du recht.«

»Ich habe immer recht. Ich dachte, das hätte ich dir längst bewiesen.«

Noah grinste. »Na ja, da habe ich dir auch wirklich die perfekte Vorlage geliefert.«

Sie zuckte die Achseln. »Die Wahrheit tut eben manchmal weh. Also, lass uns reingehen und dieses wunderschöne Haus bewundern. Ich kann es kaum erwarten, deine Tante und deinen Onkel kennenzulernen, die *zehn* Kinder haben.«

Sie stiegen aus dem Truck und trafen sich davor.

Noah streckte ihr die Hand hin und führte sie zum Haus. »Hallo? Seid ihr angezogen?«

»Gerade so«, antwortete eine Männerstimme.

Noah lachte leise und nahm Brianna den Mantel ab, um ihn an einen der vielen Haken zu hängen. »Guck mal hier.« Er zeigte auf die zehn Haken an der gegenüberliegenden Wand der Waschküche. Über jedem Haken stand ein Name: Hunter, Hannah, Will, Ella, Charley, Wade, Colton, Lucas, Landon, Max. Eine zweite Reihe von Haken war unter der ersten angebracht worden: Caden, Callie, Chase, Savannah, Stella, Sarah, Carson.

»Wie süß ist das denn«, sagte Brianna.

»Carson hat schon einen Haken, dabei ist er erst diese Woche auf die Welt gekommen.«

»Den hat sein Großvater gestern Abend aufgehängt.« Die Frau, die in der Tür aufgetaucht war, hatte langes graues Haar, ein jugendliches Gesicht und ein warmes Lächeln. Brianna fiel sofort auf, wie ähnlich sie ihrer Schwester Hannah sah. »Was für eine schöne Überraschung.« Sie umarmte Noah und gab ihm einen Kuss auf die Wange. »Ich kann mich nicht daran erinnern, wann du zuletzt einfach so vorbeigekommen bist.«

»Ist schon viel zu lange her. Tante Molly, das hier ist Brianna Esposito. Brianna, meine Tante Molly Abbott.«

»Die Mutter von zehn Kindern.« Brianna schüttelte Molly die Hand. »Schön, Sie kennenzulernen. Ich verneige mich voller Bewunderung vor Ihnen – und vor Ihrer Schwester mit den acht Kindern.«

Molly lachte. »Da hat man zehn oder acht Kinder, und schon ist das alles, was die Leute über einen wissen.«

»Und dann auch noch zwei Zwillingspaare«, fügte Brianna hinzu und folgte Molly in eine gemütliche Küche. »Das ist ja schon an und für sich bewundernswert.«

»Sprechen wir über das außergewöhnliche Talent meiner Frau, Kinder zu bekommen?«

»Ganz sicher nicht«, gab Noah zurück.

»Schade, das ist mein Lieblingsthema.«

»Brianna, mein Onkel Lincoln. Er ist dafür bekannt, der Vater von zehn Kindern zu sein, der Geschäftsführer des Green Mountain Country Store und der absolut größte Fan der Beatles.«

»Oh, ich liebe die Beatles.« Brianna schüttelte dem

gutaussehenden Mann mit dem silbernen Haar und den funkelnden blauen Augen die Hand.

»Dann verstehen wir uns sicher blendend«, sagte Lincoln. »Setzt euch doch. Wollt ihr Kaffee oder heiße Schokolade? Mollys heiße Schokolade ist die beste, die ihr je trinken werdet.«

»Da kann ich nicht nein sagen«, sagte Brianna. »Wenn es keine Umstände macht.«

»Überhaupt nicht«, versicherte Molly. »Du auch, Noah?«

»Sehr gerne, Tante Molly. Und könntet ihr uns das WLAN-Passwort verraten? Wir warten auf eine wichtige Nachricht.«

»Ja, klar.« Linc half Brianna, sich in das Netzwerk namens Abbey Road einzuloggen. »Fertig.«

»Danke«, sagte Noah.

»Das Hotel sieht toll aus, ihr beiden«, sagte Linc. »Es scheint schnell voranzugehen.«

»Ja, es läuft gut«, stimmte Noah zu. »Diese Woche kommen die Klempner.«

»Das ist ja toll. Mrs. Hendricks möchte unbedingt so schnell wie möglich wieder eröffnen.«

»Im späten Frühling sollte es so weit sein, wenn alles gut läuft.«

Molly machte die heiße Schokolade und brachte zwei Tassen mit Sahnehaube an den Tisch.

Bei dem Geruch nach Schokolade lief Brianna das Wasser im Mund zusammen. »Das sieht ja toll aus. Danke.«

Molly stellte einen Teller mit Keksen auf den Tisch und setzte sich dazu. »Das Geheimnis liegt darin, dass die Milch heiß sein muss, bevor man die Schokolade reintut.«

»Oh, das muss ich mal probieren.«

»Klopf, klopf«, sagte eine Männerstimme in der Waschküche. »Sind alle angezogen?«

»Bis jetzt schon.« Molly lächelte. »Komm rein, Dad.«

»Ich habe gelernt, dass man besser vorsichtig ist, wenn man hier unangekündigt auftaucht«, sagte Elmer.

»Das stimmt allerdings«, sagte Linc. »Deine Tochter und ich haben jetzt ein fast leeres Nest. Man kann nie wissen, was da so vor sich geht.«

»Dieses Thema ist definitiv tabu.« Elmer setzte sich an den Küchentisch. »Schön, dich zu sehen, Noah.«

»Freut mich auch, Gramps. Das hier ist Brianna Esposito. Brianna, mein Großvater Elmer Stillman.«

»Ich freue mich so, Sie kennenzulernen«, sagte Brianna. »Ich habe schon so viel von Ihnen gehört.«

»Hoffentlich nur Gutes?« Elmers vergnügtes Lächeln brachte seine Augen zum Funkeln.

»Natürlich.« Brianna war sofort begeistert von ihm.

»Ich komme gerade von Hunter und Megan«, sagte Elmer. »Der Kleine ist wirklich zu süß.«

»Auf jeden Fall«, stimmte Molly zu. »Haben sie ein bisschen schlafen können?«

»Nicht wirklich, aber es scheint ihnen nichts auszumachen. Sie sind total verliebt.«

»Das ging uns allen so«, lächelte Linc.

Ein junger gutaussehender Mann betrat mit einem blonden Jungen auf dem Arm die Küche.

»Brianna, das ist mein Cousin Max und sein Sohn Caden.«

»Schön, euch kennenzulernen.«

»Gleichfalls«, sagte Max.

»Wollt ihr Kakao, Dad und Max?«

»Für mich nicht«, sagte Elmer. »Ich hatte heute schon welchen.«

»Ich nehme gerne einen, Mom, wenn es dir nichts ausmacht.«

»Kein Problem.«

Als Molly aufgestanden war, um den Kakao zu machen, bemerkte Brianna, dass Noah den Sohn seines Cousins nicht aus den Augen ließ. »Wie alt ist Caden, Max?«, fragte sie.

»Fast vierzehn Monate.«

»Er ist wirklich süß.«

»Danke. Finde ich auch.«

Briannas Handy vibrierte. Eine Nachricht von Grayson. Brianna überflog sie rasch und reichte dann das Handy an Noah weiter, damit er sie lesen konnte. Noahs Augen füllten sich mit Tränen, als er den Namen seines Sohnes sah.

»Alles okay, mein Junge?«, fragte Elmer.

Noah gab sich sichtlich Mühe, nicht die Fassung zu verlieren. »Es scheint so, als hätte ich einen Sohn, von dem ich gerade erst erfahren habe.«

»O mein Gott.« Molly schlug sich die Hand vor den Mund.

»Melinda war schwanger, als wir uns getrennt haben.«

»Und das hat sie dir nie gesagt?«, fragte Linc mit steinerner Miene.

»Nein, hat sie nicht. Ich hatte Gray gebeten, nach ihr zu suchen, weil wir uns nie offiziell haben scheiden lassen.«

»Ich dachte, das hättest du sofort getan«, sagte Molly.

»Das wäre auch besser gewesen, aber ich wollte erst mal nichts mehr mit ihr zu tun haben. Ich habe einfach so getan, als wäre ich ihr nie begegnet, und mein Leben weitergelebt. Gray hat einen Privatdetektiv angestellt, um sie zu finden, und der hat uns gesagt, dass da ein Kind ist. Als Gray und ich die Fotos gesehen haben, wussten wir sofort, dass er mein Sohn sein muss. Er sieht genauso aus wie ich in dem Alter. Meine Mom hat ein Bild …« Seine Stimme versagte. »Sein Name …«

»Sein Name ist Elliott«, sagte Brianna.

»Elliott«, wiederholte Elmer. »Ein guter Name.«

»Wann kannst du ihn sehen, Noah?«, fragte Molly.

»Bald. Gray hat ihr gesagt, dass sie dafür sorgen muss, sonst klagen wir das alleinige Sorgerecht ein.«

»Das solltest du dir sowieso überlegen«, sagte Linc. »Es ist unfassbar, dass sie ihn die ganze Zeit vor dir versteckt hat.«

»Das stimmt, aber Gray meint, es sei in seinem Interesse, ihn nicht aus dem einzigen Zuhause zu reißen, das er je gekannt hat. Selbst wenn das bedeutet, dass er bei meinem ehemaligen besten Freund und Vorarbeiter Miguel wohnt, mit dem Melinda mich betrogen hat. Die drei sind eine große, glückliche Familie.«

Seine Worte trieften nur so vor Bitterkeit, aber wer hätte ihm das auch verdenken können?

»O Mann«, sagte Max. »Das ist wirklich unfassbar.«

»Auf jeden Fall. Ich muss gleich meine Mom anrufen und ihr davon erzählen.«

»Nimm das Telefon im Wohnzimmer«, sagte Molly. »Fühl dich wie zu Hause.«

»Danke. Ich wollte Brianna noch euer tolles Haus zeigen.«

»Und ich bin wirklich gespannt darauf, mehr davon zu sehen«, fügte Brianna hinzu.

»Wenn du mit deiner Mutter gesprochen hast, führe ich euch herum«, bot Molly an.

»Okay, super.«

Brianna stand auf und ging mit Noah ins Wohnzimmer, wo sie sich neben ihn aufs Sofa setzte.

Als er die Nummer seiner Mutter gewählt hatte, griff sie nach seiner Hand und hielt sie fest. Sie würde nicht von seiner Seite weichen, bis alles geklärt war, genauso, wie er es für sie getan hatte.

»Sie scheinen sich gut zu verstehen.« Elmers Augen glänzten, wie immer, wenn eines seiner Enkelkinder die Liebe gefunden hatte.

»Halt dich zurück, Gramps«, sagte Max. »Du weißt doch, wie Noah manchmal ist. Wenn wir ihn zu sehr drängen, kann es gut sein, dass er auf stur schaltet.«

»Ich glaube nicht, dass das mit dieser jungen Frau passieren wird«, sagte Linc. »Da ist so eine besondere Spannung zwischen ihnen.«

»Ihr zwei seid so lächerlich«, sagte Max. »Da habt ihr ein paar Leute verkuppelt, und schon haltet ihr euch für die Experten in Sachen Liebe.«

»Wir haben mehr als nur ein paar Leute verkuppelt, mein Lieber, und bei diesen beiden hatten wir übrigens auch unsere Hände im Spiel«, prahlte Elmer.

»Warum überrascht mich das nicht?« Max warf seiner Mutter einen Blick zu und verdrehte die Augen.

Molly beobachtete diesen Austausch belustigt. Sie hatte sich längst daran gewöhnt, dass ihr Mann und ihr Vater die Kinder bei der Partnersuche unterstützten, auch wenn ihnen der Erfolg allmählich zu Kopf stieg. Mittlerweile konzentrierten sie sich auf die Colemans.

»Und nach allem, was ich gehört habe«, sagte Elmer selbstzufrieden, »ist Cabot bei Izzy zu Hause und fest entschlossen, sie wieder gesund zu pflegen. Habe ich das nicht kommen sehen?«

»Ja, klar«, sagte Linc verächtlich.

Die beiden führten eine Art Wettbewerb darüber, wer erfolgreicher war und die meisten Pärchen zusammenbrachte.

»Was mich wirklich interessiert«, meldete sich Max zu Wort, »ist, wann ich an der Reihe bin.«

»Wenn du bereit bist«, sagte Elmer.

»Ich bin bereit«, sagte Max nachdrücklich.

»Nein, noch nicht«, gab Linc zurück.

»Warum dürft ihr das überhaupt entscheiden?«, fragte Max.

»Weil wir, mein Lieber, die Experten sind«, sagte Elmer. »Du musst uns einfach vertrauen.«

»Glauben sie wirklich den Quatsch, den sie da von sich geben?«, fragte Max seine Mutter.

»Ich glaube schon, Liebling. An ihrer Erfolgsgeschichte ist jedenfalls nicht zu rütteln.«

»Ganz genau«, sagte Linc. »Wir wissen, was wir tun, und mach dir keine Sorgen, mein Junge, wir werden uns um dich kümmern, sobald der richtige Zeitpunkt gekommen ist.«

»Das glaube ich erst, wenn ich es sehe.«

Noah und Brianna kamen wieder in die Küche, und Molly fiel sofort auf, dass ihr sonst so gar nicht emotionaler Neffe Tränen in den Augen hatte. Sie war wirklich schockiert über das, was seine Frau ihm angetan hatte. Es war einfach unglaublich, dass sie seinen Sohn vor ihm geheim gehalten hatte.

»Hast du mit deiner Mutter gesprochen?«, fragte Molly.

»Ja, habe ich. Sie kann es kaum erwarten, ihren Enkelsohn kennenzulernen, aber genau wie ich ist sie wütend und traurig, weil er schon über zwei Jahre alt ist. Wir haben so viel verpasst.«

»Lass dich davon nicht runterziehen, mein Junge«, sagte Elmer. »Es ist schrecklich, was sie getan hat, aber es kommt nur darauf an, was du aus der Sache machst. Du hast jetzt immer noch die Möglichkeit, am Leben deines Sohnes teilzuhaben. Es ist wirklich ein Segen, dass er sich nie daran erinnern wird, dass du am Anfang nicht da warst.«

»Das stimmt, Gramps. Vielen Dank.«

»Du wolltest Brianna das Haus zeigen«, fragte Molly.

»Ja«, sagte Noah. »Wir denken darüber nach zusammenzuarbeiten. Wir wollen alte Scheunen wie die hier restaurieren und Wohnhäuser daraus machen.«

»Was für eine tolle Idee«, sagte Linc.

»Mit dem Gedanken spiele ich schon, seit Gray in die alte Kirche gezogen ist. Das ist das zweitcoolste Haus, das ich je gesehen habe, nach diesem hier, und ich dachte, es gibt garantiert einen Markt für so etwas.«

»Viele Leute, die nur die Skisaison hier verbringen, suchen nach einem Haus«, sagte Elmer. »Die haben sicher Interesse.«

»In der Nähe von Gavins Sägemühle wird ein alter Pferdestall verkauft«, sagte Max. »Den solltet ihr euch ansehen. Er ist schon ziemlich verfallen, aber die Grundstruktur ist noch da.«

»Das machen wir auf jeden Fall, danke, Max.«

»Komm, legen wir los«, sagte Molly. »Es gibt nichts, was ich lieber tue, als mit diesem Haus anzugeben. Linc hat es gekauft, ohne es sich vorher anzusehen und ohne zu wissen, dass vorher Kühe darin gewohnt haben.«

»Ist nicht wahr!« Brianna lachte. »Wie haben Sie reagiert, als Sie davon erfahren haben?«

»Ich habe geglaubt, dass er den Verstand verloren hat. Aber irgendwie haben wir dann ja doch das Beste daraus gemacht.«

»Das haben Sie definitiv.« Brianna betrachtete das riesige Wohnzimmer, das die Hälfte des Erdgeschosses einnahm. »Das hier ist unglaublich.«

»Du solltest es mal zu Weihnachten sehen«, sagte Noah. »Tante Molly stellt dort hinten einen riesengroßen Baum auf, und alles ist geschmückt. Es war schon immer mein Lieblingsplatz an Weihnachten.«

»Das wusste ich ja gar nicht.« Molly war sichtlich gerührt.

»Wir sind alle gerne hier.«

»Das freut mich sehr zu hören, mein Freund. Wir lieben es zu feiern.«

Sie zeigte ihnen das kleinere Wohnzimmer, in dem sie die meiste Zeit verbrachten, wenn weniger Leute im Haus waren.

»Hier ist es so gemütlich!« Brianna war begeistert.

»Wir haben fast immer ein Feuer an, sogar im Sommer, und meistens halten wir uns in diesem Zimmer auf.«

»Hier bin ich auch gerne«, sagte Noah. »Wir haben hier schon viele Hockeyspiele zusammen angeschaut.«

Molly nahm sie mit nach oben und zeigte ihnen das Schlafzimmer. Sie hatte zusammen mit Linc ein separates Badezimmer angebaut, nachdem die Kinder aus dem Haus waren. Max war wieder zurück nach Hause gezogen, als klargeworden war, dass er Caden alleine großziehen würde, und sie waren mehr als froh, die beiden im Haus zu haben. Es war sehr still geworden in der Scheune, als ihre Kinder nach und nach ausgezogen waren.

»Ich liebe alles an Ihrem wunderschönen Zuhause«, sagte Brianna.

»Das neue Schlafzimmer ist wirklich toll, Tante Molly«, sagte Noah. »Ich hatte es noch gar nicht gesehen.«

»Du warst noch in Kalifornien, als wir das gemacht haben.«

»Das hier war Wades Zimmer.« Molly zeigte Brianna ein Kämmerchen, das kaum größer war als ein Schrank. »Er war unser Einzelgänger. Ich glaube, wenn er sich nicht hätte in dieses Zimmer zurückziehen können, hätten seine Geschwister ihn wirklich in den Wahnsinn getrieben.«

»Sehr praktisch.« Brianna lachte.

Sie gingen wieder nach unten zu Linc, Elmer, Max und Caden. Der Kleine saß nun auf dem Schoß seines hocherfreuten Urgroßvaters.

»Das Haus ist wirklich spektakulär«, schwärmte Brianna. »Beeindruckend, dass Sie fast alles selbst gemacht haben.«

»Ein echtes Liebeswerk.« Linc strahlte Molly an.

»Er hatte Glück, dass ich ihn so liebe, als er diese Scheune gekauft hat«, sagte Molly. »Ich war diejenige, die ihm beibringen musste, dass er sich eine einsturzgefährdete Bruchbude hat andrehen lassen.«

»Ich habe gleich das Potenzial erkannt, als ich zum ersten Mal hier war«, sagte Linc.

»Ja, klar hast du das.« Molly lachte. »Es war eine Herausforderung, aber wir haben es hingekriegt.«

»Sie waren jung und verliebt und fest entschlossen«, sagte Elmer. »Und schaut euch nur an, was sie sich aufgebaut haben.«

»Eine Scheune und zehn Kinder«, sagte Noah.

»Die zehn Kinder hatten wir nicht geplant. Das ist irgendwie einfach passiert.«

»Und wir haben eine Absprache, dass wir nicht darüber sprechen, wie es passiert ist.« Elmer starrte Linc und Molly finster an, wie immer, wenn er sie an diese Absprache erinnern musste.

»Wir haben sowieso keine Ahnung, wie es passiert ist«, sagte Molly. »Vor allem die beiden Zwillingspaare.«

Elmer hielt sich Cadens Hände an die Ohren. »Mach, dass es aufhört!«

Brianna lachte schallend, und das machte Molly glücklich. Ihre Schwester, Hannah, hatte ihr von dem Mord an Briannas Exmann erzählt, und von allem, was er ihr vor der Trennung angetan hatte.

»Wir müssen los«, sagte Noah. »Ich dachte, ich fahre noch mit Bri zu Colton und Lucy und zeige ihr die Sirupfabrik. Und ich wollte mit ihr zu Hannah und Dexter.«

»Ruf besser an, bevor ihr zu Colton fahrt«, sagte Molly. »Lucy hat gemeint, dass er da oben gerne nackt rumläuft.«

»Lieber Gott«, sagte Noah. »Man kann ihn ja wirklich kaum unter die Leute lassen.«

»Wir haben getan, was wir konnten«, sagte Linc, und Brianna bekam einen unkontrollierbaren Lachanfall.

»Darf ich noch mal das Telefon benutzen?«, fragte Noah.

»Aber natürlich.«

Während Noah mit seinem Cousin telefonierte, legte Molly Brianna die Hand auf den Arm. »Wir sind für dich und Noah da. Wenn es irgendetwas gibt, das du brauchst, sag es uns einfach.«

»Vielen, vielen Dank, Mrs. Abbott.«

»Ich heiße Molly. Und das sind Linc und Elmer.«

»Und ich bin Max«, fügte ihr jüngster Sohn mit einem frechen Grinsen hinzu.

»Eure Familie ist so liebevoll und warmherzig«, sagte Brianna. »Ich habe das während der letzten Tage mehr zu schätzen gewusst, als du dir vorstellen kannst.«

»Es hat uns sehr leidgetan, als wir das mit deinem Exmann gehört haben.«

»Vielen Dank. Aber es fühlt sich nicht richtig an, wegen ihm Beileidswünsche anzunehmen. Unsere Trennung vor etwa einem Jahr war wirklich furchtbar, und auch wenn ich ganz bestimmt nicht wollte, das ihm so etwas passiert, bin ich vor allem erleichtert, dass ich nicht mehr mit ihm verheiratet bin.«

»Das ist sicher das reinste Gefühlschaos«, sagte Elmer.

»Ja, allerdings«, seufzte Brianna.

Noah kam wieder in die Küche. »Colton ist angezogen und bereit, uns zu empfangen.«

»Das wird sicher toll«, sagte Molly. »Aber ich möchte mich im Voraus für alles, was mein Sohn tut, bei euch entschuldigen.«

Brianna musste wieder lachen. »Vielen Dank noch mal, dass du mir euer tolles Zuhause gezeigt hast, und für die leckere heiße Schokolade.«

»Kommt jederzeit wieder. Wir essen sonntags immer noch zusammen, Noah, und ihr seid jederzeit willkommen.«

»Danke, Molly.« Er umarmte sie, Linc und Elmer und tätschelte Max und Caden den Kopf. »Schön, euch zu sehen.«

»Euch auch«, sagte Linc. »Wir freuen uns schon darauf, Elliott kennenzulernen.«

»Ich auch. Ihr könnt euch gar nicht vorstellen, wie sehr.«

»Der Kleine hat den besten Vater, den er sich wünschen könnte«, sagte Elmer. »Und das wird er sehr schnell merken.«

»Danke, Gramps.« Noahs Stimme klang belegt.

Molly ging mit nach draußen und winkte ihnen nach, als sie wegfuhren.

»Unser Noah scheint ja ganz schön verliebt zu sein«, sagte Elmer, als Molly wieder in der Küche erschien. »Und zwar in eine tolle junge Frau.«

»Ja, wirklich. Ist es nicht toll, dass sie gemeinsame berufliche Pläne haben?«

»Haben sie sich nicht vor ein paar Wochen noch ständig gestritten?«, fragte Max.

»Das stimmt allerdings«, kicherte Elmer. »Aber euer Vater und ich haben uns schon gedacht, dass dem eine ganz bestimmte Spannung zugrunde liegt, und jetzt schaut sie euch an!«

»Du bist so was von eingebildet, Gramps.« Max lachte gutmütig.

»Was soll ich sagen? Es ist einfach toll, wenn man sieht, wie es knistert.«

»Ich halte das nicht aus«, sagte Max. »Außer, es knistert auch bald mal bei mir.«

»Noch nicht, mein Junge, aber deine Zeit wird kommen, und wenn es so weit ist, dann wird es die Liebesgeschichte des Jahrhunderts.«

»Wie gesagt, das glaube ich erst, wenn ich es sehe«, entgegnete Max.

27

»Es ist also wahr. Letzten Endes ist die Trauer der Preis,
den wir für die Liebe bezahlen.«
E. A. Bucchianeri

»Das war toll«, sagte Brianna. »Was für ein phantastisches Zuhause. Mein Kopf sprüht nur so vor Ideen, und ich kann an nichts anderes mehr denken als an Scheunentüren und Holzböden und offene Türrahmen.« Sie zitterte ein bisschen vor Aufregung. »Um ehrlich zu sein ist das der Teil, den ich am liebsten mag. Ich hätte mich definitiv auch für Innenarchitektur interessiert.«

»Schön, dass es dich inspiriert hat. Bevor wir zum Berg fahren, will ich noch kurz nach Hause, um zu sehen, ob sie schon angerufen hat.«

»Ja, gute Idee.«

Noah griff nach ihrer Hand. »Ich kann nicht glauben, dass ich mich auf einen Anruf von Melinda freue.«

»Nur weil es bedeutet, dass du deinen Sohn sehen kannst.«

»Ja.«

»Dein Großvater hat recht.«

»Das ist meistens so.«

»Elliott wird sich an die Jahre, in denen du nicht für ihn

da sein konntest, kaum erinnern. Du wirst sein Dad sein, und er wird dich lieben.«

»Das hoffe ich auch.«

»Das wird er, Noah, versprochen.«

»Ich weiß gar nichts über Kinder.«

»Du wirst es genauso lernen wie alle Eltern. Wir richten ihm bei dir ein Zimmer mit Spielsachen ein, du bringst ihm Skifahren bei, und ihr geht zusammen zum Schlittenfahren. Es wird nicht lange dauern, bis er dir vertraut.«

»Das klingt gut.«

»Es wird toll.«

»Danke für deine Unterstützung heute. Ich würde bestimmt durchdrehen, wenn du nicht da wärst.«

»Ich auch, Liebling.«

»Es tut mir leid, dass sich jetzt alles nur noch um diese blöde Sache dreht.«

Sie winkte ab. »Es ist aber doch auch wirklich wichtig.«

»Das, was du erlebt hast, ist auch wichtig.«

»Nein. Das ist nur eine traurige Geschichte, die jemandem passiert ist, den ich einmal gekannt habe. Es hat nichts mit meinem Leben zu tun. Mein Leben ist gerade ziemlich schön, und es wird die ganze Zeit immer besser.«

»Freut mich, dass du das so empfindest.«

»Ich hätte nie gedacht, dass ich mich je so darauf freue, einen verfallenen alten Pferdestall anzuschauen.«

»Wir fahren auf dem Rückweg von Colton dort vorbei. Ich weiß genau, wo das Gebäude ist.«

Brianna schlug begeistert die Hände zusammen. »Ich kann es kaum erwarten.«

Als sie bei Noah ankamen, waren sie überrascht, dass gar keine Colemans im Haus waren.

»Wo sie wohl alle sind?«

Das rote Licht am Telefon blinkte. Noah drückte auf den Knopf, um den Anrufbeantworter abzuhören.

»Ähm, Noah, hier ist Melinda. Ich, äh, Gray war bei mir und, na ja, ich wollte ein Treffen mit Elliott ausmachen. Ich, ähm … Es tut mir leid, Noah. Nach allem, was passiert ist, wusste ich einfach nicht, was ich machen sollte, und ich … ähm … Es tut mir wirklich leid. Bitte ruf an.« Sie diktierte ihre Nummer, und er schrieb sie sich auf und rief sofort zurück, bevor ihm tausend Gründe einfallen konnten, das nicht zu tun. Es war das erste Mal, seit jenem schrecklichen Tag vor drei Jahren, dass er mit ihr sprechen würde.

Melinda hob beim dritten Klingeln ab.

»Hier ist Noah.«

»Hi.«

»Wann kann ich ihn sehen?«

»Passt es dir morgen?«

»Ja. Du kommst mit ihm her?«

»Mache ich.

»Alleine.«

»Ich verstehe.«

»Wann?«

»So gegen vier?«

»In Ordnung. Bis dann.«

Er legte auf, bevor er die Fassung verlieren und sie anschreien konnte.

»Sie kommt morgen mit ihm her.«

Brianna ging zu ihm und nahm ihn in die Arme.

Es dauerte einen Augenblick, bis er die Anspannung und die Wut loslassen konnte, die dafür sorgte, dass er sie am liebsten von sich gestoßen hätte. Dann erinnerte er sich daran, dass es Brianna war. Er liebte sie, und er war bei ihr in Sicherheit. Er ließ sich in ihre Arme sinken.

»Es wird alles gut«, sagte sie leise. »Das verspreche ich dir.«

Weil es das Einzige war, was er tun konnte, klammerte Noah sich an ihre Worte. »Danke.«

Er hielt sich noch ein paar Minuten an ihr fest, dann nahm er sich zusammen, damit sie noch etwas aus ihrem Tag machen konnten. »Ich habe dir versprochen, dass wir auf Coltons Berg fahren.«

»Aber das müssen wir auch nicht, wenn du nicht willst.«

»Doch, ich will. Ich muss mich beschäftigen, damit ich nicht die ganze Zeit so viel grübele.«

»Na dann los.«

Als Noah nach oben lief, um wärmere Stiefel anzuziehen, schaute Brianna kurz auf ihr Handy, solange sie WLAN hatte. Sie hatte eine Nachricht von ihrer Cousine Dominique bekommen.

OMG Bri. Ich habe das mit Rem gehört. Geht es dir gut? Ich weiß nicht mal, was ich dich fragen soll. Ich bin für dich da, wenn du mich brauchst. Hab dich lieb.

Mir geht es gut. Es war natürlich ein Schock, aber jetzt ist alles gut. Die Polizei hat mich befragt, aber ich konnte ihnen nicht viel sagen. Es ist alles wirklich tragisch und so traurig.

So traurig. Anscheinend warst du nicht die Einzige, die er manipuliert und belogen hat.

Absolut. Habe mit seinen Eltern geredet. Sie tun mir so leid.

Ja, die Armen. Sie sind so lieb, und er hat ihnen wirklich die Hölle auf Erden bereitet. Soll ich zu dir kommen? Ich bin da, wenn du mich brauchst.

Danke, aber Noah ist hier, und er ist wirklich toll. Er hat auch so sein Päckchen zu tragen (Exfrau hat einen Zweijährigen, sein Sohn, und sie hat es ihm NIE GESAGT), wir unterstützen uns also gegenseitig.

OMG im Ernst? Wow. Es läuft also gut mit ihm?

Richtig gut. Denke darüber nach, was passiert, wenn das Hotel fertig ist, und ich hoffe, er ist Teil davon.

OH, BRI! Ich freue mich so für dich! Ich kann es nicht erwarten, ihn kennenzulernen! Ich habe doch gesagt, dass er eine zweite Chance verdient hat.

Ja, ich freue mich auch darauf, dass du ihn kennenlernst, und du hattest definitiv recht. Ich rufe bald mal an.

Pass auf dich auf und sag Bescheid, wenn ich etwas tun kann.

Danke, dass du nachgefragt hast.

Noah polterte die Treppe hinunter und kam in dem Moment in die Küche, als sie die letzte Nachricht an Dom schrieb. »Alles in Ordnung?«

»Ja. Das war meine Cousine. Sie hat das mit Rem gehört und gefragt, wie es mir geht.«

»Dann haben sie es jetzt wohl öffentlich gemacht.«

»Anscheinend.«

»Willst du nachschauen, was in Boston darüber in den Nachrichten war?«

»Nein.« Das war das Letzte, was sie hätte tun wollen. »Es ist besser, wenn ich nichts darüber weiß.«

»Da hast du sicher recht. Willst du zu Colton?«

»Auf jeden Fall. Los geht's.«

Noah fuhr mit ihr zum Haus seines Cousins. Es lag an einem Abhang, der so steil war, dass man ein Auto mit Allradantrieb brauchte, um hinzukommen.

»Sitzen sie manchmal hier fest?«

»Oft über mehrere Tage.«

»Im Ernst? Ob mir das gefallen würde, weiß ich wirklich nicht. Was sagt seine Frau dazu? Sie ist Emmas Schwester, oder?«

»Ja, genau. Lucy ist ziemlich entspannt. Das muss sie auch sein, wenn sie mit Colton zusammen ist.« Er fuhr um eine weitere Kurve und auf eine weitere Steigung zu, die direkt in die Wolken zu führen schien.

Brianna hielt sich an der Armlehne fest. »Bist du sicher, dass das gut geht?«

Noah lachte. »Auf jeden Fall, sonst hätte ich dich nicht hergebracht.«

»Wie kommen wir wieder runter?«

»Ganz vorsichtig.«

»Dieser Ort macht mich fertig.«

»Ich dachte, du wolltest uns mal ein Jahr lang testen.«

»Das hatte ich auch vor, bis du mich hier raufgebracht hast.«

»Gute Neuigkeiten: Hier oben gibt es Handyempfang.«

»War ja klar.«

Die Straße wurde endlich wieder weniger steil und mündete schließlich in eine flache Einfahrt mit einem Innenhof und einigen blockhüttenartigen Gebäuden. Zwei helle Labradore rannten auf sie zu, um sie zu begrüßen.

»Die Hunde heißen Sarah und Elmer, nach unseren Großeltern.«

»Wie findet dein Großvater es, dass sein Urenkelhund nach ihm benannt worden ist?«

»Er hat sich sehr geehrt gefühlt.«

Ein langhaariger Mann mit Vollbart kam auf sie zu. Er trug nur Jeans und ein Flanellhemd.

»Ist er barfuß?«, fragte Brianna.

»Sieht ganz so aus.«

»Trügen mich meine Augen oder ist mein Cousin Noah zu Besuch gekommen?« Coltons Stimme war voll und laut. Er nahm Noah in die Arme und hob ihn einfach vom Boden hoch.

»Lass mich runter, du Wilder.«

Colton ließ ihn los und schlug ihm auf den Rücken. »Schön, dich zu sehen, mein Freund. Ich habe mich so gefreut, als du angerufen hast. Ich habe mir sogar extra was angezogen.«

»Du hast die Schuhe vergessen«, sagte Noah.

»Ach Mist, ich wusste doch, dass noch etwas fehlt. Wer ist diese tolle junge Frau, die du dabeihast?«

»Brianna, das hier ist mein Cousin Colton Abbott. Colton, Brianna Esposito, die Architektin des Hotels.«

Colton zog die Augenbrauen hoch. »Die Architektin, sagst du. Hm. Ich dachte, ich hätte da etwas von ... wie war die Formulierung noch gleich ... einer gegenseitigen Abneigung zwischen euch gehört.«

»Das ist längst vorbei.« Noah legte den Arm um Brianna. »Mittlerweile verstehen wir uns viel besser.«

Colton grinste über das ganze Gesicht. »So ist das also? Na ja, das ist ja schön. Kommt mal rein ins Warme und sagt Lucy hallo.« Er pfiff nach den Hunden und führte sie zu einer gemütlichen Hütte, wo ein Holzfeuer prasselte. Wie hatte Colton nur ohne Jacke und vor allem ohne Schuhe draußen herumlaufen können?

»Luce, wir haben Besuch. Noah will uns Brianna vorstellen.«

Brianna sah sofort, dass Lucy hochschwanger war. »Steh nicht auf.« Sie lief durch den großen offenen Raum, um Lucy die Hand zu geben. Lucy hatte schulterlanges rotes Haar und grüne Augen. Die Ähnlichkeit zu ihrer Nichte Simone war fast schon unheimlich. »Schön, dich kennenzulernen.«

»Und dich auch. Willkommen auf unserem Berg.«

»Die Fahrt hier rauf war schon etwas Besonderes.«

»Warte nur, bis du wieder *runter*fährst.« Lucy grinste.

»O Gott, ja, ich habe jetzt schon Panik.«

»Du brauchst keine Angst zu haben«, sagte Colton. »Noah kennt sich hier sehr gut aus.«

»Brianna wollte die Sirupfabrik sehen. Hast du Lust, uns alles zu zeigen?«

»Sehr gerne.«

In der nächsten Stunde schauten sie sich das Gebäude auf der anderen Seite des Hofes an, wo Colton ihr jeden einzelnen Schritt der Ahornsirupherstellung erklärte. Lucy blieb im Haus und wollte lieber weiter die Füße hochlegen.

»Ich hatte keine Ahnung, wie man Ahornsirup macht«, sagte Brianna. »Das war wirklich faszinierend, Colton. Vielen Dank, dass du dein Wissen und deine Zeit mit uns geteilt hast.«

»Ich freue mich immer, wenn ich jemanden herumführen kann. Alle sagen jedes Mal dasselbe: Sie hatten keine Ahnung, wie aus dem Saft Sirup wird.«

»Wollt ihr vor dem Geburtstermin runterkommen?«, fragte Noah.

»Ja, das haben wir vor. Der Termin ist in zwei Wochen, also ziehen wir nächstes Wochenende bei Mom und Dad ein, bis Bruiser da ist.«

»Bruiser«, wiederholte Noah. »Bitte sag mir, dass er nicht wirklich so heißt.«

»Wir nennen ihn so, aber meine Geliebte sagt mir, dass auf der Geburtsurkunde ein anderer Name stehen wird. Weil sie das Baby zur Welt bringen wird, ordne ich mich da unter.«

»Das ist sehr klug von dir«, sagte Noah. »Wo wir gerade von Babys sprechen …«

Brianna hatte sich gefragt, ob er Colton seine Neuigkeiten erzählen wollte.

»Anscheinend habe ich vor zweieinhalb Jahren eins bekommen.«

»*Was?*«

»Melinda war schwanger, als wir uns getrennt haben, und sie fand, dass ich das nicht unbedingt wissen muss.«

»Ach du Scheiße. Wie hast du es herausgefunden?«

Noah erzählte es Colton. »Sie kommt morgen mit ihm vorbei, damit ich meinen Sohn kennenlernen kann.«

»O Mann, Noah. Das tut mir alles so leid, aber ich bin auch wirklich froh, dass du es herausgefunden hast.«

»Ja, geht mir genauso.«

»Was stimmt eigentlich nicht mit den Leuten?«, fragte Colton.

»Keine Ahnung«, sagte Noah.

Brianna verschränkte ihre Finger mit seinen. Sie wollte, dass er wusste, dass sie für ihn da war, was auch passierte. Irgendwann waren seine Sorgen und Probleme zu den ihren geworden, und es gab nichts, was sie nicht tun würde, um ihn zu trösten. Diese Erkenntnis sorgte dafür, dass sie sich schwerelos fühlte, wie Alice, die gerade den Kaninchenbau hinunterfiel. Es war ihr schon mal so gegangen, dermaßen verliebt in Rem, dass sie nicht mehr klar denken konnte und dabei das Offensichtliche übersehen hatte.

Noah war nicht Rem. Sie musste sich immer wieder daran erinnern. Er wusste, wie es war, verletzt zu werden. Ein geringeres Risiko konnte sie kaum eingehen.

Doch wenn er sie enttäuschte, würde sie nie darüber hinwegkommen.

Vierundzwanzig Stunden konnten furchtbar langsam vergehen. Jede Minute fühlte sich an wie ein Jahr. Warum war er nicht gestern schon ins Auto gestiegen und nach Burlington gefahren, um seinen Sohn zu sehen? Weil Gray bestimmt hatte, wie alles laufen würde, und weil Noah in diesen Dingen seinem Bruder vertrauen musste. Aber er hatte keine Ahnung, wie er es bis vier Uhr aushalten sollte.

Brianna war den ganzen Tag in seiner Nähe gewesen, aber sie hatte ihm Raum gegeben, um seinen Gedanken nachzuhängen, im Zimmer auf und ab zu laufen und Pläne zu schmieden.

»Willst du etwas essen?«, hatte sie gegen drei gefragt.

»Ich glaube, ich kann nicht«, antwortete er.

»Er wird dich lieben, Noah.«

Auf ihren Vorschlag hin waren sie morgens nach Rutland gefahren und hatten Spielzeug für Elliott gekauft. Sie hatten einen Bauernhof mit kleinen Figuren und Tieren gekauft, eine Autorennbahn und ein paar Lastwagen, in der Hoffnung, dass der Kleine diese Dinge mögen würde. Woher sollte er wissen, was sein Sohn mochte und was er nicht mochte? Er hatte keine Anhaltspunkte, was Elliott anging, und das machte ihn so verdammt wütend.

Aber für diese Wut gab es heute keinen Raum. Heute ging es darum, seinen Sohn kennenzulernen und eine Bindung zu dem Jungen aufzubauen.

Außerdem würde er Melinda zum ersten Mal wiedersehen, seit er sie mit Miguel im Bett erwischt hatte. Auf diesen Teil des Tages freute er sich ganz und gar nicht.

Als sie am Vortag unterwegs gewesen waren, waren sie bei dem verlassenen Pferdestall gewesen. Noah hatte sofort erkannt, welches Potenzial in dem Gebäude steckte.

Er wollte über ihr Unternehmen und die Zukunft und den schönen Tag, den sie gestern gehabt hatten nachdenken, aber er konnte sich einfach auf nichts konzentrieren, solange er nicht seinen Sohn gesehen hatte. Er hatte die anderen gebeten, sie heute alleine zu lassen, damit der Kleine nicht zu viele Colemans auf einmal zu verarbeiten hatte.

Noah setzte sich auf den Boden und begutachtete die Bauernhoftiere. Er nahm jedes einmal in die Hand und fragte sich, welches sein Sohn wohl am liebsten mögen würde. Er selbst mochte Kühe. Sie faszinierten ihn, das war immer schon so gewesen. Er wollte genau wissen, was sein Sohn mochte und was er nicht mochte. Er wollte wissen, was ihn glücklich und was ihn traurig stimmte. Er wollte alles über seine Geburt erfahren und wie er ausgesehen hatte, als er zur Welt gekommen war. Er würde ihr nie vergeben, dass sie ihn um diese Erinnerungen gebracht hatte.

Als es leise an der Hintertür klopfte, schoss er in die Höhe und rannte zur Tür.

Da standen sie. Melinda mit einem Kind auf dem Arm.

Noah würdigte Melinda kaum eines Blickes, während er jedes Detail des kleinen Jungen in sich aufsog. Er hatte Pausbäckchen und graue Augen, genau der gleiche Farbton wie Noahs. Er trat zurück, damit sie ins Haus kommen konnten.

»Das hier … das ist Elliott«, sagte Melinda.

Noah streckte die Arme aus, um ihr den Jungen abzunehmen. Sie reichte ihn ihm, offensichtlich widerwillig, aber nach allem, was sie ihm angetan hatte, hielt sich Noahs Mitgefühl für sie in Grenzen.

»Hi, Elliott.« Noah nahm dem Kleinen die Strickmütze ab, so dass er sein blondes Haar sehen konnte. Es war, als würde er sich selbst als kleinen Jungen betrachten. Melinda konnte unmöglich abstreiten, wer der Vater war. Aber Gray bestand trotzdem auf einem Vaterschaftstest, damit auch rechtlich kein Zweifel bestand.

Elliott schaute Noah mit einem ernsten Ausdruck auf seinem süßen kleinen Gesichtchen an.

»Magst du LKWs?« Noah nahm ihn mit ins Wohnzimmer, um ihn zu den Spielsachen auf den Boden zu setzen. »Sollen wir noch die Jacke ausziehen, bevor du damit spielst?«

Elliotts kleines Patschhändchen griff nach dem Reißverschluss seiner Jacke. Er runzelte verärgert die Stirn, als er es nicht schaffte, die Jacke selbst aufzumachen.

»Komm, ich helfe dir.« Als er ihm die Jacke auszog, musste er seine ganze Willenskraft aufwenden, um Elliott nicht an sich zu drücken. Aber er wollte ihn nicht erschrecken. Das Herz schlug ihm bis zum Hals, während sein kleiner Sohn sich das Spielzeug ansah, das er mit Brianna für ihn ausgesucht hatte. Er trug ein rot-blau kariertes Flanellhemd, Jeans und süße kleine Arbeitsstiefel.

Elliott nahm eine Kuh in die Hand und hielt sie Noah hin. »Kuh.«

»Ja, genau, richtig. Ich liebe Kühe, und du?«

Elliott nickte. »Muh!«

Noah blinzelte unter Tränen. »Du bist so schlau!«

»Er kennt alle Tiernamen und die Geräusche, die sie machen.«

Noah ignorierte Melinda. Er wollte von ihr nichts über all die Dinge hören, die sein Sohn gelernt hatte, ohne dass er dabei war. Er wollte nicht, dass sie in seinem Haus war und dass sie sein Kind großzog. Als die Wut ihn zu überwältigen drohte, schluckte er sie hinunter und konzentrierte sich auf Elliott.

Sie spielten eine Stunde lang zusammen. Elliot schaute sich alle Spielzeuge genau an. Er liebte die LKWs, die Noah für ihn ausgesucht hatte, und die Autorennbahn war ein echtes Highlight.

»Keks?«, fragte Elliott Noah.

»Ist er gegen irgendwas allergisch?«, fragte Noah Melinda, ohne aufzuschauen.

»Nicht, dass wir wüssten.«

Es machte ihn fuchsteufelswild, wie sie *wir* sagte.

Brianna brachte ihm einen Teller mit Keksen und die Trinkpäckchen mit Apfelsaft, die sie im Store gekauft hatten.

Noah streckte die Hand nach ihr aus, und sie setzte sich zu ihnen auf den Boden, wo sie die Trinkpäckchen tranken und Kekse aßen.

»Das hier ist meine Freundin Brianna«, sagte Noah zu Elliott. »Kannst du mal hi sagen?«

»Hi«, sagte Elliott.

»Hi, Elliott«, sagte Brianna. »Wir freuen uns so, dich kennenzulernen.«

»Saft«, sagte Elliott.

»Magst du Saft?«, fragte Brianna.

Elliott nickte.

Noah sah den beiden zu und stellte sich vor, dass sie zu dritt eine kleine Familie waren und dass Melinda, die immer noch in ihrem Mantel dastand und ihnen zusah, gar nicht existierte.

»Er wird jedes zweite Wochenende hier verbringen«, sagte Noah, ohne Melinda anzuschauen. »Und eine Woche an Weihnachten und drei Wochen im Sommer. Es müssen nicht drei Wochen am Stück sein, aber ich will drei ganze Wochen. Wenn er älter ist, darf er selbst entscheiden, wo er den Großteil der Zeit verbringen will.«

Sie schwieg eine ganze Minute lang. »Okay«, sagte sie dann.

»Und er wird mich, und *nur mich*, Dad nennen.«

»Er … Miguel nennt er Miggy.«

Noah war wahnsinnig erleichtert, dass sein Sohn Miguel nicht Daddy nannte. Das wäre womöglich zu viel für ihn gewesen. »Er wird außerdem meinen Namen tragen. Das steht nicht zur Debatte. Wenn es nicht so auf seiner Geburtsurkunde steht, wirst du sie ändern lassen und mir eine beglaubigte Kopie zukommen lassen.«

»Okay.«

»Ich möchte Fotos von ihm, von jedem Abschnitt seines Lebens, von der Geburt bis jetzt.«

»Ich ... Ich schicke dir welche.«

»Danke.« Noah zwang sich, Melinda anzuschauen. »Ich werde nie verstehen, warum du mir das angetan hast, aber ich werde mein Bestes tun, dich als seine Mutter mit Respekt zu behandeln. Das ist mehr, als du für mich getan hast, als du ihn so lange vor mir geheim gehalten hast.«

»Es tut mir wirklich leid, Noah. Ich wusste nicht, was ich tun sollte, nach allem, was passiert war. Als mir klarwurde, dass ich schwanger bin ...«

»Da hättest du es mir sagen sollen! Du *wusstest*, dass ich ihn hätte kennenlernen wollen.«

»Es tut mir leid. Mehr kann ich dazu nicht sagen.«

Es würde nie ausreichen, aber er hatte keine andere Wahl, als ihre Entschuldigung anzunehmen – für Elliott.

Noah streckte die Arme nach seinem Sohn aus, der ohne zu zögern zu ihm kam, nachdem er mit ihm gespielt und Kekse gegessen hatte. »Ich bin dein Dad, mein Kleiner. Und weißt du auch, was das heißt? Es heißt, dass ich dich liebe und beschütze und mit dir spiele und für den Rest meines Lebens für dich da sein werde. Wenn du irgendetwas brauchst, dann kommst du zu mir, und ich sorge dafür, dass du es bekommst.«

Brianna schniefte neben ihm.

Als der Kleine zu zappeln begann, ließ Noah ihn los. Er gab ihm einen Kuss auf den Kopf. »Wir sehen uns bald wieder, okay?«

»'Kay«, sagte Elliott.

Noah stand vom Boden auf und nahm die Jacke und die Mütze mit in die Küche. Er half ihm in die Jacke und machte den Reißverschluss zu, bevor er ihm die Mütze auf den Kopf setzte. Alles in ihm sträubte sich dagegen, ihn gehen zu lassen, aber er wusste, dass er es trotzdem tun musste, zumindest vorerst.

»Du kannst ihn am Freitag nach der Arbeit herbringen. Ich fahre ihn Sonntagabend wieder zurück.«

»Ich, ähm, okay. Noah, ich wollte nur sagen ...«

»Lass es. Es gibt nichts, was du sagen kannst, um das hier wiedergutzumachen, also versuch es erst gar nicht.«

Bis zu diesem Treffen hatte er sich gefragt, ob er womöglich wieder etwas für sie empfinden würde, wenn er sie nach so langer Zeit wiedersah, aber er spürte nichts als Wut und Traurigkeit für alles, was sie ihm genommen hatte. Irgendwann würde er mit ihr über weitere Dinge sprechen müssen, die ihren Sohn betrafen, aber nicht jetzt. Noch nicht.

»Wir sehen uns am Freitag, Kumpel. Dann spielen wir wieder mit den LKWs, und ich kann dir die großen LKWs auf der Arbeit zeigen.«

»Mh-Kahwees!«, sagte Elliott.

»Wir schauen uns alle LKWs an.« Noah lächelte und winkte ihm zu, als Melinda ihn nach draußen trug. »Tschüs, Elliott.«

Elliott winkte zurück. »Tschüs.«

Er würde einen Autositz und ein Bettchen kaufen müssen, und was brauchte er eigentlich noch? Woher sollte er überhaupt wissen, was sie brauchten? Was wusste er schon darüber, wie man sich um ein Kleinkind kümmerte? Seine Gedanken rasten, bis er sich zwang, tief Atem zu holen, um sich zu beruhigen. Seine Mutter und seine Tante hatten achtzehn Kinder großgezogen. Sie konnten ihm sicher helfen. Elliott würde von jetzt an bei ihm *alles* bekommen, was er brauchte. Er konnte die Vergangenheit nicht ungeschehen machen, aber er würde tun, was in seiner Macht stand, um die Zeit auszugleichen, die er mit seinem Sohn verpasst hatte.

»Er ist so süß«, sagte Brianna, als Melinda weggefahren war.

»Tut mir leid, dass ich dich nicht vorgestellt habe …«

»Das muss es nicht. Ich möchte sie nicht kennenlernen. Ich habe so eine Wut auf sie.«

Noah lachte leise und schlang die Arme um sie. »Also, das war mein Sohn.«

»Das war dein Sohn, und er ist zauberhaft. Er sieht genauso aus wie du. Ich kann es überhaupt nicht erwarten, ihn richtig kennenzulernen.«

»Ich auch nicht. Ich werde Hilfe brauchen. So viel Hilfe. Ich muss einen Autositz kaufen und ein Bettchen und mehr Spielsachen und …«

Brianna legte eine Hand an seine Wange. »Hol mal tief Luft. Wir schaffen das. Wir besorgen alles, was er braucht, und sorgen dafür, dass er sich hier zu Hause fühlt.«

»Ich möchte, dass du dich hier auch zu Hause fühlst.«

»Das tue ich jetzt schon.«

»Wenn dein Mietvertrag ausläuft … Meinst du, dann willst du hier einziehen?«

»Ich denke schon.«

»Und die Firma … Da wärst du auch dabei?«

»Auf jeden Fall.«

»Heißt das, du kündigst deinen Job in Boston?«

Sie lachte. »Das habe ich schon längst getan. Ich habe am Freitag im Büro angerufen und ihnen gesagt, dass ich nicht wiederkomme, wenn das Projekt hier beendet ist.«

»Wie haben sie reagiert?«

»Sie waren alles andere als begeistert und haben mir eine Lohnerhöhung angeboten, aber ich habe dankend abgelehnt.«

Noahs Herz, das nach dem Besuch seines Sohnes schon voller Liebe war, fühlte sich an, als würde es gleich platzen, als er hörte, wie konkret ihre Pläne, bei ihm zu bleiben, schon waren. »Und der Pferdestall … Meinst du, das könnte unser erstes Projekt werden?«

»Außer an das Treffen mit Elliott habe ich seit gestern an nichts anderes mehr denken können. Ich habe sogar schon ein paar grobe Pläne gezeichnet.«

Noah atmete tief aus. »Dann machen wir das jetzt also.«

»Machen wir, aber nur, wenn es auch das ist, was du willst.«

Er betrachtete ihr wunderschönes Gesicht, prägte sich jedes kleinste Detail ein. »Bevor ich dir begegnet bin, hätte ich schwören können, dass ich mit der Liebe und Beziehungen und allem, was dazugehört, ein für alle Mal durch bin.«

»Ich auch. Mir ging es ganz genauso.«

Er lächelte, bevor er sie küsste. »Aber dann warst du da, hast mit diesem Finger auf mich gezeigt und mich mit deiner Klugheit und deiner Schönheit ganz verrückt gemacht, und dann war ich plötzlich genau an dem Ort, wo ich nie wieder hinwollte. Aber dieses Mal fühlt es sich anders an. Es fühlt sich gut an und sicher und richtig.«

»Für mich auch, Noah. Ich schwöre dir, dass ich dir nie so weh tun werde, wie sie es getan hat.«

»Und ich werde dir nie so weh tun, wie er es getan hat.«

Sie schlang die Arme um seinen Hals und gab ihm einen Kuss.

»Ich liebe dich.«

»Ich liebe dich auch.«

Er wusste, dass sie es wirklich so meinte, wenn sie das sagte. Er hatte Vertrauen in sie und war sich sicher, dass sie ihr Wort halten würde. »Wie wäre es, wenn du mir deine Entwürfe zeigst?«

»Sehr gerne.«

Epilog

Zehn Minuten, nachdem Linc sich zu Elmer an seinen Stammplatz im Diner gesetzt hatte, warteten sie immer noch darauf, dass Butch ihnen Kaffee brachte. Linc war kurz davor, selbst aufzustehen und sich die Kanne zu holen.

»Und der meint, er braucht keine Vertretung für Megan«, sagte Elmer, »dabei ist er eindeutig überfordert. Wie soll er es auch schaffen, gleichzeitig zu kochen *und* die Gäste bedienen?«

»Ich sage es ja nicht gerne, aber ich glaube, du musst anfangen, Kaffee auszuschenken, alter Junge«, sagte Linc zu seinem Schwiegervater.

»Wen nennst du hier alter Junge?«

»Nur eine Redensart. Ich möchte mal ›alt‹ werden, so wie du.«

»Meinst du, wir sollten helfen?«, fragte Elmer.

»Das wäre wohl besser, sonst gibt es hier noch einen Aufstand.«

»Kann ja nicht so schwer sein. Schließlich haben wir Megan jeden Tag dabei zugesehen.«

»Ganz genau.«

»Du holst den Kaffee«, entschied Elmer. »Und ich frage die Leute, was sie wollen.«

»Okay.«

In der nächsten Stunde rannten sie sich die Fersen wund, schenkten Kaffee nach, nahmen Bestellungen entgegen, brachten Essen an Tische, machten Fehler bei Bestellungen, korrigierten die Bestellungen, kochten noch mehr Kaffee, räumten Tische ab und wischten sie ab, wenn die Gäste gegangen waren.

Als die Frühstückszeit endlich vorbei war, ließen sie sich an ihrem Stammtisch wieder auf die Bänke fallen. Sie waren völlig erledigt.

»Ach du *Scheiße.*«

»Was du gesagt hast.« Elmer trank das Glas mit Eiswasser, das er sich eingeschenkt hatte, in einem Zug aus. »Wie macht Megan das nur, jeden Tag, und ganz alleine. Und im neunten Monat schwanger!«

»Ich sehe sie jetzt mit ganz anderen Augen«, sagte Linc.

»Ich auch.«

Butch kam aus der Küche. »Danke für eure Hilfe, Jungs. Ihr habt mir den Arsch gerettet.«

»Du musst jemanden anstellen, der dir hilft, solange Megan nicht da ist.«

»Aber sie wird doch nicht ewig weg sein, oder? Wie lange dauert es überhaupt, sich von einer Geburt zu erholen?«

Linc prustete los. »Das wird noch seine Zeit brauchen, mein Lieber.«

»Unsere Firma besteht auf vollständigen Mutterschutz«, sagte Elmer. »Als der offizielle Besitzer des Diners werde ich ihr nahelegen, sich alle Zeit der Welt zu nehmen. Also, lass uns jemanden anstellen, der das hier in der Zwischenzeit übernimmt.«

»Ich mag keine Veränderungen«, sagte Butch mit gerunzelter Stirn.

»Na ja, ich werde jedenfalls nicht jeden Tag Kaffee für dich ausschenken«, sagte Linc.

»Und ich bin viel zu alt, um so hart zu arbeiten«, fügte Elmer hinzu.

»Aha, jetzt bist du also plötzlich alt.« Linc grinste.

»Werd bloß nicht frech, junger Mann.«

Linc bekam einen Lachanfall. »Ich sage ja nur, dass du die Alter-Mann-Karte ziehst, wenn es dir gerade in den Kram passt.«

»Wenn man erst mal so alt ist wie ich, kann man jede Karte ziehen, die man will.«

Butch füllte ihre Kaffeetassen auf. »Wenn ihr noch mehr wollt, holt ihn euch selber.«

»Er weiß wirklich nicht, dass uns der Laden gehört, oder?«, grinste Elmer.

»Er weiß einfach nur, dass wir ihn viel mehr brauchen als er uns.«

»Vor allem jetzt gerade.« Elmer lehnte sich zurück. »Na ja, wenigstens hat das den Kreislauf in Schwung gebracht. Ich schlafe heute Nacht sicher so gut wie lange nicht mehr.«

»Und mir ist noch mal klargeworden, wie leicht ich es mit meinem Job habe«, sagte Linc.

»Wenn es zu einfach für dich ist, kann ich mir ja jemand

anderen suchen, der das Unternehmen meiner Eltern leitet.«

»Ich glaube, dieser Zug ist abgefahren, mein Freund. Mich wirst du nicht so schnell wieder los.«

»Oh, über dieser ganzen Aufregung hätte ich fast vergessen, dir zu sagen, dass Noah und Brianna den alten Pferdestall der Fosters gekauft haben.«

»Ach, wirklich?« Linc strahlte. »Das ist wunderbar. Sie haben uns erzählt, dass sie alte Scheunen und Kirchen und andere Gebäude restaurieren und verkaufen wollen.«

»Eine wirklich tolle Idee. Es gibt in der Gegend so viele Gebäude, die einfach verfallen, obwohl so ein großes Potenzial in ihnen steckt. Und es ist schön zu sehen, wie Noah auftaut, seit er mit ihr zusammen ist.«

»Finde ich auch. Brianna tut ihm gut. Hannah hat uns erzählt, dass die Polizei im Mordfall ihres Exmannes einen Verdächtigen festgenommen hat. Ein Geschäftspartner, den er um einen ganzen Haufen Geld geprellt hatte.«

»Puh, was für ein fieser Typ.«

»Das ist wahr, aber das Ganze hat auch sein Gutes. Der Exmann hat nie die Lebensversicherung geändert, die sie abgeschlossen haben, als sie frisch verheiratet waren. Seine Eltern bestehen darauf, dass sie das Geld nimmt, und es ist eine ordentliche Summe.«

»Das freut mich für sie«, sagte Linc. »Nach allem, was ich gehört habe, hat sie das mehr als verdient.«

»Allerdings. Sie will in das Unternehmen investieren, dass sie mit Noah aufbauen möchte.«

»Ich freue mich so für die beiden«, sagte Linc.

»Ich auch. Niemand hat ein bisschen Glück mehr verdient als unser Noah. Und dieses Wochenende werde ich endlich meinen neuen Urenkel Elliott kennenlernen.«

»Noah hat mir Fotos gezeigt. Er sieht genau aus wie sein Daddy in dem Alter.«

»Ja, allerdings. Ein süßes Kerlchen!«

»Hannah ist so wütend, weil wir bisher nichts von ihm gewusst haben«, sagte Elmer.

»Das kann ich ihr nicht verübeln. Es ist eine Schande.«

»Sie will, dass Noah das alleinige Sorgerecht einklagt, aber das wird er nicht tun. Der Junge würde nur darunter leiden.«

»Das stimmt. Es wird ein bisschen dauern, bis Hannah sich damit abgefunden hat.«

»Sie sagt, sie wird Melinda nie vergeben. Nichts davon. Hast du die ganze Geschichte gehört, dass sie mit seinem Vorarbeiter geschlafen hat?«

»Ja, Molly hat es mir erzählt. Wirklich schrecklich. Kein Wunder, dass er sich ein paar Jahre lang zurückgezogen hat.«

»Allerdings. Mit so was wird man nicht gerade leicht fertig.«

»Jedenfalls hat er jetzt etwas Besseres gefunden.«

»Dank uns.« Linc hob seine Kaffeetasse, um mit seinem Schwiegervater anzustoßen.

»O bitte«, schnaubte Elmer. »Es war *meine* Idee, Noah und Brianna zum Abendessen zu schicken. *Wir* hatten damit rein gar nichts zu tun. Du bist drauf und dran, diesen Wettkampf zu verlieren. Mittlerweile liegst du so weit zurück, dass du kaum noch aufholen kannst.«

»Ja, klar. Was glaubst du, wer Cabot angerufen hat, um ihm zu sagen, dass Izzy im Krankenhaus liegt?«

»Mia hat ihn angerufen.«

»Das denkst du, mein Lieber. Der erste Anruf kam von mir.«

Elmer wirkte ehrlich beeindruckt. »Wirklich?«

»Ja, und mein Freund Cabot kann das bezeugen.«

»Sehr interessant. Du hast viel von mir gelernt.«

Lincoln verdrehte die Augen so weit, dass nur noch das Weiße zu sehen war. »Das hättest du wohl gerne. Wenn es mit Izzy und Cabot klappt, bin alleine ich dafür verantwortlich.«

»Diesen Sieg gönne ich dir, aber nur, wenn sie wirklich zusammenkommen. Es wird Zeit, dass du auch mal wieder eine Runde für dich entscheidest.«

»Er ist ein bisschen älter als Izzy«, sagte Linc. »Wie finden wir das denn?«

»Nach allem, was ich gesehen habe, scheint er ein guter Kerl zu sein.«

»Finde ich auch. Ich werde die Augen offen halten, ob ich etwas tun kann, damit dieser Punkt an mich geht.«

Elmer trank langsam sein Eiswasser. »Du brauchst noch ziemlich viele Punkte, um den Meister einzuholen.«

»Lob den Tag nicht vor dem Abend. Es gibt immer noch sechs Colemans und einen Abbott.«

Elmer beugte sich grinsend zu ihm vor. »Na dann. Worauf wartest du noch?«

Danksagung

Danke, dass ihr die Geschichte von Noah und Brianna gelesen habt. Noah war während der gesamten Serie ein ziemlich großes Rätsel, und es hat Spaß gemacht aufzudecken, wie aus ihm so ein grüblerischer Einzelgänger werden konnte. Umso schöner, dass er nun die richtige Frau gefunden hat, die ihn wieder zurück ins Leben holen konnte. Ich hoffe, es hat euch genauso gut gefallen wie mir, die Colemans näher kennenzulernen.

Vielen Dank an alle, die mich hinter den Kulissen unterstützt haben, unter anderem Julie Cupp, Lisa Cafferty, Tia Kelly, Jean Mello, Andrea Lopes, Ashley Lopez und Kristina Brinton. Die harte Arbeit meiner Lektorinnen Linda Ingmanson und Joyce Lamb und meiner Probeleserinnen Anne Woodall und Kara Conrad weiß ich sehr zu schätzen. Vielen Dank. Natürlich geht auch ein großes Dankeschön an die Probeleserinnen der *Vermont*-Serie: Marchia, Alice, Nancy, Betty, Katy, Jennifer, Deb und Doreen.

Ein besonderes Dankeschön geht an Melissa Shufon, weil sie ihre Erfahrungen als Frau im männlich dominierten Bauwesen mit mir geteilt hat.

Wie ihr euch sicher vorstellen könnt, sind Izzy und Cabot als Nächstes dran. Ich freue mich schon sehr darauf herauszufinden, was zwischen ihnen passiert, und ob daraus etwas werden wird. Keine Sorge – Max Abbott habe ich auch nicht vergessen. Es wird nicht mehr lange dauern, bis er an der Reihe ist. Doch seine Geschichte wird die letzte in der Green-Mountain-Serie sein. Sie liegt ein Stück in der Zukunft, so dass wir noch erfahren werden, wie es allen anderen geht, bevor wir uns von den Abbotts und Colemans verabschieden – vorerst jedenfalls. Ganz ausschließen möchte ich es nicht, dass ich in der Zukunft irgendwann wieder nach Butler zurückkehren werde.

Nochmals vielen Dank, dass ihr *Ganz nah bei dir* gelesen habt, und dass ihr euch immer so auf die neuen Bücher in der Serie freut.

Alles Liebe,
Marie

Suchen Sie weiteren Lesestoff zum Wegträumen?

Dann finden Sie hier eine Leseprobe aus »Sehnsucht in deinem Herzen«, dem ersten Band der Firefly-Creek-Serie von Lilian Kaliner.

Kapitel 1

Liz klemmte sich den Geldbeutel unter den Arm und eine Chipstüte unter das Kinn und griff mit den Händen nach den beiden anderen Packungen. Mit einem verschämten Lächeln verabschiedete sie sich von dem schlaksigen Jugendlichen, der hier an der Tankstelle jobbte, und trug ihren Einkauf nach draußen zum Auto. Was musste dieser Junge nur von ihr denken? In regelmäßigen Abständen kam sie hierher, um sich mit ihren Lieblingsknabbereien einzudecken. Alle zwei, drei Wochen schob sie eine Ausrede vor, üblicherweise dass die Milch oder das Brot aus seien, um sich für eine Stunde von der Farm zu stehlen. Und genau wie heute wählte sie dafür meist einen Sonntagabend, wenn im Ort nicht viel los war. *Ach ja, die Milch!* Augenrollend öffnete sie die Beifahrertür und warf die Tüten auf den Sitz. Dann lief sie eilig zurück in die Tankstelle und nahm eine Milchflasche aus dem Kühlregal. Niemand sollte hinter ihren kleinen Schwindel kommen. Natürlich hatten sie noch Milch auf der Farm, sogar reichlich. Aber da nur selten jemand außer ihr die Vorratskammer betrat, würde es keinem auffallen. Sie schob dem Jungen eine Fünf-Dollar-Note über den Tisch. »Der Rest ist für dich.«

»Einen schönen Abend, Mrs. Bennett«, hörte sie

ihn gerade noch rufen, als die Tür hinter ihr zufiel. Zufrieden stieg sie in den gelben Kleinwagen und legte die Milch auf die Rückbank. Als sie den Schlüssel ins Schloss steckte, dröhnte Discomusik aus den Lautsprechern. Ein Lächeln zog sich über ihr Gesicht, während sie auf die breite Hauptstraße fuhr und den Wagen dann kurz hinter dem Ortsschild auf den verwilderten Parkplatz lenkte. Sie schnappte sich die Chipstüten und stieg aus. Einen Moment lang stand sie nur da und atmete die frische Abendluft ein, bevor sie auf die ausgeblichene Holzbank zuging. *Ihre Bank.* Die Bank, auf der Samuel ihr damals den Antrag gemacht hatte. Wie lange war das jetzt her? Sie runzelte die Stirn und riss eine Packung auf. *Käsebällchen.* Während sie das erste auf ihrer Zunge zergehen ließ, genoss sie das herrlich künstliche Aroma.

War es tatsächlich schon sechseinhalb Jahre her? Die Zeit verging wie im Flug, wenn man viel zu tun hatte. Samuels Antrag war völlig unerwartet gekommen und ziemlich unspektakulär gewesen. Und doch in jeder Hinsicht perfekt. Anscheinend hatte er ursprünglich geplant, bei seinem nächsten Besuch in Melbourne, wo Liz damals als Lehrerin arbeitete, um ihre Hand anzuhalten. Doch dann hatte er es nach dem Wochenende, das Liz mit ihm und seiner Familie auf der Farm verbracht hatte, nicht aushalten können, so lange zu warten. Das war so typisch Samuel gewesen, wie er den Antrag mit einem verschmitzten Grinsen auf dieser altersschwachen Bank über eine Eistüte hinweg genuschelt hatte. Und natürlich hatte sie nicht anders gekonnt, als ihm strahlend um den Hals zu fallen, ohne sich darum zu scheren, dass sie sich die Bluse mit seinem Eis eingesaut hatte.

Die ganze Fahrt bis zum Flughafen in Adelaide hatte Liz es nicht fassen können, dass sie tatsächlich heiraten würden. Wie ein Wirbelsturm war Samuel in ihrem Leben aufgetaucht. Alles entwickelte sich so schnell. Gerade einmal einundzwanzig war sie bei seinem Antrag gewesen und er achtundzwanzig. Und sie hatten sich erst etwas über ein halbes Jahr lang gekannt. Als sie sich in dem Club in Melbourne, in dem Liz sich damals öfter mit ihren Freundinnen traf, begegneten, war es für beide Liebe auf den ersten Blick gewesen – ganz so wie in einem kitschigen Liebesfilm. Samuel war für einen Kurztrip mit seinen Freunden nach Melbourne geflogen und sprichwörtlich in ihr Leben gestolpert, als er versehentlich seinen Drink auf ihrer Hose verschüttete. Drei Wochen und unzählige Telefonate später flog er erneut hin, um mit ihr auszugehen. Und Liz hatte ihn mit einem Kuss belohnt, der ihr Leben auf den Kopf stellen sollte. Die Lehrerin aus Melbourne und der Rinderfarmer aus Südaustralien – in welch gänzlich gegensätzlichen Welten sie damals lebten. Und doch sollte seine Welt auch zu ihrer werden. Und das schneller als gedacht.

Liz griff nach der zweiten Chipstüte, riss sie auf und legte sie neben sich auf die Bank. Und dann folgte die letzte. Wie üblich reihte sie alle neben sich auf, streckte die Beine aus und sah in den Himmel. Das Wetter war zu schlecht, um den Sonnenuntergang beobachten zu können. Schon den ganzen Tag über war der Himmel ungewohnt grau. Sie zog die Strickjacke enger um ihren Oberkörper und bereute, dass sie nichts Wärmeres mitgenommen hatte. Auch wenn sie glaubte, den Frühling beinahe schon riechen zu können, so war es doch noch Winter. Und dieser konnte in Südaustralien mitunter unangenehm kalt werden.

Liz drehte den Kopf und schielte über ihre Schulter auf den Bachlauf, nur wenige Meter hinter der Bank. Natürlich würde es heute nicht die zauberhaften Glühwürmchen zu sehen geben, denen Firefly Creek den Ortsnamen verdankte. Doch auch wenn sie wusste, dass mit dem Auftauchen der Tierchen erst wieder im November zu rechnen war, versicherte sie sich dennoch jedes Mal aufs Neue, dass ihr dieses einmalige Schauspiel nicht entging. Die Glühwürmchen stellten so ziemlich die einzige Besonderheit dieser Gegend dar. Firefly Creek hatte keine spektakulären Berge, lag weit abseits der Küste, nicht einmal ein Kino gab es hier – dafür endloses Weideland und Rinderherden. Aber sie hatten die Glühwürmchen, und Liz konnte es jedes Jahr kaum erwarten, dass die wenigen Wochen begannen, in denen das entzückende Treiben in der Dämmerung zu beobachten war.

Ihre Hand angelte nach einem Bacon-Chip. Drei Monate nach ihrem ersten Treffen war Samuel die neun Stunden zu ihr mit dem Auto gefahren, um sie seinem älteren Bruder vorzustellen. Als John in seinem karierten Hemd, mit ausgeblichenem Lederhut auf dem Kopf und mürrischem Gesicht an dem kleinen Tischchen in ihrer winzigen Apartmentküche vor ihr gesessen hatte, war die Situation anfangs befangen. Doch kaum hatte er die tiefe Zuneigung seines Bruders zu Liz erkannt, wurde Johns Ausdruck milder. Ohne es zu wissen, hatte sie an diesem Tag ihren zukünftigen Schwager kennengelernt – und mit ihm einen Mann, der ihr später zu einer großen Stütze werden sollte.

Liz kratzte mit den Fingernägeln am spröden Holz. Zum Glück hatte sie damals, am Tag seines Antrags vor sechseinhalb Jahren, nicht geahnt, wie wenig Zeit ihr und Samuel noch bleiben sollte. Und sie war dankbar für die Unwissenheit, die ihnen zumindest zwei weitere unbeschwerte Jahre geschenkt hatte. Gerade einmal zwei glückliche Jahre mit ihrem Mann, bis sich alles änderte. Kurz vor der Hochzeit hatte sie ihren Job in Melbourne aufgegeben und war hierhergezogen. Wie immer hatte Samuel keine halben Sachen gemacht und ein kleines Häuschen für sie beide am Ortsrand gekauft. Wie hatte sie dieses Haus geliebt! Liz konnte zu Fuß zu ihrer neuen Arbeit an der Grundschule gehen, während Samuel jeden Morgen zur Farm seiner Familie fuhr. Sie versuchte, die Gedanken zu verscheuchen, die ihr an diesem Ort unweigerlich jedes Mal kamen. Und doch zog die Bank sie immer wieder magisch an. Das hier war *ihr* Platz. Nur selten kam hier jemand vorbei, und noch seltener hielt sich jemand länger auf dem trostlosen, von knorrigen Eukalyptusbäumen und kniehohem gelbem Gras umgebenen Parkplatz auf.

Auf einmal hörte sie Reifen knirschen und sah, wie

ein für diese Gegend ungewöhnlich elegantes, teuer wirkendes Auto auf die freie Fläche vor ihr rollte. Frustriert schnaufte Liz und leckte ihre mit Krümeln überzogenen Fingerspitzen ab. Den Fahrer des Wagens konnte sie durch die getönten Scheiben nur schemenhaft erkennen. Dann öffnete sich die Tür, ein Mann stieg aus und schritt eilig auf eine Baumgruppe zu. Liz kniff die Augen zusammen. *Das kann nicht sein.* Sie betrachtete das weiße Hemd, das sich über seinen Rücken spannte und von einer anscheinend langen Fahrt verknittert war. *Oder doch?* Der Mann blieb vor der Baumgruppe stehen, und Liz hielt den Atem an, als sie sein Profil sehen konnte. *Ethan!* Genau in diesem Moment blickte er über seine Schulter und ließ von seinem Gürtel ab, an dem er sich eben zu schaffen gemacht hatte.

Ruckartig drehte er sich von dem Baumstamm weg. »Entschuldigen Sie bitte, ich habe Sie nicht gesehen!«, rief er und ging zurück zu seinem Wagen. Hatte er sie etwa nicht erkannt? Für Liz hingegen bestand kein Zweifel: Sie kannte diesen Kerl, der sich seit Jahren nicht mehr in Firefly Creek hatte blickenlassen. Trotz der langen Autofahrt, die hinter ihm liegen musste, waren seine dunkelblonden Haare akkurat frisiert. Sein ganzes Auftreten wirkte auffallend gepflegt. Nicht einmal die Ärmel des perfekt sitzenden Hemds waren hochgerollt. Scheinbar unschlüssig, was er angesichts ihrer Anwesenheit tun sollte, zog er sein Handy aus der eleganten Anzughose und lehnte sich gegen die Motorhaube. Mit zusammengezogenen Augenbrauen betrachtete er das Display, während seine Finger darauf herumtippten.

Sollte es sie ärgern, dass er sie nicht erkannte? Nein, sicherlich lag es an der langen Zeit, die seit damals vergangen war, und Liz hatte sich seitdem sehr verändert, nicht nur, was ihre Frisur betraf. Wie oft hatten sie sich schon getroffen? Liz dachte an eine Zeit zurück, die sowohl die schönsten als auch schmerzhaftesten Momente ihres Lebens enthielt. *Drei Mal.* Drei Mal hatten Sie und Ethan sich insgesamt gesehen. Bei ihrem ersten Weihnachtsfest auf der Farm, bei der Hochzeit und schließlich das letzte Mal bei Samuels Beerdigung vor etwa viereinhalb Jahren. Unwillkürlich griffen ihre Finger in den Stoff ihrer Hose, dann blickte sie wieder zu Ethan. Niemand hatte ihr gesagt, dass er vorhatte zu kommen. Sicherlich würde Harry ihr so eine Information nicht vorenthalten. Sie sollte aufstehen und sich ihm erneut vorstellen. Oder aber sie erlaubte sich einen kleinen Spaß mit ihm. Grinsend lehnte sie sich etwas vor. »Haben Sie Hunger?«

Mit hochgezogenen Augenbrauen sah er vom Handy auf und blickte dann auf die Chipstüten neben ihr. Er schien zu zögern, steckte dann jedoch das Handy ein. »Sie haben da einen beachtlichen Vorrat«, rief er zurück und lachte freundlich.

»Etwas viel für mich«, gestand sie.

»Dann werde ich mich wohl oder übel aufopfern müssen«, sagte er und trat auf sie zu. Ethan setzte sich an das andere Ende der Bank, so dass die Chipstüten zwischen ihnen lagen, und Liz nahm wahr, wie er sie unauffällig betrachtete. Ein Bennett mit blauen Augen und hellen Haaren, das war ein ungewohnter Anblick, fand Liz. »Also, was haben wir hier alles?« Er begutachtete das Knabberzeug.

Bedeutungsschwer deutete sie auf eine Tüte nach der anderen. »Käsebällchen, Bacon-Chips und mein Favorit – Zwiebelringe.«

Er nickte beeindruckt. »Eine ganz besondere kulinarische Zusammenstellung, das muss ich zugeben.« Er lachte auf, und sein warmer Tonfall hatte einen entspannenden Effekt.

»Vermutlich sind Sie Besseres gewohnt, drüben in Sydney.«

Aus den Augenwinkeln musterte er sie und legte den Kopf schief. »Woher wissen Sie denn, dass ich aus Sydney komme?« Nervös richtete er sich ein wenig auf.

Sie sollte es ihm sagen. Gestehen, dass sie sich einen Spaß mit ihm erlaubte. Und doch war die Situation einfach erfrischend amüsant. Stattdessen deutete sie auf sein Auto. »Ein Kennzeichen aus New South Wales. Und Sie sehen aus wie einer aus der Großstadt.«

»Einer aus der Großstadt«, echote er. »Ist das was Schlechtes?«

»Ich bin selbst aus Melbourne«, erklärte sie und gab ihm so einen kleinen Hinweis, damit er selbst darauf käme, neben wem er da saß.

»Ethan Bennett.« Er beugte sich über die Tüten zu ihr rüber und streckte seine Hand aus.

»Elizabeth Monroe«, stellte sie sich mit ihrem Mädchennamen vor und suchte in seinem Blick vergeblich nach einem Funken der Erkenntnis. *Dann hast du es auch nicht anders verdient.* Sie unterdrückte ein Kichern und hielt ihm die Käsebällchen hin.

»Danke für die Einladung, Elizabeth.« Zögernd steckte er sich eines in den Mund.

»Und, schmeckt's?«, hakte sie nach.

»Verdammt gut und vermutlich auch verdammt ungesund.«

»Das fürchte ich auch.« Entspannt lehnte sie sich wieder zurück und nahm sich ebenfalls eins.

»Drei Tüten?«, fragte er.

»Es schmeckt nur in genau dieser Kombination perfekt. Sie müssen sie der Reihe nach essen und am Ende Ihre Finger ablecken.«

»Die Finger ablecken?« Er lachte heiser auf.

Liz nickte ernst. »Das ist das Beste daran. Dann haben Sie den Geschmack von allen drei Sorten auf einmal auf der Zunge.«

»In Ordnung.« Demonstrativ folgte er ihrer Anleitung. »Eine wahre Gaumenfreude«, sagte er kauend und steckte sich Daumen und Zeigefinger in den Mund.

Tatsächlich wirkte der Mann neben ihr überraschend ausgelassen. Liz wusste nicht viel über Ethan. Die wenigen Informationen, die sie nach und nach über ihn aufgeschnappt hatte, waren seltsam vage. Nur selten wurde auf der Farm Ethan erwähnt, und dann drohte die Stimmung sogleich zu kippen. Warum war er hier? Sie betrachtete ihn neugierig. »Und, Ethan Bennett aus Sydney, was verschlägt Sie in dieses verschlafene Nest mitten im Nirgendwo?«

Erneut versteifte sich seine Haltung, und seine Gesichtszüge wurden starr. »Um ehrlich zu sein, weiß ich das selbst nicht so genau«, sagte er leise.

Auf einmal empfand sie Mitgefühl für diesen Mann, den sie kaum kannte. Etwas schien ihn zu bedrücken. »Kommen Sie von hier?« Innerlich tadelte sie sich, dass sie diese Scharade nicht rechtzeitig beendet hatte. Jetzt war der richtige Moment verstrichen, und sie konnte nur hoffen, dass er ihr im Nachhinein deswegen nicht böse sein würde.

»Sieht man mir das an?« Schon etwas entspannter linste er in ihre Richtung.

»Nein, sicher nicht.«

»Ist aber so.« Er nahm sich die Packung mit den Käseböllchen und schob sich mehrere in den Mund. Liz ließ ihm Zeit und knibbelte an ihren Fingernägeln herum. »Ich möchte meine Familie besuchen«, fuhr er nach einer gefühlten Ewigkeit fort.

»Sie freuen sich sicher darauf, Sie wiederzusehen«, entgegnete Liz und lächelte ihm zu.

»Daran habe ich so meine Zweifel.« Er schüttelte den Kopf. »Wechseln wir lieber das Thema. Was macht eine Frau mit drei Chipspackungen abends alleine auf diesem Parkplatz?«

Liz lachte und vergrub ihr Gesicht in den Handflächen. Sie wusste, wie merkwürdig das auf ihn wirken musste. »Das hier ist meine kleine Auszeit. Ich kümmere mich um einen großen Haushalt, und manchmal habe ich einfach das Bedürfnis nach etwas Ruhe. Dann tue ich so, als müsste ich dringend etwas einkaufen, und stattdessen setze ich mich hierhin und futtere heimlich Junkfood.«

Sein Lachen schallte durch die Abendluft und über den Parkplatz. Amüsiert sah er sie mit feuchten Augen an. »Tatsächlich?«

»So ist es.« Schulterzuckend schnappte sie ihm die Käseböllchen weg und legte sie zurück an ihren angestammten Platz.

»Sind Sie Haushälterin, oder ist Ihre Familie so groß?«

»Beides.«

»Große Familien sind so eine Sache …«, sinnierte er und wirkte melancholisch.

»Fahren Sie jetzt gleich zu Ihrer?«, hakte sie nach.

Ethan schüttelte den Kopf. »Ich muss noch etwas Mut fassen, um ehrlich zu sein.«

»Aber es wird bald dunkel.«

»Sicher klingt das armselig, aber es kostet mich eine Menge Überwindung, nicht einfach ins Auto zu steigen und wieder zurückzufahren.«

»Das ist nicht armselig. Es klingt so, als ob das alles für Sie nicht einfach ist.«

»Man kann vor der Vergangenheit nicht davonlaufen«, murmelte er und lächelte ihr matt zu.

Liz strich über das raue Holz der Bank. »Nein, das kann man nicht.« Beinahe konnte sie schon das Ziffernblatt ihrer Uhr nicht mehr erkennen. Es wurde höchste Zeit, dass sie sich auf den Heimweg machte. Ruckartig stand sie auf und schlang die Arme um den Oberkörper. Mit jeder Minute wurde es frischer. »Ich schenke Ihnen den Rest der Chips. Und wenn sie leer sind, dann fahren Sie weiter zu Ihrer Familie, ja?«

Er erhob sich und hielt ihr erneut die Hand hin. »Dann vielen Dank für Ihre Gesellschaft, Elizabeth.«

Sie nahm die Wärme wahr, die von seiner Handfläche ausstrahlte und auf ihre überging. »Jederzeit wieder.« Sie ging zu ihrem Auto und stieg ein. Als sie gewendet hatte, blickte sie noch einmal zu dem einsamen Schatten auf der Parkbank zurück, bevor sie davonfuhr. »Bis gleich, Ethan.«

Unzufrieden rollte Liz sich in dem breiten Bett zusammen und starrte in der Dunkelheit auf die Umrisse des Fensters. Wegen der Wolken waren heute leider keine Sterne am Himmel zu sehen. Ethan war nicht gekommen. Vermutlich war er längst auf dem Weg zurück nach Sydney. Sie hatte niemandem erzählt, dass sie ihm bei ihrem Ausflug begegnet war, und sie hatte sich insgeheim auf Harrys überraschte Miene gefreut, wenn er Ethan nach so langer Zeit erblicken würde. Auch wenn er ein Raubein war, Harry musste sich einfach über die Heimkehr seines Sohnes freuen. Harte Schale, weicher Kern – auf niemanden traf dieser Spruch besser zu als auf ihren Schwiegervater. Nur mit großer Mühe hatte sie den Drang unterdrücken können, für Ethan schon das Bett im Gästezimmer zu beziehen. Doch sie wollte keine Nachfragen riskieren. Es war ihr nicht leichtgefallen, beim Kartenspiel mit den anderen Familienmitgliedern am Küchentisch ihre Aufregung zu verbergen. Schon lange hatte sie sich nicht mehr so aufgekratzt gefühlt, und sie behielt unablässig die Seitentür im Blick. Doch irgendwann hatte sie erkannt: Ethan würde nicht kommen. Er hatte einen Rückzieher gemacht. Es sollte kein Wiedersehen geben. Und niemand in der Familie wusste, dass es fast eins gegeben hätte.

Über eintausenddreihundert Kilometer lagen zwischen Firefly Creek und Sydney, das hatte sie vorhin recherchiert. Vermutlich war Ethan die gesamte Strecke in einem Rutsch durchgefahren, jedenfalls hatte er entsprechend müde ausgesehen. War es nicht gefährlich, sich nach so einer langen Fahrt erneut ins Auto zu setzen, um zurückzufahren? Was stand nur zwischen ihm und den restlichen Bennetts, dass er sich nicht zurück auf die Farm traute? Ethan war der einzige Sohn, der Firefly Creek verlassen hatte – um Karriere zu machen. Jedenfalls reimte Liz sich dies aus den wenigen Informationen zusammen, die sie aufgeschnappt hatte. Konnte das der Grund dafür sein, dass die Beziehung zwischen ihm und den anderen so angespannt war? An diesem einen Weihnachtsfest damals, als sie sich zum ersten Mal begegnet waren, erschien Ethan ihr schweigsam, doch wenn sie ehrlich war, konnte sie sich kaum daran zurückerinnern. Sie war an dem Tag einfach nur aufgeregt gewesen, ihren zukünftigen Schwiegervater kennenzulernen. Der Trubel dieser großen Familie hatte Liz beinahe überwältigt. Monate später war Ethan zu ihrer Hochzeit eingeflogen, doch auch da hatte sich nicht die Gelegenheit für ein Gespräch ergeben. Liz kuschelte sich ein wenig tiefer ins Kissen und blinzelte in die Dunkelheit. Und dann hatten sie sich ein drittes und letztes Mal auf der Beerdigung gesehen. Allerdings war dieser schreckliche Tag in Liz' Erinnerung als eine diffuse Aneinanderreihung von Beileidsbekundungen, Tränen und Händeschütteln abgespeichert. Aber sie glaubte, dass Ethan noch am gleichen Tag abgereist war. Er hatte am Abend jedenfalls nicht mit an dem alten Küchentisch gesessen, als sie nur im engsten Kreis ihres Mannes gedachten und Harry Geschichten aus Samuels Kindheit erzählte. Ethan hatte scheinbar kaum eine Rolle in dieser Familie gespielt, und das, wo der restliche Bennett-Clan doch meist wie Pech und Schwefel zusammenhielt. *Große Familien sind so eine Sache.* Mit seinen Worten im Ohr sank sie in einen unruhigen Schlaf.

Lilian Kaliner
Sehnsucht in deinem Herzen

ISBN 978-3-596-70551-1

Mia Williams
Pure Desire – Nur du
Band 1

»Ich habe wirklich versucht, mich von dir fernzuhalten, Liz Carson, aber ich fürchte, ich bin nicht besonders gut darin«, flüstert er heiser, und sein Blick brennt sich in meinen.

Seit dem Tod ihrer Eltern ist Liz für ihre Schwestern, den verschuldeten American Diner ihrer Familie und ihr altes Holzhaus am Lake Tahoe verantwortlich. Beziehungen? Liebe? Sex? Fehlanzeige. Dann lernt sie Cole kennen. Er ist sexy, selbstbewusst und lässt sie in einem unwiderstehlichen Strudel aus Verlangen und Gefühlen alle Regeln vergessen. Was Liz nicht weiß: Diese heiße Affäre könnte sie schon bald sehr viel mehr kosten als nur ihr Herz.

304 Seiten, Klappenbroschur

Weitere Informationen finden Sie auf
www.fischerverlage.de

AZ 596-70291/1